Zum Buch:

München, 1894: Der Preuße Wilhelm von Gryszinski hat vor Kurzem seinen Posten als Sonderermittler in der Hauptstadt Bayerns angetreten. Erstaunt stellt er fest, dass sich preußische Gewissenhaftigkeit wunderbar mit bayerischer Gemütlichkeit verbinden lässt. Kulinarische Freuden wie Bratensemmel und Prinzregententorte haben den Liebhaber guten Essens direkt von seiner neuen Heimat überzeugt. Doch als am Ufer der Isar eine Leiche gefunden wird, ist Gryszinskis Fachwissen gefragt. Schließlich wurde er nach München beordert, um die Methoden der noch jungen Kriminalistik einzuführen. Mit Erfolg! Die Spur führt ihn zum preußischen Landsmann Eduard Lemke. Der Emporkömmling, der es zu sagenhaftem Reichtum gebracht hat, entwickelt sich zu Gryszinskis ärgstem Widersacher. Denn längst geht es nicht mehr nur um Mord, sondern um Hochverrat – und das an seinem geliebten Heimatland Preußen.

Zur Autorin:

Uta Seeburg ist Berlinerin und lebt in München, wo sie als Redakteurin bei einer Zeitschrift arbeitet. Die promovierte Literaturwissenschaftlerin wohnt mit ihrem Mann und ihrer kleinen Tochter in Haidhausen. »Der falsche Preuße« ist ihr erster Roman und Auftakt einer Krimireihe. Weitere Informationen finden Sie unter www.utaseeburg.de.

Uta Seeburg

Der falsche Preuße

Kriminalroman

HarperCollins

3. Auflage 2025
Ungekürzte Ausgabe im HarperCollinsTaschenbuch

Verlagsgruppe HarperCollins Deutschland GmbH
Valentinskamp 24 · 20354 Hamburg
info@harpercollins.de
Umschlaggestaltung von Hauptmann & Kompanie, Zürich
Umschlagabbildung außen von SZ Photo / Süddeutsche Zeitung Photo, Melanie Lemahieu / Shutterstock
Umschlagillustration innen von Julia Pfaller
Gesetzt aus der Stempel Garamond
Von GGP Media GmbH, Pößneck
Druck und Bindung von CPI books GmbH, Leck
Printed in Germany
ISBN 978-3-7499-0285-9
www.harpercollins.de

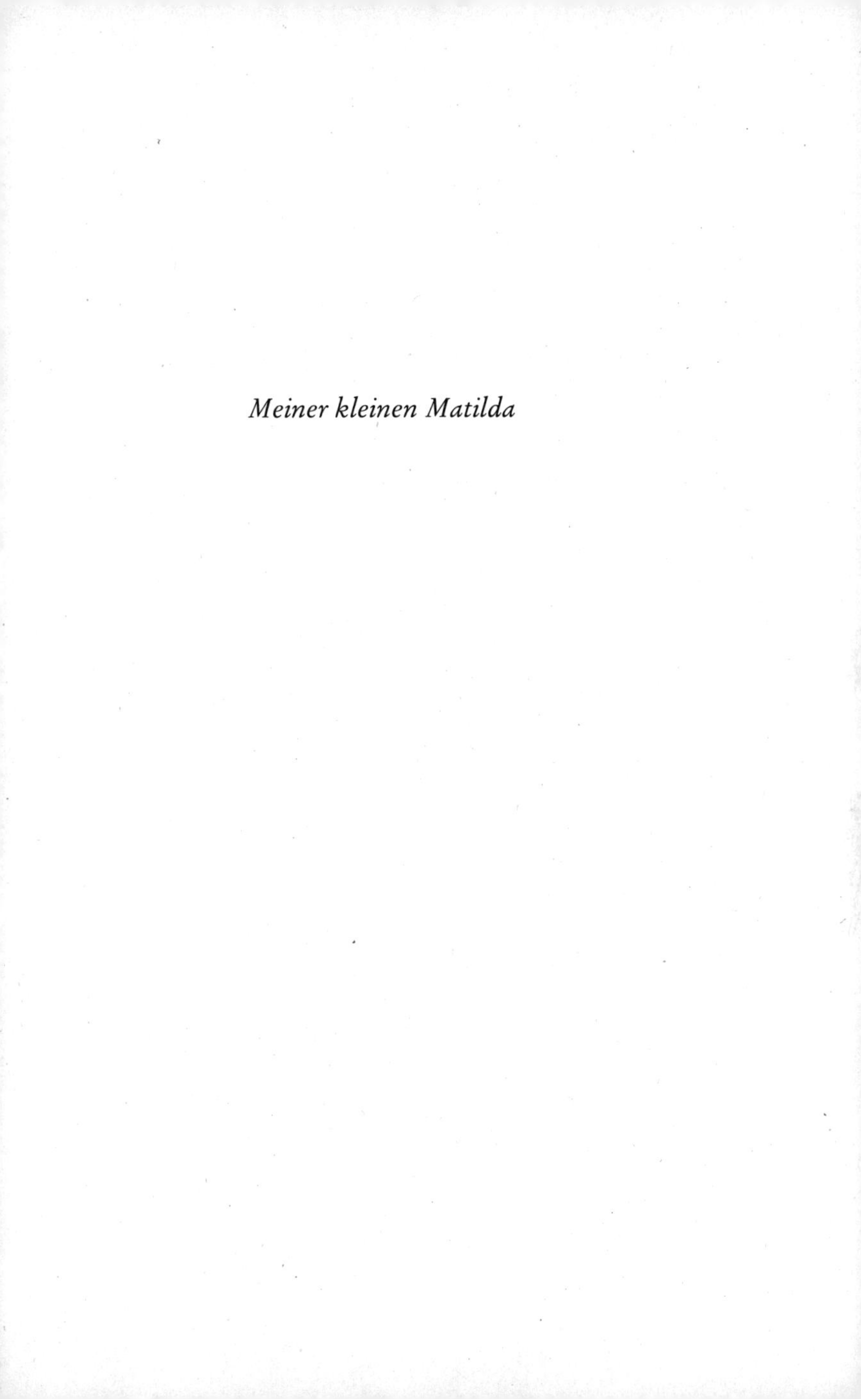

Meiner kleinen Matilda

1.

»… ich bitte jeden Leser, daß er keine Wahrnehmung, die er gemacht hat, für unwesentlich halte.«

Hans Groß: Handbuch für Untersuchungsrichter, Polizeibeamte, Gendarmen usw., 1. Auflage, 1893

Das ungewöhnlich gute Wetter im Jahr 1894 hatte die Kriminalität in München jäh ansteigen lassen. All die Wirtshausschlägereien, Streitereien mit den Fremden, die in die sonnige Stadt strömten, und die nie enden wollenden Eifersuchtsdramen heißer Sommernächte fanden ihren Höhepunkt natürlich im jährlichen Oktoberfest, und Hauptmann Wilhelm Freiherr von Gryszinski war heilfroh, dass diese bierselige Vorhölle am gestrigen Tag zu einem Ende gekommen war. Nachdem er nun jede erdenkliche Art, wie man mit einem Masskrug ein Schädeltrauma verursachen konnte, ergründet hatte, freute er sich auf einen ruhigen Herbsttag, der ihn eben mit einem freundlichen Morgenlicht empfing. Er war früh dran, als er aus dem großen Mietshaus im Lehel auf die Straße trat, und beschloss daher, sich auf dem Weg zur Arbeit einen Umweg zu gönnen.

Er ließ die Trambahn fahren, die seit einiger Zeit nicht mehr nur von Pferden gezogen, sondern auch mit Dampf betrieben wurde und demnächst sogar elektrisch fahren sollte – unglaublich, in welcher Zeit der Innovationen sie lebten! –, und folgte einigen der ungepflasterten Straßen, die heute mit einer schmierigen Schicht nassen Staubs bedeckt waren, denn in der letzten Nacht hatte es endlich geregnet. Links und rechts erhoben sich frisch erbaute prachtvolle Bürgerhäuser, durchbrochen von Baustellen für noch mehr große Mietshäuser mit Erkern, Türmchen und Stuckarbeiten; eine

Parade historistischen Schmuckwerks, die geradewegs in die Maximilianstraße tanzte.

War der Rest Münchens quirlig, voller dicker Pferde und stämmiger Bauern in Tracht, so schlug die Prachtstraße eine Schneise von fast brutaler Schönheit durch diesen menschlichen Ameisenhaufen. Eine italienische Idealstadt auf der falschen Seite der Alpen, in der gut betuchte Flaneure verkehrten. Sogar ein poliertes Automobil fuhr an Gryszinski vorbei, noch so ein Zeichen unaufhaltsamer Neuerungen. An die fünfundzwanzig Personen, so wusste der Gendarm Gryszinski, besaßen in München bereits eine Fahrerlaubnis. Ansonsten prägten die allgegenwärtigen Mietdroschken das Straßenbild. Dazwischen leuchteten die Postillione in blauen Jacken, jeder ein Messinghorn um den Oberkörper geschnürt. Ihre Postkutschen hatten qua Gesetzgebung immer Vorfahrt, weshalb der Führer eines mit Ziegelsteinen beladenen Fuhrwerks jetzt schmallippig auswich. Die Münchner Polizeidirektion hatte diese Berufsgruppe schon länger auf dem Kieker und daher einige Erlasse herausgebracht, die mit der ihr ganz eigenen peniblen Beobachtung jedweder Widrigkeit auf Münchner Straßen verordnete, dass die Führer landwirtschaftlicher Fuhrwerke nicht nur vorschriftsmäßig auszuweichen, sondern sich gefälligst auch aller grober Ausdrücke zu enthalten und das übermäßige Peitschenknallen zu unterlassen hätten, renitente Wagenführer würde man ohne große Worte festnehmen.

Unwillkürlich straffte Gryszinski die Schultern. Er war nicht von hier, er war Preuße, zwar nur niederer Landadel, aber immerhin Hauptmann und Reserveoffizier der preußischen Armee, und hatte bis vor einem Jahr in Berlin gelebt, bevor er und seine Frau Sophie hierher übersiedelt waren. Er würde also sicher nicht wie ein staunender Bauerntölpel durch diese neogotische Theaterkulisse stolpern, zumal auf ihn als Vertreter des Königlich Bayerischen Gendarmeriekorps auch ein wenig Scheinwerferlicht fiel. Schräg gegenüber vom Hotel Vier Jahreszeiten bog Gryszinski in die Marstallstraße ein und fand sich im Geäst kleiner Straßen wieder – ein feines Netz, scheinbar nach dem System des Zufalls gewoben, welches das gesamte Zentrum überzog. Für ihn als Preußen war es eine kolossale Umstellung gewesen: Während es in dem wie mit einem Lineal gezogenen Straßennetz Berlins eigentlich egal war, ob man seinen Schritt direkt in die erste Querstraße oder erst einen Kilometer später in die gewünschte Richtung lenkte, beging man hier einen fatalen Fehler, wenn man einfach mal eine Kreuzung später abbog. Viele Straßen verliefen nämlich perfiderweise nicht schnurgerade, sondern bogen sich, krümmten sich vor Lachen über den ahnungslosen Fremden, der sich möglicherweise plötzlich wieder an einer Gabelung fand, an der er schon gewesen war, wie in einem quälenden Traum, in dem man nicht von der Stelle kommt.

Gryszinski allerdings kannte sich allmählich aus und gelangte schnell an das eigentliche Ziel seines morgendlichen Umwegs: den Victualienmarkt. Er enterte diesen lukullischen Sirenenfelsen von der Metzgerzeile her. Bis vor nicht allzu langer Zeit war ein Bach hinter den Schlachtereien entlanggeflossen, der die Fleischabfälle fortgespült hatte, ein stetes rot gefärbtes Gurgeln mit dem klingenden Namen »Roßschwemmbach«, vor allem aber eine ewige Quelle ekelhafter Verschmutzungen, genauso wie das Vieh, welches regelmäßig mitten durch die Stadt zur Schlachtbank getrieben wurde. Seit der Errichtung der Schlachthöfe in der Isarvorstadt wurde endlich nicht mehr vor Ort geschlachtet, weshalb man den Bach trockengelegt hatte. Die Fleischwaren wurden jetzt hier nur noch verkauft, in einer hübschen, neuen Ladenzeile im allgegenwärtigen neogotischen Stil. In den Auslagen ruhten sanft lächelnd die Schweinsköpfe, drum herum ihre abgehackten Gliedmaßen drapiert, das Ganze gekrönt von Girlanden aus Würsten; alles sorgsam und sauber angeordnet, wie die exquisitesten Seidenhandschuhe. In einem dieser Läden arbeitete das Fräulein Ganghofer. Gryszinski kannte es von einer Streiterei mit einem Fischweib, das die Fleischverkäuferin im letzten Jahr attackiert hatte, bewaffnet mit einer fetten Renke aus dem Starnberger See – es war eine wirre Geschichte gewesen, die sich wohl um einen schmeichlerischen Tuchhändler drehte, der die zwei Damen aus den verschiedenen Lebensmittelressorts versehentlich zur selben Uhrzeit unter den Maibaum bestellt hatte. Gryszinski war nicht ganz durchgestiegen, als er den Fall aufnahm, hatte aber wohl begriffen, dass der Ganghofer übel mitgespielt worden war, und sie seines Mitgefühls versichert. Seitdem war er ein beliebter Kunde in der Metzgerzone, während er um die Fischbuden und vor allem die Seefischhalle am anderen Ende des Marktes lieber einen großzügigen Bogen machte.

»Grüß Gott, Herr Hauptmann!«, schallte es ihm auch heute freundlich entgegen.

In dem Moment, in dem Gryszinski den Stand vom Fräulein Ganghofer betrat, durchzuckte ihn immer die Erinnerung an seine Mutter in Berlin, wie sie einst in einem gemütlichen Gasthaus auf einer Landpartie nach Halensee Rast machend ein winziges Stück Roastbeef beäugt und verkniffen geäußert hatte: »Das Gabelfrühstück, Wilhelm, ist eigentlich etwas ganz und gar Frivoles. Als würden wir heute nicht noch genug zu essen bekommen, mit all dem Kuchen, dem Wein und den gebratenen Speisen, die wir uns auf diesem Ausflug noch einverleiben müssen.« Der kleine Wilhelm hatte auf diese unfassbaren Reden hin immer brav genickt, um dann mit der Geschicklichkeit eines neapolitanischen Taschendiebes eine der butterzarten Scheiben Fleisch in seinem Ärmel verschwinden zu lassen.

»Grüß Gott, Fräulein Ganghofer«, sagte der erwachsene Wilhelm, »eine Bratensemmel bitte.«

Die Semmel – allein schon dieses süddeutsche Wort, dessen Zentrum den Klang »Hmm!« umarmt – war frisch gebacken, sodass man sich die Fingerkuppen daran verbrannte. Gryszinski schickte dem kleinen Wilhelm, dem die Remoulade aus den Hosentaschen tropfte, einen warmen Gedanken. Die Bratenscheibe, auf der das Fett noch sanft säuselnde Bläschen schlug, krönte ein Haupt aus knuspriger Kruste, die, sobald Gryszinski seine Zähne darein vergrub, so laut krachte, dass kein anderes Geräusch mehr in seinem Kopf zu hören war. Eine stumme Sekunde später schoss ihm das heiße Fett in den Mund und machte sogar die Erinnerung an die Mutter vergessen, wie sie seine heimlich zwischen den Hemden gebunkerten Kekse entdeckt hatte.

Seine Semmel in der Hand und ein paar ordentliche Krümel im Moustache wanderte Gryszinski tiefer in die kleine Stadt aus Bretterbuden. Die festen Stände sahen aus wie hölzerne Miniaturhäuser, Schilder mit den jeweiligen Namen der Händler schwebten über den Giebeldächlein. Um dieses beschauliche Dorf herum hatten weitere Händler ihre freien Stände aufgebaut, manche breiteten ihre Waren auf Tischen aus, andere saßen einfach auf kleinen Schemeln, umringt von bauchigen Körben. Weiße Sonnenschirme leuchteten über den offenen Verkaufsstellen. Jeder Stand war ein eigener Stadtteil mit ganz unterschiedlichen Protagonisten: Gryszinski sah die Rübenfrau, die das Wurzelgemüse in allen Farben verkaufte und ihre Ware als buntes Ornament ausgebreitet hatte. Daneben ein Meer aus Salatköpfen, zwischen denen kaum das verhutzelte Gesicht des Männleins, dem der Stand gehörte, auszumachen war. Überall brummte, summte und wuselte es, und allmählich füllten die Gattinnen und Haushälterinnen die Gänge zwischen den Buden, jede mit einem großen Korb am Arm, eine Liste fürs Mittagessen im Kopf. All das – die bunten Waren, die Bauern in ihren so selbstbewusst getragenen Trachten, die wohlhabenden Müßiggänger, denen ein Beutelchen mit ein paar erstandenen Äpfeln unterm Arm baumelte – bewegte sich zu einem Takt, in dem zu Gryszinskis eigenem Erstaunen auch sein preußisches Herz schlug. Trotzdem beschleunigte er seinen Schritt, die Pflicht rief nun doch.

Rechter Hand tauchte die Maximilians-Getreide-Halle auf, die Schranne, in den 1850ern war sie als technische Sensation gefeiert worden. Heutzutage erweckten die Glas-Eisen-Konstruktionen, lichte Kathedralen der Moderne, natürlich nicht mehr dasselbe ungläubige Staunen wie damals, zumal der Glaspalast am Botanischen Garten noch imposanter war. Dort hatte es vor gut zehn Jahren tatsächlich einen künstlichen Wasserfall gegeben, der mit einer elektrischen Pumpe betrieben wurde; eine Naturgewalt, geschaffen von menschlicher Hand in einer Industriehalle! Die Elektrizität durchdrang zunehmend die gesamte Stadt in ihrer ganzen gemütlichen Volkstümlichkeit, ließ die Festzelte und Wirtshäuser strahlen und würde mit ihren Oberleitungen für die Straßenbahn bald den blauen bayerischen Himmel zerschneiden, auch wenn der Prinzregent diese Verschandelung noch lange nicht für die nähere Umgebung der Residenz zuließ. Gryszinski war kein Zukunftsverweigerer, wohl aber ein gemütliches Temperament. Er mochte die dicken Männer auf dem Markt, die schon am Morgen mit einem irrwitzigen Pinsel auf dem Kopf an einem Bierfass lehnten, ihr Helles tranken und jeden Tag auf dieselbe Weise behäbig schwiegen. So, sinnierte Gryszinski, durfte der Fortschritt in seiner ganzen Wucht kommen, während man sich schweigend am Rand eines Fasses festhielt. Er schüttelte seine ungewohnt philosophischen Gedanken zum Fortschritt ab. Er musste nun wirklich seinen Dienst antreten. Noch glaubte er, es würde ein ruhiger Tag werden. Wie man sich irren kann.

Kurz bevor er das Gebäude der Polizeidirektion in der Schrammerstraße betrat, fragte er sich wie jeden Morgen seit nunmehr einem knappen Jahr, ob er heute endlich die Chance bekommen würde, sein Können zu beweisen. Gryszinski war auf verschlungenen Wegen hierhergelangt: Er, als junger Jurist mit einigen Ambitionen und außerdem Reserveoffizier der preußischen Armee, hatte eine Weile bei Hans Groß in Graz hospitiert, jenem bekannten Vorsitzenden am Grazer Appellationsgericht, der seit dem letzten Jahr einen eigenen Lehrstuhl für Kriminalistik forderte. Man kam in der Aufklärung von Verbrechen immer mehr davon ab, nur auf Zeugenaussagen und mehr oder weniger freiwillig abgelegte Geständnisse zu bauen, sondern ersann Wege, die Spuren am Schauplatz des Verbrechens auszuwerten. Groß, so konnte man sagen, war der erste Kriminalist, ein Meister darin, einem Tatort seine dunkle Geschichte zu entringen. Genau das hatte er auch Gryszinski beigebracht – und seinen Schüler als große Hoffnung in der noch jungen Disziplin professionellen Spurenlesens bezeichnet.

Gryszinski war nach seiner Zeit in Graz nach Berlin zu seiner Verlobten zurückgekehrt und hatte bei der Staatsanwaltschaft angefangen. Während Sophie und er Hochzeit feierten, wurden in München eine Witwe und ihre drei Töchter brutal ermordet, ein Fall, der die Münchner Bevölkerung in helle Aufregung versetzte. Und dem Münchner Polizeidirektor Ludwig von Welser im Laufe der darauf folgenden fieberhaften, oft chaotischen, letztlich aber doch erfolgreichen Ermittlung wieder einmal vor Augen führte, wie schlecht sie in solchen Fällen aufgestellt waren. Die Polizeidirektion, die als leitendes Organ über der Gendarmerie hing, platzte zwar aus allen Nähten und breitete sich auf immer mehr Gebäude aus, doch eine richtige Kriminalabteilung fehlte. Sie hatten nicht mal den Platz, um all das Material, das an Tatorten gesammelt und zu Straftätern aufgenommen wurde, ordentlich abzulegen und zu systematisieren. Die Akten und Karteikarten stapelten sich überall, wo Platz war – so mancher Mitarbeiter witzelte, dass man auch gut all die dicken Mappen unter die Schreibtische schieben könnte, dann hätte man wenigstens eine bequeme Stütze für die Füße. Um überhaupt etwas zu tun, hatte Welser, der mit Hans Groß eine gelegentliche Korrespondenz pflegte, diesen gefragt, ob er ihm nicht einen aufstrebenden Spezialisten nennen könne, der ihren Missstand zumindest ein wenig verbessern könnte. Groß empfahl Gryszinski, und so kam es, dass der junge preußische Hauptmann, im Schlepptau seine Frau Sophie, die damals mit dem kleinen Friedrich schwanger war, in der Position eines Brigade-Kommandeurs bei der Münchner Polizei anfing, wobei seine Brigade lediglich aus zwei Wachtmeistern bestand, mehr war nicht drin. Nun saß Gryszinski am Fensterplatz eines engen Bureaus, das er sich mit den anderen beiden Angehörigen seiner Einheit, den Wachtmeistern Johann Voglmaier und Konrad Eberle, teilte, blickte tagein, tagaus auf einen hübschen Delikatessenladen namens Dallmayr und wartete darauf, dass jemand heimtückisch ermordet wurde. Bis dahin befasste sich seine kleine Sondereinheit eben mit den heftigsten Fällen ausgearteter Bierfeste. Oder auch mal den Raufereien wild gewordener Marktweiber. Bei dem dramatischen Personalmangel der Königlich Bayerischen Gendarmerie konnte man nicht wählerisch sein.

Die Veränderung ihrer Situation klopfte in der eher unspektakulären Gestalt eines einfachen Gendarmen an die Tür. Der Mann hielt einen Jungen am Arm und schubste diesen in den Raum, als müsse er beim Schuldirektor vorstellig werden.

»Das ist für Sie, Chef«, erklärte der Gendarm, während Gryszinski von seinem Platz aufstand und den Jungen musterte. Der musterte unbeeindruckt zurück.

»Wie heißt du denn?«

»Schoasch, Chef«, gab das Kind zurück, ein groß gewachsener Junge an der Schwelle zum Jüngling, dessen Stimme im skurrilen Gegensatz zu seinem hochgeschossenen Körper noch sehr kindlich war.

»Die korrekte Antwort wäre gewesen ...«, Eberle, ein Schwabe mit Sinn für Hierarchien und eine gewisse Klarheit der Dinge, brachte seine gesamte Kraft auf, um im lupenreinen Hochdeutsch zu sprechen, »... Georg, Herr Kommandant!«

Gryszinski schüttelte innerlich den Kopf. Sein Wachtmeister musste noch viel lernen über die Befragung von Kindern. Er wandte sich wieder dem Jungen zu: »Was führt dich denn hierher, Schoasch?« Aus seinem Mund klang das bayerische Wort seltsamerweise wie der Name einer französischen Konkubine.

»Der Bub behauptet, in den Maximiliansanlagen eine Leiche gefunden zu haben, Chef«, beschleunigte der Gendarm die Sache. »Ein Kollege ist schon hin, um den etwaigen Fundort in Augenschein zu nehmen.«

Der Junge konnte nicht mehr an sich halten. »Der Mann hat kein Gesicht mehr, nur noch ein schwarzes Loch, und er hat Flügel!«

»Ach!« Gryszinski betrachtete ihn nachdenklich und griff dann nach seinem Mantel. Das versprach ja absonderlich zu werden.

2.

»… seine Thätigkeit im Finden der schlagendsten Beweise spielt sich nur zu oft im Kleinsten ab … Aus eigener Erfahrung will ich nur erwähnen, daß einmal alles davon abhieng, ob eine Thürklinke zur Zeit der That nicht geölt war und kreischte, ein andermal davon, ob eine halbverbrannte Cigarre in der Aschentasse oder daneben lag, ob ein in der Wand steckender Nagel ein Spinnengewebe trug oder nicht.«

Hans Groß: Handbuch für Untersuchungsrichter, Polizeibeamte, Gendarmen usw., 1. Auflage, 1893

Sie nahmen die Trambahn vom Isarthorplatz zum Maximiliansdenkmal, zwischen denen die Ringlinie 1 verkehrte. Während die Pferde den Waggon im gemächlichen Tempo die Gleise hochzogen, beobachtete Gryszinski seine Wachtmeister. Voglmaier war ein richtiges Münchner Kindl, dick, aber nicht fett, ratschte gern im Wirtshaus und hatte unzählige Spezl in der Stadt. Lebte quasi mit der Hand am Tresen. Voglmaier, so wusste Gryszinski, wurde von seinen Kameraden aufgrund seines Namens und wohl einer gewissen Pfiffigkeit »Spatzl« gerufen. Hierzulande sprach man das, zumindest klang es für Ohren aus dem Norden so, »Spoatzl« aus, wobei man sich dazu einen feisten oberbayerischen Wirt vorstellen musste, der sich in seiner gesamten Masse aufrichtete und mit donnernder Stimme das possierliche Wortungeheuer auf den Tresen spie.

Neben dem Spatzl hockte sein Kollege Eberle auf der Sitzbank, ein Mann, dessen Gesicht man sofort wieder vergaß. Ungemein brauchbar für Observierungen, das Spatzl würde im Gegensatz dazu wie ein weiß-blau karierter Elefant durch die Gassen stampfen. Eberle war Schwabe durch und durch mit den typischen Tugenden der Sparsamkeit und Korrektheit. Wobei Gryszinski mit der Zeit begriffen hatte, dass Eberle jeden Pfennig umdrehte, weil er eine sehr anspruchsvolle und nicht eben günstige Verlobte hatte. Hinter der Fassade seines blassen Äußeren verbarg sich eine fieberhafte Lust auf die weite Welt, obwohl – oder vielleicht gerade weil – Eberle noch nie weiter als bis nach Rosenheim gereist war. Gryszinski begrüßte diese Ader durchaus, ihn befremdete nur, dass Eberle ein ganz besonders brennendes Interesse für das Preußentum hegte, und zwar so, als sei alles Preußische so exotisch wie die fremden Völker Afrikas.

Unterhalb des Maximilianeums stiegen sie aus. Wie ein Vogel über seinem Horst hockte das Gebäude mit weit aufgespannten Flügeln am Ende der Maximilianstraße. Eine breite Brücke führte über die zu Füßen des Vogels fließende Isar. Die ehemalige steil abfallende Schafweide zwischen Haidhausen und Bogenhausen zog sich heute in sanften Wellen entlang des Flusses hin, in mal gewundenen, mal geraden Wegen, gesäumt von Bäumen im bunten Herbstkleid, die in wolkenartigen Gruppen gepflanzt waren. Dazwischen warfen die Rosenstöcke ihre letzten feurigen Farben der Saison. Im Abschnitt nördlich des Maximilianeums sollte die Leiche liegen.

Die drei Männer und der Junge traten von der Straße weg in die Anlagen und wurden von Ruhe umfangen. Gryszinski atmete tief ein und versuchte, den Kopf für alle Eindrücke frei zu machen. Er war tatsächlich ein wenig nervös. So makaber es war, er hatte lange auf diese Leiche gewartet. Doch jetzt wusste er plötzlich nicht mehr, ob er sie wirklich haben wollte. Allerdings gab es nun kein Zurück mehr, denn da vorne lag sie, und Gryszinski stockte kurz der Atem.

Jenseits eines gewundenen Weges fiel ein Hang ab und bildete unten eine natürliche Terrasse, von der man auf die schimmernde Isar blickte. Leuchtendes Laub bedeckte den

Boden, von den Bäumen rieselten Blätter wie roter Schnee. Das warme Licht der Herbstsonne strömte durch die Stämme der Kastanien und Eichen. Inmitten dieser Szenerie lag ein stattlicher Männerkörper wie ein gefällter Baum. Ein Schrank von einem Mann, der aber, der Junge hatte keinen Unsinn erzählt, in einen weiten Umhang gehüllt war. Dieser bestand aus unzähligen hauchdünnen Federn, welche kunstvoll mit einem filigranen Gewebe verwoben waren. Soweit Gryszinski das sehen konnte, trug der Mann darunter lediglich Unterwäsche. Vor allen Dingen trug er kein Gesicht mehr, denn das war komplett weggeschossen. Ein grausamer Gegensatz zu seinem zarten Vogelkostüm.

»Uh!«, machte das sonst nicht zimperliche Spatzl angewidert beim Anblick des zerschossenen Kopfes, während der kleine Schoasch neben ihm stand und mit leuchtenden Augen die entstellte Leiche anstarrte. Gryszinski schüttelte leicht den Kopf. Nach Hans Groß sollte man immer ein paar Bonbons bei sich tragen, um verstörte kleine Augenzeugen beruhigen zu können, aber diesem Kind hier brauchte man wohl nicht damit zu kommen. Der Gedanke an die guten Himbeerdrops zog die Innenwände seiner Mundhöhle angenehm zusammen, daher klappte er ein kleines Köfferchen, das er bei sich trug, rasch auf, angelte einen Bonbon heraus und steckte sich diesen unauffällig in den Mund. Stumm hatte Eberle seine Bewegungen verfolgt. Dieser Koffer lag seit Gryszinskis erstem Tag bei der Polizeidirektion auf seinem Schreibtisch und hatte für allerhand Spekulationen gesorgt, denn niemand durfte ihn berühren. Nun hatte der Kommandant ihn zum ersten Mal mitgenommen, und Eberle war gelinde gesagt konsterniert, dass in dem Koffer offenbar Süßigkeiten waren. Dieser Preuße wurde ihm immer rätselhafter.

»Also.« Gryszinski straffte die Schultern. »Jetzt mal alle einen Schritt zurück und Ruhe.«

Von seinem Mentor hatte er gelernt, dass man den Tatort systematisch von links nach rechts beschreiben sollte, so wie man liest. Die Hoffnung bestand natürlich darin, auf diese Weise den Tatort selbst lesen zu können wie ein offenes Buch. Je länger Gryszinski, an seinem Bonbon lutschend, den Blick über die Seiten dieses Ortes wandern ließ, desto klarer wurde ihm, dass er es hier wohl mit einem Märchenerzähler zu tun hatte. Der Tatort war diese schöne Lichtung jedenfalls nicht. Auch wenn der ganze Boden mit Laub bedeckt war, hätte man hier doch deutliche Blutspuren sehen müssen. Auch war kaum vorstellbar, dass der Mann so, wie er nun spärlich bekleidet hier lag, bereits den Park betreten hatte. Die Leiche war also hier abgelegt worden, lautete Gryszinskis erste Hypothese, doch würde er sich erst festlegen, nachdem er mit dem Gerichtsarzt gesprochen hatte. Der würde bald kommen müssen.

»He«, sprach er den jungen Gendarmen an, der unter einer Baumgruppe stand und seine Pickelhaube in der Sonne glänzen ließ. »Sie haben den Fundort gesichert?«

»Jawohl, Chef!«

»Haben Sie irgendetwas angefasst?«

»Ich habe die Leiche nicht angerührt, Chef«, erklärte der junge Mann stolz. »Und ich hab schon mal angefangen, alle hier verstreuten Gegenstände aufzusammeln und einzupacken.«

Gryszinski zählte innerlich bis zehn. »Sie. Haben. Was. Getan?«

Der Gendarm wurde unsicher. »Nun, damit Sie diese in Augenschein nehmen können, Chef?«

Gryszinski baute sich zu einer Respekt einflößenden militärisch-preußischen Kopie seines Vaters auf. »Erst den leitenden Ermittler den gesamten Tatort mitsamt aller Indizien in Augenschein nehmen und protokollieren lassen und danach – danach! – die Spuren sichern!« Das zweite »Danach«

hatte wie ein scheppernder Füsiliersäbel geklungen, sein Vater wäre stolz gewesen. Na ja, oder: zufrieden.

»Es gab aber eh kaum was«, verteidigte der unglückselige Tatortbeschmutzer sich weiter, »bloß einen Zigarettenstummel, einen abgerissenen Knopf und einen Handschuh. Also kaum Aufschlussreiches.«

Gryszinski stöhnte. Erst vor wenigen Jahren hatte ein gewisser Schotte mit einer Romanfigur namens Sherlock Holmes vorgeführt, wie man schon anhand eines einzigen Haars ganze Mordserien aufklären konnte, aber das war wohl noch nicht bis zu dem jungen Mann vorgedrungen. Er selbst wusste es sehr genau, denn seine Frau las alles.

»Na gut.« Er seufzte. »Ich hoffe, Sie haben wenigstens ein gutes Gedächtnis. Sie werden jetzt Wachtmeister Eberle hier genau zeigen, wo diese Dinge lagen und, ebenfalls sehr wichtig, *wie* die Dinge lagen. Verstanden? Das kann später entscheidend sein. Eberle, Sie dokumentieren präzise den Fundort der Leiche, jedes winzige Detail, das Ihnen auffällt, die genaue Lage der Spuren und beschreiben auch die Leiche selbst. Sie wissen ja: alles immer in derselben Reihenfolge.«

Eberle machte sich daran, eine Lageskizze der Senke zu erstellen, darin war er sehr geschickt. Später im Bureau würde er alle Beschriftungen, die er jetzt mit dem Bleistift aufs Blatt warf, sauber mit roter Tinte nachzeichnen. Anschließend musste die gesamte Zeichnung mit einer Mischung aus Stearin und Kollodium übergossen werden, um diese so robust wie möglich zu machen. Es war schließlich davon auszugehen, dass man sie etwaigen Zeugen und Geschworenen vorlegen und immer wieder im Freien zur Hand nehmen musste. Während Eberle mit dem jungen Kollegen den Waldboden abschritt und alles protokollierte, rief Voglmaier Gryszinski zu sich heran. Der Wachtmeister stand am Fuße einer dichten Amerikanischen Roteiche, die noch kaum ein Blatt ihres bunt leuchtenden Kleids abgeworfen hatte.

»Sehen Sie«, stieß er hervor und zeigte auf den aufgeweichten Boden, in dem sich eine einzelne Fußspur abdrückte, die eindeutig nicht von einem Menschen stammte.

Gryszinski ging in die Hocke, um den Abdruck genauer zu betrachten, und schüttelte dann den Kopf. »Was soll das sein?«

Eberle war ebenfalls herangetreten. »Das«, sagte der schwäbische Enthusiast für ferne Länder, »ist der Fußabdruck eines Elefanten.«

Gryszinski starrte zu ihm hoch und schüttelte nochmals den Kopf. »Der Vogelmantel allein war wohl nicht absonderlich genug. Eberle, vermessen Sie den Abdruck bitte und zeichnen Sie ihn akribisch genau ab. Und dann sichern Sie den Abdruck wie jede weitere Fußspur, die Sie finden können.«

Zu diesem Zweck hatten sie einen Stapel kleiner Kisten mitgebracht, die jetzt von den Polizisten vorsichtig, mit der Öffnung nach unten, über jeden sichtbaren Fußabdruck gestülpt wurden. Die meisten stammten leider von dem übereifrigen jungen Kollegen, der, dem Pfad der Kistchen nach zu urteilen, wie ein kopfloses Huhn herumgetapert war. Gryszinski diskutierte kurz mit Voglmaier, ob sie die gesamte Elefantenspur mitnehmen sollten. Findige Kriminalisten hatten da bereits einige Versuche angestellt. Man konnte etwa einen großen Eisenring um die Spur in den Boden treiben und vorsichtig die Erde drum herum mit einem Spaten wegschaufeln, um dann die Spur mitsamt des unter ihr liegenden Erdreichs anzuheben. In den meisten Fällen führte das allerdings lediglich dazu, dass der Abdruck auf der Stelle oder zumindest im Verlaufe des anschließenden Transports zu Staub zerfiel. Gryszinski sah daher davon ab, ordnete aber an, diese und noch einige andere besonders deutliche Fußspuren mit Gips auszugießen, ein durchaus übliches Verfahren. Leider scheiterte auch dieses Unterfangen, da der Boden vom Regen zu stark durchweicht war. Letzten Endes würden sie sich mit Skizzen, Photographien und genauen Vermessungen begnügen müssen.

Kurz darauf begrüßte Gryszinski den Photographen, einen kleinen, rundlichen Mann namens Dornauer, der über jedem Ohr eine etwas alberne Haartolle trug, wohl Daguerre, dem Vater seines Berufsstandes, nachempfunden. Er hatte sich über die an- und absteigenden Wege des Parks an seiner Ausrüstung ziemlich abschleppen müssen und baute nun die ganze Apparatur auf. Zunächst zog er die Beine seines Stativs lang, ein eigens für die Tatortphotographie entwickeltes Leiterstativ, auf drei Meter ausfahrbar. Als sich die an gespitzte Bleistifte erinnernden Füße des Gestells fest in den Boden bohrten, kletterte er hoch, um die Kamera anzubringen. Diese konnte er nun um neunzig Grad kippen, sodass sie die gesamte Leiche aus der Vogelperspektive erfasste.

»Grüß Sie Gott, Herr Kommandant«, schnaufte Dornauer endlich, während er, auf der obersten Sprosse leicht schwankend, eine der Glasplatten in die Kamera einlegte. Dann in die versammelte Runde: »Jetzt bitte keiner ins Bild rennen!« Und in Richtung der Leiche: »Nicht bewegen!«

Gryszinski musste grinsen. Er hatte durchaus ein Faible für skurrile Charaktere.

»Habe die Ehre, Herr Kommandant«, erklang es hinter Gryszinski. Dr. Alexander von Meyering, königlicher Bezirksarzt 1. Klasse sowie zuständiger Gerichtsarzt, reichte ihm die Hand.

»Äh, gleichfalls«, antwortete Gryszinski, der nie genau wusste, wie man auf diese Begrüßungsformel antworten sollte.

»Nun, was haben wir denn hier?« Meyering streifte bereits Handschuhe über und öffnete seinen Untersuchungskoffer. »Sieht aus, als sei dem Patienten eine Ladung Schrot nicht gut bekommen.«

»In der Tat.« Gryszinski stellte sich neben die Leiche, während Meyering diese umrundete. »Ich hege auch die Vermutung, dass das Opfer hier nur abgelegt wurde. Müsste nicht sonst viel mehr Blut zu sehen sein?«

»Vermutlich haben Sie recht. Ich werde trotzdem ein paar Bodenproben nehmen und diese auf menschliches Blut untersuchen. Um auszuschließen, dass etwaiges Blut im Waldboden versickert ist. Ein kompliziertes Testverfahren, aber es sollte möglich sein.«

Gryszinski nickte angemessen beeindruckt. »Können Sie eine erste Schätzung des Todeszeitpunkts vornehmen?«

»Nun, nach meiner Erfahrung in Bezug auf Temperatur, Aussehen der Leiche und einsetzende Starre würde ich sagen: Irgendwann gestern Abend ist es geschehen. Festlegen kann ich mich erst bei der Obduktion.«

»Außerdem müssen wir herausfinden, wer er ist«, murmelte Gryszinski. »Vielleicht haben wir ihn ja in unserer Kartei.«

»Ich würde gern seine Fingerabdrücke nehmen«, erklärte Meyering.

»Ach! Wieso das?«, fragte Gryszinski überrascht. Zwar war er mit der sogenannten Daktyloskopie vertraut, gängig in ganz Europa war aber jene Methode, die ein Franzose namens Bertillon erfunden hatte: Man vermaß bei jeder straffälligen Person Körperlänge, Armspannweite, Sitzhöhe, Kopflänge und -breite, das rechte Ohr, den linken Fuß, Mittelfinger und kleinen Finger sowie den linken Unterarm und notierte die entsprechenden Werte auf einer Karteikarte, sodass man schnell und übersichtlich die Maße der zu identifizierenden Person mit den bereits gesammelten abgleichen konnte. Ein gutes System, das nur leider oft daran scheiterte, dass viele Gendarmen zu blöd waren, um das Zentimetermaß richtig zu benutzen. Ganz schlimm wurde es, wenn dieselben Genies einzelne markante Körperteile wie Ohren und Nasen nach einer eigentlich streng festgelegten Methode beschreiben sollten. Gryszinski hatte gar nicht gewusst, über welch lyrisches Potenzial eine Ohrmuschel verfügte, bis er die erkennungsdienstlichen Angaben aus einer dörflichen Gendarmeriestation gelesen hatte, in denen die Ohren eines Herumtreibers als »irgendwie fledderig wie ein angeknabberter Steckerlfisch und schmutziger als der nie von einem Besen geküsste Boden unter dem Bett eines liederlichen Frauenzimmers« beschrieben wurden.

»Nun, ich hege gegenüber der Bertillonage eine gewisse Skepsis«, erklärte Meyering, während er scheel beobachtete, wie das Spatzl begann, mit dem Zentimetermaß zu hantieren, um die Leiche zu vermessen. Eberle mühte sich ab, deren linken Arm geradezuziehen, aber die Leichenstarre hatte bereits eingesetzt, und so verlor er das Armdrücken mit dem Toten.

»Der Fingerabdruck ist die Zukunft der Kriminalistik«, dozierte Meyering weiter. »Das war wohl schon Sir William Herschel klar, als er in Bengalen jedem Empfänger britischer Zuwendungen den Fingerabdruck abnahm, um zu verhindern, dass jemand noch ein zweites Mal Geld einfordert. Denn der Abdruck eines jeden Menschen ist einzigartig. Glauben Sie mir, eines Tages wird es uns reichen, dass der Mörder den Tatort nur einmal berührt hat, um einen Fall zu klären.«

Gryszinski lächelte höflich, schüttelte aber innerlich den Kopf ob solcher Phantastereien.

»Sei's drum«, kam Meyering zu einem Ende, »ich bitte schon seit Jahren jeden Gendarmen, die Fingerabdrücke aller Personen zu nehmen, mit denen er es zu tun bekommt, und so ist bereits eine ganz stattliche Sammlung entstanden.«

»Tatsächlich? Wo bewahren Sie das ganze Material auf?«, fragte Gryszinski neugierig. »Bei uns ist so wenig Platz, ich schichte die Karteikarten manchmal zwischen meine Proviantdosen.«

Meyering gluckste. »Ich muss gestehen, dass ich die faszinierendsten Abdrücke in mehreren Kisten unter meinem Bett daheim aufbewahre. Sehr zum Leidwesen meiner Frau.«

Das konnte Gryszinski sich lebhaft vorstellen.

»Wie dem auch sei, vielleicht ist unser Toter ja zufällig bereits so erfasst worden.«

Gryszinski zuckte mit den Schultern. »Schaden kann es sicher nicht.«

Meyering lächelte. »Ihr Enthusiasmus für die Wissenschaft ehrt Sie, mein Freund. Wir sehen uns dann morgen bei der Obduktion!« Und mit diesen Worten verließ er Gryszinski, der sich wieder seiner Leiche zuwandte. Als er sich über diese beugte, nahm er einen Duft wahr, der ihm irgendwie deplatziert erschien: Der Tote roch gut. Darüber würde er nachdenken müssen. Er musterte den wuchtigen Körper und die Stelle, an der dieser lag. Sie würden ihn ein gutes Stück auf einer Trage den Hang hoch- und durch den Park schleppen müssen, bis zu einem der breiteren Wege, wo sie ihn in eine Droschke verladen konnten, die die Leiche in den Keller der Polizeidirektion bringen würde. Vermutlich hatte die Person, die den Toten hier abgelegt hatte, wenn es denn so war, also ebenfalls ein weites Stück mit der schweren Last laufen müssen. Dies legte den Schluss nahe, dass es mindestens zwei Personen gewesen sein mussten. Oder vier, dachte Gryszinski kurz darauf schwitzend, denn so viele brauchten sie, um den fast zwei Meter großen Mann tatsächlich bis zur Droschke zu hieven, weshalb auch der Kommandant selbst mit anpacken musste. Ein Jahr bayerisches Essen hatte ihn zwar ein wenig aus der Form, ihm aber dafür eine gewisse kräftigende Kampfmasse gebracht.

Als Gryszinski abends nach Hause kam, empfing ihn ein derart schwerer Duft nach zerlassener Butter, Bratenfett und simmerndem Fleisch, dass seine Augen vor Glück ganz feucht wurden. Sophie und er lebten zur Miete in einer hübschen gutbürgerlichen Wohnung in der Liebigstraße. Beletage, fünf Zimmer, im Salon ein behaglicher Erker, in dem ihr zierlicher Diwan nebst einem Teetischchen platziert war, das unter einem babylonischen Turm aus Romanen fast zusammenbrach. Die ganze Wohnung lag still im fahlen Schein der Straßenlaternen, nur aus der geräumigen Küche drangen helles Licht und Geräusche. Hier fand er seine Frau. Auf dem schweren Holztisch in der Mitte stapelten sich allerlei benutzte Utensilien, die Fenster waren beschlagen vom Dampf, der aus einem großen brodelnden Topf stieg. Sophie stand inmitten der hitzigen Schlacht der Töpfe wie zur Salzsäule erstarrt. Im einen Arm, auf die Hüfte gestützt, hielt sie den kleinen Friedrich, ein properes und fröhliches Kind von sieben Monaten. In der anderen Hand balancierte sie ein Buch, in das sie völlig versunken war, ein Kochlöffel lag als Lesezeichen zwischen den Seiten. Friedrich ruderte vergnügt mit den Armen und griff eben in diesem Moment nach dem Zierdeckchen, das auf der Anrichte des großen Buffets lag und auf dem bereits das gesamte Geschirr fürs Abendessen bereitstand. Gryszinski konnte regelrecht sehen, wie sein kleiner Sohn innerlich Schwung nahm, um diese ganze Welt aus Porzellan lustvoll zum Einsturz zu bringen, und trat schnell hinzu.

»Guten Abend, ihr zwei«, sagte er und nahm Sophie das Kind aus dem Arm.

Diese fuhr zusammen und rief: »Bovary!«

»Ach, schon wieder?«, entgegnete Gryszinski und gab ihr einen Kuss.

»Ja, und gleich kommt die Kutschen-Szene.« Sophie lächelte, zog den Kochlöffel aus dem Buch und rührte in einem der Töpfe herum.

Gryszinski wusste genau, was Madame Bovary Skandalöses in der Kutsche trieb, die durch eine französische Provinzstadt tuckerte, denn seine Frau berichtete ihm jeden Abend detailliert, was sie tagsüber gelesen hatte. So kannte Gryszinski die gesamten Werke von Flaubert, Balzac, Tolstoi und allen anderen Autoren ihres Jahrhunderts, aber eben in den Worten Sophies, und so mochte er sie auch am liebsten.

»Wo ist denn Frau Brunner?«, fragte er und warf den vor Lachen kreischenden Friedrich in die Luft. Die Haushälterin kochte für gewöhnlich das Essen und regelte auch sonst die meisten alltäglichen Belange, für die Sophie einfach keinen Platz in ihrem Kopf hatte. Aloisia Brunner war eine kräftige Erscheinung, die sich aber leiser als ein Indianer durch die Räume bewegen konnte. Sie hatte Gryszinski schon öfter einen tödlichen Schrecken eingejagt, wenn sie plötzlich lautlos wie ein schlecht gekleidetes Gespenst neben ihm stand. Vermutlich verhängte sie abends in ihrer Kammer den Spiegel, um beim nächtlichen Umherhuschen nicht ihr eigenes Spiegelbild für einen schaurigen Geist zu halten.

»Ich habe ihr den Abend freigegeben, nachdem sie mich heute Mittag in die Kunst des Knödelfertigens eingewiesen hat.«

»Soll das heißen, dieses ganze Festmahl ist dein Werk?«, fragte Gryszinski ehrlich beeindruckt.

»Nun ja, den Braten und alles andere hat sie noch vorbereitet. Von mir stammen nur die Knödel, mein Beitrag ist also wohl eher ein bescheidener«, erklärte Sophie etwas beschämt. Ihr war es manchmal unangenehm, dass sie, wie sie sagte, als Ehefrau überhaupt nichts taugte, obwohl Gryszinski dem jedes Mal vehement widersprach.

»Unsinn!«, kam es auch jetzt von ihm. »Die Knödel sind das Wichtigste!«

»Wieso das?«

»Der Knödel, mein Mienchen«, sagte Gryszinski ungewohnt feurig, »ist die Signatur der bayerischen Seele. Seine Kugelförmigkeit steht für die Uneindeutigkeit, dieses Herumlavieren mit den Spezln, dieses Weder-klar-vorn-noch-klar-hinten. Seine weiche Konsistenz ist natürlich das wohlige Kissen bayerischer Behaglichkeit. Der Knödel ist wie ein Schwamm, der köstlichst die heiße Sauce aufsaugt, eben genauso wie all die Provinzler, Studenten und Zugezogenen, die in die bajuwarische Hauptstadt kommen, um die reichhaltigen Eindrücke pittoresker Bierseligkeit in sich aufzusaugen.« Gryszinski holte kurz Luft, er war es gar nicht gewohnt, so viel zu plappern. »Die Tatsache, dass du als Preußin nun die Kunst der Knödelmanufakturierung beherrschst, ist ein weiterer großer Schritt unseres Weges in den immer tieferen Wald bayerischen Daseins.«

Sprach's und fischte, alle Selbstbeherrschung aufgebend, mit der Gabel einen ganzen Knödel aus dem dampfenden Topf, tunkte seine Beute in die auf dem Herd brodelnde, nach Butter und Wein duftende Bratensauce und biss kräftig hinein in die heiße bayerische Seele, die ihm prompt die Zunge verbrannte.

»Soso«, machte Sophie nachsichtig und reichte ihm eine Serviette. »Ich traue mich kaum zu fragen, aber bist du so gut gelaunt, weil jemand umgebracht worden ist?«

»Du kennst mich einfach zu gut.«

Unter den vielen bahnbrechenden Erfindungen im Dienste der Kriminalistik hatte Gryszinskis Mentor Hans Groß auch den sogenannten Tatortkoffer entwickelt; einen solchen hatte Gryszinski am Vortag bei sich getragen. Es handelte sich um eben das Köfferchen, um das sich schon so viele Spekulationen gerankt hatten. Es enthielt eine ganze Welt notwendiger Dinge zur Untersuchung und Dokumentation des Tatorts sowie zur Zeugenbefragung, wie etwa die

Bonbons, mit denen man das Vertrauen verschreckter Kinder gewinnen sollte. Er war aber auch mit dem Schrittzähler verschiedene mögliche Wege abgelaufen, auf denen die Leiche in die Senke getragen worden sein konnte. Hatte auf dem entsprechenden Block einige Skizzen angefertigt, mithilfe des Kompasses die genaue Ausrichtung des toten Körpers bestimmt, mit der Pinzette einige vielleicht noch hilfreiche Partikel gesichert. Die frischen Socken dagegen waren im Koffer geblieben. Sie waren für den Fall gedacht, dass es am Tatort regnete und der Ermittler nasse Füße bekam.

Aber die Lupe war zum Einsatz gekommen. Er hatte mit ihr den Elefantenabdruck untersucht. Außerdem hatte er die gesamte Umgebung nach weiteren Fußspuren des Dickhäuters absuchen lassen, aber es blieb bei der einen. In der Nacht vorm Leichenfund hatte es geregnet, vielleicht war nur dieser eine Abdruck erhalten geblieben, weil er sich im Schutz der Eiche befunden hatte? Aber irgendwo hätte man doch, gesetzt den Fall, ein ausgewachsener Elefant wäre durch den Park spaziert, eine weitere Spur finden müssen. Das Tier konnte sich ja nicht einfach in Luft aufgelöst haben. Durch Gryszinskis Kopf geisterten derart abstruse Theorien in dieser Sache – von denen der Gedanke, der Elefant sei an einen Heißluftballon gebunden einmal in der Senke gelandet und dann wieder weggetragen worden, noch der vernünftigste war –, dass er beschlossen hatte, sich erst einmal auf die anderen Ansatzpunkte zu konzentrieren. Doch da war er mit seinem Köfferchen bald an Grenzen gestoßen. Für die verschiedenen chemischen Substanzen, mit denen man einige Tests am Tatort durchführen konnte, hatte er beispielsweise kaum Verwendung gefunden, zumal er weiterhin davon überzeugt war, dass der eigentliche Mord woanders stattgefunden hatte.

Dafür öffnete Gryszinski den Koffer am nächsten Morgen und schickte Groß, der wirklich an alles gedacht hatte, einen freundlichen Gedanken: In einem eigens dafür bestimmten Fach sollte man immer ein paar Zigarren verwahren, um das Beiwohnen der Obduktion erträglicher zu gestalten. Gryszinski nahm einen tiefen Zug und beugte sich etwas näher über die geöffnete Leiche. Tatsächlich, die Zigarre beruhigte die Nerven und überlagerte vor allem den unangenehmen Leichengeruch, auch Dr. Meyering hatte sich eine angezündet. Sie befanden sich im Reich des Arztes, einem kühlen Kellerraum im eigentlichen Hauptgebäude der Polizeidirektion, die im ehemaligen Institut der Englischen Fräulein an der Weinstraße untergebracht war, einem großen prachtvollen Bau aus dem 17. Jahrhundert. Das Haus in der Schrammerstraße schräg gegenüber, in dem Gryszinski saß, war nur eines von vielen zusätzlichen Gebäuden, auf welche die aus allen Nähten platzende Polizei ausweichen musste.

»Nun, der Tod des Unbekannten ist wie erwartet auf den Schuss mit einer Schrotflinte zurückzuführen, die, das ist allerdings interessant, aus nächster Nähe direkt ins Gesicht abgefeuert wurde. Genauer gesagt muss der Täter seinem Opfer die Mündung fast schon ans Gesicht gepresst haben. Da gehört schon eine Portion kaltblütiger Entschlossenheit dazu.« Der Arzt inhalierte seine Zigarre und dozierte dann weiter. »Der Einschusswinkel sagt uns, dass der Schütze kleiner als sein Opfer sein muss, zumindest wurde von unten geschossen. Allerdings war der Tote auch etwas über zwei Meter groß, genau können wir es nicht sagen, weil der Kopf ja in Teilen fehlt.«

Gryszinski nickte. Logisch.

»Um mehr über das Opfer zu erfahren, was uns vielleicht Aufschluss über seine Identität geben könnte, habe ich den Körper geöffnet. Hier.« Er hob eine Petrischale an, in der sich ein unappetitlich aussehender Fleischklumpen befand. »Fettleber. Typisch bei zu viel Bierkonsum, auf den auch der stattliche Bauch schließen lässt.«

Das Spatzl, das im Hintergrund stand, schnappte laut nach Luft. Klar, dachte Gryszinski bei sich, die Bayern halten Bier für eine Art reine Lebensessenz, die aus gesundem Getreide gewonnen wird. Vermutlich fragte Voglmaier sich gerade angstvoll, wie es wohl um seine eigene Leber bestellt sei. Gryszinski schüttelte den Kopf. Da hielt er sich doch lieber an seine Zigarren.

»Außerdem«, fuhr Dr. Meyering ungerührt fort, »ist der rechte Arm deutlich muskulöser als der linke, wobei einige Finger an den Innenseiten eine starke Hornhaut aufweisen. Meine Vermutung: Der Mann hat täglich mit der Rechten Masskrüge gestemmt und war ein Könner auf seinem Gebiet. Schade nur, dass wir uns in München befinden, wo es übermäßig viele Virtuosen dieses Schlags gibt.«

Gryszinski nickte zustimmend. »Was haben die Bodenproben ergeben?«

»Kein Blut, das um die Leiche herum versickert ist. Ihre Vermutung war also richtig. Der Mann wurde an anderer Stelle erschossen und im Park lediglich abgelegt.«

»Seltsam«, murmelte Gryszinski eher zu sich selbst, »weshalb nur haben sie den Körper nicht einfach in die Isar geworfen?«

»Nun zu der wenigen Kleidung des Opfers: Ihr Wachtmeister trug mir Ihre Bitte zu, diese luftdicht zu verwahren«, sagte Meyering und wandte sich vom Sektionstisch ab. »Ich nehme an, es ging Ihnen dabei um den Geruch der Wäsche?«

Gryszinski nickte. Die Anweisung hatte er noch am Fundort gegeben. »Ich meinte, etwas Ungewöhnliches gerochen zu haben, und wollte dies gern verifizieren.«

Meyering räusperte sich feierlich. »Nun, wie der Zufall es will, arbeite ich momentan an einer Apparatur, die Gerüche konservieren und bald auch bestimmen kann. Aber folgen Sie mir bitte.«

Gryszinski und Voglmaier verließen gemeinsam mit dem Gerichtsarzt den Raum, betraten das benachbarte Gewölbe und staunten nicht schlecht: Eine bestimmt zehn Meter lange Tafel aus mehreren schweren Holztischen war hier aufgebaut, die vollgestellt war mit ungewöhnlichen Messgeräten, Instrumentarien und geheimnisvollen Apparaten.

»Was ist denn das?«, rief Gryszinski aus.

»Das«, erklärte Meyering stolz, »ist mein anthropometrisches Labor. Ein Parcours aus Geräten, mit deren Hilfe wir eines Tages ein jedes verbrecherisches Individuum bis in seine letzte Haarwurzel hinein vermessen können.«

Gryszinski staunte. Er hatte nicht gewusst, was für ein kriminalistischer Pionier Meyering war. »Was ist das?«, fragte er und zeigte auf eine Art große Rolle mit zwei Griffen.

»Damit kann die Spannbreite der Arme exakt gemessen werden sowie die jeweilige Länge des Rückgrats und die Geraden zwischen verschiedenen Fixpunkten wie zwischen den Schulterblättern und dem Ende der Wirbelsäule und so weiter. Probieren Sie!«

Voglmaier nahm nach Meyerings Anweisungen die beiden Griffe in die Hände und zog diese mit einiger Kraft auseinander, sodass sich hinter seinem Rücken, wie die Flügel einer Fledermaus, eine große Plane entfaltete, auf der lauter Linien, Zahlen und Kreise eingezeichnet waren. Das Spatzl wirkte wie die dicke lebende Version von da Vincis vitruvianischem Menschen.

Gryszinski besah sich die Konstruktion. »Genial! Das muss die Fehlerquote beim Vermessen auf ein Minimum reduzieren.«

Er schritt die Tische weiter ab, vorbei an großen Schautafeln mit schematischen Abbildungen von Fingerabdrücken, die wohl ein Ordnungssystem darstellen sollten. Er sah einige Phiolen mit rätselhaften Flüssigkeiten. Und kleine Maschinen, die der Phantasie eines Alchimisten entsprungen zu sein schienen. Vor einem großen, schwarzen Kasten, aus dem immer paarweise kleine Röhrchen ragten, gesellte sich der Arzt wieder zu ihm.

»Das ist meine Camera olfactoria«, erklärte er stolz. »Eine Art Druckkammer, in der ich Gerüche sehr lange konservieren kann. Momentan nur von Gegenständen, aber eines Tages hoffe ich, beispielsweise den noch in der Luft am Tatort hängenden Rauch einer abgefeuerten Waffe einfangen zu können. Dann werden hoffentlich einige chemische Tests mit Duftpartikeln möglich sein. Aber das alles steckt noch in den Kinderschuhen. Fürs Erste befindet sich die Unterwäsche unseres Toten darin. Bitte sehr!« Er wies auf die kleinen Röhrchen, die wie Rüssel irgendeines exotischen Tierchens die ganze Apparatur immer paarweise bedeckten, und Gryszinski begriff, dass man da seine Nase drüberstülpen musste. Meyering hing mit seiner schon an der Maschine und winkte Gryszinski, es ihm gleichzutun. Der trat heran und hoffte nur, dass seine Nasenlöcher die ersten waren, die mit den Röhrchen in Berührung kamen. Auch Voglmaier presste seinen Riechkolben über zwei der Rüsselchen, und so hingen die drei Männer an dem Kasten, etwas befangen bemüht, sich gegenseitig nicht zu berühren.

»Ich öffne nun die innene Schneuse, um die Genüche fneizusetzen«, erläuterte Meyering nasal, »der Innennaum ist erwärmt, das intensiviert die Duftnoten.«

Er drückte auf einen großen roten Knopf am oberen Ende des Kastens. Eine Sekunde später trafen die unterschiedlichsten Gerüche auf Gryszinskis Nase, um ein Vielfaches stärker, als er diese im Park wahrgenommen hatte. Etwas verbrannt roch es. Er erkannte aber auch eine Tabakpfeife. Torf. Und ein besonders wohlriechendes Rasierwasser. Das war es, was ihm am Tatort aufgefallen war, denn ohne sich besonders auszukennen, wirkte der Duft auf ihn über die Maßen exklusiv.

Er schnupperte noch ein wenig, dann ließ er ab von der Duft-Druckkammer und dachte nach. Was hatten sie bisher? Einen großen, kräftigen Kerl, der ein Könner am Bierfass gewesen war, aber offenbar kein verlotterter Trunkenbold. Dagegen sprach das elegante Rasierwasser, aber auch die Unterwäsche des Mannes, die zwar nicht teuer, aber sehr sauber und gepflegt war. Und dann war da natürlich der Federumhang, dieses rätselhafte hauchdünne Vlies.

»Wo ist das Federgewand?«

»Ich hatte es ebenfalls in dieser Apparatur, aber an ihm haftet leider kein Duft, es ist wohl zu fein, als dass etwas daran hängen bleiben würde«, erklärte der Arzt. »Leider kann ich Ihnen auch nicht viel dazu sagen, um was für eine Art von Feder es sich handelt, ich bin kein Enthusiast der Ornithologie.«

»Das macht nichts«, sagte Gryszinski. »Ich habe da schon eine Idee. Könnten Sie mir ein paar Federn aus dem Umhang zupfen und in einen Umschlag geben?«

In ihrem gemeinsamen Bureau hielt Gryszinski mit Voglmaier und Eberle, der in der Zwischenzeit seine Aufzeichnungen sauber zusammengeschrieben hatte, eine Lagebesprechung ab. »Um irgendwo anfangen zu können, müssen wir herausfinden, wer das Opfer war. Wir haben zwei Ansatzpunkte: den Federmantel und die körperlichen Merkmale, die auf eine beachtliche Karriere als Biertrinker hinweisen«, fasste er zusammen. »Einer von Ihnen müsste also eine Runde durch die Wirtshäuser machen« – Voglmaiers Augen begannen zu leuchten – »während der andere alle Modehäuser der Innenstadt abklappern wird, um herauszufinden, ob der Umhang hier irgendwo gefertigt wurde.«

»Wenn Sie erlauben, Chef«, bemerkte Voglmaier, der sich unbedingt für die Kneipentour bewerben wollte, »ich hätte einige Spezl, die in den verschiedenen Wirtshäusern quasi zum Inventar gehören. Wenn jemand weiß, dass ein zwei Meter großer Kampftrinker vermisst wird, dann einer von denen.«

Gryszinski nickte zögerlich. Es widerstrebte ihm, das Spatzl durch die Gaststätten tingeln zu lassen, allerdings eignete sich der feinsinnigere Eberle wohl tatsächlich besser dazu, mit Münchens Couturiers in Verbindung zu treten. »Na gut, dann weiß jetzt ja jeder, was er zu tun hat. Wir treffen uns hier wieder zu einem ersten Rapport um Punkt sechs Uhr abends.«

Der Kommandant eilte schon wieder aus dem Zimmer, dicht gefolgt vom plötzlich sehr geschäftigen Voglmaier, während Eberle ob der überraschenden preußisch-militärischen Töne noch ehrfurchtsvoll strammstand.

Gryszinski verfolgte noch eine weitere Idee. Er besah sich die verschiedenen Federn, die Meyering ihm aus dem Umhang gezupft hatte. Einige schimmerten honigbraun, andere changierten ins Grüne oder Gelbe. Alle Federn waren zart und klein. In dem hauchdünnen Gespinst, aus dem der Umhang bestand, wirkten sie wie durchsichtige Wasserfarbe, die bei jeder Bewegung in eine andere Richtung lief. Er steckte die Federn zurück in das Kuvert, in dem er sie verwahrte, und richtete seine Schritte in Richtung Victualienmarkt.

Am Markt angekommen, wanderte sein Blick schon zu den Geflügelständen, während sein Magen konträre Pläne verfolgte – Gryszinski beschloss, auf seinen Bauch zu hören, der in diesem Moment wesentlich lauter als der Kopf schrie. Am anderen Ende des Platzes stand eine weitere aus Eisen erbaute Halle, in deren Innern alle Arten tierischer Eingeweide verkauft wurden, gesäumt von einigen Lädchen, in denen es Brot gab. Im letzten Winkel der Kuttelhalle, hinter Netzen aus Pansen und Vitrinen voller zartem Gekröse, verbarg sich ein Stand, an dem eine Bäuerin Saures Lüngerl kochte. Die in feine Streifen geschnittenen Kalbslungen simmerten in einer dicken Sauce aus Essig und Rahm in einem großen Topf vor sich hin. Der Eintopf wurde in einer groben Schale gereicht, in die Mitte ein bayerischer Seelenknödel gebettet. Die Nase vom Duft des warmen Brotes der benachbarten Stände umweht, löffelte Gryszinski seine Lungensuppe und redete sich ein, seinen Gedankengängen zu dem Fall auf diese Weise etwas neuen Schwung zu verleihen. Er begrub quasi alle Grübeleien unter einem Berg aus warmer Rahmsauce, um sie dann wie Phönix aus der Asche in Form ganz neuer Ideen wieder an die Oberfläche seines Bewusstseins steigen zu lassen.

Das klappte erstaunlich gut, befand Gryszinski, als er wieder nach draußen trat. Der Markt lag im flirrenden Schein der hochstehenden Sonne, luftig wie das Bild eines französischen Freilichtmalers, mit bunten Tupfern aus feilgebotenen Blumen und Federvieh, das noch ungerupft an den Geflügelständen Spalier hing. Er kannte hier einen Händler namens Simmel, der ein großer Kenner flatternder Spezialitäten war. Er fand ihn an dessen Stand, verwickelt in eine Fachsimpelei zur besten Zubereitung eines gespickten Kapauns, der Gryszinski nur teilweise folgen konnte.

»Grüß Gott, Herr Hauptmann«, unterbrach Simmel sein Gespräch, »wie kann ich Ihnen helfen?«

Gryszinski nickte zum Gruß und holte dann das Kuvert mit den Federn hervor. »Ich bräuchte dienstlich einen Rat von Ihnen. Von welchem Vogel stammen wohl diese Federn?«

Er reichte dem Geflügelhändler die fraglichen Federn, dieser drehte sie einzeln hin und her. »Ich hätte eine Idee, würde die aber gern mitnehmen und hinten mit ein paar Exemplaren vergleichen«, sagte er und deutete ins Innere seiner Bude. »Möchten Sie so lange etwas von unserer Gänseleberpastete kosten? Ein neues Rezept!«

Gryszinski bejahte – Leber passte doch gut zu Lunge, außerdem musste man schließlich die Wartezeit überbrücken. Er steckte sich ein Stück geröstetes Brot, dick bestrichen mit Pastete, in den Mund, schloss kurz die Augen, öffnete sie wieder. Und fuhr laut aufschreiend zusammen, denn da stand – wie immer ohne jegliche akustische Vorwarnung – seine gespenstische Haushälterin vor ihm. Ihr Gesicht lag im Schatten einer mit Trockenblumen verzierten Kreatur, die man wohl freundlich als Hut bezeichnen konnte. Sie blinzelte ihn einen Hauch missbilligend an.

»Frau Brunner«, keuchte er und schluckte mühsam die Pastete herunter.

»Gnädiger Herr.« Die Brunner zog die Augenbrauen hoch. »Mit Ihnen hätte ich hier nicht gerechnet.«

Schuldbewusst blickte Gryszinski auf die Pâté in seinen Händen, dann straffte er die Schultern. »Nun, ich bin dienstlich hier. Und Sie, holen Sie ein? Was gibt es denn heute Abend Gutes?« Die letzte Frage hatte er sich nicht verkneifen können.

»Fasan. Ihre Frau wollte unbedingt Geflügel haben, hat sie gleich heute Morgen gesagt.«

Gryszinski staunte nicht schlecht ob Sophies dunklen Sinnes für Metaphorik. Er hatte ihr gestern Abend noch von seinem Fall berichtet, und der Federmantel hatte sie besonders fasziniert. Ihm heute gleich einen toten Vogel aufzutischen, ließ einige Rückschlüsse auf ihre dramatische Ader zu. Kein Wunder, bei all der Literatur, die sie täglich konsumierte.

In diesem Moment tauchte der Händler wieder auf. »Ich denke, ich weiß es«, erklärte er. »Vielleicht könnten Sie mir nach hinten ins Lager folgen?«

Gryszinski verabschiedete sich von Frau Brunner, die ihren Fasan einsackte und weiterzog, und folgte Simmel hinter den Verkaufstresen in einen kleinen Raum, der als Lager der Marktbude diente und mit all dem Geflügel, das an Haken von den Wänden baumelte, an ein Jägerkabinett erinnerte. Simmel hob eine kleine Holzkiste an, in der ein paar Vögelchen wie im tiefen Schlummer lagen. Ihre Köpfchen waren blassgrün, die Kehlen gelb, der Rest der Körper changierte zwischen Gelb und einem hellen Karamellbraun.

Der Händler hielt drei Federn in die Höhe. »Die hier stammen von solchen Vögeln. Ortolane. Oder: Fettammern. Eine besonders feine Delikatesse.«

Gryszinski nickte. Davon hatte er schon gehört. Den Ortolanen wurden, sobald sie eingefangen waren, die Augen entfernt. Von schwarzer Nacht umgeben, waren die Vögel jeglichen Zeitgefühls enthoben und fraßen ununterbrochen. Nach etwa zwei Wochen waren sie dreimal so fett wie zuvor. Dann wurden sie gerupft, in Armagnac getränkt und in heißem Fett gegart. Man verschlang den Ortolan im Ganzen, von Kopf bis Fuß, und stülpte sich dabei eine Serviette über den Kopf, damit sich nichts von dem wertvollen Aroma verflüchtigte. Eine ganze Festtafel voller Serviettenköpfe musste ein recht amüsanter Anblick sein.

»Die weiteren Federn, die Sie mir gegeben haben«, unterbrach Simmel Gryszinskis Tagträumerei von Damen in viktorianischen Gewändern, die sich in einer samtblauen Sommernacht Servietten über den Kopf zogen und kichernd »Buhuu!« machten, »stammen allerdings nicht von Ortolanen, sondern einer Vogelart, die wir hier nicht verkaufen.«

»Ach? Zu selten? Zu wertvoll?«

»Nein.« Der Händler grinste. »Zu wertlos. Die Federn gehören sozusagen zur ärmlichen Verwandtschaft der Ortolane. Sie stammen aus dem glanzlosen Federkleid von … Spatzen.«

Nach dem Gespräch mit Simmel beschloss Gryszinski, noch einmal den Fundort der Leiche aufzusuchen. Er setzte sich wie am Tag zuvor in die Trambahn und blickte grüblerisch auf die Hinterseite der kräftigen Zugpferde, die stoisch ihrer Aufgabe nachgingen. Seitdem es die dampfbetriebene Tram gab, mussten die Tramführer sich vorsehen, denn selbst diese gemütlichen Lastengäule waren nervös geworden, als die kleine Lokomotive plötzlich ihre Bahnen störte. Nicht wenige Pferde gingen durch, trotz einer Verordnung der Polizeidirektion, nach der die Lokomotive »augenblicklich stille halten sollte, wenn in der Nähe befindliche Pferde sich unruhig zeigen«. Als wüssten sie, dass nun neue Zeiten anbrachen, in denen sie keine Rolle mehr spielen würden. Gryszinski lächelte unwillkürlich. Sogar die Tiere scheuten die anstehende Jahrhundertwende.

Er blickte aus dem Fenster. Die Isar ruhte in ihrem Bett, ihr dahinströmendes Wasser funkelte im Sonnenlicht. So friedlich und sanft sie jetzt wirkte, sie war doch eine wilde Schöne, die eine heftige Zerstörungswut entwickeln konnte. Vor über achtzig Jahren noch hatte sie die Schwanenbrücke in Münchens Zentrum zum Einsturz gebracht und dabei hundert Menschen in den Tod gerissen. Auch danach war sie regelmäßig über ihre Ufer gestiegen, weshalb man ständig daran arbeitete, den unbändigen Fluss aus den Bergen in ein kanalartiges System zu bannen, indem man überall hohe Kaimauern zog. Die Isarregulierung hatte allerdings zur Folge, dass sich mittlerweile auch die Gutbetuchten trauten, nah an den malerischen Fluss zu ziehen, die Ärmeren, die bisher hier ihre Quartiere hatten, konnten sich die Mieten bald nicht mehr leisten. Die überhöhten Mieten und die Wohnungsknappheit im Zentrum waren wirklich ein Sujet, mit dem man in München jede mediokre Plauderei im Wirtshaus in eine leidenschaftliche Debatte verwandeln konnte. Gryszinski allerdings konnte sich kaum vorstellen, dass die Entwicklung der letzten Jahre immer so weitergehen könnte – sicherlich würden bald andere Themen die bayerischen Gemüter erhitzen.

Er stieg aus, verharrte auf der Maximiliansbrücke und fragte sich zum wiederholten Male, weshalb der oder die Mörder ihr Opfer nicht einfach in den schimmernden Gewässern hatten verschwinden lassen. Dann lief er weiter in die Parkanlagen hinein und dachte nach. Zwar gehörte Gryszinski einer neuen Schule an, die der Spur und dem Indizienbeweis die höchste Wahrheit zusprachen, doch die Psychologie eines Falls, die Untiefen der verbrecherischen Seele, trieb ihn ebenso um. Was ihn hier am meisten beschäftigte, war der krasse Gegensatz zwischen der rohen Gewalt des fast vollständig weggeschossenen Kopfes und der Tatsache, dass der tote Körper in dieses fragile, trotz der merkwürdig deplatzierten Spatzenfedern wertvolle Gewand gehüllt worden war. Der Mann war nicht abgeknallt und wie Abfall in der Isar entsorgt worden, nein, man hatte ihn verkleidet und sorgsam ins goldene Herbstlaub gebettet, wo man ihn schnell entdecken musste. Auch die Persönlichkeit des Ermordeten gab Rätsel auf – für einen großen, breitschultrigen Trinker war der Körper doch sehr gepflegt und sorgsam parfümiert gewesen, Nägel und Unterwäsche sauber. Gryszinski schüttelte den Kopf. Er hoffte sehr, dass seine zwei Wachtmeister etwas herausgefunden hatten. Die Bestimmung der Federn brachte ihn nicht wirklich weiter. Auch der Fundort der Leiche, den er in ebendiesem Moment erreichte, verriet ihm nichts. Die umstehenden Bäume waren stumme Zeugen, die feuchte Erde schwieg. Kein Werkzeug aus seinem Köfferchen hatte diesen Ort bislang zum Reden gebracht.

Er stapfte die Senke wieder hoch und lief zurück. Auf halbem Wege bildete ein kleiner Seitenarm des Flusses ein winziges Binnengewässer, auf dem sich eine Gruppe Enten häuslich niedergelassen hatte. Gedankenverloren zerbröselte Gryszinski die Reste einer Semmel, die er in seiner Manteltasche trug, und warf die Krümel den Enten zu. Die gesamte Schar warf sich schnatternd auf die Krumen; nur ein einziges Tier, ein Erpel, blieb abseits stehen und starrte Gryszinski unverwandt an. Der starrte zurück. Der Vogel erschien ihm als verwandte Seele, ein Beobachter, der stille Preuße zwischen all den geschäftigen Bayern. Doch je länger die Ente starrte, desto unbehaglicher fühlte er sich, wie unter den strafenden Augen seiner Mutter, die ihn fragte, warum gefälligst er sich eigentlich hier draußen herumtrieb.

Zum Abendessen gab es den Fasan vom Simmel. Frau Brunner hatte ihn mit dicken Speckscheiben umwickelt in den Ofen geschoben und dazu Sauerkraut in dem Fett geschmort, das reichlich und laut zischend aus dem Vogel floss. Selbst die großporigen Knödel konnten nicht den ganzen köstlichen Bratensaft aufsaugen, und die Küche lag in einem effektvollen dichten Nebel, der jeden Bühnentechniker des Wagner-Festspielhauses vor Neid hätte erblassen lassen. Die Brunner huschte wie eine düstere Norne durch die Küchendämpfe und riss die Fenster auf.

Beim ersten Blick auf den gebratenen Fasan hatte Gryszinski an den vorwurfsvollen Erpel denken müssen, es sich dann aber doch schmecken lassen. Der Tag war leider wenig erfolgreich zu Ende gegangen. In keinem der einschlägigen Wirtshäuser wurde ein Mann von seinen Saufkumpanen vermisst, und Eberle hatte auf seiner Tour durch die Boutiquen und Ateliers keinen Modeschöpfer ausfindig machen können, der den Umhang gefertigt hatte. Gryszinski seufzte. In diesem Augenblick kam Anneliese, die Kindsmagd, mit Friedrich auf dem Arm ins Zimmer, damit die Eltern ihm eine gute Nacht wünschen konnten. Gryszinski nahm seinen kleinen Sohn auf den Arm und wirbelte ihn ein wenig in der Luft herum, was spontan mit einem glücklichen Glucksen goutiert wurde. Das Kind spreizte seine kleinen Fäustchen; als sich die linke Hand öffnete, sah

Gryszinski darin eine bräunliche Feder. Er zuckte unangenehm berührt zusammen.

»Was ist das denn, Fritzi?«, fragte er.

Sophie lachte und entwand dem Kleinen die Feder. »Ach, die ist von heute Mittag. Er hat sehr fasziniert zugesehen, wie Frau Brunner den Fasan gerupft hat. Hast du die Feder den ganzen Tag gebunkert, Fritzchen?« Sie kitzelte mit der Feder Friedrichs Gesicht, dann trug Anneliese ihn hinüber ins Kinderzimmer.

Gryszinski drohte seiner Frau scherzhaft mit erhobenem Zeigefinger. »Deine dramatische Ader ist wirklich unglaublich. Mir ausgerechnet heute einen toten Vogel zu servieren!«

Sophie starrte ihn kurz an, dann lachte sie los. »Du meine Güte, du hast recht! Aber ich schwöre, es ist nicht absichtlich geschehen. Ich bin einfach heute Morgen aufgewacht und hatte Lust auf Geflügel.« Sie schüttelte ungläubig den Kopf. »Unfassbar, was man manchmal tut, ohne sich dessen wirklich bewusst zu sein. In Wien gibt es einen Professor, der könnte uns einiges dazu berichten.«

Gryszinski erhob schnell sein Glas, bevor sie ihm einen Vortrag halten konnte. »Nun dann: auf bewussten Genuss!«

Sophie prostete ihm zu. »Lass dir diesen absolut symbolfreien Fasan weiterhin schmecken!«

Arglos spießte er ein ordentliches Stück Vogel auf die Gabel, schob es sich in den Mund – und biss prompt auf eine Schrotkugel. Er spuckte das tödliche Geschoss auf seinen Teller und beäugte es. Wenn er die Aussagen dieses Wiener Professors richtig in Erinnerung hatte, dann gab es keine Zufälle.

Den nächsten Morgen verbrachte Gryszinski mit den Aufzeichnungen zum Fundort und den Indizien, die der junge Gendarm so übereifrig aufgeklaubt hatte. Die Herren Voglmaier und Eberle hatte er wieder losgeschickt, um weitere

Wirtshäuser sowie Modegeschäfte und Schneider abzuklappern. Gryszinski hatte sich ein Mikroskop auf seinem Tisch aufstellen lassen und betrachtete den Zigarettenstummel, der so vergrößert wie ein absurdes Objekt aussah und eher einem fremden Himmelskörper ähnelte. Immerhin konnte er eine deutliche Einkerbung erkennen, die darauf schließen ließ, dass der Raucher auf dem Ende herumgekaut hatte – ob aus Gewohnheit oder Nervosität ließ sich im Nachhinein kaum feststellen. Genauso wenig wie Gryszinski die Frage klären konnte, ob der Stummel überhaupt mit dem Mord zusammenhing oder einfach irgendeine beliebige Person ihn zu einem anderen Zeitpunkt dort hatte fallen lassen. Dasselbe galt auch für die anderen beiden Gegenstände. Der Knopf war ein polierter Hirschknopf, wie man ihn an fast jeder bayerischen Trachtenjacke fand. Dr. Meyering hatte auf der glatten Oberfläche leider keinen Fingerabdruck sicherstellen können, und auch das Mikroskop förderte keine Gravur oder irgendetwas anderes Brauchbares zutage. Der Handschuh wiederum war ein zweckmäßiges Herrenmodell aus rauem Leder. Ein kleiner Fleck an einem der Fingerenden hatte Gryszinskis Aufmerksamkeit erregt, weshalb er diesen auf menschliches Blut hin testete. Aber egal, wie viele Flüssigkeiten aus seinem Tatortköfferchen er mit einigen Partikeln des verfärbten Stoffs in Berührung brachte, an diesen Handschuhen klebte offenkundig kein Blut.

Frustriert wandte er sich vom Mikroskop ab und trat ans Fenster. Draußen wurden gerade kistenweise Krustentiere und Austern bei Dallmayr geliefert, eine regelrechte Parade des Ozeans, die Gryszinski dazu brachte, seine Taschenuhr zu ziehen, um nachzusehen, ob wohl bald Mittagszeit war. Auch wenn es natürlich nicht denkbar war, dass er wie ein verwöhnter Pariser Dandy um zwölf Uhr hinüberschlenderte, um Austern und Champagner zum *déjeuner* zu genießen. Die Laune auf dem Nullpunkt wandte er sich wieder vom Fenster ab und fuhr zusammen. Die Brunner stand vor ihm, höchstens einen halben Meter entfernt, schweigend wie eine Statue.

»Frau Brunner!«, schrie Gryszinski außer sich.

Seine Haushälterin zuckte erschrocken zusammen. »Gnädiger Herr?«

»Hören Sie doch endlich auf damit!«

»Womit denn?« Die Brunner war ehrlich erstaunt.

»Na.« Gryszinski wurde unsicher, vielleicht war er einfach nur sehr schreckhaft? »Na, damit, sich immer anzuschleichen. Sie haben mir schon mehr als einen beinahe tödlichen Schrecken eingejagt … und jetzt auch noch hier, in meinem Bureau …« Er fasste sich ein wenig. »Was tun Sie denn hier?«

Sie kräuselte die Lippen, was Gryszinski so deutete, dass sie ihn nicht nur für schreckhaft, sondern geradezu hysterisch hielt, dann zog sie etwas aus ihrem weiten Mantel hervor. Es war das heutige Morgenblatt der Allgemeinen Zeitung, das Gryszinski schon beim Frühstück eher beiläufig durchgeblättert hatte. »Ihre Frau trug mir auf, Ihnen das hier so schnell wie möglich zu bringen. Es kann nicht bis heute Abend warten, das hat sie gesagt.«

»Ach?« Zögernd nahm er die Zeitung entgegen. »Hat sie noch eine Nachricht dazugeschrieben?«

»Dafür war keine Zeit, so eilig war es ihr. Sie sollen nachsehen und werden es schon finden, hat sie gesagt.« Sie nickte nochmals gravitätisch, machte eine halbe Kehre und schritt geräuschlos hinaus.

Damit könnte sie glatt in einem Panoptikum auf dem Jahrmarkt auftreten, dachte Gryszinski bei sich und blätterte die Zeitung durch. Er fand schnell die gesuchte Stelle, denn Sophie hatte neben eine Notiz ein schwungvolles Ausrufungszeichen gesetzt, diese lautete:

München ist um eine schillernde Persönlichkeit reicher – Eduard Lemke, Großindustrieller, in Preußen geborener Weltbürger, ist nach längeren Aufenthalten in Paris, London und sogar dem fernen Amerika nach München gekommen und hat bereits vor einigen Monaten im neuen Stadtteil Bogenhausen seinen Wohnsitz eingerichtet. Er ließ sich dort eine prunkvolle Villa erbauen, die nun am vorigen Sonntag mit einer rauschenden Feier eingeweiht wurde, zu der Münchens glänzendste Gesellschaft erschien. Der Reporter erkannte unter anderen: Polizeidirektor Ludwig Freiherr von Welser, den Preußischen Gesandten Max Freiherr von Thielmann und die legendäre Wagner-Interpretin Malvina Schnorr von Carolsfeld. Auch Bürgermeister Wilhelm Ritter von Borscht gab sich die Ehre. Dazu kamen zahlreiche elegante Gäste aus dem Ausland. Der neue Bau Lemkes verfügt über Wände, die sich dank eines hydraulischen Systems im Fußboden versenken lassen. So verwandelte sich der gesamte Ostflügel in einen Ballsaal, einen Salon Europa gigantischen Ausmaßes. Der Westflügel durfte nur von gesondert geladenen Gästen betreten werden. Man munkelt etwas von Zimmern, die eine phantasmagorische Parallelwelt eröffnen. Im Ostflügel derweil wuchs mithilfe einer elektrisch betriebenen Kurbelmechanik als besonderer Coup ein überreich mit Delikatessen und feinstem Porzellan beladenes Tischleindeckdich aus dem Boden, nebst einem musizierenden Orchester, das auf den Stühlen der zuvor unsichtbaren Tafel Platz genommen hatte. Der Hausherr selbst begrüßte die vorbeidefilierenden Gäste am Eingang, neben sich seine Gattin, die – ein weiterer köstlicher Einfall! – angetan war mit einem schlichten blütenweißen Seidengewand, über das sie ein zartes Vlies aus Tausenden Vogelfedern geworfen hatte. Als wunder-

schöner Vogel verkleidet stand sie in einem mannshohen goldenen Käfig, durch dessen wertvolle Gitterstäbe sie die Gäste begrüßte. Die Federn, ließ der Gastgeber den Reporter wissen, stammen von dreihundert Ortolanen, die im Rahmen des schwelgerischen Menüs gereicht wurden.

Der Verfasser des Artikels schwärmte weiter von den Räumlichkeiten der Villa, wobei er sich nicht entscheiden konnte, ob diese eher einem Märchenschloss aus Tausendundeiner Nacht oder einfach gleich Versailles glich, doch Gryszinski hatte genug gelesen, er sprang auf. Der Umhang, das musste er sein! Er rechnete zurück. Der Todeszeitpunkt, wie ihn Meyering bestätigt hatte, fiel auf den Abend, an dem die Feier stattgefunden hatte. Angesichts der Prominenz, die offenbar ausgerechnet in dem Hause verkehrte, das er im Zusammenhang mit einem obskuren Mordfall würde aufsuchen müssen, wurde ihm ein wenig blümerant. Ein vorheriges Gespräch mit dem Polizeidirektor, überlegte er, war wohl unumgänglich. Wenn er nur mehr über das Opfer wüsste! Gryszinski fuhr sich angestrengt durchs Gesicht, während er doch gleichzeitig spürte, wie das kriminalistische Fieber in ihm aufstieg. Er hatte bereits einen weiteren Gendarmen darauf ansetzen können, die Vermisstenmeldungen durchzugehen, aber auch das war bisher ergebnislos geblieben. Auch Dr. Meyering war noch nicht weitergekommen, durchforstete aber mittlerweile gemeinsam mit einem Assistenten sein Archiv der Fingerabdrücke. Alle waren tätig, nur er, der vielgelobte hoffnungsvolle Ermittler, war zum Warten verdammt. Er tigerte eine Weile in seinem Bureau auf und ab, dann beschloss er, dass der Polizeidirektor ja vielleicht froh wäre, zu solch einem frühen Zeitpunkt in die Ermittlungen einbezogen zu werden, und griff nach seinem Hut.

Polizeidirektor Ludwig von Welser, so sagte man ihm, befinde sich nicht in seinem Bureau, sondern sei zu einer Unterredung beim *déjeuner* ins Café Luitpold gegangen. Diese müsse aber demnächst zu Ende sein; wenn er einfach direkt ins Kaffeehaus gehen würde, könne er Welser eventuell abpassen. Also eilte Gryszinski die Theatinerstraße entlang, vorbei an der Feldherrnhalle, einer luftigen und etwas einschüchternden Loggia. Links bog er in die Brienner Straße ein, wo sich das Luitpold befand, quasi vis-à-vis zum Tambosi, das bis vor einigen Jahren Münchens erste Adresse der Kaffeehäuser gewesen war, doch das Luitpold, das sogar den Namen des derzeitigen Regenten tragen durfte, übertraf den klassizistischen Bau am Hofgarten in Sachen Prunk um ein Vielfaches. Entsprechend musste sich Gryszinski, nachdem er eingetreten war, erst einmal orientieren. Das Luitpold bestand aus über zwanzig Räumen, eine Flucht aus Zimmeruniversen, die einen immer tiefer hineinzogen. Begleitet vom dumpfen Klopfen schwerer Gläser, die auf Tischen abgestellt wurden, dem Gluckern heißen Kaffees, der nach französischer Art direkt am Tisch aus großen Nickelkannen eingegossen wurde, und dem Geraschel der Zeitungen, die jeder Gast großzügig vor sich stapelte, passierte Gryszinski Billardtische, über denen in Rokoko-Manier Figuren und goldenes Stuckwerk von der Wand quollen, lugte in dämmrige Seitenschiffe und umrundete Springbrunnen. Er fand seinen Chef schließlich in einer gigantischen dreischiffigen Halle, in der unzählige Bistrotischchen symmetrisch wie auf einem unendlichen Schachbrett aufgestellt waren. Tausendzweihundert Gäste konnten hier sitzen, palavern, beobachten.

Gryszinski wartete artig hinter einer der polierten Marmorsäulen mit korinthisch anmutendem Kapitell, die, ähnlich den Tischen, in ewig langen Reihen standen, als würden sich zwei einander gegenüberstehende Spiegel ihr jeweiliges

Bild hin- und herwerfen. Welser, ein schlanker Mittfünfziger mit sauberem Seitenscheitel und einer Falte zwischen den Augen, die sein Gesicht selbst bei günstigen Stimmungslagen verdüsterte, verabschiedete sich eben von einem Herrn mit Vollbart und müdem, aber aufmerksamem Blick. Sie hatten zuvor an einem Tisch gesessen, der an einer Wand halb versteckt hinter einer Säule stand – öffentlich und zugleich doch abgeschirmt von neugierigen Ohren. Als der Unbekannte gegangen war, nahm Welser wieder Platz. Gryszinski nutzte die günstige Gelegenheit und trat näher.

»Gryszinski!«, begrüßte Welser ihn, es klang für einen Bayern recht markig. »Das trifft sich gut, wollte eh nach Ihnen schicken lassen. Nehmen Sie Platz!«

Gryszinski setzte sich auf den Stuhl, der noch warm von Welsers vorherigem Gesprächspartner war. Der Polizeidirektor blickte bequem in die gesamte Säulenhalle mitsamt aller Eingänge hinein, während sein Gegenüber ein höchst beschränktes Sichtfeld hatte und zudem die ganze Zeit fürchten musste, von einer der Kellnerinnen ein Tablett in den Nacken gerammt zu bekommen. Gryszinski musste grinsen. Sein Chef verstand sein Handwerk. Vermutlich war er fünf Minuten vorm vereinbarten Zeitpunkt eingetroffen, um sich den strategisch besten Platz auszusuchen. Vielleicht ging es dabei nicht einmal um das Gespräch, sondern war einfach die Marotte eines hochrangigen Polizisten.

Die beiden Herren hatten sich nach dem Mittagessen offenbar noch einen Cognac und jeweils ein Stück Prinzregententorte gegönnt, die vor ein paar Jahren anlässlich eines Geburtstages Luitpolds kreiert worden war. Gryszinskis prüfender Blick blieb am Teller von Welsers Gesprächspartner hängen, auf dem noch größere Teile des Fundaments der Torte stehen geblieben waren, die aus acht luftigen Biskuitböden bestand – jede Schicht symbolisierte einen bayerischen Regierungsbezirk. Eine üppige mit Schokolade versetzte Buttercreme hielt das delikate Bauwerk zusammen. Dass der unbekannte Herr so viel davon übrig gelassen hatte, konnte nur bedeuten, dass er den höheren Redeanteil gehabt hatte und wohl vor lauter Leidenschaft bei seinen Ausführungen das Essen glatt vernachlässigt hatte. Gryszinskis Magen knurrte. Zum Glück kam schon die Kellnerin, die alles auf ihr Tablett stapelte, das sie ihm natürlich in den Nacken stieß.

»Nun.« Welser lehnte sich zurück, ließ seinen Blick durch den Raum schweifen und wandte sich dann seinem Gegenüber zu. »Ein höchst obskurer Mordfall, den wir da haben. Der Vogelmann, wie er bereits in den Fluren der Polizeidirektion genannt wird. Genau die Art von Kapitalverbrechen, für die wir Sie geholt haben.«

Gryszinski schluckte und setzte sich noch aufrechter hin. An der Wand hinter Welser erblickte er eine Figur des Atlas, die das Gewicht des ganzen gigantischen Kaffeehauses zu tragen schien. Der Anblick machte ihn irgendwie beklommen.

»Also, was wissen wir schon?«, wollte Welser wissen.

Gryszinski fasste ihre bisherigen bescheidenen Erkenntnisse zusammen. Am Schluss zog er die Ausgabe der Allgemeinen Zeitung hervor, reichte sie dem Polizeidirektor und wies auf den Part mit dem Umhang hin. »Ich denke, das muss der Federmantel sein, den unser Opfer trug. Ich kann mir kaum vorstellen, dass es noch einen zweiten dieser Art gibt.«

Welser schwieg. Schon als der Name Eduard Lemke zum ersten Mal gefallen war, hatten seine Augen eigentümlich zu leuchten begonnen, und Gryszinski hätte sogar schwören können, dass er kurz gelächelt hatte. Diese Reaktion war höchst irritierend, hatte Gryszinski doch damit gerechnet, an dieser Stelle eine kraterähnliche Vertiefung der Welser'schen Stirnfalte zu sehen.

»Ja, dann müssen Sie wohl schleunigst nach Bogenhausen gehen und Lemke aufsuchen«, erklärte Welser nun auch noch freundlich. »Sie hätten gar nicht erst zu mir kommen müssen.«

»Ich dachte, da Sie offenbar direkten Umgang mit Herrn Lemke pflegen ...«

»Ja und?«, fuhr Welser scharf dazwischen. »Die bayerische Justiz und ihre Hüter sind unbestechlich! Nur weil ich jemanden persönlich kenne, heißt das selbstverständlich nicht, dass Sie in der Klärung eines Mordfalls auf derlei Beziehungen Rücksicht nehmen müssten! Ich weiß ja nicht, wie solche Dinge in Preußen gehandhabt werden, aber in Bayern sind wir da überaus korrekt!«

Gryszinski, der eigentlich ganz Bayern für eine einzige Spezlwirtschaft gehalten hatte, im krassen Gegensatz zu seinem Heimatland, sah sein gesamtes Weltbild wanken. Gleichzeitig wuchs er noch mal ein paar Zentimeter aus Stolz, für eine solche der Wahrheit verpflichtete Behörde zu arbeiten. »Gut ... äh, natürlich! Das hatte ich auch gar nicht andeuten wollen ...« Er sammelte sich kurz. »Ich wollte Sie vielmehr um Ihren Rat bitten, da Sie Herrn Lemke bereits kennen. Er ist ja auch nicht automatisch verdächtig. Aber falls doch, haben Sie ein paar hilfreiche Einblicke in seine Persönlichkeit für mich?«

Welser beugte sich vor und blickte Gryszinski fest in die Augen. »Sie werden feststellen, dass es niemanden gibt, der Eduard Lemke gleicht. Er ist ein Aufsteiger, dem keine Idee zu kühn ist, er hat ein Selbstbewusstsein, das nur mit Größenwahn zu beschreiben ist. Dann ist er wieder sehr charmant und verbindlich und liebt alles, was ihn sentimental stimmt. Er ist ein menschliches Vexierbild. Ich würde sagen: Appellieren Sie an seine Eitelkeit, bringen Sie ruhig ein, dass Sie von Stand und Offizier sind, aber übertreiben Sie es nicht damit. Vielleicht ist auch die Tatsache, dass Sie beide Preußen sind, etwas, das ihn für Sie einnimmt. Oder auch gerade nicht. Seien Sie einfach offen und aufmerksam. Und ich wiederhole: keine falsche Rücksichtnahme!«

Damit war die Audienz im Luitpold beendet. Und Kommandant Gryszinski, der unbestechliche Hüter der Wahrheit, machte sich auf den Weg nach Bogenhausen.

3.

»Wer Menschenkenner ist, ein gutes Gedächtnis und Geistesgegenwart besitzt, der Sache Lust und Eifer entgegenbringt, immer auf das ängstlichste auf dem Boden des Gesetzes bleibt und im Beschuldigten stets seinen gefallenen oder unschuldig verdächtigten Mitbruder sieht, wird ihn gut vernehmen.«

Hans Groß: Handbuch für Untersuchungsrichter, Polizeibeamte, Gendarmen usw., 1. Auflage, 1893

Der einstige Grafensitz Bogenhausen war erst zwei Jahre zuvor eingemeindet worden, doch galt bereits jetzt als mondänstes Viertel Münchens. Seit drei Jahren ließ der Prinzregent eine nach ihm benannte schicke Flaniermeile bauen, die mitten hinein in den neuen Stadtteil führte. Der Monarch liebäugelte auch mit dem Gedanken an ein prachtvolles Wagner-Festpielhaus an ebenjener Prachtstraße, doch die Witwe des Über-Komponisten stellte sich von Bayreuth aus quer. Unmittelbar hinter den Maximiliansanlagen, kam der Ermittler Gryszinski nicht umhin zu bemerken, wuchsen immer neue Villen aus dem Boden, eine phantastischer und ausgefallener als die andere. Lemkes neuer Wohnsitz lag am Mitterweg, nicht weit vom Park, aber doch in einer Entfernung, die man, sollte man zufällig eine schwere Leiche dabeihaben, wohl eher mit einer Droschke überwinden müsste.

Der neue Bau hatte, selbst für Bogenhausen ungewöhnlich, eine eigene großzügige Auffahrt, dem *Cour d'honneur* eines französischen Schlosses nachempfunden. Ansonsten glich Lemkes Haus einem düsteren englischen Herrensitz, der wiederum Stilelemente des Neobarock mit der bescheidenen Silhouette einer gigantischen wehrhaften Burg verband. Vor dem Hauseingang standen zwei lebensgroße Pfauen aus Porzellan, die verdächtig nach jenen tonnenschweren Vogelplastiken aussahen, die stets von zwei starken Bediensteten vor die Tür gewuchtet worden waren, wenn Ludwig II. in Schloss Linderhof weilte. Gryszinski schüttelte leicht den Kopf. Der ertrunkene König war ein Thema, das man in Bayern besser mied, vor allem, wenn man selbst Preuße war.

An der Tür angekommen, stutzte Gryszinski. Er sah weder einen Türklopfer noch eine der üblichen Vorrichtungen zum Ziehen oder Drehen, um die mechanische Klingel zu bedienen. Einzig ein kleiner nackter Knopf war in die steinerne Wand eingelassen. Nach kurzem Zögern drückte er. Schrille Töne erklangen und erzeugten etwas, das wohl die Fanfaren des Walkürenritts sein sollten. Gryszinski staunte: Die Klingel musste elektrisch betrieben sein!

Die Tür öffnete sich, ein Butler erschien wie in einer viktorianischen Vision und blickte den unangemeldeten Gast mit rätselhaftem Gesichtsausdruck an.

»Hauptmann Wilhelm Freiherr von Gryszinski, Sonderermittler und Brigade-Kommandant des Königlich Bayerischen Gendarmeriekorps«, stellte Gryszinski sich der britischen Sphinx vor und überreichte seine Karte. »Ich entschuldige mich für die Störung, aber ich muss den Hausherrn in einer dringlichen dienstlichen Angelegenheit inkommodieren.«

Der Butler nickte knapp und reichte die Karte, ohne sein Gegenüber aus den Augen zu lassen, an irgendjemanden hinter sich weiter. Die Tür ließ er die ganze Zeit nur den gerade nötigen Spalt weit offen. »Wir erkundigen uns, ob Herr Lemke Sie empfangen kann.«

Gryszinski notierte innerlich, wie unpassend sich dieses »Herr Lemke« hier ausmachte, als hätte er verlangt, den Koch zu sprechen. Ohne ihn zu kennen, ließ die Diskrepanz zwischen dem völlig überzogenen Eindruck von Villa und Dienerschaft und dem banalen, von Titeln nackten Namen auf einen Minderwertigkeitskomplex schließen, so unüberwindbar wie die Eiger-Nordwand.

Nach einer ewigen Weile flüsterte ein unsichtbarer Dritter dem Butler etwas zu, der senkte sein Kinn in Richtung Gryszinski. »Sie mögen im ägyptischen Salon warten. Folgen Sie mir bitte!«

Endlich öffnete sich die Tür, und zwar nicht von der Hand des Butlers, sondern mithilfe einer unsichtbaren Kraft, die vermutlich ebenfalls elektrischer Art war. Eine imposante Halle eröffnete sich dem Eintretenden. Zwei Freitreppen schwangen sich zu beiden Seiten hoch und mündeten in einer umlaufenden Balustrade. Über allem schwebte eine gläserne Kuppel, die offenbar aus farbenprächtigen Mosaiken bestand, doch Gryszinski blieb keine Zeit, den Kopf in den Nacken zu legen. Der Butler wandte sich direkt nach links, es ging also in den Westflügel, den der Verfasser der hymnischen Zeilen in der Allgemeinen Zeitung nicht hatte betreten dürfen.

Eine mächtige Flügeltür glitt mit einem Surren auf, sie betraten einen quadratischen, eher nichtssagenden Vorraum, in dem einzig die Tür bemerkenswert schien, die gegenüber des Eingangs in die Wand eingelassen war; aus schwerem, dunklem Holz gezimmert, mit dekorativen Messingbeschlägen und einer Fensterscheibe in der oberen Hälfte. Mit merklichem Kraftaufwand schob der Butler die Tür auf, ließ Gryszinski eintreten und trat dann wieder vor ihn, wofür die beiden Männer ein kleines Tänzchen vollführen mussten, um einer peinlichen körperlichen Berührung zu entgehen, denn der Gang hinter der Tür war sehr eng. Es war der lang gezogene Flur einer Eisenbahn, von dem auf der rechten Seite mehrere Abteile abgingen, wie Gryszinski, der im ersten Augenblick völlig durcheinander war, begriff. Alles war erster Klasse, die Sitzbänke mit rotem Samt bezogen, Teewagen aus Mahagoni standen bereit, darauf massive Kristallgläser. Linker Hand befanden sich den Gang entlang Fenster, durch die man wohl in den Garten blickte, doch um die Illusion nicht zu zerstören, waren sie mit eleganten Plissees verhangen. Die Fenster in den Abteilen aber, stellte Gryszinski staunend fest, gaben den Blick frei auf eine weite Prärielandschaft, die in leicht abgehackten Bewegungen in Dauerschleife vorbeizog.

Eine nächste Zugtür ging auf, der enge Gang öffnete sich zu einem komfortablen Speisewagen mit einer Bar und einem kleinen angeschlossenen Salon mit Panoramafenster, an dem, Gryszinski erkannte es von Stichen aus einem Reisejournal, der Grand Canyon vorübertuckerte. Behagliche Clubsessel luden ein, die Aussicht zu genießen, am besten mit einem Drink in der Hand, der zuvor an der voll ausgestatteten Zugbar gemixt wurde.

»Wie kann das alles sein?«, platzte es aus ihm heraus.

»Sie wissen sicher, dass Herr Lemke Besitzer einer Eisenbahnfabrik ist. Das hier ist ein ausrangierter Zug aus einer Flotte in Amerika, an der er Anteile hält. Man hat den Zug, als dieses Haus gebaut wurde, direkt in den Bau integriert. Hier geht es weiter.«

Als sei das alles nichts, öffnete Gryszinskis Führer die nächste Tür, woraufhin sie sich unter Wasser wiederfanden, genauer gesagt in einem luxuriösen U-Boot, das Sophies Ehemann sofort als die *Nautilus* aus Jules Vernes Geschichten wiedererkannte. Auch hier bequemes Mobiliar, Récamieren und üppige Bodenkissen, die um ein rundes Wandgemälde gruppiert waren. Dieses gab wie ein übergroßes Bullauge den Blick auf einen täuschend echten Riesenkalmar frei. Knapp unter der Raumdecke waren tatsächlich kleine runde Fenster eingelassen, deren Glasscheiben in einem tiefen Indigo eingefärbt waren, das den gesamten Raum in ein schummriges blaues Licht tauchte. An den Wänden Regale mit bizarren Muscheln, Instrumenten aus der Seefahrt und nautischer Literatur. In der Mitte des Zimmers prunkte ein Springbrunnen, dessen Becken aus einer einzelnen riesigen Muschelschale bestand.

Gryszinski hatte kaum Zeit, das alles in sich aufzunehmen, denn der Butler, über den er sich zunehmend ernsthaft ärgerte, eilte weiter wie das flinke weiße Kaninchen durchs Wunderland. Es ging in einen anderen schmalen Gang, an dessen Ende Gryszinski den Vortritt erhielt. Er schob sich durch einen dichten Vorhang und schrie erschrocken auf, denn er fand sich in einem hin und her schwingenden Korb wieder, der an einem Heißluftballon hing – eine echte Flamme loderte über seinem Kopf – und flog in schwindelnder Höhe über eine weite Savanne, durch deren wogendes hohes Gras sich glitzernde Flussläufe wie Adern zogen. Büffelherden, Zebras, Elefanten und Löwen tummelten sich in den Weiten, klein wie Spielzeugfiguren. Nach dem ersten Schreckmoment begriff Gryszinski, das er inmitten eines besonders kunstfertig gemachten Panoramas stand, wie man sie derzeit in jeder großen Stadt in eigens dafür errichteten Pavillons fand – in der Goethestraße in der Ludwigsvorstadt etwa gab es eine Rotunde, in der man sich in Jerusalem samt Kreuzigungsszene wiederfand. Der Effekt der Rundumschau aus größter Höhe war hier allerdings wirklich immens, und Gryszinski würde sich nie wieder über jene nicht schwindelfreien Damen lustig machen, die in Alpenpanoramen in Ohnmacht fielen.

Der Butler trat neben ihn und wies auf eine schmale Hängebrücke aus Seilen und offenbar maroden Brettern, die den Ballon mit dem anderen Ende der Halle verband. »Da geht es weiter.«

Gryszinski biss die Zähne zusammen. Er fühlte tatsächlich einen gewissen inneren Widerstand, die wacklige Brücke zu betreten, auch wenn diese vermutlich nur einen halben Meter hoch hing. Vor allem aber festigte sich in ihm allmählich der Eindruck, dass Eduard Lemke ihn beeindrucken, wenn nicht gar einschüchtern wollte, sonst hätte er ihn wohl kaum in den Salon bestellt, der offenbar ganz am Ende dieser Kette effektheischender Zauberkammern lag. Dieses Gefühl wurde zur Gewissheit, als er schweißgebadet vom Balancieren überm gähnenden Abgrund den nächsten Raum betrat: ein orientalisches Zeltzimmer, die Wände verdeckt von üppig drapierten Stoffbahnen, großzügig verteilte Diwane, Wasserpfeifen, marokkanische Teegläser auf Silbertabletts, der Fußboden kunstvoll gekachelt wie in der Alhambra.

Nun, sehr schön, aber das kennt man ja, dachte Gryszinski noch etwas hämisch bei sich, doch in diesem Augenblick fuhr eine zuvor unsichtbare Wand aus dem Fußboden und begann, einen weiteren engen Flur zu schaffen, in dem er und sein Begleiter auf unangenehm klaustrophobische Art eingeschlossen zu werden drohten. Die Wand ging ihm bereits bis zum Kinn – etwas pikiert nahm Gryszinski wahr, dass in diese zweite Wand Gucklöcher eingelassen waren, wohl aus voyeuristischen Motiven, denn gegenüber war ein Badezuber wie aus einem türkischen Hamam aufgebaut –, als das hässliche Geräusch zerreißenden Stoffes die Stille durchbrach und die hochfahrende Wand jäh stehen blieb. Sie hatte sich in einer der Draperien verfangen, die nun einen tiefen Riss zeigte, welcher mitten durch die Illusion zu gehen schien.

Ein lang gezogener hoher Schrei ließ Gryszinski herumfahren, und er sah einen Mann, komplett schwarz gekleidet wie ein Kolkrabe, mit einer auffallend großen Brille im Gesicht und aufgeregt mit den Armen wedelnd wie eine überdrehte Taschenuhr, jenseits der stecken gebliebenen Wand auf ihn zustürmen.

»Herrschaftszeiten!«, brüllte er. »Ich hatte doch gesagt, die Wand im Zeltzimmer …« In diesem Augenblick entdeckte er Gryszinski, der wie der neugierige Nachbar hinter der Gartenhecke über die stillstehende Wand lugte. »Oh, Pardon«, rief er, und Gryszinski hörte eine plötzliche Anmutung französischen Akzents. »Ich wusste nicht, dass Herr Lemke jemanden erwartet. Verzeihen Sie meinen Ausbruch, aber diese prächtigen Stoffe wurden eigens aus Paris importiert … ah!« Er war jetzt an die Wand herangetreten, sodass jeder nur den Kopf des anderen sah, und deutete einen Diener an. »Gestatten, Alphonse Irber, Décorateur.« Seinen Namen sprach Irber französisch aus, indem er die letzte Silbe lang zog und dabei seine Nase zur Decke hob. Er glich dabei Napoleon Bonaparte, in der launigen Interpretation eines Provinzschauspielers.

»Wilhelm Freiherr von Gryszinski, Münchner Polizeidirektion.« Unwillkürlich hatte er besonders zackig-preußisch gesprochen.

»Ach was.« Irber trat noch etwas näher. »Wie aufregend, ein Gendarm! Und was führt Sie …«

In diesem Augenblick ließ der Butler, der bis eben mit dem Hintergrund verschmolzen war, ein lautes Räuspern vernehmen. Irber blickte ihn böse an, was sein Gegenüber allerdings unbeeindruckt ließ. Vielmehr öffnete der Butler die Tür zum nächsten Raum und wandte sich an Gryszinski: »Der ägyptische Salon liegt hinter der nächsten Tür. Herr Lemke erwartet Sie bereits.«

Ein weiterer Vorraum, erfüllt von einem sirrenden Geräusch. Im selben Moment, in dem Gryszinski den Paternoster entdeckte – er hatte gar nicht gewusst, dass es diese Art Aufzug in Privathäusern gab –, tat der Butler einen raschen Schritt in die eben vorbeiziehende Kabine und erstarrte zur Wachsfigur, wie sie in London so populär waren. Gryszinski sah zu, wie er langsam im Boden verschwand, erst die Beine, der Rumpf und schließlich der streng blickende Kopf. Dann ging er durch die nächste Tür, die bereits offen stand.

Das ägyptische Zimmer war kuscheligerweise einer pharaonischen Grabkammer nachempfunden, hier hatte man die störenden Fenster einfach zugemauert. An den Wänden steckten Fackeln, die eine wilde Ansammlung kurioser ägyptischer Gegenstände in zitterndes Licht tauchten. An einer Wand standen mehrere prachtvolle Sarkophage, der Größe nach angeordnet, sodass sie wie lebensgroße Matrjoschkas wirkten. Auf einem wuchtigen Sekretär in der Ecke entdeckte Gryszinski einige einbalsamierte Füße und Hände, die als Briefbeschwerer auf mehreren Stößen Papier lagen. In einer anderen Ecke lauerte ein Käfer, so groß wie ein Schäferhund – ein Teewagen in der Form eines goldenen Skarabäus mit glitzernden blauen Augen, auf dessen Rücken mehrere Urnen aufgereiht waren. Die daneben gestapelten Gläser ließen darauf schließen, dass die Urnen als Karaffen zweckentfremdet wurden. Auch hier konnte man es sich also mit einem Cocktail gemütlich machen, in diesem Fall auf einer Thronsänfte mit marmornen Widderköpfen als Armlehnen.

In der Mitte dieses Kuriositätenkabinetts stand der Hausherr selbst. Für einen Mann war er nicht allzu groß, registrierte Gryszinski, der Lemke deutlich überragte. Das kleine Defizit machte er durch einen athletischen Körperbau und ein besonders gepflegtes Erscheinungsbild wieder wett. Er trug einen perfekt sitzenden Maßanzug mit einem etwas dandyhaften Einstecktuch als Farbtupfer, dazu auf Hochglanz polierte englische Budapester. Ein leicht fliehendes Kinn kaschierte er mit einem glänzenden dunklen Bart – ein Mann, der wusste, wie man das Maximum aus sich selbst herausholte. Im krassen Gegensatz dazu stand die Tatsache, dass er in diesem Moment eine absurde Apparatur, eine Mischung aus Brille und Taucherglocke, auf dem Kopf trug, die ihn schlichtweg wie einen Dödel wirken ließ, was irgendwie sympathisch auf Gryszinski wirkte. Er fragte sich, ob das Kalkül war.

»Ah! Hauptmann von Gryszinski«, rief Lemke herzlich, nahm das Ding vom Kopf und trat dem Ermittler entgegen. Er hatte sehr weiße Zähne und leuchtend blaue Augen, mit denen er Gryszinski offen ansah. »Willkommen in meiner kleinen Parade der Wunderkammern, alles Phantasien eines kleinen Jungen, muss ich gestehen. Ich konnte es mir nicht verkneifen, sie einmal durch den Westflügel führen zu lassen, verzeihen Sie!« Damit streckte er seinem Gast die Hand entgegen. Geschickt, registrierte der, wie Lemke ihm direkt den Wind aus den Segeln nahm, indem er einfach selbst kräftig hineinpustete.

»Oh nein, im Gegenteil, es war sehr beeindruckend«, erwiderte Gryszinski und schüttelte die dargebotene Rechte. »Und was ist das nun wieder für ein technisches Wunderwerk?« Dabei wies er auf das Gerät, das Lemke eben auf dem Kopf gehabt hatte.

»Ach, das ist nur eine optische Spielerei, aber versuchen Sie's.« Er reichte Gryszinski den futuristischen Helm.

Der setzte diesen so auf, dass er durch die leicht getönten Gläser einer Art Brille blickte.

»Hier an der Seite ist eine Kurbel«, sagte Lemke.

Tatsächlich ertastete Gryszinski einen winzigen Griff auf Höhe der Augenbrauen, den man in kreisende Bewegung setzen konnte. Er begann zu kurbeln, und zu seiner Verblüffung erschien eine junge Dame vor seinen Augen, elegant gekleidet nach neuester Pariser Mode, die an ein Skelett geschmiegt einen Walzer quer durchs ägyptische Zimmer tanzte. Er kurbelte schneller, und das ungleiche Paar wirbelte in atemberaubendem Tempo immer weiter. Die Bewegungen waren ähnlich abgehackt wie die Endlosschleifen der Prärielandschaft im Zug. Er nahm die Apparatur vom Kopf. »Beeindruckend«, wiederholte er. »Ist das hier eine ähnliche Technik wie der Ausblick im Zug?«

»Genau.« Lemke lächelte. »Die Fenster im Zug sind Leinwände, und hinter jeder ist ein Praxinoskop aufgestellt worden, eine sogenannte Zaubertrommel, ein optisches Gerät, das im Zusammenspiel mit einer Laterna magica, die von einer kleinen Dampfmaschine betrieben wird, aneinandergereihte Bilder auf die Leinwand wirft – vorwärts und rückwärts, immer wieder. Diese Technik wurde unter dem Namen *Théâtre Optique* vor ein paar Jahren zum ersten Mal in Paris vorgeführt. Mich begeistern solch technische Innovationen, müssen Sie wissen. Meine Frau verdreht schon immer die Augen, wenn ich ein neues Gerät anschleppe, aber das ist eben meine Passion.«

»Tatsächlich.« Gryszinski lächelte verbindlich. »Da Sie Ihre Gattin erwähnen: Ich bin hier wegen eines Kleidungsstücks, das sie wohl zur Einweihungsfeier dieses Hauses hier getragen hat. Ein hauchdünner Umhang, komplett bedeckt mit Federn?«

»Ja, eine Sonderanfertigung, die sie eigens in London hat machen lassen.« Innerlich zog Gryszinski Eberle von seinen Nachforschungen in den Münchner Modeateliers ab, während Lemke fortfuhr. »Die Federn stammen von den Ortolanen, die es als einen der kulinarischen Höhepunkte des *dinners* gab.«

»Von Ortolanen und Hausspatzen«, merkte Gryszinski an. »Ich habe die Federn von einem Spezialisten bestimmen lassen.«

Lemke verzog die Augenbrauen, einen Augenblick lang wirkte er ungehalten. »Dann kann es nicht unser Mantel sein.«

»Ich glaube nicht, dass es noch einen weiteren dieser Art gibt.«

»Nun, haben Sie ihn dabei? Dann kann ich es Ihnen genau sagen.«

»Bedauerlicherweise nein, er liegt als Beweisstück in den Räumen des Gerichtsmediziners.«

Lemke sah ihn verwirrt an. »Ach? Was ist denn eigentlich damit?«

»Herr Lemke, ich muss Ihnen leider mitteilen, dass wir in den Maximiliansanlagen eine männliche Leiche gefunden haben, die in den Mantel Ihrer Frau gehüllt war.«

Lemke starrte ihn an. Seine Überraschung wirkte ungekünstelt, aber eine gewisse offene, natürliche Art schien so sehr Teil seines Auftretens zu sein, dass Gryszinski nicht beurteilen konnte, ob die Reaktion echt war.

»Unfasslich!«, rief Lemke aus. »Wer ist denn der Tote?«

»Das wissen wir bislang nicht. Er trug keine Papiere bei sich, und das Gesicht ist komplett entstellt. Ein sehr großer, kräftiger Mann. Sie haben nicht zufällig eine Idee dazu?«

Lemke schüttelte den Kopf. »Leider nein. Und ich würde diesen Mantel doch gern erst sehen, bevor wir uns weiter unterhalten. Das mit den Spatzenfedern kommt mir recht seltsam vor.«

Gryszinski vermerkte für sich, dass es Lemke mehr bewegte, wenn ein Makel etwas aus seinem Besitz in seiner Exklusivität schmälerte, als der Mord an einem Menschen.

Der Hausherr fing sich wieder. »Wie kann ich in dieser Sache helfen?«

»Sie könnten morgen in die Polizeidirektion kommen und Mantel und Leiche in Augenschein nehmen. Vielleicht fällt Ihnen etwas auf.«

»Selbstverständlich, das tue ich gern.«

Nachdem sie die Uhrzeit und den genauen Treffpunkt vereinbart hatten, machte Gryszinski Anstalten, sich zu verabschieden.

»Warten Sie!« Lemke durchschritt den Raum und öffnete eine bis dahin unsichtbare Tür einen Spaltweit. »Es gibt hier einen Seitenausgang.«

Bevor er Gryszinski entließ, beugte Lemke sich zu ihm vor, wieder in dieser offenen Art, der man sich kaum entziehen konnte. »Sagen Sie ... Sie sind ebenfalls gebürtiger Preuße, habe ich recht?«

Gryszinski bejahte.

»Welch Zufall!« Lemke nickte ihm herzlich zu. »Natürlich bin ich schon lange überall daheim, aber seine Wurzeln vergisst man doch nie.«

Damit öffnete er die Tür komplett, und Gryszinski stolperte aus der ägyptischen Pharaonenkammer zurück hinaus in den grauen Tag, etwas benommen, als sei das da drinnen die Welt gewesen, aus der er nun versehentlich gefallen war.

Nachdenklich wanderte Gryszinski durch feinen Nieselregen zurück in Richtung Lehel. »Daheim« hatte Lemke gesagt, dabei war man als Preuße doch »zu Hause«. Nicht wenige Preußen lebten mittlerweile in München, die meisten hatte, wie ihn selbst, ihr Beruf hierhergeführt. Gryszinski kannte einige der anderen sogenannten »Nordlichter«, wie ursprünglich jene renommierten Gelehrten genannt wurden, die übers Jahrhundert hinweg immer wieder aus dem Norden nach München geholt wurden und bei den hiesigen Intellektuellen alles andere als beliebt waren. Legendär die Anekdote, nach der einige besonders grantige Akademiker einem zugereisten Geheimrat am Palmsonntag einen Sarg schickten, um nicht gerade subtil klarzumachen, wo sie den Herrn gerne sähen. Jedenfalls kannte man sich und traf sich reihum zu Hause zu Gesellschaften, wie man es in Berlin tat – in München blieb man entweder allein daheim oder ging ins Wirtshaus. Doch er hatte bisher keinen einzigen Preußen wie Eduard Lemke getroffen. Der schrille Walkürenritt, die Pfauenrepliken vor der Tür, all die technischen Spielereien und vor allem die immense Extravaganz ließen sogar auf eine rätselhafte Ludwig-Faszination schließen. Ein Preuße, das war sein Vater, der morgens um fünf aufstand, sich mit kaltem Wasser und Kernseife wusch, um dann seinen Geschäften nachzugehen, mit einer Pünktlichkeit, die wie ein scharfes Messer im Rhythmus seines durchgetakteten Daseins die Minuten durchschnitt. Abends nach einem Gläschen Hochprozentigem wurde er immer ein wenig sentimental und redete von der Scholle, zu der ein rechtschaffener Mann doch eines Tages zurückkehren musste, um sein verdienstvolles Leben zu beschließen. Und er selbst? Ein Bratensemmeln liebender Karrierist, den die trüben Untiefen des Verbrechens anzogen und der doch gleichzeitig für Recht und Ordnung sorgte. Auf jeden Fall, das musste er sich eingestehen, bedeutete das Leben in München ein Stück Freiheit. Fern der prüfenden Blicke von Vater, Mutter und ihrem bis dahin gewohnten Kreis konnten Sophie und er hier behaglich leben und viel sorgloser ihren Interessen nachgehen.

Gryszinski überquerte die Luitpoldbrücke, die von Bogenhausen ins Lehel, von Champagner zu Sekt, führte. Am anderen Ufer der Isar angekommen, blieb er stehen. Zwei kräftige Kastanien umarmten einander. Man hatte zwei Schaukeln in ihre langen Hände gebunden, die sich jetzt leise im Wind bewegten, als wären eben erst zwei Leute abgestiegen. Gryszinski betrachtete die beiden bereits morschen Bretter. Sophie und er hatten hier eines Abends gesessen, etwas verloren, es war ihre erste Woche in München gewesen, und zwischen ihnen hatte irgendeine Unstimmigkeit geherrscht. Bedrückt hatten sie dort gehockt, unglücklich über ihren Streit, der die Fremde noch fremder machte. Da hatte Gryszinski plötzlich ihre Hand ergriffen und heftig gesagt: »Ich kenn dich doch, mein Mienchen!« Daraufhin hatten sie eine Weile ruhig nebeneinander geschaukelt und waren schließlich zusammen nach Hause gegangen, sich fest an den Händen haltend. Und Gryszinski realisierte ein Jahr später hier stehend, dass es in dieser Stadt bereits Orte gab, an die er Erinnerungen knüpfte, so wie es in seiner Heimatstadt gewesen war.

Als er kurz darauf in seiner Wohnung eintraf, kam diese ihm klein und altmodisch vor, aber doch gemütlich mit den überall verstreuten Büchern und einem dampfenden Samowar neben Sophies Diwan, auf dem einige Kissen kreuz und quer lagen. Er fand Frau Brunner und Anneliese in heller Aufregung vor; Sophie in ihrer besonnenen Art war zumindest verwundert. Offenbar war ihnen Friedrich abhandengekommen.

»Aber Friedrich kann doch noch gar nicht laufen«, sagte Gryszinski verwirrt.

»Laufen nicht, aber sich rollen, wie ein kleines Bierfass«, klärte Sophie ihn auf.

»Rollen? Wie schnell kann er da schon …«

»Unheimlich schnell!«, fiel Sophie ihm ins Wort. »Man dreht sich einmal weg, um einen kurzen Blick in ein Buch zu tun, und schon ist er verschwunden.«

Gryszinski, der wusste, wie kurz ein Blick ins Buch bei seiner Frau ausfallen konnte, ging lieber aus dem Weg und trat in die Küche. In der Ecke neben dem wuchtigen Küchenbuffet entdeckte er das Kind. Friedrich lag auf dem Bauch und vollführte Schwimmbewegungen durch eine Woge aus Mehl, die sich aus dem Sack, den der Kleine mit der ganzen herkulischen Kraft seiner Neugierde umgeworfen hatte, über den Boden ergoss. Gryszinski ging in die Hocke und blickte in das strahlende Gesicht seines Sohnes. Obwohl der Junge sein ganzer Stolz war, spürte er doch immer eine gewisse Unsicherheit im Umgang mit ihm, wusste nicht recht, wie er ihn halten sollte oder was zu tun war, wenn er schrie. Doch in diesem Augenblick fühlte er eine tiefe Seelenverbundenheit mit seinem Kind und nahm sich vor, ihm niemals etwas von frivolen Gabelfrühstücken zu erzählen oder ihm einen Nachschlag beim Roastbeef zu verweigern. Ohne auf das Mehl zu achten, hob er Friedrich auf den Arm und rief nach Sophie. Die stieß beim ersten Blick auf das Chaos einen Entsetzensschrei aus, musste aber dann doch lachen. Sie musterte ihren Mann.

»Na, wenn du jetzt eh schon voller Mehl bist, kannst du ihn auch direkt auf dem Arm behalten und zu Anneliese ins Kinderzimmer bringen.«

In Friedrichs Zimmer übergab er dem Kindermädchen das immer noch vergnügt glucksende Baby und sah sich um. Auf dem Boden lag eine Spielzeuglok, die Fritz nicht nur gern krachend aufs Parkett schlug, sondern auch oft fasziniert betrachtete und mit Fingern und Mund untersuchte. Gryszinski nahm sie hoch und besah sie sich. Die Eisenbahn, diese dampfschnaubende Urgewalt aus Stahl und Eisen, hatte die Welt, in der er lebte, beschleunigt, verkleinert und gleichzeitig vergrößert wie keine andere Erfindung seiner Zeit. Es beschäftigte ihn, dass dieser Lemke, der offenbar einfach so, ohne nennenswerte Geschichte und Ahnenreihe, aus dem Nichts aufgetaucht war, mit genau dieser brachialen Stürmerin der Moderne reich geworden war. Soweit man wusste. Er würde gleich am nächsten Morgen weitere Nachforschungen anstellen müssen.

Später am Abend lagen sie gemeinsam auf dem Diwan, er mit dem Rücken an der Lehne, Sophie vor ihm sitzend an ihn geschmiegt. Sie hatte ihr langes Haar geöffnet, und er zwirbelte die einzelnen welligen Strähnen um seinen Finger, bis sie wie kleine Tierchen aus seiner Hand hüpften. Ein Abendritual, das sie ein wenig verstohlen vollführten, sobald Frau Brunner und Anneliese sich zurückgezogen hatten, und das Sophie immer einleitete, indem sie die schweren Kämme aus ihrem Haar zog und den Kopf mit einem katzenähnlichen Laut schüttelte. Wilhelm, der nur auf dieses Zeichen wartete, stellte dann sein Cognacglas hinter sich aufs Fensterbrett und wickelte die erste Strähne um den Zeigefinger. Heute berichtete er ihr dabei von Lemke und seinen Phantasiekabinetten, und sie hörte gebannt zu.

»Wenn ich das höre, denke ich nicht nur an Jules Verne«, sagte sie mit leuchtenden Augen, »sondern auch an viele Texte von Flaubert oder an einen bestimmten Roman von Huysmans über einen jungen Mann, der sich ganz in die Phantasiewelt seines Hauses zurückzieht. Da gibt es auch ein Schiffszimmer. Und die alte Dienerin muss eine flämische Tracht tragen, damit er, wenn sie am Fenster vorbeiläuft, sich beim Anblick ihres Schattens wie in einem Beginenkloster in Gent fühlt.« Sie mussten beide lachen. »Jedenfalls ist es wohl ein Zeichen unserer Zeit, in der so viel auf uns einprasselt, dass wir uns zu Hause unseren eigenen kleinen Kosmos schaffen, in dem wir uns einigeln und unseren Träumen nachhängen können.«

»Meinst du, wir alle?«, fragte Gryszinski und zwirbelte ihr Haar weiter.

Sophie lächelte fein. »Du bist selten tagsüber hier, deshalb ist es dir vermutlich noch nie so aufgefallen. Aber hier im Salon zum Beispiel. Das große Fenster im Erker besteht aus Butzenscheiben, durch die nur dämmriges Tageslicht sickert. Und das andere Fenster habe ich mit Palmen zugestellt. Wenn ich hier mit meinen Büchern sitze, will ich nichts von der Außenwelt wissen. Mein eigenes kleines Land besteht dann aus den Geschichten, die ich lese, und meinen treuen Gefährten, Herrn Samowar und Frau Diwan, die schon den Abdruck meines Hinterteils trägt. Und mittlerweile ein paar Marmeladenflecke von Fritzis kleinen Händchen.«

Er grinste und drückte ihr einen Kuss aufs Haar. »Lemke treibt diese Idee dann wohl auf die Spitze.«

Und wer weiß schon, fügte er in Gedanken hinzu, was sich noch alles in Lemkes Land abgespielt hat, möglicherweise nur mit den Herrschaften Récamiere und Tapete als verschwiegene Zuschauer.

Am nächsten Morgen versuchten sie, so viele Informationen wie möglich über die Lemkes zusammenzutragen, bevor Eduard Lemke selbst in der Polizeidirektion erscheinen würde. Auf die Schnelle fanden sie ein paar standardmäßige Eintragungen im Polizeikartenregister und den polizeilichen Meldebögen. Eberle hatte zudem die Stadtkämmerei aufgesucht, um ein wenig mehr über Lemkes Geschäfte in Erfahrung zu bringen; und Gryszinski hatte eine Depesche an die preußische Gesandtschaft geschickt, die erstaunlich schnell einige biographische Informationen übermitteln ließ. Wie sich herausstellte, war Lemkes Frau Betti eine geborene Goldbrunner. »Wie in Goldbrunner Bier?«, hatte das Spatzl gefragt. »Ich hab da nämlich einen Spezl, der reinigt die Behälter, in denen die Hefekulturen lagern.« Also war Voglmaier losgezogen, um sich ein bisschen bei Goldbrunner, immerhin eine der größten Brauereien Münchens, umzuhören.

Sie trugen im Laufe des Vormittags lauter Fetzen zusammen, die am Ende zwar kein klares Bild, aber die erste grobmaschige Anmutung eines Lebens ergaben, das bislang alles andere als gewöhnlich verlaufen war: 1856 geboren, hatte Lemke seine Kindheit wohl in Moabit verbracht, einem Berliner Bezirk, den mit seinen überfüllten und schmutzigen Wohnquartieren ein ganzer Ozean vom gutbürgerlichen Tiergarten zu trennen schien, in dem Gryszinski aufgewachsen war. Bereits mit sechzehn Jahren war Lemke nach Paris gegangen; auf welchem Wege es dazu kam, war unklar. Was er die nächsten vier Jahre dort getrieben hatte, war ebenfalls unbekannt, aber im Alter von zwanzig Jahren tauchte er plötzlich als Dandy in den Pariser Salons auf, verkehrte mit zahlreichen hiesigen Künstlern und fiel als junger Mann mit großen Ideen auf.

Er geriet an einen gewissen Lord McAllister, ein Mann mit ähnlich nebulöser Vergangenheit, der aufgrund einiger obskurer Todesfälle innerhalb seiner entfernten Verwandtschaft zu Titel und Vermögen gekommen war und überall in Europa als großzügiger Kunstmäzen und Sammler auftrat. Lemke begleitete ihn mehrere Jahre lang auf seinen Reisen, wohl als eine Art Kurator. McAllister stand allerdings im Ruf, die Besitzer von Kunstgegenständen, die er unbedingt haben wollte, über die Maßen unter Druck zu setzen, um sie zum Verkauf zu bewegen, was irgendwann zu einem Skandal geführt hatte. Lemke hatte seinen Gönner wie die Ratte das sinkende Schiff verlassen, konnte aber aufgrund der geknüpften Kontakte in der Londoner Gesellschaft Fuß fassen.

Er verließ England allerdings wieder, um sein Glück in Amerika zu suchen. Und offenkundig fand er es dort – er kehrte zurück als reicher Industrieller, in dessen Fabriken Eisenbahnen gebaut wurden. Das Jahr 1888 verbrachte er in München, er logierte die gesamte Zeit über in einer Suite im Vier Jahreszeiten. Warum und was genau er in dem einen Jahr hier gemacht hatte, konnten sie nicht ermitteln. Nur ein Ereignis stand fest, und zwar Eduard Lemkes Vermählung mit der Brauereitochter Betti Goldbrunner. Im Jahr darauf ging das junge Paar in die Kolonie Deutsch-Ostafrika. Lemke sollte dort den Ausbau des Eisenbahnnetzes leiten, ein großer Auftrag. Außerdem hieß es, dass er kurz nach Hans Meyers Erstbesteigung ebenfalls den höchsten Berg des Deutschen Kaiserreichs, die Kaiser-Wilhelm-Spitze im Kilimandscharo-Massiv, erklommen hatte. Gryszinski fiel in diesem Zusammenhang ein, dass zu der Zeit, als Sophie und er nach München gezogen waren, eine preußische Expedition in der ostafrikanischen Bergregion tragisch verunglückt war. Alle Mitglieder der Unternehmung waren ums Leben gekommen, aber an den genauen Hergang konnte er sich nicht mehr erinnern. Wie auch immer, 1893 waren die Lemkes nach München zurückgekehrt, er hatte eine der größten Lokomotivfabriken hierzulande aufgekauft, außerdem ließen sie die Villa in Bogenhausen erbauen, die sie in diesem Jahr dann bezogen hatten.

Gryszinski musste an das denken, was er in der Zeitung gelesen hatte: dass Betti Lemke in das Federvlies gehüllt ihre Gäste durch die Gitterstäbe eines goldenen Käfigs begrüßt hatte. Eine höchst merkwürdige Art, sich in die Gesellschaft einzuführen. Das Ganze hätte wohl eher zu einer Pariser Künstlerorgie gepasst – er war noch nie auf einem Künstlerfest gewesen, aber dank eines preußischen Dünkels gegenüber einer gewissen Art Bohème stellte er sich einen solchen Anlass als hemmungslose Orgie vor, mindestens. Er stand wieder am Fenster und starrte gedankenverloren auf den Lieferanteneingang von Dallmayr, wie neuerdings immer zur Mittagszeit, und versuchte, seine weitschweifigen Gedanken einzufangen, möglichst ohne dabei das Phantasiereich der Feinkost zu besuchen, dessen Pforten sein knurrender Magen weit aufgestoßen hatte. Für ein *déjeuner*, nicht mal ein klitzekleines, war leider keine Zeit mehr, er musste hinüber in Dr. Meyerings kühles Kellerreich.

Als Gryszinski den Flur vor der Gerichtsmedizin erreichte, dröhnten bereits zwei Männerstimmen im angeregten Gespräch aus den Räumen hinter der Tür. Er stöhnte: Lemke war bereits da! Dabei war er extra eine Viertelstunde vorm verabredeten Zeitpunkt hier eingetroffen, um noch ein paar Minuten allein mit dem Gerichtsarzt reden zu können. Missmutig trat er ein. Meyering und Lemke standen inmitten des Meyering'schen anthropometrischen Labors, wo Lemke eben die Apparatur zur Vermessung des Menschen besah, die auch Voglmaier ausprobiert hatte. Lemke strahlte übers ganze Gesicht ob der technischen Spielereien, die hier vor seinen Augen ausgebreitet lagen.

»Gryszinski!«, rief er und entfaltete das Messgerät mit einem Schwung hinter seinem Rücken. »Ich hatte ja keine Ahnung, welch Speerspitze der Moderne die bayerische Polizei in ihren Kellern versteckt!«

»Ja«, antwortete der Angesprochene etwas steif, »Dr. Meyering vollbringt hier wirklich erstaunliche Pioniertaten. Vielen Dank, dass Sie es einrichten konnten …«

»Ein wenig vor der Zeit, ich weiß«, fiel Lemke ihm ins Wort und lächelte ihn wieder in dieser herzlichen, aufmerksamen Weise an. »Ich war vorher bei Dallmayr zum *luncheon* verabredet. Ein paar Austern, ein wenig Wachtelpastete auf Brioche und ein schöner elsässischer Weißwein, alles sehr nett, aber schneller vorbei als gedacht. Da bin ich im Anschluss einfach direkt hergekommen. Zum Glück, so konnte ich einige dieser Erfindungen hier bewundern.«

Dr. Meyering lächelte geschmeichelt, während Gryszinski seine ganze Willenskraft darauf konzentrierte, jeden verräterischen Laut seines hungrigen Bauches zu unterdrücken.

»Nun«, sagte er, nachdem er damit fertig war, »wollen wir direkt beginnen? Zunächst wäre der Federmantel zu besichtigen.« Auf das Stichwort hin führte Meyering sie in den benachbarten spärlich beleuchteten Raum. Ein Untersuchungstisch stand dort als einziges Möbel, auf dem der zarte Umhang ausgebreitet lag, wie eine Leiche, die auf ihre Sektion wartete. Lemke ließ den Blick darüber wandern, über den leicht schattierten Flaum und das weiche, fast unsichtbar versponnene Seidengarn.

Er nickte. »Ja, das ist der Umhang, der für meine Frau in London gefertigt wurde.« Er drehte sich zu Gryszinski. »Und Sie sagen, der besteht nicht nur aus Federn von Ortolanen, sondern auch von gewöhnlichen Hausspatzen?«

Gryszinski zuckte mit den Schultern. »So hat es mir ein Experte versichert.«

»Unglaublich! Da hat der Schneider wohl getrickst und nachgefüllt. Dabei hätte ich doch gern weitere hundert Ortolane rupfen lassen.« Er lachte, eine Nuance angeberisch, wie Gryszinski fand.

»Nun, vielen Dank, dass Sie den Mantel identifiziert haben. Kommen wir zu dem Toten. Darf ich Ihnen vorher die hier anbieten ...« Gryszinski langte in die Innentasche seines Mantels und zog drei Zigarren hervor. Auf Lemkes überraschten Blick hin fügte er hinzu: »Glauben Sie mir, so ist es besser zu ertragen.«

Sie traten, jeder eine glimmende Zigarre in der Hand, in einen weiteren Raum, der fast identisch mit dem vorherigen war, nur lag ein massiger Körper auf dem Untersuchungstisch, zugedeckt mit einem Leichentuch. Der streng sauber gehaltene Raum und der schwere Überwurf konnten den Übelkeit erregenden Geruch kaum mindern. Gryszinski sog wie ein Erstickender an seiner Zigarre, dann nickte er Meyering zu. Der lüftete das Tuch.

Wieder dieser große, gesichtslose Körper, von der Seele längst verlassen. Chemische Prozesse zersetzten nun das übrige Gewebe und raubten dem Menschen, der einst in diesem Haus aus Fleisch und Blut gelebt hatte, seine letzte Würde. Gryszinski wollte den Körper nur noch begraben und aus den Augen haben. In dem Moment allerdings, als das Tuch zur Seite gezogen wurde, beobachtete er Lemke sehr genau. Als Ermittler seelischer Abgründe hatte Gryszinski sich eine Weile mit der Physiognomik und der Phrenologie befasst. Lehren, die von äußeren Merkmalen des Gesichts oder der Schädelform auf die inneren Eigenschaften eines Menschen schließen wollten. Wirklich brauchbar allerdings fand er nur die von Lavater formulierte Pathognomik, die ihr Augenmerk auf Gesten und Mienenspiel legte. Nach Lavater war der Zustand der Überraschung die am schwersten zu verbergende Emotion. Als die Leiche enthüllt wurde, blieb Lemkes

Mund, der eh zur Hälfte von seinem glänzenden Bart verdeckt war, zwar entspannt. Doch seine Augen weiteten sich einen Herzschlag lang, und die Augenbrauen fuhren nach oben, noch bevor er es verhindern konnte. Nach einer Sekunde hatte er sich wieder im Griff, aber Gryszinski hatte genug gesehen. Lemke war überrascht.

»Nein«, sagte der allerdings nun. »Ich wüsste nicht, wer das sein soll. Natürlich ist vom Gesicht nicht mehr viel zu sehen …«

»Das ist wahr« – Gryszinski zog bedächtig an seiner Zigarre – »aber die Statur des Mannes ist doch auffällig. Denken Sie nach, könnten Sie ihn nicht doch kennen?«

Lemke schien noch einmal zu grübeln, doch Gryszinski war klar, dass der Industrielle sehr wohl wusste, wer das war, aber sein Wissen nicht preisgeben wollte. Erwartungsgemäß schüttelte Lemke nun entschieden den Kopf. »Tut mir leid, dass ich Ihnen nicht helfen kann.«

Meyering deckte den Toten wieder zu, und sie kehrten in sein Labor zurück.

»Es wird leider unumgänglich sein, dass ich auch Ihre Gattin befrage«, erklärte Gryszinski, als sie wieder an der langen Tafel mit den Apparaturen standen. »Natürlich werde ich sie nicht dem hier aussetzen«, fügte er schnell hinzu, da Lemke schon Luft holte, um zu protestieren. »Aber ihr hat der Umhang, in den der Tote gehüllt war, nun mal gehört. Wir müssen von ihr wissen, wann sie den Mantel zum ersten Mal vermisst hat, ob sie ihn jemandem geliehen hat oder wer ihn ungefragt an sich genommen haben könnte.«

»Herr Hauptmann«, Lemke sprach auf einmal sehr respektvoll, »ich muss Sie bitten, meine Frau so weit es geht mit dieser schrecklichen Geschichte zu verschonen. Seit unserem Aufenthalt in Afrika ist ihre Konstitution stark angegriffen, müssen Sie wissen. Sie war dort schwer krank und hat nur durch ein Wunder überlebt. Doch seither leidet sie unter heftigen Migräneattacken, die sie schon bei Kleinigkeiten befallen. Das hier wäre wirklich zu viel für sie. Abgesehen davon erinnere ich mich gut: Am Abend der Einweihungsfeier hat sie den Umhang nach der Begrüßung der Gäste abgelegt und im Innern des offenen Käfigs drapiert. Danach ist sie den ganzen Abend, bis sie sich kurz nach Mitternacht zurückgezogen hat, ausschließlich in dem weißen Kleid in Erscheinung getreten … Im Laufe des Abends hätte jeder unserer Gäste den Mantel an sich nehmen können, den goldenen Käfig am Eingang hat niemand mehr groß beachtet.«

»Ich werde versuchen, Frau Lemke so weit es geht zu schonen«, antwortete Gryszinski ruhig, »doch ein Gespräch, natürlich in angemessener Art, wird sich nicht vermeiden lassen.«

Lemkes Gesicht verfinsterte sich. Gryszinski notierte innerlich, dass Widerspruch dieses Konstrukt aus Charme und zur Schau gestellter Begeisterungsfähigkeit ins Wanken brachte. Tatsächlich, bemerkte er fast amüsiert, spürte er ein diffuses Schuldbewusstsein, den Wunsch, die Dissonanz mit einem versöhnlichen Wort wieder zu bereinigen. Lemke begegnete seinen Mitmenschen mit Aufmerksamkeit und Komplimenten, sodass man automatisch danach strebte, immer mehr Anerkennung von ihm zu bekommen. Eine geschickte Taktik, um jeden Gegenwind zu verhindern. Doch Gryszinski musste einen Mordfall klären und brauchte nicht Lemkes Freund zu sein.

»Dann gibt es für heute nichts mehr zu sagen«, erklärte der eben steif und nahm seinen Hut. Er schien sich kurz zu sammeln und zeigte wieder sein strahlendes Lächeln, das bis zu seinen Augen reichte. »Wir stehen Ihnen natürlich zur Verfügung.«

Nach einer knappen Verabschiedung blieben Gryszinski und Meyering allein zurück. Gryszinski wollte ebenfalls aufbrechen, doch der Arzt hielt ihn zurück. »Nicht so schnell, werter Kollege! Ich wollte vor Lemke nichts sagen.« Er machte eine dramatische Pause. »Ich konnte unseren Toten identifizieren.«

»Was? Das sind ja großartige Neuigkeiten!«

»Allerdings.« Der nächste Satz machte Meyering besondere Freude. »Sein Fingerabdruck hat die Lösung gebracht. Dort drüben auf meinem Tisch liegt ein gewisser Valentin Sperber, amtlicher Bierbeschauer.«

Bier. Nicht die Isar, sondern das Bier war der wahre Fluss des Münchner Lebens. Das Fundament im wankenden Aggregatzustand, auf dem man in der ganzen Stadt stand, wenn auch manchmal nur auf einem Bein. Während die Isar Land und Leben nahm, gab das Bier nur: schnelle Freundschaften, dieses Wir-zwoa-verstehn-uns quer über den Tresen, das Prosit, das mehr zählte als ein Handschlag. Bier war das, was alle gemeinsam hatten, ein Paddel an der Stromschnelle immer weiter auseinanderdriftender Lebensentwürfe. Als Ludwig I. die Brotpreise erhöhte, wurde das mit etwas Murren quittiert, doch als das Bier einen Pfennig teurer werden sollte, brachen gewaltsame Krawalle los, gegen die das Militär sich weigerte vorzugehen – auch im Leben eines bayerischen Soldaten war das Bier mit seinem wallenden Schopf aus Schaum eine ständige Geliebte. Seit dem Mittelalter war es für jeden Münchner Brauer Ehrensache, sein Bier nicht zu panschen, Hopfen, Malz, Hefe, Wasser – kinderleicht zu merken wie ein Klatschspiel auf dem Pausenhof – waren die erlaubten vier Elemente. Trotzdem hatte die Königliche Münchner Polizeidirektion nicht erst einmal Strafverfolgung für die Verwendung von Ersatzstoffen androhen müssen, wie etwa dem »Biercouleur« oder einem angeblichen »bayerischen Bierbouquet«; allesamt übrigens Gebräue, die von einem zwielichtigen Fabrikanten aus Preußen stammten. Hier kamen auch die Bierbeschauer ins Spiel, die als städtische Beamte vorm Magistrat per Eid schwören mussten, sommers wie winters das Bier jeder noch so kleinen Brauerei zu prüfen, und zwar ohne Rücksichten auf persönliche Freundesbande oder Feindschaften oder auch die Armut oder den Reichtum des jeweiligen Brauers.

Im Bier wie im Tod sind in Bayern alle gleich, dachte Gryszinski, während er in einer Droschke nach Haidhausen schaukelte, wo der ermordete Bierbeschauer Valentin Sperber gelebt hatte und nun eine Witwe und einen kleinen Sohn hinterließ. Meyering war Sperber aufgrund eines stark ausgeprägten Wirbels im feinen Geäst seiner Papillarleisten auf die Spur gekommen, wie der Arzt nicht ohne Stolz erklärt hatte. Er arbeitete, wie einige andere Spezialisten in Europa auch, an einem Klassifizierungssystem, mit dem man die Fingerabdrücke schneller einordnen und finden könnte; vorher würde es nicht möglich sein, die Daktyloskopie als offizielle kriminaltechnische Methode einzuführen. In diesem Fall hatten sie einfach Glück gehabt, dass die Natur aufgrund irgendeiner Laune beschlossen hatte, dem Bierbeschauer ein besonders kunstvolles Ornament in die Fingerkuppen zu graben. Dass er seinen Fingerabdruck überhaupt hatte abnehmen lassen, war auch so ein glücklicher Zufall gewesen: Offenbar hatte der Kini in einem seiner klareren Momente erwogen, die Venusgrotte in Linderhof mit einer wasserfallartigen Bierfontäne auszustatten – mithilfe einer Pumpe vom Ingenieur Oskar von Miller, der auch den per Gleichspannungsfreileitung betriebenen künstlichen Wasserfall im Glaspalast am Botanischen Garten ersonnen hatte. Zu diesem Zwecke war eine Kommission gebildet worden, die das Vorhaben realisieren sollte, und zu dieser Gruppe von Experten hatte der Bierbeschauer Sperber gehört. Wie alle anderen hatte er eine Überprüfung durch die Polizeidirektion über sich ergehen lassen müssen, dabei waren auch die Fingerabdrücke genommen worden. Der ganze Plan wurde am Ende wieder verworfen, da sich die in der Grotte umherschwimmenden Schwäne von der Hefe im Bier in recht unmajestätisch aufgedunsene Erscheinungen verwandelt hätten, doch auf diesen verschlungenen Wegen waren sie auf die Identität ihres Opfers gekommen.

Auch Voglmaier war mit ein paar Erkenntnissen, wenn auch bescheideneren, von dem Gespräch mit seinem Spezl bei Goldbrunner zurückgekehrt. Offenbar machte man sich einige Gedanken darüber, was es für die Brauerei zu bedeuten hatte, dass Goldbrunners Schwiegersohn Eduard Lemke nach München gezogen war.

»Der alte Goldbrunner hat sein Leben dem Bier gewidmet, aber er ist wohl nicht mehr der Jüngste«, hatte das Spatzl erläutert, »und man fragt sich, was sich alles ändern wird, wenn Lemke das Ruder übernimmt. Dass das geschehen wird, ist offenbar eine ausgemachte Sache, obwohl Lemkes Frau noch einen Bruder hat, aber der trinkt wohl lieber Bier, als es zu brauen, so sagt man. Aber Lemke als neureicher Industrieller ist vielen in der Brauerei irgendwie suspekt. Und dann auch noch Preuße – nichts für ungut.« Voglmaier hatte Gryszinski entschuldigend zugenickt. »Aber ein Preuße, der eine bayerische Traditionsbrauerei übernimmt? Das schmeckt vielen nicht.«

Ob das alles miteinander zusammenhing, wusste Gryszinski nicht, der gelernt hatte, aus zufälligen Zusammenhängen nicht zu vorschnell eine kausale Kette zu bilden. Sie erreichten Haidhausen, das direkt an Bogenhausen und ans Lehel grenzte und doch eine andere Welt war. Es war das Reich der Handwerker. Sie lebten hier in zahllosen kleinen Häuschen, die wie bunt gestapelte Schachteln an gewundenen Straßen lagen und sich über lauter kleine Wege, Gärtlein und Hinterhöfe verteilten. Ein diesiger Nebel hing heute über den Herbergsvierteln, diesen kauzigen alten Verwandten, die sich an der Kaffeetafel zusammendrängten und etwas misstrauisch die neu gebauten Straßenzüge beäugten, welche in schnurgeraden Diagonalen das Areal durchschnitten und allesamt leicht martialisch nach den Schauplätzen siegreicher Schlachten des Deutsch-Französischen Kriegs benannt waren. Gryszinski stieg aus der Mietdroschke aus, lief die Preysingstraße ein paar Meter entlang auf das Kloster am Ende der Straße zu und betrachtete die Häuschen, die scheinbar einer Märchenwelt entrückt durch den Nebel schimmerten. Aus einer Unterkunft für Tagelöhner traten eben zwei Gesellen. Wahrscheinlich waren sie auf der Walz und hatten hier genächtigt. Rechter Hand tat sich ein Pfad auf, an dessen Ende er Sperbers Haus fand. Seine Witwe entstammte einer alteingesessenen Tischlerfamilie, die das kleine Haus vor fast hundert Jahren selbst erbaut hatte. Es lag etwas unterhalb des Pfads in einem herbstlichen Garten, in dem zwischen leuchtenden Hagebutten späte Rosen und Astern blühten, während aus den teilweise vom nassen Herbstlaub bedeckten Beeten einige Kürbisse und Salatköpfe spähten. Eine junge, auffallend hübsche Frau war damit beschäftigt, einen Kürbis von seinen Ranken abzutrennen, die an wilde Locken erinnerten, als Gryszinski an das Gartentörchen trat und sie vorsichtig ansprach: »Frau Sperber?«

Sie fuhr herum. Ihre Augen waren leicht gerötet, sie wirkte müde. »Wer sind Sie?«, fragte sie nervös, riss im selben Moment den Kürbis hoch und drückte ihn mit einer unwillkürlichen Bewegung an sich.

»Hauptmann Wilhelm Freiherr von Gryszinski. Ich bin Ermittler der Münchner Polizeidirektion. Darf ich hereinkommen?«

Erst jetzt schien sie zu bemerken, dass er jenseits des Gartenzauns stand. »Polizeidirektion«, wiederholte sie fahrig. Dann, mit brüchiger Stimme: »Ist was mit Valentin?«

»Ich würde vorschlagen, dass wir erst einmal hineingehen und uns setzen«, antwortete Gryszinski vorsichtig. »Ist noch jemand aus Ihrer Familie anwesend?«

»Ja, mein Vater ist im Haus, er ist bei Gusti. Das ist mein Sohn.« Sie begann zu zittern. »Sagen Sie mir, was los ist!«

Gryszinski wartete nicht mehr länger auf ihre Aufforderung einzutreten und öffnete die Gartenpforte. »Kommen Sie, wir gehen ins Haus.« Er fasste sie sanft am Ellenbogen und schob sie bestimmt in Richtung Häuschen, an dessen Tür jetzt ein älterer Mann erschien.

»Was ist los, Magdalena?«, rief er der jungen Frau zu, die fast über ihre eigenen Füße stolperte.

Gryszinski stützte sie und stellte sich dem Mann vor, der sich wiederum als Ludwig Unterholzner vorstellte, der Schwiegervater des Toten. Sie traten gemeinsam ins Haus. Magdalena Sperber legte den Kürbis, den sie im Arm behalten hatte, auf den Absatz einer schmalen Treppe und drückte dafür einen kleinen dunkelhaarigen Jungen an sich, der den fremden Gast mit großen Augen beobachtete. Die kleinen Räume hätten alle zusammen in einen Vorraum in Lemkes Villa gepasst, doch sie strahlten eine von Herzen kommende Heimeligkeit aus. Auf schlichten hellen Dielen waren leichte, kunstvoll gedrechselte Möbel verteilt, die vermutlich bereits die vorige Generation der Familie gefertigt hatte. Heutzutage waren die Möbel ja oft sehr wuchtig. Schränke erschienen als kleine Kathedralen, die einen Korridor in einen von Einschüchterungsarchitektur gesäumten Pilgerweg verwandelten, während man in riesigen Sofas verschwand wie in bedrohlichen Maschinen. Hier hingegen wirkte alles zierlich und leicht. An den Fenstern, die in den Garten blickten, standen kleine Vasen mit einigen Rosen und Hagebutten von draußen, die Wände waren teilweise mit bäuerlichen Motiven bemalt, durch die sich lauter Blumengirlanden zogen. In einer Ecke stand ein kleiner Ofen, aus dem ein leichter Geruch drang, den Gryszinski auch an den Kleidern der Leiche wahrgenommen hatte – in weniger wohlhabenden Haushalten wurde üblicherweise mit Torf geheizt. Auf einem runden Tisch in der Stube kühlte ein frisch gebackener Kuchen aus, dem ein Duft nach heißen Kirschen entströmte. Dort ließen sie sich nieder. Gryszinski bemühte sich, das verführerische Naschwerk zu ignorieren, und blickte die immer noch zitternde Frau an.

»Frau Sperber, ich muss Ihnen leider mitteilen, dass Ihr Gatte tot aufgefunden wurde«, sagte er ernst. »Wir fanden ihn bereits vor einigen Tagen in den Maximiliansanlagen, doch wir konnten ihn erst heute identifizieren.«

Ein Schrei ließ ihn zusammenfahren. Er klang so hohl, als würde er aus einem anderen Raum kommen. Gryszinski begriff erst nach ein paar Sekunden, dass der hoffnungslose Laut aus der Frau vor ihm kam, die langsam von ihrem Stuhl glitt, als sei sie eine tönerne Puppe, deren Körper ganz steif war. Gryszinski fing sie gerade noch auf, während der kleine Junge angstvoll zu weinen begann. Ludwig Unterholzner packte seine Tochter, hob sie hoch und legte sie sanft auf ein kleines Kanapee in der Ecke. Ihr Sohn taperte hinterher und zog sich, mit seinem Ärmel immer wieder kräftig durchs Gesicht wischend, auf das Möbel hoch, um sich an seine Mutter zu drängen. Da lagen sie wie zwei zusammengerollte Katzen und wimmerten leise.

Gryszinski hatte mit so viel Unglück gar nicht gerechnet, er fühlte sich wie vor den Kopf geschlagen. Als starrte er auf ein Vexierbild, kippte, nein: stürzte das kriminalistische Rätsel in die Tiefe einer Trauer, die ihn kaum atmen ließ, als wäre die ganze Luft aus diesem behaglichen Zuhause entwichen. Unterholzner strich derweil Tochter und Enkel beruhigend übers Haar und setzte sich dann wieder zu Gryszinski. Er hatte feuchte Augen.

»Was ist passiert?«, fragte er rau.

»Herr Sperber wurde erschossen, mit einer Schrotflinte«, antwortete Gryszinski leise, »und dann in den Maximiliansanlagen abgelegt. Er hatte keine persönlichen Dinge bei sich, daher hatten wir zunächst keinen Anhaltspunkt, wer er sein könnte.« Das zerschossene Gesicht ließ er, solange die Witwe in Hörweite war, lieber unerwähnt. »Herr Unterholzner, gibt es jemanden, der bei Ihrer Tochter bleiben könnte, während Sie mich zur Polizeidirektion begleiten, um Ihren Schwiegersohn zweifelsfrei zu identifizieren? Das wäre leider nötig. Wir sollten auch einen persönlichen Gegenstand von ihm mitnehmen, den er oft in der Hand hielt.«

Unterholzner nickte und holte eine Pfeife aus einem Eckschrank, die Gryszinski vorsichtig in ein Tuch hüllte und einsteckte. Während Unterholzner eine Nachbarin holen ging, schlich Gryszinski auf Zehenspitzen, um Magdalena Sperber nicht zu stören, zu einer Kommode, auf der eine einzelne gerahmte Photographie stand. Sie zeigte eine Gruppe von fünf Männern, die offenbar in der Halle einer Brauerei standen, im Hintergrund erkannte man mehrere große Sudpfannen. Einer der Männer überragte die anderen deutlich. Stattlich, mit breitem Kreuz und einem kräftigen Bauch, war Valentin Sperber, denn das musste er sein, doch ein gut aussehender Mann. Sein Blick war offen, das Lächeln verschmitzt und jungenhaft, die Gesichtszüge wohlgeraten.

»Ist er das?«, fragte Gryszinski Unterholzner, der eben neben ihn trat.

»Ja. Das Bild wurde bei irgendeinem offiziellen Empfang in einer Brauerei aufgenommen.«

»Ob ich mir die Aufnahme ausleihen dürfte, damit unser Photograph sie reproduzieren kann? Ich bringe sie auch so schnell wie möglich zurück. Es würde uns sehr helfen.«

»Na schön, wenn Sie gut darauf aufpassen. Es ist das einzige Bild, das wir von Valentin haben.«

Gryszinski nickte und steckte den Rahmen ein. »Gehen wir.«

Die Droschke wartete vorm Gasthaus zum Preysing-Garten. Die Wirtschaft lag im untersten Stockwerk eines neuen sandfarbenen Baus, der wie ein übergroßes Bügeleisen die Straße einer Miniaturstadt teilte. Drinnen saß man schon beim Bier, der Tag der Handwerker begann früher und endete auch früher, die Zeitenrechnung der übrigen Städter geriet hier in Schräglage, als hätte man eine große Pendeluhr schief aufgehängt. Das Tempo der Straßen rutschte zurück in seine übliche Gangart, je näher sie der Grenze des Stadtteils kamen. Als sie die Innere Wiener Straße erreichten, klapperten die Hufe der Pferde schon wieder schneller und lauter übers Pflaster, ein Blick noch auf die Puppenstube von Märktlein am Wiener Platz, und die vorbeiziehenden hohen Straßenzüge hatten sie wieder. Die beiden Männer saßen schweigend nebeneinander. Gryszinski spürte ein bleiernes Gewicht im Bauch, der hohle Schrei der Sperber ging ihm nicht aus dem Kopf, dieser Verlust, den keiner wiedergutmachen konnte. Einer plötzlichen Eingebung folgend, rief er den Kutscher an und bat ihn, zunächst eine andere Adresse anzusteuern.

»Nur ein kurzer Umweg«, sagte er entschuldigend zu Unterholzner, doch der blickte eh, in seine eigenen Gedanken versponnen, in die Ferne. Vor seinem Haus in der Liebigstraße hielt die Droschke. Gryszinski sprang hinaus und stürmte die Treppen zu seiner Wohnung hoch. Er schloss die Tür auf und blickte in den vertrauten Flur, das kleine Tischlein am Eingang, auf dem seine großen neben Sophies zierlichen Handschuhen lagen. Seine Frau fand er im Salon. Sie saß, mehrere Kissen im Rücken, auf ihrem Diwan. Fritzi schlief auf ihrem Arm, sie wiegte ihn und verbog sich gleichzeitig ein wenig, um das Buch sehen zu können, das hinter ihm auf ihren Knien lag. Überrascht blickte sie auf.

»Was machst du denn schon hier?«

»Ich muss leider gleich weiter.« Gryszinski stockte, plötzlich kam ihm sein Impuls so ungebührlich leidenschaftlich vor. Doch dann brach es aus ihm heraus. »Ich erlebe gerade einen entsetzlichen Tag und musste euch beide kurz sehen!«

»Oh.« Das Glück huschte über Sophies Gesicht. Er meinte sogar, dass sie ein wenig errötete. Sie streckte ihm die Hand entgegen. Vorsichtig, um das Kind nicht zu wecken, ergriff er sie, beugte sich vor und küsste sie fast verlegen. Sie lächelte, dann wurde sie geschäftig. »Kann ich dir irgendwie helfen, Lieber?«

»Nein, nein.« Er strich ihr eine unsichtbare Strähne aus dem Gesicht. »Sei einfach heute Abend wieder genau hier.«

Schon eilte er zurück zum Ausgang. Sein Bauch war den Bleiklumpen los, dafür konnten seine Füße sich kaum von dem Gewicht befreien, das ihn wohlig zurück in sein Zuhause ziehen wollte. An der Tür steckte er einen ihrer kleinen Handschuhe ein.

Diesen Handschuh drückte er fest in seiner Manteltasche, als Unterholzner, nach ein paar Worten, die ihn vorsichtig auf den unschönen Anblick vorbereiten sollten, die Leiche besichtigte und seinen Schwiegersohn identifizierte. Um noch den letzten Zweifel auszuräumen, glich Meyering die Fingerabdrücke auf Sperbers Pfeife mit denen ab, die er vom Toten genommen hatte – sie stimmten überein. Es war Valentin Sperber, dem einer so brutal das Leben genommen hatte.

»Er war doch schon einige Tage fort.« Gryszinski hatte Unterholzner ein Glas starken Cognac in die Hand gedrückt, sie saßen in Meyerings Labor. »Wieso hat Ihre Tochter ihn nicht als vermisst gemeldet?«

Unterholzner nahm einen bedächtigen Schluck – sogar in dieser Ausnahmesituation kippte er den ausgesprochen guten Tropfen nicht einfach hinunter, registrierte Gryszinski.

»Mein Schwiegersohn, Herr Hauptmann, war weder ein Stubenhocker noch ein Pantoffelheld. Er war viel unterwegs, der Junge, in Brauereien und Wirtshäusern, nicht nur beruflich, wenn Sie verstehen, er war einfach sehr gesellig. Und die Frauen liebten ihn. Er hatte was an sich, na ja, hin und wieder verschwand er eben mal ein paar Tage …« Unterholzner rutschte unbehaglich auf seinem Stuhl hin und her.

»Verstehe.« Gryszinski nickte. In seiner Welt war Ehebruch etwas Unaussprechliches, aber offenbar fand man in anderen Kreisen Worte dafür. »Und das hat nicht zu Streitereien zwischen den Eheleuten geführt?«

»Doch, natürlich!« Der alte Mann schüttelte gleichzeitig vehement den Kopf. »Aber! Der Valentin und die Lene, das war trotzdem die große Liebe. Sie war natürlich traurig, wenn er weg war, doch wenn er heimkam, war immer Versöhnung. Der Valentin, der hätte sein Lenchen niemals verlassen, und er hat auch sehr gut für sie gesorgt, hat sein Geld nicht verprasst, das nicht.«

»Hatte Ihr Schwiegersohn irgendwelche Feinde?«

Unterholzner zuckte mit den Schultern. »Ein Bierbeschauer ist nicht in jeder Brauerei gern gesehen. Aber mehr weiß ich nicht.«

»Kennen Sie Eduard Lemke? Hatte Valentin etwas mit Goldbrunner Bier zu tun?«

»Lemke? Das sagt mir nichts. Goldbrunner sicher, ist ja eine der größten Brauereien der Stadt. Aber das sind Dinge, die wohl meine Tochter besser weiß.«

Gryszinski dachte an die junge Witwe, wie sie eingerollt mit ihrem kleinen Kind auf dem Sofa lag, und spürte ein Frösteln, das er unwillkürlich abschüttelte. »Hatte Ihr Schwiegersohn irgendetwas mit … nun ja: Elefanten zu tun?«

Unterholzner starrte ihn an. »Was?«

Gryszinski winkte ab. »Sie können gern eine Droschke auf unsere Kosten nach Hause nehmen. Ich werde Ihnen die

Photographie schnellstmöglich zurückbringen und hoffe sehr, dann mit Ihrer Tochter sprechen zu können. Mein tiefstes Beileid noch einmal.«

Langsam erhob sich sein Gesprächspartner, es war alles noch wie ein schlechter Traum. Wieder drückte Gryszinski den kleinen Handschuh in seiner Tasche.

Er ging zu Fuß nach Hause, hatte aber auf dem Weg noch eine Sache zu erledigen. In seine Gedanken versunken, flanierte er langsam die Maximilianstraße hinunter. Um ihn herum war das Schaulaufen von München im vollen Gange. Man rüstete sich für die Oper, das Glas Clicquot davor im Tambosi, die Nacht danach im Luitpold. Verschläge von Kutschen öffneten sich klappernd, aus ihren dunklen Innenräumen erhoben sich erwartungsvolle Gesichter unter akkurat frisierten Haaren; ein knödelförmiger Dutt hoch auf dem Hinterkopf, in ein Nest aus gewellten weichen Strähnen gebettet, war derzeit tonangebend. Eine Equipage mit dem Wappen der bayerischen Königsfamilie rauschte an ihm vorbei, ungehindert durch andere Fuhrwerke, die alle respektvoll an die Seite schaukelten. Die Reisenden, die aus Häusern wie dem Vier Jahreszeiten strömten, hatten ihre besten Kleider eingepackt, nur um sie einmal auf der Maximilianstraße zu tragen. Gryszinski fehlte heute allerdings der Sinn für all die feine Spitze, die sich eng um Frauenhälse legte, oder die blitzartigen Momente eines Parfums, das ihn im Vorbeigehen anwehte.

Vor der Nummer 24 blieb er stehen. Auch in dieser mehrstöckigen Palazzo-Architektur ging exklusives Volk ein und aus. Es war das Photoatelier Hanfstaengl; sein Gründer war lange Zeit Münchens erfolgreichster Portraitphotograph gewesen. Sogar Ludwig und seine vorübergehende Verlobte Herzogin Sophie Charlotte hatten sich hier anlässlich ihrer anstehenden Vermählung ablichten lassen. Dummerweise verliebte sich die Braut des Königs in Hanfstaengls Sohn Edgar. Eine Affäre, mit der Letzterer nicht eben dezent umging, weshalb die Sache Stadtgespräch wurde – und vermutlich ein Grund dafür war, dass die Herzogin schließlich doch nicht Königin von Bayern wurde. Aber über diese Dinge sprach man heute nicht mehr, Edgar war mittlerweile der Leiter des Ateliers, in dem immer noch Portraits aufgenommen wurden. Vor allem aber hatte man sich sehr erfolgreich auf Kunstreproduktionen verlegt. Die aufwendigen Photographien Alter Meister waren international gefragt, Hanfstaengl beschäftigte um die hundert Leute. Auch Dornauer, der Kriminal-Photograph, arbeitete hier zuweilen im Labor, weshalb Gryszinski nun das Gebäude betrat, um nach ihm zu fragen.

Man bat ihn, kurz zu warten. Er nahm auf einer samtbezogenen Chaiselongue Platz und sah weiterhin grübelnd zu, wie ein paar künstliche antikisierende Halbsäulen, eine Handvoll aus Stoff gefertigte Efeuranken und einige Torsi römischer Manier eilig an ihm vorbeigetragen wurden – das übliche Inventar eines gutbürgerlichen Portraits. Nicht weit von ihm warteten zwei Damen, wohl eine Mutter mit ihrer Tochter im Debütantinnenalter, die aufgeregt tuschelten. Sie sollten gleich aufgenommen werden und waren sorgfältigst zurechtgemacht. Die Kamera war eben etwas anderes als der freundliche Pinsel eines Malers, der in vielen Sitzungen jedes Gesicht und jede Figur in ein gefälliges Abbild verwandeln konnte. Auch wenn der Photograph noch so sehr mit Schatten und Licht hantierte und seine Modelle in die bestmögliche Position rückte, die Kamera selbst stand als unbarmherzige Apparatur zwischen Betrachter und Subjekt. Sie sah alles, unbestechlich, ohne auch nur das kleinste Detail wegzulassen – das war ja der Grund, warum die Photographie so ungemein nützlich war, wenn man den Tatort eines Gewaltverbrechens dokumentieren wollte.

Dornauer erschien und winkte Gryszinski, ihm in eine der Dunkelkammern zu folgen, die gerade unbenutzt und beleuchtet war.

Dort angekommen, umweht vom beißenden Geruch der Chemikalien, zog Gryszinski die Photographie von Sperber hervor. »Ich bräuchte eine Reproduktion dieser Aufnahme, möglichst schnell. Wäre das machbar?«

»Sicher.« Dornauer nahm die Photographie in die Hand und betrachtete sie. Er zeigte auf Valentin Sperber. »Ist das unser Opfer?«

»Ja. Sie erkennen ihn an der Statur?«

»Genau. Die Größe und die sehr kräftigen Schultern, die den etwas dicken Bauch irgendwie stimmig machen. Er sah recht gut aus.« Der Photograph kniff die Augen zusammen. »Sehr photogenes und natürliches Lächeln. Und der Anzug ist hervorragend geschnitten. Haben Sie mittlerweile einen Verdacht?«

»Nur erste Richtungen, leider. Seine Witwe ist über die Maßen unglücklich«, fügte Gryszinski hinzu.

»Herrje ...« Dornauer senkte mitleidig den Kopf, sodass seine Haartolle in ungünstige Schräglage geriet. »Nun, ich denke, bis morgen früh können Sie ein paar Abzüge des Bildes haben.«

Gryszinski bedankte und verabschiedete sich. Als er seinen schnellen Schritt zum Ausgang lenkte – die beiden Damen waren mittlerweile verschwunden –, stieß er fast mit Irber, dem Dekorateur der Lemkes, zusammen. Er war wieder vollständig in Schwarz gekleidet, bis auf ein nahezu obszön rotes Einstecktuch, das wie ein textiles Teufelchen aus seiner Brusttasche lugte. Er trug ein paar Mappen unterm Arm, die er jetzt in seiner übertrieben zur Schau gestellten Überraschung fast fallen ließ.

»Herr Kriminal-Kommandant!«, kreischte er. »So eine Überraschung, Sie hier zu treffen!«

»Herr Irber.« Irgendetwas an dem Mann ließ Gryszinski in preußische Wortkargheit verfallen. »Was führt Sie hierher?«

»Ach, Geschäfte, Geschäfte.« Irber stellte seine eher ins Stummelige gehenden Beine in Kontrapost, offenbar richtete er sich auf ein längeres Schwätzchen ein. »Sie müssen wissen, dass ich regelmäßig hier ein und aus gehe. Herr Lemke sammelt Reproduktionen exquisiter Kunstwerke, nicht nur zum Durchblättern, nein, er hängt sie sich an die Wand. Für ihn ist die Photographie eine eigene Kunstform, manche Aufnahme einer Statue zum Beispiel ist für ihn schöner als die Figur selbst.«

Er holte kurz Luft. Irbers nasale Vokale, bemerkte Gryszinski wieder, gerieten ständig ins Wanken, sie wurden kopflos und wussten nicht, an welche Stelle sie innerhalb seines französischen Phantasie-Akzents gehörten, deshalb verirrten sie sich in manchen Worten auch mal an eine Stelle, von der aus sie Laute formten, die sich verdächtig nach Oberbayerisch anhörten. Wenn Gryszinski diese akustischen Spuren richtig deutete, dann war Irber niemals in Paris gewesen, oder falls doch, dann jedenfalls nicht, um die Sprache zu erlernen.

»Heute allerdings …« Irber hatte sich gesammelt und seine Vokale wieder an die ihm genehme Stelle geschüttelt, »… bin ich hier, um einige besonders prächtige Photographien von Blumenstillleben abzuholen. Frau Lemke wünscht sich nämlich einige neue Tapeten.«

Gryszinski blickte fragend, mehr war nicht nötig.

»Also! Das ist eine gängige Methode, um Muster für Tapeten zu entwerfen. Man nimmt die Aufnahmen verschiedener Blumenarrangements, zerschneidet sie und befestigt sie an der Wand, mal in der einen Konstellation, mal in einer anderen, bis man das perfekte Muster entwickelt hat. Das dient dann als Schablone für den Rapport, also das Ornament, das sich fortlaufend wiederholt. Frau Lemke liebt opulente Blumentapeten! Ich durfte erst jüngst wieder einige für sie entwerfen. All ihre Salons sind voll davon, wie in dem englischen Landhaus eines Lords.«

»Tatsächlich.«

»Ja, nun! Sie haben bisher nur den Westflügel gesehen, nicht wahr, das ist seine Spielwiese, eine Wunderkammer nach der anderen, es hat ein bisschen was von den Phantasien eines Jungen. Im östlichen ersten Stock ist ihr Refugium, und das ist eine einzige florale Ode, sehr damenhaft!«

»So.«

»Ja genau! Nun sagen Sie, Frau Lemke ist eine Brauereitochter, wie ausgesucht kann ihr Geschmack schon sein, aber ich sage Ihnen, er ist exquisit! Also der Geschmack von beiden natürlich. Der Traum eines jeden Dekorateurs! Sie lieben sehr unterschiedliche Dinge, das macht es so abwechslungsreich. Hauptsache, es ist exklusiv und teuer, da sind sich beide sehr einig, haha.«

»Wirklich.«

»Aber nicht, dass Sie jetzt denken, die zwei wären zu unterschiedlich, nein! Soweit ich das mitbekomme, und ich sehe die beiden fast jeden Tag, führen sie eine sehr glückliche Ehe, auch wenn sie derzeit oft Migräneanfälle hat, wohl seit Afrika … und zugegeben, er steht derzeit sehr unter Druck, will zusätzlich zu seinen Lokomotiven noch ins Brauereigeschäft einsteigen, nicht ganz einfach für einen Preußen in Bayern, nun …«

Wieder holte Irber Luft. Gryszinski war ganz begeistert ob dessen Mitteilungswut. Die Lemkes waren vielleicht der Traum eines jeden Dekorateurs. Aber Irber war der Traum eines jeden Ermittlers, wie ein unfreiwilliger Spitzel im Hause eines Verdächtigen, man musste ihn nur immer weiterreden lassen.

Leider versiegte in diesem Moment der Redestrom. Vielleicht realisierte Irber jetzt, dass er sich zu Indiskretionen hinreißen ließ, die seinem Arbeitgeber nicht gefallen konnten. Er blinzelte. »Nun also … was halten Sie von den fabelhaften Vorhängen dort hinten? Pariser Fabrikat, wenn mich nicht alles täuscht … Und die Posamente, exquisit! Sicher aus dem Hause Beck, sind nicht umsonst Hoflieferanten geworden …«

Gryszinski begriff, dass Irber nichts für ihn Interessantes mehr berichten, aber dennoch immer weiterschwatzen würde, wenn er nicht einschritt. Er räusperte sich entschieden. »Nun, Herr Irber, es war sehr nett, Sie zu sehen. Leider muss ich nun weiter. Wir treffen uns sicherlich bald wieder. Einen schönen Abend Ihnen.«

Und damit eilte er von dannen, während Irber nochmals blinzelte. Gryszinski lief beschwingten Schrittes gen daheim. Das war ja alles sehr interessant.

Schon im Treppenhaus konnte er riechen, dass heute Abend groß aufgetischt wurde. Braten, für eine Brühe angeschwitzte Knochen und ein eben im Ofen aufgehendes Gebäck konnte Gryszinskis Spürnase identifizieren. Er lächelte glücklich in sich hinein. Offenbar wurde seine romantische Geste vom Mittag postwendend belohnt. Das wäre doch nicht nötig gewesen! Er flog die letzten Stufen nahezu hinauf und stieß die Türen zur Wohnung beschwingt auf – um mitten in die letzten atemlosen Vorbereitungen für eine Abendgesellschaft hineinzuplatzen. Die Tafel im Esszimmer war ausgefahren und für fünf Personen eingedeckt worden. Fünf! Drei zu viel, dachte Gryszinski brummelnd und ging nach seiner Frau suchen, um die Sache aufzuklären. Die stand im Schlafzimmer und bürstete, wie Gryszinski mit leisem Grauen feststellte, seine blaue Uniform von den Dragonern aus. Schön und gut, aber leider wusste er ganz genau, nachdem er vor ein paar Wochen einmal verstohlen in den Waffenrock geschlüpft war, dass er aus diesem um mindestens eine Kleidergröße herausgewachsen war.

»Was geht denn hier vor?«, fragte er und küsste Sophie auf den Nacken.

»Wilhelm! Endlich bist du da! Ich habe dir eine Nachricht in die Direktion schicken lassen, aber man sagte mir, dass du heute gar nicht mehr dort gewesen bist.«

»Ja, ich war nur noch unterwegs ... aber sage mal, wer kommt denn heute? Da sind ja Vorbereitungen für ein regelrechtes Bankett im Gange!«

Sophie lachte. »Stell dir vor, keine fünf Minuten, nachdem du wieder weg warst« – sie lächelte ihn schelmisch an und strich ihm übers Gesicht – »nun, direkt danach kam ein Brief hier an, von deinem Freund Carl von Strantz. Er und Dorothea sind für eine Nacht in München abgestiegen, im Continental. Tatsächlich wollen sie wohl Urlaub im Zillerthal machen. Stell dir vor, die Berliner entdecken die Alpen!« Sie lachte nochmals. »Dorothea wird natürlich trotzdem wieder von ihrer guten Freundin anfangen, deren Ururururgroßvater dem Alten Fritz morgens zum Aufwecken einen nassen Lappen ins Gesicht schlagen durfte, aber so ist sie eben. Jedenfalls wollten sie sich unbedingt heute Abend treffen. Da habe ich sie direkt hierher eingeladen, eine Abendgesellschaft wie in Preußen! Und Otto von Grabow habe ich noch dazu geladen, dann ist euer Trio von damals komplett.«

Das waren ja Neuigkeiten! Damals in Berlin, als ganz junge Offiziere, hatten sie einander fast täglich gesehen. Man saß gemeinsam, wenn der Dienst in der Kaserne getan war – also meist ab mittags –, im Kasino, spielte Karten und hob verbal die Welt aus den Angeln. Grabow war ebenfalls nach München gezogen, er arbeitete für die preußische Gesandtschaft. Trotzdem trafen sie sich nicht allzu häufig. Gryszinski konnte gar nicht recht sagen, warum. Strantz lebte weiterhin in Berlin, er gehörte zum traditionsreichen Regiment der Alexandriner, ein preußischer Offizier durch und durch. Ihn hatte Gryszinski seit seinem Wegzug nicht mehr gesehen; Berliner kamen normalerweise nicht zu Besuch in andere Städte, hatte er feststellen müssen. Entsprechend schien Sophie fast aufgeregt. Vermutlich freute sie sich, den alten Freunden endlich einmal ihre hübsche Wohnung zeigen zu können und den Beweis anzutreten, dass es sich auch jenseits der preußischen Zivilisation leben ließ. Gryszinski zeigte auf seine alte Uniform.

»Soll ich die jetzt etwa anziehen? Bin doch nur noch Reserveoffizier …«

»Ach, das macht doch nichts! Ich dachte, auf die alten Zeiten …«

»Nein, mein Mienchen, lass mich lieber im Anzug. Ich komme mir mittlerweile irgendwie deplatziert in der Uniform vor, wie verkleidet. Bin sicher, das würde man mir ansehen.«

»Na gut«, lenkte Sophie ein, vermutlich eher, weil die Zeit drängte. »Also, es gibt ein echt bayerisches Menü, Frau Brunner hat wirklich Höchstleistungen vollbracht. Um Punkt acht Uhr kommen die Gäste. Ich dachte, wir reichen einen kleinen Aperitif im Salon, dann führst du Dorothea ins Esszimmer, ich folge mit Carl, Otto macht den Schluss, unser ewiger Junggeselle … Nach dem Essen kehren wir Damen in den Salon zurück. Wir haben bereits zwei Stühle und einen kleinen Tisch in den Erker geräumt, herrje, ich musste meine ganzen Bücher zur Seite sortieren. Ihr Herren bleibt im Esszimmer.«

»Gut.« Gryszinski nickte.

»Es ist wirklich eine Schande, dass das Esszimmer keine zweite Tür hat und man es nur durch den Flur betreten kann, ein echtes Manko!« Sophie seufzte. »Das macht den ganzen Ablauf etwas unelegant, aber gut, wir können es nicht ändern. Zumindest haben wir ja einige Stiche im Durchgang aufgehängt, um der ganzen Sache ein wenig den Charakter eines schönen Entrées zu geben …«

»Es ist alles gut«, beruhigte Gryszinski sie. »Die Sache mit der Tür ist kurios, da gebe ich dir recht, aber ansonsten ist unser Heim doch mehr als standesgemäß. So, jetzt werde ich noch rasch mein Hemd wechseln und stehe dann parat.«

Tatsächlich stand er um Strich acht Uhr bereit, zog seine Taschenuhr hervor, ein Erbstück seines Großvaters, und grinste, als es im selben Moment an der Tür klingelte. Kurz darauf führte Anneliese Carl von Strantz und dessen Frau Dorothea in den Salon, er natürlich in seiner Grenadier-Uniform, dicht gefolgt von Grabow. Dieser trug doch tatsächlich ebenfalls seinen alten Dragonerrock, der zudem noch tadellos saß.

»Baldur, altes Haus!«, rief Strantz zackig und quetschte Gryszinski herzlich die Hand. »Wieso nicht in Uniform, was muss ich sehen? Passt die alte Dragonerkluft etwa nicht mehr?«

Gryszinski lächelte etwas gequält. Strantz, sonst nicht unbedingt auf der hellsten Seite, hatte zuweilen leider erstaunlich lichte Momente – immer dann, wenn man es nicht brauchen konnte.

»Igor!«, dröhnte Grabow von hinten. »Lassen Sie doch den armen Baldur. In Berlin durfte er nie richtig essen, eine sträfliche Unterdrückung dieses lukullischen Talents, das er hier endlich ausleben kann.« Er reichte Gryszinski die Hand.

»Schlupp«, gab Gryszinski nur zurück und entspannte sich. »Willkommen!«

Baldur, Igor, Schlupp – sie nannten einander immer noch bei den Namen, die sie sich in der Albernheit ihrer Adoleszenz gegeben hatten. Der als Igor bezeichnete Strantz nahm jetzt, ein Gläschen Heidsieck zwischen den gespitzten Fingern, die Wohnung in Augenschein. Er nickte anerkennend.

»Baldur, offenbar haben Sie es zu etwas gebracht, wenn auch bei der Bayerischen Gendarmerie. Ganz bezaubernd, und wie gut es aus der Küche riecht! Wo ist denn eigentlich

Ihr Sohnemann? *Ah, il n'y a plus d'enfants*, aber hier glücklicherweise doch.«

Wie aufs Stichwort brachte Anneliese Fritz herein, der gebührend bewundert wurde, auch wenn das Kind derzeit einen neuen Zahn bekam und entsprechend schlecht gelaunt auf einem zunächst nicht näher definierten Gegenstand herumbiss, der sich beim genaueren Hinsehen als der Überzug von Gryszinskis alter Pickelhaube entpuppte, und zwar der kleine Teil aus schwerem Tuch, der wie ein genähter Monopteros die Spitze umhüllt. Eine weitere Verfehlung in Sachen vorbildlicher Pflege preußischen Soldatentums, die sich da auftat. Rasch schenkte Gryszinski den Gästen Champagner nach.

Dorothea von Strantz nahm den Faden von zuvor wieder auf und bestaunte die Gryszinski'sche Behausung, sie war über die Maßen erstaunt, wie ähnlich die Wohnung ihrer eigenen in Berlin sah. »Wirklich erstaunlich, *tout comme chez nous*! Ich hätte nicht gedacht, dass es hier ebenso komfortable *appartements* gibt.« Sie holte Luft, um noch etwas zu sagen. Vermutlich, dachte Gryszinski bei sich, will sie jetzt ihre Freundin und deren Vorfahren mit dem königlichen Waschlappen ins Spiel bringen, doch Strantz fiel ihr ins Wort.

»In der Tat! Nur eine Sache fällt mir auf, Baldur, unter uns: Wo ist denn Ihr Esszimmer? Beim Hereinkommen meinte ich am Ende des Korridors eines ausgemacht zu haben, aber üblicherweise führt doch eine große Flügeltür vom Wohnins Speisezimmer? Ein Raum sollte doch immer mindestens zwei Türen haben. Äußerst kurios, muss ich sagen!«

»Nun, mag sein, dass hier auf solche Dinge weniger Wert gelegt wird als in Preußen«, erläuterte Grabow in seiner Funktion als Ortskundiger, »der Münchner an sich gibt nicht viele Abendgesellschaften. Seine Räumlichkeiten verlangen eher nach Behaglichkeit für den Bewohner allein denn nach einer architektonischen Struktur, die eine reibungslose Choreographie eines *dîners* begünstigt.«

»Ach? Kaum Abendgesellschaften?«, fragte Dorothea nach.

»Sehr selten«, gab Sophie zurück. »Man geht hier lieber ins Wirtshaus. Wir Damen bleiben meist zu Hause.«

»Nun, apropos Choreographie und *dîner*«, schaltete Gryszinski sich ein, der allmählich in der preußischen Kunst des Parlierens wieder warmlief und nun Dorothea seinen Arm anbot, »ich schlage vor, dass wir eine kleine Parade in Richtung Esszimmer antreten – durch den Flur, so kurios das sein mag –, um dann das hervorragende Menü unserer Frau Brunner zu genießen.«

Den Rest des Abends wurde die fehlende Tür zum Esszimmer glücklicherweise nicht mehr erwähnt. Während des Essens plauderten sie über alte Berliner Geschichten und den anstehenden Urlaub der Strantzens in den Bergen. Tatsächlich war es in Preußen offenbar neuerdings Mode, in die Alpen zu fahren, viele Berliner Damen begeisterten sich sogar für die hübsche Trachtenmode Bayerns – auch wenn man natürlich München weiterhin verachtete. Die Stimmung war ausgelassen und vertraut, allerdings blickte Gryszinski in mehreren Situationen mit einem Gefühl der Distanz auf die Runde. Mehr als je zuvor fiel ihm auf, wie leer viele der Sätze waren, die zwischen ihnen fielen. Diese preußische Art, selbst aus konkreten Beobachtungen einen Allgemeinplatz zu machen, alles in Redensarten zu verpacken, war zwar elegant, aber gleichzeitig so unverbindlich, als würde man gar kein echtes Gespräch führen. Und dann das ständige Zitieren! Vor allem Strantz schien Büchmanns Zitatenschatz geradezu inhaliert zu haben. Nur Sophie, die mit Abstand belesenste Person im Raum, rezitierte nie irgendein literarisches *bon mot*. Wenn überhaupt, bezog sie sich auf eine Figur oder eine ganze Situation aus einem Text, der sie besonders fasziniert hatte.

Nach dem Essen traten die Damen den umständlichen Weg durch den Flur zurück in den Salon an und nahmen im Erker an dem kleinen Tisch Platz. Frau Brunner hatte bereits den Samowar und alle Zutaten für einen kräftigen schwarzen Tee bereitgestellt. In zwei Töpfchen aus Steingut lag schwer und süß Marmelade aus Erdbeeren und Marillen, um damit den heißen Tee zu parfümieren. Die Herren blieben im Esszimmer zurück, streckten die Beine aus, öffneten die Cognacflaschen und schnitten die Spitzen der Zigarren ab, die Grabow von einem Kollegen aus der deutschen Gesandtschaft in Madrid bezogen hatte. Als Gryszinski den ersten Zug nahm, durchfuhr ihn die Erinnerung an Sperbers Obduktion. Igor warf ein paar Allgemeinheiten zur preußischen Politik in den Raum – nach seinem Verständnis palaverte man in der Herrenrunde nun eben ein wenig zu den Geschehnissen in der Welt, auch wenn diese nicht mehr ganz so viel Zündstoff boten, seitdem Lotse Bismarck von Bord gegangen war. Schlupp, von Berufs wegen den ganzen Tag lang mit Politik befasst, hatte wohl keine Lust, sich zum Thema zu äußern, schon gar nicht auf Igors Niveau, und lenkte das Gespräch mit einer rhetorischen Geschicklichkeit, die Gryszinski nur bewundern konnte, auf englische Rennpferde. Man war eben bei einer bekannten Stute namens Amalthea angelangt, benannt nach dem kürzlich entdeckten Jupitermond, als Dorothea an der Tür erschien und ihren Ehemann hinüber zu sich und Sophie bat, um den Schiedsrichter in einer strittigen Frage innerhalb ihrer Piquet-Partie zu geben.

Allein zurückgeblieben überraschte Grabow Gryszinski mit einem weiteren Themenwechsel. »Nun, Baldur, wie man hört, sind Sie derzeit mit einem interessanten Kriminalfall beschäftigt.«

»Ach?« Gryszinski hob die Augenbrauen. »Ich wusste nicht, dass man sich in der Gesandtschaft bereits darüber austauscht.«

»Natürlich! Eduard Lemke ist schließlich eine schillernde preußische Figur. Völlig obskure, unklare Vergangenheit, Geld wie Heu und eine protzige Villa, die streckenweise wie ein opulentes Pariser Freudenhaus eingerichtet ist. Wenn Sie mich fragen, hätte er besser daran getan, in Amerika zu bleiben, hier fällt er einfach zu sehr auf. Aber er hat wohl irgendeine romantische Vorstellung vom Leben in Bayern, die vermutlich mit seiner seltsamen Bewunderung des verstorbenen Königs zusammenhängt – und nicht zuletzt auch mit seiner Frau.«

»Betti Lemke. Über sie konnte ich noch nicht so viel herausfinden, außer dass sie die Tochter von Goldbrunner ist.«

»Ja, man war wohl allgemein erstaunt, dass Lemke eine Brauereitochter und keine Frau von Stand geheiratet hat, um seinen Aufstieg in der Gesellschaft zu festigen. Um Goldbrunners Geld kann es nicht gegangen sein, davon hatte Lemke zu dem Zeitpunkt schon selbst genug.«

»Worum ging es dann?«

Grabow lächelte. »Nun, wohl ganz simpel um – Liebe. Betti Goldbrunner war eine stadtbekannte Schönheit. Sie ist immer noch sehr schön, ich habe sie einmal kurz bei einem Empfang gesehen. Als junges Mädchen soll sie zudem sehr keck, fast wild, gewesen sein. Heute ist sie ruhiger. Afrika ist ihr wohl nicht so gut bekommen.«

Gryszinski nickte. »Davon habe ich gehört. Ich werde sie trotzdem bald befragen müssen. Zu seltsam ist die Verbindung zwischen der Leiche und ihrem Mantel.«

Grabow rückte ein Stück näher und senkte seine Stimme. »Hören Sie, Baldur, es war ein mehr als günstiger Zufall, dass Ihre Frau mich heute eingeladen hat. Ansonsten hätte ich wohl von selbst bei Ihnen vorgesprochen, aber so ist es viel unauffälliger. Unser Gesandter Max von Thielmann weiß um unsere alte Verbindung und hat mich gestern früh angesprochen. Ich soll Sie in die Gesandtschaft bestellen, und zwar völlig inoffiziell, verstehen Sie? Nur Thielmann, ich und nun Sie wissen davon, Sie dürfen es niemandem gegenüber erwähnen.«

»Aber, wieso ...«

»Ich weiß leider nicht mehr, aber es hängt sicher mit Lemke zusammen. Thielmann ist gestern nach Berlin gefahren. Morgen Abend kommt er wieder, da sollen Sie direkt um Punkt acht Uhr vorsprechen, so diskret wie möglich. Eine Droschke wird Sie aus Ihrem Bureau abholen.«

Gryszinski starrte seinen alten Freund an. Er konnte sich keinen rechten Reim darauf machen. Wollte der preußische Gesandte ihm auf die Finger schauen? Ihn zurückpfeifen? Aber wieso wandte er sich nicht direkt an den Münchner Polizeidirektor? Grabow sah ihm wohl seine Verwirrung an. Er senkte seine Stimme noch weiter, sodass Gryszinski ihn kaum noch verstand.

»Ich kann Ihnen nur einen Rat geben«, wisperte Schlupp. »Haben Sie bis dahin ein paar handfeste Ergebnisse.«

Der nächste Morgen übertraf alle bisherigen Oktobertage an herbstlicher Schönheit. Die Bäume, welche die Ufer der Isar säumten, schmetterten den Vorbeilaufenden Farben entgegen, die überdreht wie auf einer kolorierten Photographie wirkten. Der Fluss selbst trug das Licht in tanzenden Reflexionen durch die Stadt, und die Luft war von einem erdigen Duft durchsogen. Über allem lag der Schleier rieselnden Blattwerks. Gryszinski sah von dieser ganzen Szenerie genau nichts. Wieder lief er im Tunnel seiner Gedanken durch ein München, das ihm völlig umsonst seine Reize offerierte. Sein Kopf war bei dem Gespräch mit Grabow und der Tatsache, dass er offenbar bei diesem Fall, der nicht so recht an

Fahrt aufnehmen wollte, unter ständiger Beobachtung stand. Das machte ihn befangen zu einem Zeitpunkt, an dem er unbedingt offen für jede Möglichkeit sein musste. Unwillkürlich schüttelte er den Kopf – zum wiederholten Male, es wirkte etwas wunderlich – und straffte die Schultern. Heute würde er etwas herausfinden, es musste einfach sein. Und den Anfang würde er in Bogenhausen machen.

Vor ihm tauchte die Villa der Lemkes aus einem Meer tiefroter Blätter auf. Zwei Diener, Männer mit breiten Kreuzen wie wuchtige gründerzeitliche Trumeauspiegel, waren damit beschäftigt, die beiden mannshohen Porzellanpfauen vor den Eingang zu schleppen und dort aufzustellen. Gryszinski triumphierte innerlich. Also doch eine ganz klare Reminiszenz an Ludwig. Lemke ließ offenbar als Zeichen seiner Anwesenheit diese keramischen Tonnen nach draußen stellen, ganz wie der verstorbene König. Diese direkte anmaßende Nachahmung grenzte ja an Majestätsbeleidigung, und wenn der Regent auch noch so verrückt und nach hinten raus unbeliebt gewesen war. Gryszinski trat an die offene Haustür, und tatsächlich war Lemke offenbar eben eingetroffen, er streifte gerade seinen Mantel ab und reichte ihn dem wortkargen Butler.

Pro forma drückte Gryszinski die Klingel – der scheppernde Walkürenritt erklang – und rief gleichzeitig »Guten Tag, Herr Lemke!« in den Flur hinein.

Der Angesprochene drehte sich um. Einen Wimpernschlag lang sah der Ermittler so etwas wie Ärger über Lemkes Gesicht huschen, dann fing dieser sich wieder.

»Hauptmann Gryszinski! Wer hätte gedacht, dass wir uns so schnell wiedersehen! Was verschafft mir die Ehre Ihres frühen Besuchs?«

»Es gibt Neuigkeiten in unserem Mordfall, die es leider unumgänglich machen, dass ich hier wieder vorspreche. Hätten Sie ein paar Minuten Zeit für mich?«

Lemke seufzte, ganz der beschäftigte Geschäftsmann. »Nun gut, auf ein kurzes Wort. Folgen Sie mir.«

Es ging wieder in den Zug, genauer gesagt in den weich gepolsterten Speisewagen, in dem die beiden Längsseiten von mehreren kleinen Tischen gesäumt waren, flankiert von mit rotem Samt bezogenen Sitzen. Auf jedem Tisch stand ein kleiner Blumenstrauß, und es war alles mit schwerem Kristall und Silber eingedeckt, als würden gleich mehrere Passagiere zum Essen erwartet werden. Die beiden Männer setzten sich einander gegenüber an einen der Tische. Über die Leinwand hinter dem Fenster zitterte eine Landschaft mit unendlichen Wäldern und einsamen Seen von monumentaler Schönheit.

Lemke hob eines der Kristallgläser an und drehte es zwischen seinen Fingern hin und her. »Ein Originalglas aus einem amerikanischen Zug. Die Gläser und das Geschirr sind besonders schwer, damit sie, wenn der Zug etwa einen Berg hinaufrattert, nicht vom Tisch rollen. Nun ja, wie kann ich Ihnen weiterhelfen?«

In diesem Moment tauchte der Butler mit einem Teewagen auf, der bis obenhin mit duftendem Gebäck und bunten Petit Fours beladen war.

»Ich war heute schon ganz früh in meiner Fabrik«, erklärte Lemke, »und habe noch nicht gefrühstückt.«

Gryszinski lehnte höflich das halbherzige Angebot ab, sich etwas Gebäck zu nehmen, und beobachtete verstohlen, wie Lemke einen Klumpen schmelzende Butter auf einem dampfenden Stück Baguette Schlitten fahren ließ. Lemke hatte ohne Zweifel in Gryszinski den Futterneider erkannt und genoss es, ihm etwas vorzuessen.

Gryszinski beschloss, dieses Spielchen abzukürzen und direkt zur Sache zu kommen. Dornauer hatte ihm in aller Frühe die Photographie von Sperber nebst einigen Abzügen in seine Wohnung schicken lassen. Einen davon zog er jetzt aus der Manteltasche und legte ihn vor Lemke auf den Tisch.

Er zeigte auf das Opfer. »Das hier ist Valentin Sperber, amtlicher Bierbeschauer. Er ist der Tote aus den Maximiliansanlagen. Kannten Sie ihn?«

Gryszinski fragte sich, welche Scharade sein Gesprächspartner ihm nun vorspielen würde. Seiner Überzeugung nach wusste Lemke ja längst, wer der Tote war. Lemke fegte erst ein paar imaginäre Krümel von der Tischplatte und zog dann die Photographie noch näher zu sich heran. Wieder schnellten seine Augenbrauen nach oben, die Augen weiteten sich, auch die ganze Mundpartie wirkte an der Darbietung mit; etwas übertrieben, aber doch bühnenreif, wie Lemke seine Überraschung vorspielte. Er musste sich gut vorbereitet haben.

»Ach!«, rief Lemke. »Der Sperber! Ja, den kannte ich von Berufs wegen. Er war in letzter Zeit öfter in unserer Brauerei, um mein neues Bier zu beschauen.«

Vermutlich, so folgerte Gryszinski, ging Lemke davon aus, dass die Verbindung zwischen ihm und Sperber so leicht zu ermitteln war, dass er sich verdächtig machen würde, sollte er die Bekanntschaft weiterhin leugnen. Doch warum hatte er vorher nichts gesagt? Hatte er Zeit schinden wollen? Aber wofür?

»Haben Sie jetzt, wo Sie wissen, wer es ist, doch eine Idee, wer ihm nach dem Leben trachtete? Und warum ihn jemand in den Federumhang Ihrer Frau gewickelt hat?«

Lemke schüttelte langsam den Kopf. »Leider. Es ist mir ein Rätsel. Ich würde selbst gern wissen, was es mit dem Mantel auf sich hat. Ich verstehe ja, dass das seltsam wirkt.« Wieder dieses offene, herzliche Lächeln.

Gryszinski hakte direkt ein. »Dann werden Sie sicher verstehen, dass ich jetzt wirklich unbedingt mit Ihrer Gemahlin sprechen muss. Es lässt sich nicht mehr aufschieben. Vielleicht kann sie uns helfen, gewisse, wie Sie sagen: Seltsamkeiten aus dem Weg zu räumen.«

Das herzliche Lächeln wurde noch breiter, erwärmte sogar die Augen. »Nein«, sagte Lemke in einem entschiedenen Tonfall, der die Sache freundlich, aber endgültig abtat. »Ich habe es Ihnen doch schon erklärt. Meine Frau soll nicht aufgeregt werden. Sie ist in keiner guten Verfassung.«

»Ich verstehe das, und ich verspreche weiterhin, absolut vorsichtig und freundlich zu ihr zu sprechen. Aber es muss sein. Es geht hier um Mord.«

Seine letzten Worte änderten die Qualität des Lächelns, es wechselte von herzlich zu professionell. Lemke blickte ihm weiterhin in die Augen, aber der Blick wurde starrer, härter. »Ich sage Ihnen, es geht nicht.«

»Und doch muss ich insistieren.« Gryszinski hielt dem Blick stand, indem er die Stimme seines Vaters durch seinen Kopf schnarren ließ, die ihn ermahnte, ein ganzer Preuße zu sein.

Das Lächeln seines Gegenübers erlosch langsam wie eine erstickende Öllampe. »Ich sehe, Sie geben nicht auf. Ich muss gestehen, dass ich das nicht von Ihnen erwartet hätte, aber wie Sie meinen.«

Lemke drückte einen Knopf, der sich am Tischhaupt befand. Kurz darauf erschien der Butler, dem Lemke Anweisung gab, nach der gnädigen Frau zu sehen und sie zu fragen, ob sie bereit sei, den Hauptmann zu empfangen. Gryszinski unterdrückte derweil den Impuls, irgendwie einzulenken, sich für sein Benehmen zu entschuldigen. Wirklich meisterhaft, wie Lemke es schaffte, dass man ihm gefallen wollte. Aber Gryszinski musste jetzt zu seinem Anliegen stehen, sonst würde Lemke ihm im Folgenden ständig auf der Nase herumtanzen.

Er schwieg also und nickte nur knapp, als der Butler mit Grabesmiene verkündete, dass Frau Lemke nun bitten lasse.

Sie erwartete ihn in einem ihrer Salons im ersten Stock des Ostflügels. Anders als bei seiner ersten Begegnung mit

Lemke wurde Gryszinski nicht durch eine Abfolge irrwitziger Kabinette geführt; der Salon war gleich der erste Saal hinter dem Treppenhaus. Einige Türen ließen lange Zimmerfluchten hinter dem Empfangsraum vermuten, sie blieben aber im Verborgenen. Offen war dafür der Blick durch die großen, bodentiefen Fenster, die alle auf den üppig bewachsenen Garten hinausgingen. Verschwenderisch strömte das Herbstlicht hinein und ergoss sich über Teppiche, Stoffe und Tapeten, die ihrerseits in Massen von Blumen getaucht waren. In allen Formen und Farben überwucherten Blütenmuster jeden Winkel dieses Zimmers, das so auf verwirrende Weise mit dem Garten draußen verschmolz. Gryszinski blieb in der Tür stehen und orientierte sich, sein Blick wanderte umher, unfähig, einen Ruhepunkt zu finden. Und dann blieb er doch an etwas hängen, einem kleinen blassen Oval, das sich beim genaueren Hinsehen als das zarte Gesicht einer Frau entpuppte.

»Treten Sie ruhig ein«, sagte das Oval, das körperlos im Blumenmeer schwamm.

Jetzt begriff Gryszinski, dass Frau Lemke ein Kleid mit einem floralen Muster trug, welches sie im Interieur versinken ließ wie ein bleichgesichtiges Chamäleon. Allmählich setzten sich die Konturen ihres zierlichen Körpers von der Tapete ab. Dunkles, schweres Haar lastete auf ihr wie ein üppiger barocker Rahmen, der eine zarte Miniatur umfasst.

Gryszinski trat näher und stellte sich vor, sie wies ihm einen Platz auf einem von stilisiertem Klatschmohn überzogenen Fauteuil zu.

»Verzeihen Sie bitte die Störung«, fing Gryszinski an, der sich bewusst war, dass der Butler in seinem Rücken stand und sicher später Lemke Bericht erstatten würde. »Aber wie Sie vermutlich bereits wissen, haben wir einen toten Mann in den Maximiliansanlagen gefunden, der in ebenden Federumhang gehüllt war, den Sie zuvor in der Mordnacht getragen hatten. Wir wissen mittlerweile, dass der Tote Valentin Sperber hieß und ein Bierbeschauer war.« Gryszinski zog erneut die Photographie hervor und streckte sie Betti Lemke entgegen. »Erkennen Sie jemanden auf diesem Bild?«

Zögerlich nahm sie den Abzug entgegen und betrachtete ihn. Sie hatte dunkelblaue Schatten unter den Augen, ansonsten stimmte, was Grabow gesagt hatte: Sie war sehr schön. Wenn auch auf eine erloschene Weise.

»Ihn habe ich schon einmal gesehen«, erklärte sie jetzt und zeigte auf Sperber. Sie sprach mit fester Stimme und in jenem gemäßigten Münchner Dialekt, den das ungeübte Ohr auch für einen Wiener Singsang halten konnte. »Er war in unserer Brauerei, aber ich weiß seinen Namen nicht mehr. Ich habe kaum ein Wort mit ihm gewechselt. Die anderen Herren auf dem Bild sind mir nicht bekannt.« Ihr Finger verharrte auf dem Abbild von Sperber. »Ist das der Tote?«

»Ja, genau. Warum, glauben Sie, trug er Ihren Umhang?«

Sie starrte ihn verloren an. »Ich habe wirklich keine Ahnung.«

»War Sperber an dem Abend Ihrer Hauseinweihung Gast bei Ihnen?«

»Nein. Eduard hat nur Leute eingeladen, die in München etwas zu sagen haben oder besonders elegant sind.«

Der letzte Satz hatte lakonisch geklungen. Gryszinski fragte nach: »Sie meinen, ein einfacher Bierbeschauer wäre Ihnen nicht ins Haus gekommen?«

»Das meinte ich wohl. Ironisch, wenn man Eds Herkunft bedenkt.« Sie lächelte erschöpft. »Mein Mann sagte mir, Sie möchten auch wissen, wer meinen Umhang genommen haben könnte. Da muss ich Ihnen leider sagen: jeder, der im Haus war. Nach der Begrüßung habe ich ihn ausgezogen. Er lag den ganzen Abend im offenen Käfig.«

Gryszinski stellte sich vor, wie die Frau vor ihm in dem goldenen Käfig stand und leise, wie ein kleines Vögelchen, die Gäste begrüßte. Irgendwie war ihm der Gedanke unangenehm, er fragte nicht weiter danach. Er ließ den Blick über die seidene Blütenflut wandern. »Ist Ihnen sonst an dem Abend etwas aufgefallen? Hat sich jemand eigenartig verhalten? Haben Sie ungewöhnliche Geräusche gehört? Ist ein Gast länger verschwunden oder überstürzt gegangen? Alles, was Ihnen einfällt, könnte uns weiterhelfen.«

Sie schüttelte den Kopf.

»Ist Ihnen am nächsten Morgen etwas aufgefallen? War ein Raum in Unordnung? Fehlte etwas?«

»Am nächsten Morgen war wohl alles in Unordnung, schließlich hatten wir ein großes Fest gefeiert. Aber ich bin an diesem Tag erst am Nachmittag aufgestanden. Ich hatte Migräne und war sehr müde. Als ich runterkam, war bereits alles aufgeräumt.« Sie seufzte. »Tatsächlich spüre ich jetzt meinen Kopf auch wieder. Es pocht hier.« Sie hielt sich die linke Schläfe. »Haben Sie noch weitere Fragen?«

Gryszinski spürte, wie der Butler hinter ihm unruhig wurde. Er schüttelte seinerseits den Kopf. »Nein, fürs Erste keine mehr. Vielen Dank, dass Sie mich empfangen haben.«

Sie hielt mittlerweile ihre Stirn umklammert. »Natürlich«, murmelte sie noch, dann wurde Gryszinski hinauskomplimentiert.

Lemke ließ sich nicht mehr blicken. Doch als Gryszinski die Villa verließ und sich noch einmal umdrehte, sah er den Hausherrn an einem Fenster stehen, finster zu ihm hinunterstarrend.

4.

»Geht der [Criminalist] einmal an die Arbeit, so ist es nach meiner Ansicht das Wichtigste, daß er den richtigen Zeitpunkt findet, in dem er sich über den Fall eine feste Meinung bildet.«

Hans Groß: Handbuch für Untersuchungsrichter, Polizeibeamte, Gendarmen usw., 1. Auflage, 1893

Gryszinski eilte, rannte fast, in die Polizeidirektion. Richtig ergiebig war die ganze Befragung nicht gewesen, stattdessen hatte er Lemke gegen sich aufgebracht. Man konnte auch sagen: das erste Mal aus der Reserve gelockt. Er hatte sich jedenfalls mehr erhofft und zählte nun auf die Ergebnisse, die seine Wachtmeister hoffentlich präsentieren würden, nachdem er ihnen am Tag zuvor einen ganzen Katalog an Aufgaben erteilt hatte.

Eberle und Voglmaier erwarteten ihn bereits in ihrem gemeinsamen Bureau, außerdem ein Mann namens Maximilian Friedl, ein technischer Spezialist, den die Münchner Polizei hinzugezogen hatte, um die Masse an Fußspuren und Abdrücken im Boden am Fundort der Leiche zu untersuchen, die Eberle Stück für Stück akribisch vermessen und abgezeichnet hatte. Solche Kriminaltechniker würde man, davon war Gryszinski überzeugt, in Zukunft viel mehr brauchen, aber derzeit gab es nur eine Handvoll davon, die meistens einen irgendwie gearteten naturwissenschaftlichen Hintergrund hatten. Oder einfach Polizisten waren, die sich sehr fürs Fährtenlesen interessierten. Friedl war eine Art privater Universalgelehrter, eine etwas verhuscht wirkende wandelnde Enzyklopädie, ein Schwamm mit analytischen Fähigkeiten; ein Auslaufmodell des 19. Jahrhunderts. Mit der Jahrhundertwende würden die Entschlossenen mit geradliniger Biographie und Ausbildung mehr an Bedeutung gewinnen, dessen war sich Gryszinski sicher.

Seine beiden Wachtmeister berichteten derweil, welche Fortschritte sie mit der Gästeliste der Lemke'schen Einweihungsfeier machten. Da sich einer der Gäste den Federmantel genommen haben konnte, arbeiteten sie die gesamte Liste ab, die Lemke ihnen überlassen hatte. Neben all den prominenten Gästen interessierten sie sich vor allem für die Namen, über deren Hintergrund man weniger wusste. Möglicherweise gab es jemanden mit krimineller Vergangenheit? Dieses Unterfangen war allerdings mühsam, denn zu der Feier waren Personen aus allen möglichen Ländern angereist, zumeist in Begleitung, deren Identität noch schwerer zu klären war. Sie hatten bei verschiedenen Botschaften um Auskunft zu den Namen gebeten, aber oft verfügten diese Institutionen nicht über die nötigen Informationen. Also hatte Eberle Telegramme in französischer und englischer Sprache verfasst und an verschiedene europäische Polizeidirektionen telegraphiert. Auch das Transatlantikkabel war bemüht worden, um Nachrichten nach Washington und New York zu kabeln, allerdings war die amerikanische Polizei in diesem riesigen Land so unübersichtlich und lokal organisiert, dass sie wenig Hoffnung hatten, von dort überhaupt eine Antwort zu erhalten. Letztendlich konnten sie hier nur auf einen Glückstreffer hoffen, deshalb ordnete Gryszinski an, sich vorrangig auf andere Spuren zu konzentrieren.

Voglmaier war am Vorabend in Haidhausen durch die Wirtshäuser gezogen. »Und da habe ich einiges gehört«, erklärte er eben. »Die Gerüchteküche brodelt. Ein Spezl hat mir etwas besonders Interessantes erzählt: Offenbar hatte der Sperber eine neue Liebschaft, und zwar die Grassl Klara.« Er machte eine Kunstpause und versicherte sich, dass ihm jeder zuhörte.

»Und wer ist diese Dame namens Klara Grassl?«, fragte Gryszinski, um Voglmaier einen kleinen verbalen Schubs zu geben.

»Die Grassl Klara ist die Frau vom Büchsenmacher Grassl Franz, und der ist bekannt für sein aufbrausendes Temperament und seine Eifersucht. Hat angeblich mal ein Vögelchen, das vor seinem Schlafzimmerfenster saß und nach seiner Meinung der Klara ein ungebührliches Liedchen geträllert hat, mit der Flinte erledigt. Na ja, andere meinen, da saß kein Vögelchen im Baum, sondern der Hufschmied Angerhofer, der zieht jedenfalls seit diesem Morgen ein Bein nach, kann ja nach so einer Schussverletzung …«

Gryszinski räusperte sich.

»Na, jedenfalls sollten wir diesen Grassl überprüfen, meine ich«, beeilte sich Voglmaier anzufügen. »Vielleicht saß ihm auch beim Sperber das Gewehr locker.«

»Das würde zwar nicht den Vogelmantel erklären, aber gut.« Gryszinski nickte. »Eberle, was haben Sie?«

Der schwäbische Wachtmeister hatte ein weiteres Telegramm verschickt, und zwar an das Kaiserliche Patentamt in Berlin. Die hatten heute früh seine Vermutung bestätigt: Lemke hatte dort kürzlich vorgesprochen, um ein Patent für eine neue Bierrezeptur anzumelden. »Dabei geht es wohl um eine neuartige Zusammensetzung der Zutaten, die das Reinheitsgebot vorschreibt.« Eberle hielt das im üblichen kryptischen Stil verfasste Telegramm in die Luft. »Außerdem scheint er das Patent schnell zu brauchen, hier steht: ›Antr. sehr eilig‹. Aus der Tatsache, dass das Patentamt eine Extra-Mark für das Wörtchen ›sehr‹ springen lässt, schließe ich, dass Lemke dort richtig Druck macht.«

»Interessant!« Gryszinski überlegte. »Eberle, Voglmaier, Sie zwei gehen zur Brauerei Goldbrunner, diesmal ganz offiziell. Sie nehmen die Photographie von Sperber mit und fragen herum, wer ihn dort gesehen hat, wie oft er wohl da war und so weiter. Wenn jemand fragt, sagen Sie, das sei eine routinemäßige Befragung, die Sie bei mehreren Brauereien durchführen. Versuchen Sie vor allem herauszufinden, ob Sperber irgendwelche Bedenken bezüglich des neuen Bieres hatte, ob er Streit mit jemandem hatte. Vielleicht sogar mit Lemke selbst?«

Die Wachtmeister nickten. »Ich selbst werde nach Haidhausen fahren und nochmals mit Sperbers Witwe sprechen. Und wenn ich schon mal da bin, auch mit diesem Büchsenmacher. Nun zu Ihnen.« Gryszinski wandte sich an Friedl, der die ganze Zeit mit seinen Unterlagen raschelte und dadurch eine gewisse innere Unruhe verriet. »Was können Sie uns zu den Fußspuren sagen?«

Friedl räusperte sich. »Zunächst einmal war es eine ziemliche Aufgabe, die Fußspuren von Ihrem jungen Kollegen herauszufiltern, der als Erster dort war. Der ist wirklich überall herumgelaufen wie ein kopfloses Huhn.«

Gryszinski schüttelte düster den Kopf.

Friedl fuhr fort: »Zumindest kann man anhand seiner Spuren sehr genau rekonstruieren, wo die Realien lagen, die er so übereifrig aufgesammelt hat. Nämlich immer dort, wo wir Abdrücke zweier nebeneinanderstehender Schuhe haben, die vorn tiefer sind, weil er das Gleichgewicht auf seine Zehen verlagert hat, um sich vorzubeugen und etwas aufzuheben.«

Die beiden Wachtmeister hörten gespannt zu. Diese Art der Spurenlese war noch Neuland für sie. Gryszinski dagegen kannte das alles. Sein Mentor legte besonderen Wert auf die Vermessung von Fußspuren, widmete in seinem Handbuch diesem Thema einige Kapitel und hatte immer wieder erklärt, dass ein eifriger Kriminalist so oft wie möglich aufs Land fahren sollte, denn dort seien, ganz im Gegensatz zu den gefegten Trottoirs der Städte, die spannendsten Geschichten in die staubigen, mit Kot bedeckten Straßen geschrieben, und man sollte diese einfach der Übung halber studieren.

»Um die Leiche herum«, erklärte Friedl weiter, »sind alle Abdrücke zerstört worden, indem jemand mit seinem Fuß die Erde verwischt hat. Der Regen hat natürlich auch geholfen, wie leider in den meisten Bereichen der Senke. Allerdings haben wir hier Glück.« Er rollte einen handgezeichneten Plan des gesamten Fundorts aus, auf dem alle Spuren in verschiedenen Farben verzeichnet waren; die – wirklich völlig unkoordinierten – Abdrücke des Gendarmen in Rot. Knopf, Zigarettenstummel und Handschuh waren ebenfalls an ihren Fundorten abgebildet. Die einzelne Elefantenspur stand wie ein verwundertes Fragezeichen im Raum. Und im Schutz einiger Rosenbüsche leuchteten vier Fußspuren in Blau, auf die zeigte Friedl nun.

»An dieser Stelle! Das sind Abdrücke von zwei höchstwahrscheinlich männlichen Personen, der Größe nach zu schließen. Eine Person sehr schwer, die andere etwas kleiner und leichter, so deute ich Tiefe und Größe der Abdrücke. Die beiden Personen sind nebeneinander hergelaufen und haben höchstwahrscheinlich ein großes Gewicht zwischen sich getragen. Die Abdrücke weisen eine deutliche Vertiefung auf der jeweils nach innen gerichteten Seite auf. Ein paar Meter weiter erahnt man ähnliche Spuren, dazwischen sehr deutlich eine Schleifspur. Vermutlich wurde ihnen der große Gegenstand – aller Wahrscheinlichkeit nach die Leiche – so schwer, dass ihre Arme kurz nachließen.«

Friedl lehnte sich zurück, während Gryszinski nicht an sich halten konnte und auf den Tisch schlug. »Das sind sie! Unsere Täter. Oder die Helfer. Zwei Männer, einer sehr groß und massig, der zweite etwas schmaler und kleiner. Gute Arbeit! Weiter! Wie sind sie dorthin gekommen?«

»Nun, es gab eine schwache Wagenspur. Der Art nach zu urteilen, wie die Erde drum herum verschoben wurde, ist die

Kutsche in Richtung Maximilianeum gefahren, aber ob es sich wirklich um das Gefährt der Mörder handelt, kann ich nicht genau sagen.«

»Na gut, wir werden sehen. Konnten Sie etwas zu der Elefantenspur ermitteln?«

»Diese Sache bleibt nebulös. An der Spur ist etwas besonders – ich meine, neben der Tatsache, dass sie überhaupt da ist.«

»Das wäre?«

»Diesem Elefanten fehlt eine Zehe. Dickhäuter sind Zehengänger, sie laufen sozusagen auf Zehenspitzen, deshalb kann man das sehr gut erkennen. Dieses Tier hat übrigens eine Schulterhöhe von drei Metern und fünfzehn Zentimetern.« Friedl weidete sich an den erstaunten Blicken der anderen. Jetzt konnte er sein ganzes Wissen präsentieren. »Man nimmt den Fußumfang und verdoppelt ihn, das entspricht der Schulterhöhe, alte Regel der Elefantenjäger.«

»Na gut, aber wo kam er her und wo ist er hingegangen?«

Friedl wiegelte ab. »Das herauszufinden ist wohl eher Ihr Metier. Ich habe aber in Carl Hagenbecks Zoologischem Circus, der derzeit hier gastiert, nachgefragt, ob dort eventuell ein Elefant verschwunden ist. Ich konnte mit Hagenbeck selbst sprechen, der etwas säuerlich meinte, dass der Verlust eines solch größeren Tieres sicherlich aufgefallen wäre. Außerdem hat er keinen Elefanten, dem ein Zeh fehlt. Überhaupt hätte er nur einmal ein solches Exemplar besessen, erklärte er mir, aber das sei bei der Elefantenkatastrophe anno '88 umgekommen.« Friedl gluckste. »Der Zeh des besagten Tieres wurde zertrümmert, als es ganz unglücklich über ein Bierfässchen stolperte, das ein Pfleger für seinen Feierabend im Gehege deponiert hatte. Das muss lustig ausgesehen …«

Gryszinski räusperte sich ungeduldig. »Elefantenkatastrophe?«

»Aber ja, kennen Sie die Geschichte nicht?«, hakte Voglmaier ein. »Für einen Festzug zu Ehren Ludwigs hatte man sich acht Elefanten von Hagenbeck geliehen. Die marschierten gerade am Siegestor vorbei, als ihnen eine Straßenlokomotive entgegenkam, die war als riesiger Drache getarnt. Sie wissen doch, wenn die neue Tram mit der Dampflok ihren Dampf lautstark ausstößt, scheuen immer die Zugpferde. Da passierte genau das Gleiche, nur dass in diesem Fall acht ausgewachsene Elefanten losgestürmt sind ... es war ein furchtbares Chaos, eine Massenpanik. Letztendlich sind zwei der Elefanten erschossen worden, es ging nicht anders, sie waren überall in der Stadt und rannten sogar völlig närrisch in verschiedene Gebäude.«

»Und unter diesen zu Tode gekommenen Elefanten war einer, dem eine Zehe fehlte?«, fragte Gryszinski nach, dem das alles zu bunt wurde.

»Korrekt.« Friedl nickte.

»Sie wollen mir also erzählen, der Abdruck im Park bei unserer Leiche stammt von einem vor sechs Jahren verstorbenen Elefanten?«

»Das habe ich mitnichten gesagt. Aber was Sie für Schlüsse aus meinen bescheidenen Erkenntnissen ziehen, ist natürlich Ihre Sache.«

Obwohl die Zeit drängte, ging Gryszinski zu Fuß nach Haidhausen, er sah keine andere Möglichkeit, seinen Geist im erforderlichen Maß durchzurütteln. Noch besser wäre natürlich ein Saures Züngerl aus der Kuttelhalle gewesen, aber er konnte es sich jetzt einfach nicht erlauben, den Umweg für ein paar etwaige kathartisch aus den Tiefen der Rahmsauce emporstrebende Ideen zu machen. Die vielen neuen Denkpfade, die sich an diesem Morgen eröffnet hatten, zerrten seine Gedanken in so unterschiedliche Richtungen, dass er sich kaum konzentrieren konnte. Leider wurde zudem alles ständig von dem irren Bild eines riesigen Elefanten, der mit vor Schreck weit aufgerissenen Augen auf einem winzigen Fässchen balancierte, überlagert. Es war wie ein besonders enervierender Ohrwurm, den man nicht loswurde. Gryszinski ging noch schneller, obwohl er bereits spürte, wie ihm der Schweiß den Rücken hinunterrann. Was war nur los mit ihm?

Als die kleinen Herbergshäuschen in Sicht kamen, diesmal in golden raschelndes Herbstlicht getaucht, hatte er sich zumindest einigermaßen klargemacht, was er von Magdalena Sperber eigentlich wissen wollte. Ihr Märchengarten lag heute verlassen da, und obwohl die Kürbisse weiterhin dick und leuchtend in ihren Beeten ruhten, kam ihm der Ort öde vor – der gewaltsame Mord an dessen Bewohner hatte ihm seine Unschuld genommen. Gryszinski kannte das Phänomen von anderen Häusern und Wohnungen, deren Besitzer unvermittelt zu Tode kamen und lauter Dinge zurückließen, die plötzlich keinen Sinn mehr ergaben; keiner kannte mehr ihre Geschichte, niemand füllte sie mit Leben.

Wie aufgebahrt lagen auch Sperbers Pfeifen auf jenem Tisch, auf dem gestern noch der warme Kirschkuchen gestanden hatte, bemerkte Gryszinski als Erstes, nachdem Ludwig Unterholzner ihm die Tür geöffnet und ihn in die Stube geführt hatte.

»Meine Tochter möchte sie in eine kleine Truhe packen und neben ihr Bett stellen«, erklärte Unterholzner und wies auf die Pfeifen. »Zusammen mit seiner Bibel.« Der Gedanke schien ihm nicht zu behagen, doch er sagte nichts weiter dazu und ging seine Tochter holen.

Als diese kurz darauf den Raum betrat, bemerkte Gryszinski eine sonderbare Ähnlichkeit mit Betti Lemke; ein weiteres kleines melancholisches Gesicht, fast erdrückt von einer schweren Haarpracht, verschlungen von dem Raum, der es umgab. Dieses kleine Gesicht hier war außerdem gezeichnet von der schrecklichen Erkenntnis, alles verloren zu haben. Wie eine Schlafwandlerin blickte Magdalena Sperber ihn durch ihre vom Weinen verschwollenen Augen an.

»Ja?«, fragte sie nur.

»Grüß Gott, Frau Sperber, entschuldigen Sie bitte vielmals, dass ich Sie noch einmal stören muss.« Gryszinski zog die originale Photographie von Valentin Sperber in der Brauerei hervor. »Ich wollte Ihnen das hier so schnell wie möglich zurückbringen.«

Er reichte ihr das Bild, sie griff zögerlich danach und betrachtete es, als würde sie es zum ersten Mal sehen. Dann verzerrte sich ihr Gesicht, und sie strich über die kleine Figur auf dem Papier, die ihr Mann gewesen war. Mit sichtbarem Kraftaufwand riss sie sich zusammen.

»Vielen Dank, Herr Hauptmann. Viel bleibt mir nicht vom Valentin, das macht mir dieses Bild umso kostbarer.« Vorsichtig legte sie die Photographie vor sich hin und sah ihn jetzt mit wacheren Augen an. »Wissen Sie schon, wer uns das angetan hat?«

»Leider nein, aber wir verfolgen nun einige Spuren. Deshalb muss ich Ihnen unbedingt ein paar Fragen stellen. Fühlen Sie sich dazu in der Verfassung?«

Sie machte nur eine müde Handbewegung, die wohl anzeigen sollte, dass er fortfahren konnte.

»Wann haben Sie Ihren Mann zum letzten Mal gesehen?«

»Vergangenen Sonntag. Wir waren gemeinsam in der Kirche, danach gab es hier daheim einen Braten, wir hatten ein paar Nachbarn eingeladen. Wir saßen zusammen, es war ein schöner Tag. Am Nachmittag musste er dann weg.« Sie brach ab.

»Hat er gesagt, wohin er musste?«

»Nein, bloß, dass er jetzt losmusste. Er hat meistens nicht erklärt, wo er hin ist, ich hab schon lange nicht mehr gefragt.« Ihr entfuhr ein einzelnes lautes Schluchzen. »Aber bevor er weg ist, war er zärtlich zu mir und hat gesagt, dass er mich liebt.«

»War das … entschuldigen Sie … etwas Ungewöhnliches?«

Sie schüttelte den Kopf. »Ich dachte mir, jetzt ist es wieder so weit, eine von seinen Geschichten endet, und er kommt wieder ganz zu mir zurück.«

»Waren Sie dann nicht beunruhigt, als er die nächsten Tage nicht auftauchte?«

»Doch, schon. Aber ich hab angenommen, mich geirrt zu haben. Vielleicht hatte er noch etwas klären müssen, was einfach länger dauerte? Ich habe viele Tage meines Lebens auf ihn gewartet, wissen Sie. Aber er kam immer zurück.«

Gryszinski beschloss, dieses sie sichtlich quälende Terrain zu verlassen. »Sagt Ihnen der Name Eduard Lemke etwas?«

»Das ist der Goldbrunner-Erbe. Sonst weiß ich nichts über ihn.«

»Erbe? Der alte Goldbrunner lebt doch noch?«

»Ja, schon. Aber wie Sie eben sagen: Er ist alt. Valentin hat ihn mal als Erben bezeichnet, und das als Preuße.«

Sie betrachtete ihn unverwandt. Gryszinski ließ das so im Raum stehen und kam zur nächsten Frage, die eher eine Bemerkung war. »Ihr Mann trug ein sehr exklusives Rasierwasser.«

Sie nickte, den Mund plötzlich verkniffen. »Ja. Ich weiß nicht, woher er das hatte.«

»Haben Sie den Flakon noch?«

Sie stand auf und verschwand für ein paar Minuten, dann kehrte sie zurück mit einer kleinen Flasche aus fein gearbeitetem Kristall. Sie stellte sie auf den Tisch, ein funkelnder Fremdkörper, die Pfeifen sahen ihn erstaunt an.

Gryszinski nahm den Flakon, öffnete ihn und schnupperte daran. Es war der Duft, der ihm an den wenigen Kleidern des Toten aufgefallen war. »Ihr Mann legte viel Wert auf ein gepflegtes Äußeres«, stellte er fest.

»Das stimmt. Er war sehr elegant, vor allem für einen Bierbeschauer.«

Gryszinski nickte und beließ es erst einmal dabei. Die nächste Frage war ein heikler Themenwechsel. »Hatte Ihr Mann etwas mit Elefanten zu tun?«

Statt einer Antwort starrte sie ihn nur an, als sei er verrückt.

Er versuchte es anders. »Kam Ihnen Ihr Mann irgendwie verändert vor in letzter Zeit? Besorgt vielleicht, oder mit seinen Gedanken woanders?«

»Nein, eigentlich nicht.«

»Hatte Ihr Mann irgendwelche Feinde?«

»Das weiß ich nicht. Er war sehr charmant, wissen Sie, er konnte im Wirtshaus am Tresen stehen und ganze Gruppen unterhalten. Er brachte die Leute zum Lachen. Nur in den Brauereien mochten sie ihn nicht immer. Der Valentin hat das mit dem Bier sehr ernst genommen und war sehr streng. Viele wollten gern wissen, was er in sein schwarzes Büchlein schrieb.«

»Ein schwarzes Büchlein?«

»Freilich, sein Notizheft. Da hat er zu jedem Bier, das er geprüft hat, etwas reingeschrieben.«

»Und wo ist dieses Heft?«

Sie schüttelte den Kopf. »Ich habe es überall gesucht. Es ist verschwunden.«

Zum ersten Mal gestand Gryszinski sich ein, dass er eine Theorie hatte. Er wusste, es war noch zu früh dafür, und doch verfestigte sich alles, was bisher Ahnung war, zur greifbaren Gewissheit. Konnte es so einfach sein? Lemke hatte eine neue Biersorte entwickelt, in irgendeiner Form so neuartig, dass er sie sogar patentieren ließ. Und dieses Bier wollte er jetzt groß machen, mit der Brauerei, die er offenbar im Begriff war zu erben – sein Schwiegervater war alt, seine Frau gebrechlich, sein Schwager ein Suffkopf. Blieb nur er, um die Geschäfte weiterzuführen. Und nun war ein Bierbeschauer im Begriff, ihm einen Strich durch die Rechnung zu machen, aber warum? Hatte er irgendeine Schweinerei entdeckt? Das alles in seinem kleinen Büchlein notiert? Und Lemke hatte ihn erschossen, rücksichtslos und ehrgeizig, wie er war?

Was Gryszinski an dieser ganzen Idee so störte, war ihre Offensichtlichkeit. Wer erschoss jemanden und kleidete ihn in etwas, das sofort zu ihm führte? Oder fühlte Lemke sich einfach so überlegen, dass er dachte, er sei unantastbar? Sie brauchten unbedingt dieses Notizbuch! Gryszinski hoffte inständig, dass Sperber es irgendwo in seinem Häuschen versteckt hatte, sie würden es schleunigst durchsuchen müssen. Aber zunächst, wie um sich selbst zu beweisen, dass er auch offen für andere Ansätze war, würde er diesen eifersüchtigen Büchsenmacher befragen.

Während dieser Überlegungen hatte er die Adresse erreicht, die Voglmaier ihm herausgesucht hatte, diesmal in der nach einem träumerischen Idyll klingenden Milchstraße. Es war ein weiteres verwunschenes kleines Häuschen, etwas windschief, das sich an noch mehr Häuschen schmiegte, hinter denen sich mehrere sonnige Hinterhöfe verbargen, wie man von vorn nur erahnen konnte. Schräg hinter dem kleinen Haus stand eine etwas düster wirkende Remise, aus der ein lautes Hämmern ertönte. Das war wohl die Werkstatt und der Meister gerade bei der Arbeit. Gryszinski beschloss, diesen Umstand zu nutzen, um nachzusehen, ob er Klara Grassl, die angebliche Liebschaft Sperbers, alleine im Wohnhaus antreffen würde.

Er klopfte leise an die Tür, während der Arbeitslärm unverändert aus der Remise drang. Eine junge Frau öffnete, ihr Blick auffallend vorsichtig und taxierend.

»Klara Grassl?«

Sie nickte. Sie war drall und lockig, aber weniger schön als Magdalena Sperber, die allerdings wiederum eine Melancholie umgab, die einem Mann schon mal auf den Magen schlagen konnte. Klara Grassl wirkte da weniger kompliziert – aus Gryszinskis Sicht eher uninteressant, aber er wusste, dass er in den Belangen des männlichen Begehrens nicht unbedingt der Maßstab war. Er stellte sich vor und erklärte, ein paar Fragen zu Valentin Sperber zu haben. Sobald sie den Namen hörte, zuckte sie zusammen.

»Ich hab gehört, was mit dem Valentin passiert ist, und das tut mir sehr leid«, flüsterte sie. »Aber bitte, mein Mann kommt gleich zum Mittagessen rüber, und der soll lieber nichts darüber hören.«

Gryszinski beschloss, direkt zu sein, auch wenn es ihm unangenehm war. »Weil Sie eine Affäre mit Herrn Sperber hatten?«

Wieder zuckte sie zusammen. »Oh Gott, seien Sie still!« Das Hämmern aus der Werkstatt setzte sich fort, sie senkte die Stimme noch mehr. »Hören Sie. Das mit dem Valentin war kaum der Rede wert. Er war halt so charmant, und ich hab's daheim nicht immer leicht. Wir haben uns ein paarmal getroffen, das stimmt schon, doch der Valentin hätte niemals die Lene verlassen, so viel ist sicher!«

»Möglicherweise haben diese wenigen Treffen Ihren Mann aber dennoch gestört?«

»Was soll mich gestört haben?«

Wie aus dem Nichts war er aufgetaucht. Gryszinski realisierte erst jetzt, dass das monotone Hämmern verstummt war. Klaras rundes Gesicht erbleichte, dafür hatte das ihres Mannes eine tiefrote Farbe angenommen. Der Büchsenmacher Grassl war von normaler Größe und Statur, blickte ihn aber so wild an, dass Gryszinski schon etwas mulmig wurde. Die ganze schäumende Erscheinung verriet den klassischen Choleriker, dessen gesamtes Sein ein sirrendes Härchen war, das sich beim geringsten Anlass steil aufstellte und der betroffenen Person einen Schleier der Raserei über die Augen warf.

»Wer sind Sie überhaupt?«, fragte Grassl jetzt lauernd, als würde er innerlich bereits zum Sprung ansetzen.

Gryszinski stellte sich betont ruhig vor und erklärte dann: »Es geht um die Mordsache Sperber. Reine Routine, wir haben noch viele Fragen zu klären. Hätten Sie in diesem Zusammenhang ein paar Minuten Zeit für mich?«

Grassl schien sich zu beruhigen und nickte. »Kommen Sie mit«, brummte er. »In der Werkstatt können wir ungestört reden.«

Die beiden Männer gingen unter Klara Grassls unruhigen Blicken über den Hof und betraten die Remise. Drinnen angekommen fragte Gryszinski sich, ob das sein klügster Schachzug gewesen war. Im Halbdunkel lehnten Dutzende Gewehre an den Wänden, auf einer groben Werkbank lagen mehrere Säcke mit Munition, dazu schwere Holzklötze, bereits polierte metallene Läufe für Schießeisen in allen Größen und lauter martialisch wirkendes Werkzeug. Der Büchsenmacher baute sich hinter seiner Werkbank auf. Eine fast fertige Schrotflinte, die zur Bearbeitung in ein Gestell eingespannt war, hielt ihren Lauf auf Gryszinski gerichtet.

»Also, was wollen Sie?«, fragte Grassl aggressiv.

Nein, das war nicht die beste Idee gewesen.

»Ich habe nur ein paar Fragen«, antwortete Gryszinski möglichst defensiv, »da mir zu Ohren gekommen ist, dass Sie möglicherweise Streit mit Sperber hatten.«

»Wer sagt das?«

»Das tut nichts zur Sache. Stimmt es denn?«

»Und wenn? Sie denken wohl, ich hätte den Sperber abgeknallt, was? Das denken Sie doch, oder?« Die letzten Worte hatte Grassl gebrüllt. Alles an ihm war nun rot angelaufen, seine Ohren, sein Hals, sogar die Hände.

Gryszinski hob beschwichtigend die Arme. Das war offenbar schon eine Bewegung zu viel, etwas schien in Grassls Kopf zu klicken – Gryszinski musste unwillkürlich an den elektrischen Klingelknopf bei Lemke denken, der die schrille Walkürenfanfare auslöste, sobald er gedrückt wurde. Als hätte jemand ihn unter Strom gesetzt, wirkte jetzt auch der Büchsenmacher, der mit verzerrtem Gesicht in einen Sack mit Schrotkugeln griff und mehrere Handvoll nach dem königlichen Sonderermittler schmiss. Gryszinski spürte ein paar kleine Stiche im Gesicht und hätte beinahe gelacht; da stand er in dieser dunklen Höhle voller schwerer Waffen, und der Mann bewarf ihn mit Kügelchen. Doch das Lachen verging ihm, denn Grassl griff nun nach einem ganzen Sack Munition, sprang mit einem lauten Brüllen über die Werkbank und schlug Gryszinski brutal den mit Eisen gefüllten Beutel gegen die Schulter. Völlig überrumpelt stolperte der ein paar Schritte zurück und hielt sich die getroffene Stelle, während sein Angreifer in blinder Wut ein paar schwere Gewehrläufe griff und damit wieder auf ihn losging. Dabei brüllte er bayerische Schimpfwörter, die Gryszinski noch nie zuvor gehört hatte und die ihn in einer anderen Situation sicherlich in Erstaunen versetzt hätten, aber eben jetzt stand ihm der Sinn nicht nach etymologischen Studien. Grassl hielt in jeder Hand einen Gewehrlauf wie einen Schlagstock und holte aus. Die erste Stange sauste an Gryszinskis Ohr vorbei, aber die zweite traf ihn am Hinterkopf, als er sich duckte. Es gab ein hässliches Geräusch, als würden zwei Steine aufeinanderprallen, wobei der eine Stein, nämlich Gryszinskis Kopf, vielleicht eher eine empfindliche Porzellantasse war. Wieder hielt er sich die schmerzende Stelle und begriff in einem unerbittlich klaren Moment, dass dieser Wahnsinnige ihn umbringen wollte. Wieso hatte er auch nie eine Waffe dabei, und warum zum Teufel nahm er zu seinen Befragungen nie einen weiteren Gendarmen mit, wie es eigentlich üblich war? Er wusste es natürlich: weil die Leute ihm mehr erzählten, wenn er allein aufkreuzte, ihn nicht so sehr als einschüchternde Staatsgewalt wahrnahmen. Was in diesem Augenblick natürlich deutlich besser gewesen wäre.

Panisch blickte er sich um. Grassl schäumte direkt vor der verschlossenen Tür, durch die sie eingetreten waren, aber Gryszinski entdeckte noch eine zweite Tür, die nur angelehnt war und sich ein paar Meter entfernt von ihm befand. Ihm fiel Igors Ausspruch von gestern Abend ein: *Ein Raum sollte doch immer mindestens zwei Türen haben.* Wie recht sein alter Freund doch hatte! Aber noch stand er hier in einer Ecke, und der Büchsenmacher kam wieder auf ihn zu, diesmal mit lauter massiven Holzstangen in den Armen, die er jetzt alle auf einmal auf Gryszinski warf, was wehtat, aber nicht lebensbedrohend war, anders als ein spitzes Werkzeug, das Grassl nun in der rechten Hand wog. Es hatte vorn eine feste Nadel, mit der man wohl Ziselierungen in Eisen ritzen konnte, jedenfalls fuchtelte er damit vor Gryszinskis Augen herum.

»Das stoß ich dir jetzt ins Hirn«, knurrte er, nahm das Ding in die linke Hand und griff mit der rechten nach Gryszinski, um ihn in den Schwitzkasten zu nehmen.

Gryszinski wich irgendwie aus und stolperte in Richtung der rettenden Tür. Grassl ließ brüllend das Werkzeug fallen und griff diesmal eine fertige Schrotflinte, mit der er dem Flüchtenden von hinten auf den Rücken schlug, ein Mal, zwei Mal. Gryszinskis einziger Vorteil war, dass Grassls Wut so blind und unkontrolliert war, dass der Tobende keinen klaren Gedanken mehr fassen konnte. Seine Angriffe waren gewalttätig und unbarmherzig, doch seine Bewegungen waren grob, taumelnd, langsam wie in einem Albtraum. Mit brennendem Rücken wich Gryszinski nochmals aus und erreichte endlich die Tür, die er aufriss und sofort wieder hinter sich zuschlug – um sich in einer muffigen Kammer wiederzufinden, die keinen weiteren Ausgang hatte. Genau wie unser Esszimmer, schoss es ihm unsinnigerweise durch den Kopf, zusammen mit einem sehnsüchtigen Gedanken an Sophie, der ihn direkt in den Magen traf.

Mit aller Kraft drückte er die Klinke der Tür hoch, die Grassl von der anderen Seite her bereits zu öffnen versuchte. Er griff sich einen Stuhl und blockierte sie, aber es war nur eine Frage der Zeit, bis Grassl die dünne Tür eingetreten haben würde, er warf sich jetzt bereits dagegen. Durch ein kleines Fenster fiel schummriges Licht in den Raum. Das war Gryszinskis einzige Chance. Er riss das Fenster auf. Es lag etwas höher, er reichte zwar heran, doch einfacher wäre es gewesen, wenn er sich auf etwas hätte stellen können. Es gab aber nur den Stuhl, den er nicht von der Klinke wegrücken konnte, und lauter kaputtes Gerümpel. Das warf er jetzt auf einen Haufen unter das Fenster, schichtete es irgendwie hoch und sprang dann auf den Stapel aus maroden Kisten und vermutlich bei anderen Gelegenheiten der Raserei zerdepperten Möbelstücken. Das improvisierte Gerüst wackelte und rutschte teilweise unter seinen Füßen weg, aber er konnte sich jetzt genug aufstützen und streckte seinen Oberkörper, jedes in der letzten Zeit angefutterte Kilo verwünschend, durch die Öffnung, kippte dann nach vorn und fiel kopfüber durch das Fenster auf einen Hinterhof. Er rappelte sich hoch. So viel zu seiner preußischen Soldatenwürde.

Der kleine Hinterhof entpuppte sich als grob gepflastertes Quadrat, umschlossen von lauter Häusern, die ihn wie mehräugige Däumlinge stumm betrachteten. Es war nun Mittagszeit, und das Klappern von Besteck und Töpfen erfüllte den Hof mit einer Friedlichkeit, die im absurden Kontrast zu der Toberei im Innern der Remise stand. Gehetzt blickte Gryszinski sich um. Er wollte sich keinesfalls im steinernen Dickicht der kleinen Häuschen verlieren, aber der Wunsch, nicht um die Werkstatt herumgehen zu müssen und damit noch einen weiteren Zusammenstoß mit Grassl zu riskieren, war noch größer. Er brauchte also einen Hinterausgang. Oder, wenn er es genauer betrachtete, überhaupt einen Ausgang. Irgendwie schien es so, als wäre der Hof lückenlos von den umstehenden Gebäuden eingeschlossen. Er bemerkte, dass sein Kopf länger als sonst brauchte, um diese verschiedenen Beobachtungen zu sortieren. Sein Hinterkopf pochte dumpf von dem Schlag mit dem Gewehrlauf. Er hatte Glück, dass er nicht das Bewusstsein verloren hatte. Er spürte so etwas wie Gleichgültigkeit in sich aufsteigen. Sollte Grassl doch kommen, er musste sich erst einmal hinlegen. Mit beiden Händen hielt er sich an der Rückwand der Remise fest, während es drinnen immer noch polterte und krachte. Und dann durchdrang eine helle Jungenstimme den Nebel der Resignation: »Grüß Gott, Chef!«

Gryszinski fuhr herum. Direkt vor ihm wuchs ein Junge aus dem Boden und grinste ihn frech an. Er kniff ein paarmal die Augen zusammen, aber ein Irrtum war ausgeschlossen: Es war Schoasch, der Sperber in den Maximiliansanlagen gefunden und solch ein brennendes Interesse an der schaurig zugerichteten Leiche gezeigt hatte. Gryszinski starrte das halbwüchsige Kind an. »Was machst du denn hier?«, brach es schließlich aus ihm hervor.

»Na, der Grassl Franz ist doch mein Papa«, krähte Schoasch. Dann wies er mit dem Daumen auf die Werkstatt und fragte im geschäftsmäßigen Ton: »Wieder wütend, was? Soll ich Ihnen zeigen, wo es rausgeht?«

Ohne lang auf eine Antwort zu warten, stapfte er zu dem Haus am gegenüberliegenden Ende des kleines Hofs und klopfte dort an die Hintertür. Ein kauender Mann, dessen Kleider und Haare mit weißer Farbe gesprenkelt waren, öffnete. Im Raum hinter ihm saßen mehrere Leute um einen großen Tisch, auf dem eine etwas angeschlagene Suppenschüssel stand. Er warf einen Blick auf Schoasch, dann betrachtete er mit schräg gelegtem Kopf einen Moment lang Gryszinski, musterte dessen ganze derangierte Erscheinung. Er schluckte den Bissen hinunter. »Kommen Sie«, sagte er nur und trat einen Schritt zur Seite.

Gryszinski nickte und stolperte vorwärts. Er taumelte vorbei an der tafelnden Familie durch ein weiteres Zimmer und einen engen Flur voller Farbeimer. Man beachtete ihn nicht groß, offenbar war die ganze Situation alltäglich für Grassls Nachbarn. Kurz darauf stand er auf der Straße hinter dem kleinen Wirrwarr aus Häuschen und blickte wieder auf eine Zeile mehrstöckiger Neubauten, die im Namen einer weiteren siegreichen Schlacht der Deutschen erbaut worden waren. Er selbst fühlte sich mehr als geschlagen.

Neben ihm räusperte sich jemand – er hatte den Jungen fast vergessen. Allmählich wurde er allerdings wieder klarer im Kopf und realisierte, wie seltsam die ganze Sache war. Das Kind, das die Leiche gefunden hatte, war der Sohn der Geliebten des Ermordeten, und sein Vater war ein Büchsenmacher und im ganzen Stadtteil bekannt für seine Wutanfälle, deren zerstörerische Kraft Gryszinski soeben erlebt hatte.

Er blickte Schoasch an. »Du kommst jetzt mit!«, stieß er hervor und griff nach dem Hemd des Jungen. Der schien aber sowieso nicht flüchten zu wollen, sondern versprach sich wohl ein spannendes Abenteuer, wenn er bei dem geprügelten Polizisten bleiben würde. Das kann er haben, dachte Gryszinski grimmig und strebte mit Schoasch im Schlepptau Richtung Orleansplatz, da er wusste, dass an dem zentralen Platz regelmäßig eine größere Brigade ihre Runde machte.

Tatsächlich sah er schon von Weitem mehrere gemütlich paradierende Pickelhauben. Am Glaspalast-Brunnen, der Gryszinski immer an in drei Lagen gestapelte Champagnerkelche erinnerte, die von oben befüllt wurden und langsam überliefen, holte er die Gendarmen ein. Einen davon kannte er, einen gewissen Huber, keine besondere Leuchte, aber im Augenblick wollte er ja auch kein feingeistiges Gespräch führen. Als Huber Gryszinski sah, blieb er abrupt stehen, sodass zwei seiner Kollegen mit ihm zusammenstießen.

»Herr Kommandant!«, rief Huber aus. »Was ist geschehen?«

Gryszinski fuhr sich durch den Nacken und bemerkte erst jetzt, dass ihm Blut den Hals hinunterlief. Er hatte eine Platzwunde am Hinterkopf. Er nickte dem Kommandanten der Brigade zu, einem Mann mit beeindruckendem Schnurrbart, und zeigte an sich herunter. »Ich bin angegriffen worden, von einem Individuum namens Franz Grassl, Büchsenmacher aus der Milchstraße. Ich ersuche Sie nun um Unterstützung, den Mann direkt in Gewahrsam zu nehmen und in die Polizeidirektion zu bringen. Die Formalitäten können wir später klären.«

Der Schnurrbart fackelte nicht lang und gab seiner Truppe das Kommando zur Kehrtwende; in solchen Augenblicken ließ sich eben der militärische Ursprung der Gendarmerie nicht leugnen. Gryszinski wusste, dass Grassl gleich nichts zu lachen haben würde.

Eigentlich lehnte er Polizeigewalt ab – die junge Kriminalistik war ja überhaupt entstanden, um keine Erkenntnisse mehr aus der Folter gewinnen zu müssen. Trotzdem musste er sich eingestehen, eine gewisse grimmige Freude zu empfinden, als die Gendarmen kurz darauf die Remise zunächst umstellten und dann das windschiefe Gebäude stürmten, aus dem es im Folgenden kräftig schepperte. Dann erschienen sie wieder, einen brüllenden und wild um sich schlagenden Grassl in ihrer Mitte, der offenbar einiges abbekommen hatte, aber da konnte man jetzt nichts machen. Sie verfrachteten ihn in eine Droschke, die, nachdem Gryszinski noch ein kurzes Schreiben mit Anweisungen an seine Wachtmeister verfasst hatte, direkt in die Schrammerstraße abrauschte, den Sprössling des Wüterichs auf dem Kutscherbock, während Klara Grassl schluchzend an ihrer Haustür zurückblieb – wobei ihre Tränen sofort versiegten, sobald der Wagen mit ihrem Gatten um die Ecke gebogen war.

Gryszinski zog seine Uhr, die die Schlägerei unbeschadet überstanden hatte. Es war jetzt ein Uhr am Nachmittag, und er stand am Scheideweg völlig unterschiedlicher Lösungen seines Falls, keine fünf Stunden, nachdem er eher ratlos Lemkes Villa verlassen hatte. Noch sieben Stunden bis zu seiner nebulösen Unterredung mit Thielmann, bis dahin musste er etwas in der Hand haben. Er stöhnte. Dann traf er eine Entscheidung: Jetzt würde er zunächst mal etwas zu Mittag essen.

Im Schankraum des Gasthauses zum Preysing-Garten bezog Gryszinski an einem Fensterplatz Stellung. So würde er gleich sehen, wenn seine Wachtmeister eintrafen. In seiner Depesche hatte er sie und einige weitere Leute hierherbeordert. Derweil tauchte eine Kellnerin neben ihm auf. Mit jeder ihrer tellergroßen Hände hielt sie fünf Masskrüge Helles. In ihrem gekonnten Griff bildeten die schweren Gefäße zwei Kreise, wie riesige Blüten mit weißen Kronen. Kommentarlos schob sie Gryszinski einen Krug zu. Kurz darauf kam sie wieder, einen sauberen feuchten Lappen in der einen, in der anderen Hand einen Teller mit Schweinebraten. Gryszinski bedankte sich für die Fürsorglichkeit, die ihm ohne großes Aufheben zuteilwurde, und säuberte zunächst Hals und Nacken mit dem Lappen. Die Platzwunde blutete mittlerweile nicht mehr. Dann nahm er einen tiefen Schluck Bier und wandte sich anschließend dem Schweinebraten zu, in dem Trost und Zuwendung lag. Es kam ihm sogar so vor, als hätte man ihm besonders viel der dunkel glänzenden Bratensauce über die mitfühlenden Knödel gegossen, dazu noch eine sehr verständnisvoll wirkende Portion Blaukraut. Mit Tränen der Rührung in den Augen begab Gryszinski sich ins Zwiegespräch mit dem Schweinebraten, der ihm seine Wunden leckte.

Die Welt sah wieder etwas rosiger aus, und jetzt trafen auch seine Truppen ein. Auf der gegenüberliegenden Straßenseite hielten zwei große Fuhrwerke, aus denen Voglmaier und Eberle sprangen, Letzterer mit einer dicken Mappe unterm Arm, dicht gefolgt von Friedl sowie dem Photographen Dornauer, beide schwankend unter ihrer Ausrüstung. Dazu drängten einige jüngere Gendarmen auf die Straße. Die Gruppe der Uniformierten stand nun im etwas ratlosen Haufen inmitten der Häuschen wie in einem verwunschenen Zwergenland, umsprungen von Kindern und allen möglichen Handwerkern, die sie neugierig beäugten. Gryszinski beeilte sich zu zahlen. Er spürte neue Energie in sich aufsteigen. Sobald er auf die Straße trat, schoss Voglmaier auf ihn zu.

»Chef! Was ist geschehen?«, rief das Spatzl mit einem dramatischen Timbre in der Stimme, wie es kein Preuße jemals zu treffen vermögen würde. Er erreichte Gryszinski. »Der Grassl Franz, was? Ich hab's doch gewusst, der ist verdächtig!«

»Voglmaier, hören Sie.« Gryszinski hatte die Stimme gesenkt. »Der Mann hat mich angegriffen, aber ich bin mir ziemlich sicher, dass er nicht der Mörder sein kann. Ich erkläre es später. Trotzdem müssen wir jetzt sein Haus umkrempeln, es gibt doch Ungereimtheiten.«

»Eine Sache noch, Chef«, hielt Voglmaier ihn einen Moment zurück. »Eberle und ich haben uns bei Goldbrunner umgehört. Mehrere Mitarbeiter haben berichtet, dass Sperber letzte Woche in der Brauerei war und einen heftigen Streit mit Lemke hatte. Leider scheint niemand verstanden zu haben, worum es ging, aber es war von Gebrüll und sogar Ohrfeigen die Rede.«

Gryszinski nickte zufrieden. »Gute Arbeit, Voglmaier, wirklich gute Arbeit.« Damit trat er vor die Truppe und verteilte die Aufgaben. Sie würden parallel die Häuser vom Büchsenmacher und vom Mordopfer durchsuchen. »Bei Grassl sammeln Sie alle Gewehre ein, außerdem jedes Kleidungsstück, an dem ein Knopf fehlt, halten Sie auch Ausschau nach einzelnen Handschuhen. Und Zigaretten. Dornauer, Sie photographieren jedes verdächtige Objekt, auch die Werkstatt mit den Kampfspuren.« Gryszinski bestimmte mehrere Gendarmen, die unter Voglmaiers Kommando die Durchsuchung vornehmen sollten. Die Gruppe sprang in eines der Fuhrwerke und ratterte Richtung Milchstraße ab.

»Wir anderen gehen jetzt in Sperbers Haus und suchen nach einem kleinen schwarzen Notizbuch«, erklärte Gryszinski knapp und eilte los, während Friedl im Laufschritt Eberle und drei junge Gendarmen instruierte, wie sie gleich vorgehen würden. Als sie an Sperbers Häuschen ankamen, hatte Gryszinski bereits die Gartentür geöffnet und schritt energisch an den Kürbisbeeten vorbei zur Eingangstür. Er wollte jetzt Klarheiten schaffen, endlich etwas finden. Magdalena Sperber ließ sie ein und zog sich dann mit ihrem Sohn zu einer Nachbarin zurück. Nur ihr Vater blieb, der sich stumm in eine Ecke setzte und das Geschehen mit wachen Augen verfolgte. Friedl und Eberle gingen zunächst durch jeden Raum und fertigten jeweils einen Grundriss an, der in mehrere nummerierte Felder unterteilt wurde. So würden sie bei ihrer Suche den Überblick behalten.

»Als Erstes klopfen wir alle Fußböden, Wände und Möbel ab«, übernahm Friedl jetzt das Kommando. »Vielleicht haben wir Glück, und das Versteck befindet sich in einem Hohlraum, den man beim Klopfen hören kann. Das klappt allerdings nur, wenn der Hohlraum eine bestimmte Größe hat und nicht noch zusätzlich mit Watte oder etwas Ähnlichem ausgefüllt ist. Sollten wir also im ersten Durchgang nichts finden, haben wir noch weitere Möglichkeiten.«

Jeder bekam einen Raumplan, um zu markieren, welcher Bereich fertig untersucht war. Dann senkte sich Schweigen über das kleine Haus, und man hörte nur noch leises Klopfen von überallher, entschlossene, forschende Fingerknöchel, die sich Zentimeter für Zentimeter über die sauber getünchten Wände, die knarrenden Dielen und jeden Schrank arbeiteten. Ungeduldig und nicht gerade geräuschlos ging Gryszinski in der Stube auf und ab, bis Friedls mahnende Blicke ihn hinaus in den Garten trieben. Wieder hatte er das Gefühl, der Einzige zu sein, der als untätiger Zuschauer neben seiner eigenen Ermittlung stand. Er ging in Gedanken noch einmal die furchtbare Szene mit Grassl durch. Wie er Voglmaier bereits angedeutet hatte, war ihm, während sein Leben bedroht wurde, doch etwas aufgefallen. Ein Detail hatte seinen ermittlerischen Instinkt geweckt, es war ihm immer deutlicher vor Augen gestiegen, während er mit dem Schweinebraten Zwiesprache gehalten hatte.

»Chef!«, unterbrach Eberle in diesem Augenblick seine Überlegungen und trat neben ihn. Gryszinski realisierte erst jetzt, dass er wieder vor den wild umrankten Kürbissen angekommen war und ein besonders großes Exemplar unverwandt anstarrte. »Ich soll Ihnen von Friedl ausrichten, dass es hier noch eine Weile dauern wird. Das Klopfen hat bisher nichts ergeben, und er denkt, dass wir demnächst zu anderen Mitteln greifen müssen.«

Gryszinski nickte. »Machen Sie hier weiter. Ich gehe rüber zu Grassls Haus und sehe mal nach, wie es dort vorangeht. Sollten Sie das Notizbuch finden, geben Sie mir sofort Bescheid!« Damit drehte er sich um und lief los, froh, wieder in Bewegung zu sein.

Die Milchstraße lag nur ein paar Minuten entfernt. Schon von Weitem konnte er die große Menschentraube Schaulustiger sehen, die sich vorm Haus versammelt hatte und offenbar alles kommentierte, was von draußen her zu sehen war. Einige hatten sich sogar einen Hocker mitgebracht – man gedachte wohl, es sich hier gemütlich zu machen und in aller Seelenruhe ein Schwätzchen über den etwaigen Mörder aus der Nachbarschaft zu halten. Gryszinski schob sich kopfschüttelnd durch die Menge, begleitet von lauter launigen Sprüchen, wie sie auch im Wirtshaus regelmäßig durch die Luft flogen.

Im Haus herrschte die lautstarke Geschäftigkeit einer Durchsuchung. Klara Grassl flatterte zwischen den Gendarmen umher, ermahnte, doch aufzupassen, und machte gleichzeitig dem einen oder anderen schöne Augen. Mit der Abwesenheit ihres Gatten war auch jede Befangenheit verschwunden. Ein ohrenbetäubendes Krachen ließ Gryszinski herumfahren. Voglmaier tauchte in der Tür auf, er und ein Kollege hatten die Arme voller Gewehre, Letzterem waren eben einige auf den Boden gefallen.

»Vorsicht, das sind mögliche Beweismittel!«, rief Gryszinski ungehalten und winkte dann Voglmaier heran. »Wie weit sind Sie hier?«

»Die Gewehre haben wir gleich alle eingesammelt. Dornauer hat die Remise bereits photographiert. Wir haben mehrere Kleidungsstücke gefunden, an denen einzelne Knöpfe fehlen, die werden gerade oben aufgenommen.« Er wies auf eine Stiege, die ins obere Stockwerk führte.

Gryszinski kletterte nach oben. Linker Hand war eine verschlossene Tür. Die Kammer dahinter, hatte er von Voglmaier erfahren, gehörte einem Schlosser. Die Häuschen in Haidhausen waren fast immer so aufgeteilt. Jedes Stockwerk, oft auch jedes Zimmerchen, gehörte einer anderen Handwerkerfamilie. Grassls hatten recht viel Platz zur Verfügung, sie bewohnten das Erdgeschoss und die sonnendurchflutete Schlafkammer unterm Dach, die Gryszinski jetzt betrat. Hier hatte Dornauer mehrere Janker auf dem Boden ausgebreitet. Ihre Ärmel berührten einander leicht, als würden die Hüllen Schlafender ein inniges Nickerchen halten. Der Photograph hatte wieder sein Leiterstativ ausgefahren, wenn auch nicht auf die maximale Höhe, da die Decke des Zimmers recht niedrig war. Aus der Vogelperspektive machte er eine Aufnahme der schlafenden Jacken, die alle mindestens einen Knopf verloren hatten. Offenbar pflegte Klara Grassl die Garderobe ihres Mannes nicht besonders, aber wie man ja bereits gesehen hatte, war sie eben auch mit ganz anderen Dingen vollauf beschäftigt.

»Wenn Sie hier fertig sind, bitten Sie einen der Kollegen, die Kleider einzusammeln und ebenfalls in die Direktion mitzunehmen«, wies Gryszinski Dornauer an. »Dann können wir vor Ort die Knöpfe mit dem einen Knopf vom Fundort der Leiche abgleichen.« Er ließ seinen Blick durch den Raum schweifen, über das ungemachte Bett und die etwas staubigen Fensterbretter, auf die das Wachs von heruntergebrannten Kerzen getropft war. An einem kleinen Schrank blieb er hängen. Unter dem Möbelstück lugten zwei Schuhe hervor. Gryszinski streifte sich Handschuhe über, ging in die Hocke und zog sie ans Licht. Sie waren verschmiert von nasser Erde. Ohne lange nachzudenken, griff Gryszinski sich eines der nicht gerade blütenweißen Laken vom Bett und wickelte die Schuhe darin ein. Dann stieg er zurück ins Erdgeschoss.

»Ich bin drüben bei Sperber«, erklärte er Voglmaier knapp und lief los.

Draußen ertönte sofort wieder das interessierte Getuschel. Einige der Gaffer hielten mittlerweile sogar Bierkrüge in den Händen. Es gibt wirklich kaum etwas, dachte Gryszinski bei sich, das den Bayern von seiner geliebten Gemütlichkeit abbringt. Er dagegen konnte seine Ungeduld kaum noch kontrollieren. Er schulterte sein kleines Bündel, eilte im Laufschritt los und summte dabei, wie um sich noch mehr anzutreiben, eine Melodie, von der er erst nach ein paar Minuten merkte, dass es sich um *Preußens Gloria* handelte.

Im Sperber'schen Häuschen war das Klopfen verstummt, dafür wurden nun alle Kissen und Polster, die Ritzen gezimmerter Möbelstücke, die geleimten dicken Buchdeckel der Hausbibel und sogar die Brote und ein paar an Haken hängende Hühner in der Speisekammer untersucht, und zwar mit langen, feinen Nadeln, die überall hineingestochen wurden, in der Hoffnung, auf einen ungewöhnlichen Widerstand zu stoßen. Bisher leider ohne Erfolg.

Gryszinski ließ sich von Eberle die dicke Mappe in den Garten bringen, wo er an einem kleinen wackeligen Holztisch Stellung genommen hatte. Die Mappe enthielt alle Skizzen und Maßangaben der verschiedenen Spuren vom Fundort des Toten. Bald hatte er gefunden, was er suchte: die Fußspuren zweier Männer, die ein schweres Gewicht zwischen sich trugen. Dieses Blatt breitete Gryszinski jetzt auf der Tischplatte aus, dann zog er die schmutzigen Schuhe aus Grassls Haus hervor und stellte sie nacheinander probeweise auf die verschiedenen Fußabdrücke. Keine Übereinstimmung. Vor allem die eine Spur war deutlich kleiner. Nachdenklich nickte Gryszinski vor sich hin und seufzte schließlich. Er rief nach Eberle. Der steckte seinen Kopf durch ein kleines Fenster hinaus.

»Chef?«

»Machen Sie hier weiter, ich muss noch etwas anderes überprüfen. Wenn Sie das Notizbuch finden, stellen Sie es sicher und holen Sie mich sofort. Ich bin wieder bei Grassl. Keiner öffnet das Buch vor mir! Das hier nehme ich mit.« Er griff sich die Mappe mit den Aufzeichnungen und lief wieder los.

In der Milchstraße waren sie fast fertig, die Remise und verschiedene potenzielle Beweisstücke waren photographiert, die Gewehre sichergestellt, die Schränke teilweise leer geräumt, andere Kleider lagen verstreut auf dem Boden herum – das Spatzl und seine Truppe waren nicht gerade behutsam vorgegangen. Klara Grassl saß mit roten Wangen und mindestens einem mehr als schicklich geöffneten Miederknopf auf einer Eckbank in der guten Stube und schäkerte mit einem schnittigen Gendarmen. Den hatte Gryszinski auf dem vergangenen Oktoberfest erwischt, wie er unter dem Gejohle seiner Kumpane einbeinig und barfuß eine Bierbank entlanggehüpft war, auf der man, um die Sache lustiger zu machen, kleine Häufchen glühender Kohle verteilt hatte. Eine Episode, die der Polizeidirektor allerdings bis heute nicht komisch fand. Dementsprechend warf Gryszinski dem jungen Mann einen mahnenden Blick zu. Der zog sofort den Kopf ein, murmelte eine Entschuldigung und ließ die Grassl enttäuscht sitzen. Sie beäugte Gryszinski, der jetzt scheinbar ziellos in ihrer Stube umherwanderte, und holte bereits Luft, um eine kleine Plauderei zu beginnen, doch in diesem Augenblick hob er ein paar kleine Schuhe auf, die am Ofen zum Trocknen standen. Er wendete sie hin und her und besah sie sich interessiert.

»Das sind die Schuhe von meinem Jungen«, sagte Klara Grassl laut und wirkte mit einem Mal sehr reserviert.

»Das dachte ich mir schon«, antwortete Gryszinski ruhig und strich prüfend über die Sohlen.

»Was wollen Sie damit, Ihnen geht es doch um meinen Mann!« Ihre Stimme klang plötzlich schrill, offenbar hatte sie zwar nicht allzu viel Liebe für ihren Gatten, für ihren Sohn aber dafür umso mehr.

Gryszinski ließ sich nicht beirren. Er klappte die Mappe auf, entnahm die Skizze der Fußabdrücke und stellte den Schuh auf den kleineren Abdruck. Die Größe passte, für einen Jungen hatte Schoasch ziemlich große Füße. Klara Grassl hatte ihm über die Schulter geschaut, und auch wenn sie nicht genau wissen konnte, worum es hier ging, entwich ihr ein kleiner erschrockener Laut.

Gryszinski hielt ihr das Paar Schuhe hin. »Sind das die einzigen Schuhe vom Schoasch?«

»Die und diejenigen, die er gerade trägt«, antwortete sie argwöhnisch.

Gryszinski besah sich nochmals die Sohle und verglich diese mit den Zeichnungen, dann stellte er die Schuhe zurück. »Danke.« Er rief Voglmaier zu sich. »Machen Sie hier alles fertig und bringen Sie die Sachen in Meyerings Labor. Ich komme bald nach, aber vorher gehe ich noch mal zu Sperber.«

Das Spatzl nickte, klatschte in die Hände und rief irgendeine geschäftige Anweisung ins Haus hinein. Gryszinski hörte es schon nicht mehr, er eilte bereits wieder durch die Menschenmenge hindurch, die ihm mittlerweile routiniert und der ja doch nur ignorierten Kommentare müde eine Gasse frei machte.

Als er den Garten der Sperbers betrat, erschien Eberle wieder an einem der kleinen Fenster. »Immer noch nichts, Chef!«, rief er. »Wir packen jetzt die Mikroskope aus.«

Gryszinski nickte und betrat das Häuschen, in dem eben drei tragbare Mikroskope verteilt wurden. Eins nahm Friedl, das zweite Eberle und das dritte ein findig wirkender junger Kollege.

»Wir werden jetzt wieder in den Quadranten vorgehen, in die wir vorhin unsere Lagepläne eingeteilt haben«, instruierte Friedl die anderen. »Erst die Fußböden, dann die Möbelstücke, schließlich alle größeren Gegenstände. Sollten irgendwo Unregelmäßigkeiten sichtbar werden, also ein Körnchen Bohrstaub, ein feiner Riss in der Oberfläche, minimal abgeblätterte Farbe oder etwas in der Art, geben Sie sofort Bescheid. Das könnte ein Hinweis darauf sein, dass etwas aufgeschnitten oder gesägt wurde, um darin oder dahinter unser gesuchtes Objekt zu verbergen.« Er blickte Gryszinski an. »Das kann jetzt dauern.«

Gryszinski seufzte, zog seine Uhr und erschrak. Die Stunden waren nur so verflogen, es war jetzt vier Uhr am Nachmittag. »Gut, fangen Sie an. Vielleicht kommt uns ja ein glücklicher Zufall zu Hilfe.«

Friedl brummte skeptisch, aber sie machten sich zügig an die Arbeit. Als Erstes untersuchte jeder in seinem Abschnitt den Fußboden, konzentriert fuhren sie am Boden hockend mit den Mikroskopen über die grob gezimmerten Dielen. Sie hatten kaum einen Quadratmeter geschafft, da wummerte es an die Haustür.

»Hauptmann Gryszinski?«, rief jemand von draußen.

»Ja?« Gryszinski öffnete einem Kollegen aus der Polizeidirektion, der sichtlich außer Atem war.

»Das hier soll ich Ihnen persönlich übergeben.« Gryszinski wurde ein Brief gereicht. »Vom Polizeidirektor. Ich soll auch direkt Ihre Zusage abwarten.«

Aha. »Zusage«, nicht »Antwort«, registrierte Gryszinski den feinen Unterschied und öffnete den Brief. Darin forderte Welser ihn auf, bei ihm um Punkt halb sieben abends vorzusprechen. Gryszinski fluchte innerlich, was war denn heute los? Jetzt blieben ihm nur noch gute zwei Stunden, um irgendetwas aus diesem Gewirr an losen Fäden dingfest zu machen.

Er seufzte. »Sagen Sie ihm, ich werde da sein«, sagte er dem wartenden Kollegen.

Der nickte nur und sprang davon.

»Eberle!«, rief Gryszinski ins Haus hinein.

Der Gerufene erschien wieder am Fenster, es hatte etwas von einem albernen Puppentheater. »Chef?«

»Hören Sie, es ist immens wichtig, dass Sie dieses Notizbuch finden. Ich muss jetzt in die Schrammerstraße, mit

Grassl reden. Sie suchen hier das Buch, nach Leibeskräften! Sobald Sie es haben, springen Sie in die nächste Droschke und bringen es mir. Sofort, verstanden? Ohne Umschweife.« Er atmete einmal tief durch. »Also dann. Bis später.«

Damit machte Gryszinski sich auf, um den wild gewordenen Büchsenmacher zu verhören, von dem er eigentlich sicher war, dass er nicht der todbringende Schütze sein konnte. Und doch war noch einiges merkwürdig geblieben.

Sie hatten Grassl in ein leer stehendes Bureau gesetzt, in dem sie hin und wieder ihre Vernehmungen durchführten. Zunächst, so berichtete man Gryszinski, hatte er in dem kleinen Zimmer getobt und wie ein Verrückter gegen die Wände geschlagen. Doch dann war Ruhe eingekehrt. Offenbar folgte auf die Phase der blinden Wut eine Zeit der Abkühlung. Der Sohnemann des Büchsenmachers saß dagegen von vornherein ganz entspannt mit baumelnden Beinen auf Gryszinskis Schreibtisch und hatte wohl schon mehrmals gefragt, ob er nicht ein paar Photographien von Leichen ansehen dürfe, aber zu seinem Verdruss hatte man ihm diesen zauberhaften Kinderwunsch abgeschlagen. Als Gryszinski hereinkam, sprang der Junge vom Tisch und sah ihm erwartungsvoll entgegen. Er hatte allerdings ebenfalls keine Lust, Schoaschs morbide Neugierde zu befriedigen. Dafür öffnete Gryszinski geheimniskrämerisch seinen Tatortkoffer, zog unter einigen nebulösen Ankündigungen die Dose mit den Himbeerdrops hervor und bot dem Jungen daraus an. Schulterzuckend steckte der sich ein paar Bonbons in den Mund. Besser als nichts, sagte seine gelangweilte Miene.

Gryszinski nahm sich ebenfalls einen Drops und lehnte sich, die Süßigkeit im Mund hin und her wendend, neben das Kind an den Schreibtisch. »Sag mal, Schoasch, welche Schuhe hattest du eigentlich an, als du den Sperber gefunden hast?«

Schoasch sah kurz grübelnd an sich herunter. »Diese hier«, sagte er dann und wies auf die Schuhe an seinen Füßen.

»Hmm.« Gryszinski hatte sich noch einen Bonbon in den Mund gesteckt. Es stimmte, das half wirklich bei der Befragung von Kindern. »Zeig mir doch mal die Sohle.«

Kommentarlos streckte der Junge seinen linken Fuß aus, ließ ihn die Unterseite des Schuhs betrachten, dasselbe mit dem rechten.

Gryszinski nickte. »Danke. Du solltest nach Hause gehen, während ich mit deinem Vater rede. Ich denke, deine Mutter hätte dich jetzt gern bei sich.«

Deutlich enttäuscht machte Schoasch sich auf den Weg, während Gryszinski schon zu dem Zimmer strebte, in dem Grassl schmorte. Er öffnete die Tür. Sofort sprang der Wüterich auf, allerdings wirkte er jetzt deutlich zahmer als in seiner eigenen Werkstatt. Er hatte ein blaues Auge, das später keiner würde erklären müssen, und sah ihm fast ängstlich entgegen. Die Brigade hatte offenbar ordentlich zugelangt – Gryszinski war vielleicht Preuße, aber als bayerischer Polizist doch einer von ihnen.

»Herr Hauptmann!«, rief Grassl aus. »Ich möchte mich in aller Form bei Ihnen entschuldigen. Ich … ich weiß manchmal nicht, was ich tue.«

»Setzen Sie sich.« Gryszinski selbst blieb stehen und legte nur die Mappe auf den Tisch zwischen ihnen. Nicht, dass er die jetzt wirklich brauchte, aber die meisten Leute bekamen einen Schreck, wenn sie dicke Akten sahen, und begannen sich rauszureden, aus was auch immer. So auch Grassl.

»Hören Sie mir zu! Ich war es nicht, ich hab den Sperber nicht umgebracht, deshalb bin ich doch überhaupt so wütend geworden, als Sie bei mir aufgetaucht sind! Klar, der Sperber war nicht mein bester Freund, aber wenn ich jeden abknallen würde, dem meine Frau schöne Augen macht …«

Gryszinski hob die Hand, er hatte wirklich keine Lust, noch mehr über die promiskuitiven Sitten in diesem verwunschenen Zwergenland zu hören. »Seien Sie ruhig. Ich glaube Ihnen, dass Sie Sperber nicht erschossen haben.«

Grassl öffnete erstaunt den Mund, klappte ihn dann wieder zu.

»Als Sie mich umbringen wollten …«, fuhr Gryszinski mit einer analytischen Distanz fort, die ihn selbst erstaunte, aber er musste jetzt eben ergebnisorientiert handeln, »… befanden wir uns in einem Raum voller Schusswaffen, doch sie haben keine davon genommen und geschossen. Sie haben sogar eine, wie ich mir sicher bin, geladene Waffe gegriffen und mich damit geschlagen, anstatt sie einfach abzufeuern. Und ich habe mehrmals gesehen, wie Sie einen Gegenstand ganz selbstverständlich mit der rechten Hand gegriffen, aber dann in die linke genommen haben, um mich damit anzugreifen. Ich gehe also davon aus, dass Sie eigentlich Rechtshänder sind. Aber etwas stimmt nicht mit Ihrer rechten Hand.«

Grassl fuhr damit fort, den Mund abwechselnd zu öffnen und mit einem »Plopp« wieder zu schließen.

»Meine Schlussfolgerung lautet wie folgt.« Gryszinski setzte sich jetzt und blickte Grassl direkt an. »Ihre Hand ist auf eine Weise verletzt, die es Ihnen nicht gestattet, den Abzug eines Gewehrs zu betätigen. Da Ihre Hand nicht verbunden ist und auch keine frischen Wunden zeigt, gehe ich davon aus, dass es sich dabei um eine alte Verletzung handelt. Ergo: Sie können den Sperber nicht erschossen haben.«

Grassl schluchzte plötzlich auf. Ob aus Erleichterung oder Scham, war nicht ganz eindeutig. »Es stimmt! Ich … ach, es ist ein Geheimnis, das ich schon fast mein ganzes Leben lang mit mir herumtrage. Ich war noch ein ganz junger Bursche, bei einem alten Büchsenmacher in der Lehre, doch bei der Schlacht von Sedan war ich auf mich gestellt. Und ganz erpicht darauf, so viele Franzosen wie möglich zu erledigen. Ich hatte einen Hinterlader, mein Gesellenstück, noch besser als die Chassepotgewehre, es schaffte eine Distanz von tausenddreihundert Metern! Aber ich wollte noch mehr, und da habe ich es mit der Pulverladung übertrieben. Das Gewehr ist explodiert, meine Hand seither verkrüppelt.« Grassl wischte sich durchs Gesicht. »Ich kann grob greifen, aber sonst nichts. Nicht schießen. Vieles gelingt mit der linken Hand, und seit ein paar Jahren macht der Schoasch viele der feineren Arbeiten, er ist sehr geschickt. Irgendwie konnte ich mich immer durchschummeln, keiner hat was gemerkt. Das geht doch auch nicht: ein Büchsenmacher, der nicht schießen kann. Weil ihm sein eigenes Gewehr explodiert ist! Sie dürfen es keinem sagen!«

Gryszinski schüttelte den Kopf, das alles zerrte an seinen Nerven. »Wenn es nicht sein muss, erfährt es keiner. Sie können also nicht schießen. Und Ihr Junge, konnten Sie es ihm trotzdem beibringen?«

Grassl nickte stolz. »Der Schoasch, der schießt wie eine Eins.«

»Danke.« Gryszinski stand abrupt auf. »Sie können gehen.«

Damit ließ er den verdutzten Mann sitzen und rannte mehr, als dass er lief, wieder los. In seinem Bureau angekommen, knallte er die Tür hinter sich zu und überdachte seine Lage. Dass der Büchsenmacher es gewesen war, hatte er von Anfang an nicht recht geglaubt, trotzdem war es wichtig, die Knöpfe und Gewehre zu untersuchen, um sich später nicht nachsagen zu lassen, er sei nicht gründlich gewesen. Blieb da noch das Szenario vom Sohn, der den Liebhaber seiner Mutter erschießt und gemeinsam mit dem Vater die Leiche im Park ablegt. Doch es passte nicht genug zusammen, um diese antike bayerische Tragödie als ernsthafte Theorie in Betracht zu ziehen. Der eine Fußabdruck entsprach zwar von der Größe her Schoaschs Fuß. Doch der gesuchte Schuh hatte ein solch unspezifisches Profil, dass nahezu jede Sohle dazu passen würde. Außerdem stimmte der Schuh des Vaters nicht. Und Schoasch war nun mal am Fundort gewesen, er war ja derjenige, der die Leiche gefunden hatte. Selbst wenn es sein Abdruck war, konnte er sich so herausreden. Also alles recht wackelig. Außerdem wären hier weder der Elefantenabdruck noch der Vogelmantel erklärt, wie hätte das Vater-Sohn-Duo an Letzteren kommen sollen? Falls also nicht zufälligerweise unter Grassls Gewehren die Mordwaffe war oder ein Knopf übereinstimmte, woran er nicht glaubte, reichte das alles nicht, um ernsthaft ein Kind des Mordes zu beschuldigen. Sperbers Notizbuch war, wenn er heute Abend nicht wie ein Narr dastehen wollte, seine einzige Hoffnung.

Es gibt manchmal Momente, in denen die Ereignisse ineinandergreifen wie die Glieder einer mit Bedacht geknüpften Kette, wo doch das Leben an den meisten Tagen dem Chaos eines achtlos ausgeschütteten Schmuckkästchens gleicht. Ein solcher Zaubermoment der totalen Ordnung schien sich nun vor Gryszinskis Augen zu realisieren, und zwar ausgerechnet in der farblosen Gestalt seines schwäbischen Wachtmeisters, der in diesem Augenblick der Verzweiflung in der Tür erschien und ein schwarzes Notizbuch in der Hand hielt.

»Hier ist es!«, rief Eberle triumphierend, und Gryszinski verspürte tatsächlich Lust, ihn zu umarmen, was er natürlich nicht tat. Doch er lächelte den Wachtmeister herzlich an, während er das Büchlein in Empfang nahm. Eberle stellte sich schon in Position, um seine Heldensaga zu berichten: »Es war wirklich sehr geschickt versteckt, aber den Mikroskopen entgeht eben nichts. An der Kante unterhalb der Sitzfläche einer Bank habe ich feine Spuren entdeckt. Eine mit dem bloßen Auge nicht sichtbare Staubschicht war an einer Stelle deutlich unterbrochen, da war also kürzlich angefasst worden. Und tatsächlich: Die Bank hat eine doppelte Sitzfläche, dazwischen ein sehr schmaler Hohlraum, in den gerade so das Büchlein passte. Na ja, und ein paar pornographische Photographien …«

Eberle verzog das Gesicht. Gryszinski hörte ihm nur mit halbem Ohr zu. Er hatte mit einem Blick auf die Uhr festgestellt, dass ihm noch eine halbe Stunde blieb, bis er bei Welser vorsprechen musste, und begann bereits, die Seiten durchzublättern. Eng beschrieben und sehr systematisch wirkte Sperbers Buch, zu jeder geprüften Biersorte waren Datum und Uhrzeit notiert, dann dezidierte Urteile, oftmals vernichtend oder zumindest misstrauisch. *Bouquet süffiger als eigentlich möglich. Irgendein preußischer gepanschter Zusatz?* las er an einer Stelle. Woanders hieß es: *Farbe und Geschmack wie die Pisse eines alten Mannes.* Oder auch: *Diesen liquiden Schrei nach Hilfe Bier zu nennen wäre wirklich ridikül!*

Fieberhaft blätterte Gryszinski durch die in Miniaturschrift verfassten Schmähungen. Hin und wieder brachen ein paar Zeilen seitlich weg, da hatte der Verfasser offenbar bereits einige Testrunden hinter sich gebracht und konnte nicht mehr geradeaus schreiben, doch inhaltlich blieben die Urteile immer klar und frei von jedem Wanken. Sein Kopf schmerzte wieder, aber Gryszinskis Blick flog immer weiter über die Seiten. Eberle war mittlerweile verstummt und beobachtete ihn gespannt. Dann endlich durchzuckte es ihn wie ein elektrischer Schlag, er hatte es gefunden, dort stand: *Goldbrunner, neue Biersorte, entwickelt von Herrn Lemke.* Gryszinski sog die Luft ein und starrte ungläubig auf das Geschriebene. Die nächste Zeile war wirklich bodenlos, jenseits von allem, was er sich vorgestellt hatte: *Absolut göttlich!!! Vielleicht das beste bayerische Bier, das ich jemals kosten durfte!* Er las es noch einmal und noch einmal, aber das machte es nicht besser. Jedes euphorische Ausrufungszeichen schlug ihm rücksichtslos die Tatsache ins Gesicht, dass

Lemkes Mordmotiv, mit dem er so fest gerechnet hatte, nicht existierte.

Wiederholt und mit dem Gefühl düsterster Niedergeschlagenheit zog Gryszinski seine Uhr. Genau jetzt musste er aufstehen und zum Polizeidirektor hinübergehen. In derselben Minute, in der all seine Theorien und Ansätze sich in Luft aufgelöst hatten.

Gryszinski klopfte an Welsers Tür. Eberle hatte ihm rasch geholfen, sein Erscheinungsbild in Ordnung zu bringen. Sie hatten seinen Anzug notdürftig abgebürstet und mit einem weiteren feuchten Lappen die allerletzten Blutspritzer weggewischt. Sein Ärmel war unter der Achsel eingerissen, aber wenn er den Arm nicht zu sehr hob, sah man es nicht.

»Herein!«, dröhnte es von drinnen.

Gryszinski folgte der Aufforderung. Welser saß an einem durch ein Podest erhöhten Schreibtisch, als würde er von seiner Position aus eine wuchtige Dampfmaschine bedienen. Natürlich war sein Arbeitsplatz strategisch perfekt ausgerichtet – er sah jeden Eintretenden sofort, während man selbst erst ein paar Schritte in den schummrigen Raum hineintun musste, bis man das hinter Tintenfässern, Schreibfedern und mehreren drehbaren Büchertürmchen verschanzte Gesicht des Polizeidirektors erkennen konnte. Der kam aber nun aus seiner Deckung, lief um das Tischmonstrum herum und wies auf eine nicht unbequem aussehende Sitzgruppe, bestehend aus vier Sesseln mit reichlich Posamenten, die um einen zierlichen Tisch herumgestellt waren. Welser setzte sich und rückte Gryszinski einen zweiten Sessel zurecht.

»Wie ich höre, hatten Sie heute einen recht unerfreulichen Zusammenstoß mit einem Büchsenmacher«, begann Welser ohne Umschweife. »Ist der Mann unser Mörder?«

Gryszinski schüttelte den Kopf. »Nein, Herr Polizeidirektor, davon bin ich überzeugt. Der Betreffende kann aufgrund einer alten Kriegsverletzung gar nicht schießen, und auch alle anderen Spuren sprechen gegen ihn.«

Welser nickte langsam. »Nun, da bin ich froh.«

»Wie bitte? Wieso froh?«, fragte Gryszinski verwirrt, der davon ausgegangen war, dass Welser hier und jetzt die Präsentation des Täters erwartete.

Der Polizeidirektor rutschte auf seinem Sessel hin und her, als würde er mit der richtigen Sitzposition auch die rechten Worte suchen, dann erklärte er: »Als wir uns kürzlich im Café Luitpold trafen, haben Sie mich mit einem Herrn gesehen. Wissen Sie, wer das war?«

Gryszinski verneinte. Er fühlte sich immer verwirrter. In welche Richtung ging das alles hier?

»Nun, das war Max von Thielmann …«

»… der preußische Gesandte!«, entfuhr es Gryszinski.

»Ebender. Die Preußen setzen mir nun bereits eine Weile zu, und zwar einer bestimmten Person wegen, mit der Sie schon zu tun hatten: Eduard Lemke. Thielmann will mir nicht offenbaren, warum genau sie so an ihm interessiert sind, aber alle Zeichen sprechen dafür, dass sie Lemke irgendeines schweren Verbrechens verdächtigen. Ich persönlich denke, es handelt sich um Hochverrat. Jedenfalls kam die Tatsache, dass Lemke irgendwie in den Mord an diesem Bierbeschauer verwickelt ist, gerade recht. Offenbar hoffen sie, ihn wenigstens so dranzukriegen. Thielmann will nun über jeden Schritt unserer Ermittlung auf dem Laufenden gehalten werden. Ehrlich gesagt schmeckt es mir nicht besonders, aber die diplomatischen Bande zwischen Bayern und Preußen sind nun mal sehr wichtig, darum muss ich mich dem wohl fügen.«

Gryszinski starrte seinen Vorgesetzten an. Mit allem hätte er gerechnet. Aber nicht damit. Lemkes Vergehen musste in der Tat ein schweres sein, wenn die Preußen einen so hochrangigen Diplomaten wie Thielmann auf ihn angesetzt hatten. Das sprach in der Tat für Hochverrat – auf nichts reagierten Preußen so empfindlich wie auf die Verletzung ihres nationalen Stolzes.

Welser riss ihn aus seinen Gedanken. »Haben wir denn schon etwas gegen Lemke in der Hand?«

Gryszinski seufzte. Dann berichtete er von seinem anfänglichen Verdacht, Sperbers Notizbuch und der aufwendigen Suche danach. Und der unerwarteten Wende, die das Ganze dann genommen hatte. Welser hatte aufmerksam zugehört.

»Ärgerlich«, kommentierte er. »Aber uns bleibt zumindest noch der Streit mit Sperber in der Brauerei. Da müssen Sie ansetzen, das ist doch verdächtig!«

Ein wenig atmete Gryszinski durch. Offenbar wertete sein Chef den Tag doch nicht als totalen Reinfall. Er lehnte sich sogar etwas gemütlich in seinen Sessel zurück, dem süddeutschen Phlegma sei Dank. Leider hatte er aber wohl vor, sich ab jetzt intensiver in die Ermittlungen einzubringen.

»Also, Gryszinski, wir machen es so. Sie setzen den Lemke jetzt mal ein bisschen unter Druck. Befragen ihn wegen dieser Streitigkeit. Graben noch irgendeinen Zeugen aus, der auf dem Fest gesehen hat, wie er doch den Mantel genommen hat, wie auch immer. Sie werden mir alle zwei Tage Bericht erstatten. Und ich, und zwar nur ich, berichte dann alles, von dem ich denke, dass sie es wissen sollten, an die Preußen. Und ich hoffe doch, dass Sie als wichtiger Mitarbeiter der Königlich Bayerischen Polizeidirektion keinen Loyalitätskonflikt mit Ihrer preußischen Herkunft haben.«

Bei den letzten Worten blickte Welser ihn durchdringend an. Gryszinski rätselte innerlich: Wusste der Polizeidirektor, dass er heute noch in die preußische Gesandtschaft einbestellt war? Bis eben hatte er angenommen, Welser sei darüber im Bilde und dieses Gespräch fände deshalb statt. Er hatte geglaubt, gleich würde sein Chef ihm sagen, der Termin mit

Thielmann sei abgeblasen, Gryszinski solle nur Welser Bericht erstatten, der dann den Informationsfluss an die Preußen kontrollieren würde. Und dass das alles auch mit Thielmann abgesprochen wäre. Doch jetzt allmählich dämmerte Gryszinski, dass der preußische Gesandte ihn wohl hinter Welsers Rücken eingeladen hatte und von ihm erwartete, sich darüber auszuschweigen.

Im Nachhinein würde Gryszinski diese Situation als den Moment identifizieren, in dem er sich das erste Mal zwischen Bayern und Preußen entscheiden musste – und an diesem Abend wählte er, für ihn selbst überraschend, sein Vaterland.

5.

»... schneidig muß er aber auch auftreten können, wenn es sich überhaupt darum handelt, einen schwierigen, verworrenen und unklaren Fall anzupacken; ... und so wie für jeden Menschen, so gilt namentlich für uns Criminalisten, Goethes unvergleichliches Wort: ›Schlag nicht leichthin in ein Wespennest, doch wenn du schlagst, so schlage fest.‹«

Hans Groß: Handbuch für Untersuchungsrichter, Polizeibeamte, Gendarmen usw., 1. Auflage, 1893

Nach dem Gespräch mit Welser trat Gryszinski wieder auf die Straße. Der prachtvolle Herbsttag war in einen milden Abend übergegangen. Wieder der Blick auf seine Taschenuhr. Es war halb acht, und eigentlich reichte es ihm jetzt. Er spürte jeden Knochen, der tröstende Schweinebraten lag nun auch wieder viele ereignisreiche Stunden zurück, sein Bauch knurrte ungnädig nach Nachschub. Außerdem hätte er gern ein wenig in Ruhe nachgedacht, am liebsten, während er Sophies Locken zwirbelte. Neidisch betrachtete er all die Leute um ihn herum, die alle schon längst Feierabend hatten und beschwingt von dem guten Wetter in die Wirtshäuser strömten. Es war so warm, man konnte sich ohne Weiteres noch im Biergarten an ein wohlgeformtes Weinfass lehnen, den Hut lässig auf den Hinterkopf geschoben, und bei einer Mass ein wenig sinnieren oder einfach nur dem Treiben zusehen.

Für ihn war das alles jetzt leider keine Option. Etwas abseits der Polizeistation in der Schrammerstraße wartete eine unscheinbare Kutsche, an die ein noch unauffälligerer Kutscher gelehnt stand, der mit unbewegter Miene Ausschau hielt. Als er Gryszinski entdeckte, weiteten sich seine Augen nur für einen kurzen Moment. Er öffnete den Verschlag und sprang selbst auf den Kutschbock. Gryszinski verdrehte die Augen. Man erwartete wohl von ihm, dass er sich jetzt wortlos in die Kutsche stahl, was er auch achselzuckend tat – die ganze Szene war so diskret, dass sie jedem Beobachter sofort verdächtig vorkommen musste, aber in dem abendlichen Trubel kümmerte sich eh keiner um sie.

Die Droschke ratterte los, zunächst in Richtung Botanischer Garten, vermutlich ein kurzes Ablenkungsmanöver. Die preußische Gesandtschaft hatte ihren Sitz in der Maxvorstadt, und zwar in der Türkenstraße. Hier befand sich auch die Türkenkaserne, in der über zweitausend Infanteristen stationiert waren. Also ein Ort, an dem sich jeder militärverrückte Preuße wohlfühlen musste. Nach ein paar bis zur Lächerlichkeit unsinnigen Schlenkern – Gryszinski begann dieser Kutscher auf geheimer Mission auf die Nerven zu gehen – orientierte ihr Gefährt sich wieder gen Stadtmitte. Vor ihnen tauchte wie eine weiße Schimäre der Königsplatz auf, zwei ebenmäßige antike Tempel, einander gegenüberruhend, beherrscht von der riesigen Torhalle, die, jeweils im rechten Winkel zu den beiden Bauten stehend, den Eindruck einer stummen, entrückten Symmetrie vollendete. Schräg dahinter wieder Sprezzatura mit der Villa von Franz von Lenbach, die wie ein weitläufiger Palazzo aus den Hügeln der Toskana wirkte. Für Gryszinski war München hier am deutlichsten Kulissenstadt – natürlich prallten auch in Berlin die Epochen und Visionen der Baumeister und ihrer Könige aufeinander, doch in München geschah dies alles auf engstem Raum, als hätte jemand eine Schneekugel bis zum Rand mit Palästen, Tempeln und ganzen Boulevards vollgestopft.

Vorbei ging es jetzt an den romanischen Bögen der Pinakothek – noch so ein Bauteil für diesen durchwandelbaren Guckkasten – direkt auf die Türkenstraße zu. Die Nummer vier war ihr Ziel. Der Kutscher ließ es sich nicht nehmen, ihn ein paar Häuser weiter aussteigen zu lassen, um dann grußlos abzurauschen. Kopfschüttelnd lief Gryszinski durch die Straße, in der Militärs und Bürger durcheinanderwuselten, und landete schließlich vor dem Palais, in dem sich die preußische Gesandtschaft befand. Ein großer roter Ziegelbau, dessen feine Reliefs Gryszinski entfernt an die Mauren erinnerte, was gut passte zu all den weitgereisten Diplomaten, die im Innern des Gebäudes ihren Dienst versahen. Thielmann, so hatte Grabow ihm berichtet, hatte erst in diesem Jahr das Amt in der preußischen Repräsentanz in München übernommen und war in der Welt bereits ziemlich herumgekommen. Er war sogar Verfasser einiger durchaus lesenswerter Berichte über seine Reisen durch den Kaukasus, Persien und Amerika.

Gryszinski betrat das Gebäude durch die hohe Eingangspforte, ohne sich groß umzusehen und im zügigen Tempo. Er kam in einem hallenden, schwach beleuchteten Vestibül an. Die Treppe lag im Halbdunkel, aus dem sich nun die nächste verschwiegene Gestalt löste, um ihn die Stufen hoch und durch einige verwaiste Flure zu führen. Die letzte Tür wurde geöffnet, und Gryszinski stand dem Bärtigen mit müdem Blick gegenüber, den er vor wenigen Tagen zusammen mit Welser gesehen hatte – es kam ihm vor, als sei es Monate her.

»Punkt acht, sehr schön«, empfing Thielmann ihn und leitete damit, wie Gryszinski fand, wenig geistreich das Gespräch mit dem Hinweis auf die preußische Tugend der Pünktlichkeit ein, die er wohl als Zeichen ihrer gemeinsamen Herkunft und Werte verstanden wissen wollte. Thielmann wies auf eine Sitzgruppe in der Ecke des Raumes, die der in Welsers Bureau zum Verwechseln ähnlich sah.

Gryszinski blieb allerdings zunächst stehen. »Bevor ich mich setze, Exzellenz, möchte ich gern wissen, ob Polizeidirektor Welser über dieses Treffen informiert ist.«

Thielmann nickte nachdenklich und deutete nachdrücklich auf den Sessel neben sich. »Setzen Sie sich. Es ehrt Sie und spricht für Ihre Loyalität, dass Sie mich das fragen. Allerdings sollte man meiner Ansicht nach auch oder ganz besonders als sehr pflichtbewusster Mensch überdenken, wem die Treue gehalten werden muss: seinem Dienstherrn qua Berufs wegen. Oder nicht doch eher dem Staat, in dem man geboren wurde und zu dem man sein Leben lang eine untrennbare Verbindung haben wird.«

»Also weiß er nichts davon«, kommentierte Gryszinski trocken.

»So ist es«, sagte Thielmann heiter. »Aber mit Ihrer Zustimmung zu dieser geheimen Unterredung haben Sie sich zu nichts verpflichtet. Ich möchte Sie nur bitten, mich anzuhören, dann können Sie selbst entscheiden, was Sie tun werden.«

Gryszinski setzte sich. Wo er schon mal hier war. »Ich weiß bereits, dass Sie über meine Ermittlungen in der Mordsache Sperber auf dem Laufenden gehalten werden wollen. Ich werde alle zwei Tage an Welser berichten.«

Thielmann lächelte fein. »So hat der gute Welser sich das gedacht. Er erzählt mir bei einem Stückchen Prinzregententorte lediglich, was er gern preisgeben möchte, damit wir uns nicht zu sehr in seine Angelegenheiten einmischen. Aber er weiß gar nicht genau, worum es sich eigentlich handelt. Und, mit Verlaub, er ist eben kein Preuße, der wirklich die Tragweite dessen, was hier vor sich geht, verstehen könnte.«

Thielmann schwieg einen Moment. Gryszinski nutzte die Pause, um direkt ein paar Dinge klarzustellen. »Ich muss Ihnen leider gleich sagen, dass nicht sicher ist, ob Lemke wirklich Sperbers Mörder ist. Die Spuren sind bislang alles andere als eindeutig.« Auf diese Eröffnung rechnete Gryszinski mit einer gewissen Enttäuschung oder Unzufriedenheit Thielmanns, doch der machte nur eine wegwerfende Handbewegung.

»Gryszinski, uns ist letztendlich völlig egal, wer diesen Bierbeschauer erschossen hat. Sollte es wirklich Lemke gewesen sein, wäre ich zwar nicht unglücklich, seinen Hals unter dem Fallbeil zu wissen. Allerdings verdächtigen wir Eduard Lemke eines Verbrechens, das viel größer ist, und dafür wollen wir ihn zur Rechenschaft ziehen. Unbedingt.« Thielmann beugte sich vor. »Lassen Sie mich etwas ausholen. Wie Sie wissen, ist Lemke kein Mann von Herkunft. Er ist mehr oder weniger aus der Gosse aufgestiegen, eine sagenhafte Laufbahn, die er auch seinem einnehmenden Wesen, einer ganz speziellen überzeugenden Art zu verdanken hat. Die hat wohl dazu geführt, dass man ihm auch in Preußen, nachdem er aus Amerika zurückkehrte, einiges an Vertrauen schenkte. Lemke erhielt den ehrenvollen wie lukrativen Auftrag, für unsere Kolonie Deutsch-Ostafrika ein hochmodernes Eisenbahnnetz zu entwickeln. Er hatte aber noch einen zweiten Auftrag, den er im Geheimen ausführen sollte. Ich weiß nicht, wie viel Sie über die Region um das Kilimandscharo-Massiv wissen. Schon seit Jahrhunderten taucht dort immer wieder der Mythos von einem blauen Diamanten auf. Angeblich verbirgt sich im Gestein des Bergmassivs dieser Edelstein, der einzigartig auf der Welt sein soll und auch entsprechend wertvoll. Lemke verfolgte unter dem Deckmantel seiner Arbeit an dem Eisenbahnnetz eine geheime preußische Mission, um das Vorkommen dieser Diamanten zu beweisen. Wir stellten ihm einen unserer hervorragendsten Kartographen an die Seite, der Pläne der gesamten Region anfertigte. Lemke nun kehrte nach einigen Jahren zurück und erklärte, er habe tatsächlich den sagenumwobenen blauen Diamanten gefunden, und er würde dem preußischen Staat Ruhm und Reichtum bringen. Er hatte eine Landkarte der betreffenden Region anfertigen lassen und kennzeichnete die entsprechende Stelle. In einer fast fieberhaften Euphorie wurde eine erneute Expeditionstruppe zusammengestellt, lauter namhafte Wissenschaftler, die anhand dieser Karte nach Ostafrika reisen und die Vorkommen untersuchen sollten.« Thielmann schwieg einen Moment. Den zweiten Teil der Geschichte zu erzählen schien ihm schwerer zu fallen. »Nun, diese Expedition scheiterte aufs Tragischste, ihre dreißig Mitglieder verschwanden auf zunächst unerklärliche Weise. Weitere Männer wurden entsandt, um herauszufinden, was geschehen war. Im Sommer dieses Jahres dann die Gewissheit: Alle dreißig Männer waren gestorben, elendig verhungert mitten in einem fast völlig unzugänglichen Gebiet am Fuße des Kilimandscharo. Keiner konnte sich erklären, was die Gruppe dorthin getrieben hatte. Ihre Ausrüstung mitsamt aller Karten war verrottet, nur der Bericht, den der Leiter der Expedition täglich verfasst hatte, war erhalten geblieben. In dem stand, dass die Forscher ein Dorf in dieser Gegend erreichen wollten, sonst wären sie niemals das Wagnis eingegangen, den todbringenden Weg einzuschlagen. Nur: Es gab dort kein Dorf. Als ihnen das klar wurde, waren sie bereits zu tief in der Wildnis, um noch umzukehren. Sie verirrten sich schließlich, verzweifelt, verraten. Mit dem Bericht des Expeditionsleiters kehrte die Aufklärungstruppe zurück nach Preußen. Mit dem Bericht – und dreißig Urnen. Ein schrecklicher Verlust. Natürlich blieben viele Fragen offen, vor allem, was dieses angebliche Dorf anbelangte. Die unter Lemkes Leitung angefertigten Karten waren mehrfach gedruckt worden. Diejenigen, die mit nach Afrika genommen wurden, sind zwar zerstört, aber man untersuchte alle hier vorliegenden Exemplare. Siehe da – nirgends war dieses Dorf im entsprechenden Bereich zu finden. Mysteriöserweise ist der Druckstein einer der betreffenden Karten aus den Räumen der Königlich Preußischen Landesaufnahme verschwunden. Der Kartograph, dem uneingeschränkt vertraut werden kann, sagt, er habe so viele Pläne dieser Region angefertigt, dass die verschiedenen Dörfchen dort vor seinem inneren Auge verschwimmen und er sich nicht mehr genau erinnern kann, wo welches lag. Er schwört aber, keine nachträglichen Änderungen an den Karten durchgeführt zu haben, nachdem die Drucksteine fertig waren.« Thielmann erhob sich aus seinem bequemen Sessel und stellte sich hinter das Möbel. Er stützte seine Hände wie auf einer Kanzel auf, vielleicht nicht mal bewusst schien er so seine Worte noch stärker unterstreichen zu wollen. »Wir, das heißt der preußische Staat, vermuten nun, dass Eduard Lemke, dieser sagenhaft reiche Aufsteiger ohne wirkliche Vergangenheit, die ihn an sein Vaterland binden würde, wir glauben, dass dieser Mann ebenjene Karten der Expeditionsteilnehmer irgendwie manipuliert hat. Dass er wissentlich dreißig tapfere und aufrechte Preußen in den sicheren Tod geschickt hat. Und dass sein Motiv vermutlich die reine Gier ist, dass er die Diamanten schlichtweg für sich haben will.«

Thielmann setzte sich wieder. Gryszinski räusperte sich, er war verunsichert, was der preußische Gesandte eigentlich genau von ihm wollte. »Warum erzählen Sie mir das alles?«

»Ich habe Ihnen diese absolut geheimen Informationen mitgeteilt, weil ich Ihnen klarmachen will, wie wichtig die Aufgabe ist, die wir Ihnen stellen wollen.«

Gryszinski schluckte. Was kam jetzt?

»Ihre Majestät selbst appelliert an Sie als Preuße von Stand, als einen Ehrenmann, dem das Schicksal seiner Landsmänner nicht gleichgültig sein kann: Nutzen Sie die Tatsache, dass Sie in Lemkes Umfeld in einem Mordfall ermitteln, und versuchen Sie unter dem Deckmantel dieser Ermittlung herauszufinden, ob Lemke die Karten manipuliert hat. Und helfen Sie uns damit, einen möglichen Hochverräter zur Strecke zu bringen.«

»Sie wollen, dass ich für die bayerische Polizei und gleichzeitig heimlich für die preußische Regierung ermittle. Und natürlich ohne Welsers Wissen.«

»Exakt.«

»Sie wollen, dass ich für Preußen spioniere.«

»Wenn Sie es so beim Namen nennen wollen: ja.«

Gryszinski starrte Thielmann an. »Ich weiß nicht, ob ich das tun kann.«

Thielmann breitete die Arme aus. »Meiner Meinung nach gibt es da nichts zu zögern. Sie sind ja immer noch Reserve-Offizier der preußischen Armee, einer Beförderung zum Major würde, wenn Sie Ihre Aufgabe erfüllen, sicher nichts im Wege stehen. Allerdings denke ich, dass die Aufklärung dieses ungeheuerlichen Falls doch für Sie als preußischer Kriminalist eine Herzensangelegenheit sein sollte.«

Es überraschte Gryszinski selbst, wie sehr die letzten Worte tatsächlich etwas in ihm berührten. Und noch mehr überraschte es ihn, als er sich selbst sagen hörte: »Nun gut.«

Thielmann nickte zufrieden. »Sie werden täglich Bericht erstatten. Um keinen Verdacht zu wecken, wird schon morgen ein hier unbekannter Mitarbeiter der preußischen Regierung in München eintreffen – Ihr angeblicher ehemaliger Schulfreund, der bei Ihnen als Hausgast logieren wird. Dem berichten Sie jeden Abend. Er gibt die Informationen direkt an mich weiter.«

Gryszinski fluchte innerlich. Alle zwei Tage an Welser berichten, und jetzt auch noch tagtäglich irgendeinem Fremden, der sich in seinem Zuhause einquartieren würde – wann sollte er denn eigentlich noch ermitteln? Aber es half jetzt nichts mehr, er stimmte zu.

Und kurz darauf stand Hauptmann Wilhelm Freiherr von Gryszinski, Ermittler der Königlich Bayerischen Polizeidirektion und außerdem preußischer Spion, wieder mitten im Treiben der Türkenstraße. Und wollte nur noch nach Hause, die Locken seiner Frau zwirbeln.

Carl-Philipp von Straven – ein genauer Titel war Gryszinski unbekannt, er erfuhr lediglich, dass Straven aus Königsberg stammte – war ein auffallend gut aussehender Mann, auf eine hagere, beunruhigend intensive Art. Gryszinski traf seinen angeblichen Freund aus Jugendtagen nicht sofort an, als er am nächsten Abend zu Hause eintraf. Er hatte nach dem gestrigen enervierenden Tag seiner wachsamen Ehefrau erklären müssen, dass in nicht mal vierundzwanzig Stunden ein Hausgast bei ihnen einziehen würde, von dem sie noch nie etwas gehört hatte. Das und sein allgemein als recht desolat zu bezeichnender Zustand hatten dafür gesorgt, dass die beiden erst spät zur Ruhe gefunden hatten.

Gryszinski widerstrebte es, Sophie nicht die Wahrheit über den Verbindungsmann der Preußen zu sagen, aber sie war über die Tatsache, dass ihr Wilhelm geschlagen worden war, außer sich gewesen, und er wollte sie nicht noch mehr aufregen. Als er aber nun seine Wohnung betrat, fand er diese leer vor. Dafür erzählten verschiedenste Spuren mehr als deutlich davon, dass Sophie der zunächst mit Argwohn erwartete Gast offenbar doch gar nicht so unangenehm war. Gryszinski dagegen spürte den Eindringling in seinem geliebten Zuhause sofort. Sein erster Blick fiel auf Sophies einzelnen Handschuh – den anderen trug er immer noch als eine Art Talisman bei sich. Daneben hatten es sich nun zwei fremde Herrenhandschuhe bequem gemacht, deren Fingerspitzen besitzergreifend auf ihrem Handrücken ruhten. Nicht nur das: Als er den Salon betrat, bemerkte er, dass das kleine Tischchen immer noch im Erker stand, wie es eigentlich nur als temporäre Lösung für den Abend ihrer vorgestrigen Gesellschaft gedacht gewesen war. Jetzt hatte man allerdings zwei noch komfortablere Fauteuils zu beiden Seiten platziert, die einander zugewandt standen wie vertraut plaudernde Freunde. Auf dem Tisch selbst stand der noch warme Samowar nebst mehreren Büchern, zwischen deren Seiten nun eine Zuckerzange, mehrere Servietten und sogar zwei Kandiswürfel als Lesezeichen klemmten. Gryszinski stellte sich vor, wie Sophie und der Hausgast in den Büchern geblättert und ihre Lieblingsstellen herausgesucht hatten. Während er noch eine Passage aus Goethes *Wahlverwandtschaften* vortrug, markierte sie schon die Bovary'sche Kutschenszene mit dem süßen Zuckerl, um die Stelle gleich zu finden, wenn sie mit Vorlesen dran wäre.

»Frau Brunner!«, rief Gryszinski aufs Geratewohl in die leere Wohnung und blätterte derweil in der Deutschen Rundschau, in der das erste Kapitel eines Romans namens *Effi Briest* abgedruckt war, über das sie sich länger gebeugt hatten. Davon zeugten die vielen klebrigen Ringe der kleinen türkischen Teegläser, im angeregten Gespräch immer wieder zu einem Schlückchen hochgenommen und anschließend rasch abgestellt, um dem anderen eifrig ins Wort zu fallen.

»Gnädiger Herr?«

Gryszinski schrie auf. Schon wieder stand die Haushälterin plötzlich vor ihm, nicht mal ein Windhauch hatte sie angekündigt.

»Frau Brunner.« Gryszinski presste keuchend eine Hand an sein hämmerndes Herz. »Zum letzten Mal: Hören Sie auf damit!«

»Aber womit denn?«

»Sich immer so anzuschleichen!«

»Aber gnädiger Herr, Sie haben mich doch gerufen.«

»Ja, schon, aber ich wusste ja nicht mal genau, ob Sie überhaupt da sind, und man macht doch wohl ein paar Geräusche, wenn man durch die Wohnung läuft.«

»Soll ich vielleicht mit meinen Töpfen klappern, während ich mich Ihnen nähere?«, gab die Brunner zurück. »Oder wollen Sie mir ein Glöckchen umbinden?«

Gryszinski, dem diese plötzliche Wendung des Gesprächs unangenehm war, wurde erlöst von den mehr als deutlichen Geräuschen der Ankunft an der Eingangstür. Sophie mit Fritzi in seinem Wägelchen, einer Art Weidenkorb auf Rädern, der Gryszinski immer an Moses in seinem Körbchen auf dem Nil erinnerte, und direkt dahinter ein fremder, hochgeschossener Mann mit preußisch akkuratem Haarschnitt, der eben über eine Bemerkung Sophies herzlich lachte. Sich überschlug vor übertriebener Begeisterung, wenn man es genau nahm. Wobei noch viel irritierender war, dass Sophie, sonst Fremden gegenüber eher reserviert, übers ganze Gesicht strahlte.

»Wilhelm!«, rief der Unbekannte nun laut und lief Gryszinski mit ausgestreckter Hand entgegen. »Wie schön, dass wir uns nach so langer Zeit wiedertreffen!«

Gryszinski starrte ihn an und reagierte mit einiger Verzögerung, er hob seinen Arm langsam und fremdgesteuert wie ein Schachautomat. In einer geheimen Depesche war er über Namen und Aussehen des Verbindungsmannes informiert worden, um genau diesen Moment überspielen zu können.

»Carl-Philipp«, stieß er schließlich hervor, während er seine Zunge wie eine schwere Schnecke im Mund spürte. »Nach all den Jahren.« Die beiden Männer schüttelten einander die Hände.

Sophie schien merkwürdigerweise nichts von dem unnatürlichen Verhalten ihres Mannes zu bemerken. Sie nahm Fritzi aus seinem Wagen und herzte ihn, dann trieb sie die beiden Männer fröhlich in den Salon, um noch einen Aperitif vorm *dîner* zu nehmen.

»Du hattest mir gar nicht erzählt, dass unser Gast so belesen ist«, sagte sie, während sie sich setzten. »Wir haben den ganzen Nachmittag über Literatur debattiert. Und dann war Carl-Philipp so nett, mich auf meinem Spaziergang mit Fritzi zu begleiten, damit wir unser Gespräch noch länger fortsetzen konnten.«

Gryszinski nickte wieder automatisch – das Einzige, was er aus ihren Worten verstanden hatte, war Stravens Vorname, der Sophie so flüssig über die Lippen gekommen war, als hätte sie ihn den ganzen Tag über bereits unzählige Male benutzt, so natürlich wie das Wörtchen »und« oder »Anrichte«. Sie wechselten ins Esszimmer. Natürlich – Gryszinski hatte nur darauf gewartet – machte Straven eine Bemerkung zu der fehlenden Tür. Man hätte meinen können, der Preuße an sich wäre nicht fähig, seine Consommé zu genießen, wenn man ihm dabei nicht mindestens zwei Fluchtwege offerieren würde.

Den Großteil der Konversation beim Essen bestritten Sophie und Straven. Gryszinski schwieg die meiste Zeit, in seine eigenen Gedanken verstrickt.

Nach dem gestrigen Tag, an dem alles Schlag auf Schlag gegangen war, hatten sie sich heute in zermürbender Neuorientierung geübt. Während Voglmaier und Eberle ihre Köpfe in alle Richtungen drehten, um einen neuen Ansatzpunkt zu finden, konzentrierte sich Gryszinski, der nun schließlich mehrere Ziele verfolgte, auf eine einzige Person: Lemke. Immerhin konnte er den Streit in der Brauerei, von dem die beiden Wachtmeister ja selbst erfahren hatten, als Grund dafür anführen, dass sie doch noch mehr über Lemke herausfinden müssten. Trotzdem war Eberle nicht wenig überrascht gewesen, als Gryszinski ihn beauftragte, Lemke den ganzen Tag über zu beschatten. Das Spatzl dagegen hatte er zu Meyering geschickt, um diesem bei der Auswertung der Spuren aus Grassls Haus zur Hand zu gehen, auch wenn das eigentlich sinnlos war. Die Knöpfe an den sichergestellten Jacken mussten sorgsam untersucht und unterm Mikroskop mit dem gefundenen Knopf auf gemeinsame Charakteristika abgeglichen werden. Dann natürlich die ballistischen Untersuchungen der Waffen, auch hier wurde das Mikroskop zu Hilfe genommen. Man feuerte die verdächtigen Waffen ab, verglich die Patronen danach mit der in der Leiche gefundenen Munition und suchte nach übereinstimmenden Deformationen der Kugeln.

Gryszinski selbst war, nachdem seine beiden Wachtmeister gegangen waren, eine Abschrift des preußischen Expeditionsberichtes durchgegangen, die Thielmann ihm überlassen hatte. Das Dokument berührte ihn sehr. Voller Tatendrang waren die Forscher nach Ostafrika aufgebrochen. Die ersten Kapitel berichteten von der dunklen Schönheit des Urwalds mit seinen exotischen Pflanzen, die auf bizarre Größen anwuchsen, sodass sie sich wie Ameisen fühlten, über deren Köpfen Blumen und urzeitliches Blätterwerk kathedralenartige Kuppeln bildeten. Es war von der Weite der Savannen die Rede, dem Konzert der Tierstimmen, das ihnen in der Dämmerung entgegenbrauste. Der Leiter der Expedition träumte sich hoch auf die schneebedeckten Gipfel der Kaiser-Wilhelm-Spitze, die sie ständig vor Augen hatten, während sie ihren Karten folgten, um den Fundort des sagenumwobenen blauen Diamanten zu finden. Diese Suche wurde immer mehr zu einem unsinnigen Fiebertraum, der Bericht zeugte von einer Hoffnungslosigkeit, die erst leise seine Worte durchwob, um dann am Ende in einem einzelnen Strich, den der Verfasser noch getan hatte, bevor seiner kraftlosen Hand die Feder entglitt, ihren ausweglosen Höhepunkt zu finden.

Gryszinski konnte Thielmann nachfühlen, warum er unbedingt, sollte die Expedition wirklich wissentlich ins Verderben geschickt worden sein, den Schuldigen dafür zur Verantwortung ziehen wollte. Gleichzeitig hatte er den ganzen Tag über ständig an die junge Witwe in ihrem Häuschen in Haidhausen denken müssen und an den schrecklichen Ton, der aus ihrem Mund gekommen war, als sie vom Mord an ihrem Mann erfahren hatte. Auch Magdalena Sperber verdiente, dass dieses Unglück aufgeklärt wurde, selbst wenn die Preußen sich nicht sonderlich für einen kleinen bayerischen Bierbeschauer interessierten.

Sophie und Straven blickten ihn fragend an. Erst jetzt bemerkte Gryszinski, dass er seinen Teller leer gegessen hatte, wobei er gar nicht sagen konnte, was er verzehrt hatte. Auch die gesamte Plauderei bei Tisch war an ihm vorbeigegangen, ganz zu schweigen von der Frage, die man ihm wohl eben gestellt hatte. Er räusperte sich.

»Pardon. Ich war eben mit meinen Gedanken woanders, verzeiht. Was hast du gefragt, Sophie?«

»Ob ihr zwei Herren euch noch auf einen Cognac in den Salon setzen möchtet. Ihr müsst euch doch Unmengen zu erzählen haben.«

Gryszinski nickte. Wie recht Sophie hatte, ohne zu ahnen, welche Art von Bericht jetzt von ihm erwartet wurde. Er erhob sich und nickte Straven zu. »Ich hätte auch noch einige besonders gute Zigarren im Angebot«, erklärte er betont aufgeräumt. »Bereit, den labyrinthischen Gang in den Salon anzutreten?«

Straven lächelte leicht ironisch, als hätte er in eine Zitrone gebissen, auf die aber auch ein wenig Zucker gestreut war. Dieses Lächeln, weder entschieden freundlich noch offen boshaft, sollte Gryszinski noch oft zu sehen bekommen.

Die beiden Männer steuerten durch den Flur auf den Erker mit dem Tischchen zu, während sich Sophie nach ein paar freundlichen Worten zurückzog.

»Ihre Gattin ist wirklich bemerkenswert«, erklärte Straven, als sie sich setzten, Gryszinski etwas erschöpft zurückgelehnt, Straven kerzengerade aufgerichtet. »Aber nun, da wir unter uns sind, noch einmal offiziell: Guten Abend, Hauptmann, es freut uns, dass wir so rasch unsere Zusammenarbeit aufnehmen können.«

»Nun, die Freude, auch wenn das, bedenkt man den Anlass, vielleicht nicht ganz der passende Begriff ist, ist ganz auf meiner Seite. Wie genau wird sich unser Arrangement nun abspielen?«

»Im Wesentlichen in der Art, wie wir es heute Abend bereits praktiziert haben. Offiziell arbeiten wir bei der preußischen Gesandtschaft als einfacher Sekretär, der täglich nur einige Stunden leichter Korrespondenzaufgaben zu erledigen hat. Als Ihr Freund aus Schultagen wohnen wir die nächsten Wochen bei Ihnen, gehen morgens in die Türkenstraße und kehren mittags wieder zurück. Abends setzen wir uns zusammen, und Sie erstatten Bericht. Wir übermitteln dann wieder am nächsten Morgen die Informationen an den Gesandten.«

Gryszinski betrachtete sein Gegenüber, während er gleich mehrere Tatsachen verinnerlichte. Dieses lange Elend mit dem Januslächeln würde jeden Tag Stunden um Stunden mit seiner Frau hier herumsitzen und Passagen aus Liebesromanen rezitieren. Und: Der Mann sprach im Plural von sich, skurriler ging es ja wohl kaum.

»Also, was haben Sie uns heute zu berichten?«, fragte Straven jetzt auch noch, während er sich ein weiteres Glas von Gryszinskis bestem Cognac gönnte.

»Nun, wir haben heute zunächst einmal sondiert …« Gryszinski räusperte sich. Was sie heute herausgefunden hatten, war mehr als dünn, doch das wollte er so direkt vor Straven nicht zugeben. »Ich habe einen meiner Mitarbeiter auf Lemke angesetzt, er hat ihn den ganzen Tag über beschattet. Dadurch konnten wir einiges über Lemkes derzeitigen Lebenswandel herausbringen …«

Straven zeigte wieder sein dünnes Lächeln und machte eine Handbewegung, die wohl sagen sollte, dass er fortfahren möge.

»Morgens war Lemke in seiner Eisenbahnfabrik. Er scheint sich dort regelmäßig frühmorgens aufzuhalten, vermutlich, um sich mit seinen leitenden Angestellten abzusprechen. Dann kehrte er zum Frühstück in seine Villa zurück. Sobald er dort eintrifft, wuchten zwei Diener übrigens immer zwei tonnenschwere Pfauenplastiken neben die Eingangstür, wie damals bei Ludwig.«

Straven zog die Augenbrauen hoch und lächelte erneut säuerlich, Gryszinski ging es bereits gehörig auf die Nerven.

»Während des Frühstücks traf ein riesiges Fuhrwerk bei der Villa ein, in dem sich lauter Antiquitäten, Mappen, Gemälde, Vasen und weitere, soweit mein Wachtmeister das beurteilen kann, sehr wertvolle Kunstgegenstände befanden, die unter der Aufsicht des Dekorateurs Alfons Irber ins Haus getragen wurden. Offenbar gibt es noch genügend Räume, die eingerichtet werden können. Noch während alles ausgeladen wurde, tauchte Lemke wieder auf, stieg in seine Droschke und fuhr zum Hofgarten. In den dortigen Arkaden befindet sich die Königliche Ethnographische Sammlung. Diese suchte Lemke auf. Drinnen saß er eine geschlagene Stunde lang allein auf einer Bank und starrte den afrikanischen Schmuck an, der dort in einer Vitrine ausgestellt ist, wohl die Schenkung eines preußischen Missionars.«

Gryszinski schwieg einen Moment und ließ die Situation auf Straven wirken, um Platz für Interpretationen zu schaffen. Träumte Lemke sich nach Afrika zurück? Quälten ihn Sorgen, über die er in Ruhe nachdenken wollte? Vielleicht sogar einer Sache wegen, die mit Ostafrika zusammenhing?

»Im Anschluss daran«, fuhr Gryszinski fort, »spazierte er zum Café Luitpold, wo er eine Gruppe junger Künstler traf. Die bewirtete er mit einem ausschweifenden Mittagessen. Es waren wohl auch ein Photograph und ein Panoramamaler dabei – Lemke interessiert sich sehr für moderne Medien. Soweit es zu verstehen war, drehten sich die Gespräche bei Tisch um Kunst im Allgemeinen, aber auch mögliche Werke, die Lemke bei den Künstlern in Auftrag geben wollte. Er scheint sich als Mäzen zu gerieren, ein wirklich außergewöhnliches Dasein für einen Jungen aus Moabit.« Wieder machte Gryszinski eine Pause. Tatsächlich beeindruckte es ihn, was Lemke aus seinem Leben gemacht hatte.

»Was ein krankhafter Ehrgeiz nicht alles bewegen kann«, bemerkte Straven säuerlich. »Sie sollten sich nicht zu sehr einwickeln lassen.«

»Natürlich nicht.« Gryszinski räusperte sich. »Nun, nach dem *déjeuner* ist er wieder in die Brauerei seines Schwiegervaters gefahren. Das ganze Umfeld ist nach wie vor sehr interessant für uns, weil es mit unserem Mordopfer zusammenhängt.«

Straven zog nur die Augenbrauen hoch.

Gryszinski beendete schnell seinen Bericht. »In der Brauerei hielt er sich den restlichen Nachmittag auf, dann kehrte er zurück in seine Villa. Das ist alles für heute.«

»Danke, wir werden das so weitergeben.« Straven drehte sein geleertes Cognacglas zwischen seinen dünnen Fingern hin und her. »Für den ersten Tag reicht es, aber man wird sicherlich davon ausgehen, dass Sie Lemke rasch stärker angehen, ihm Druck machen. Aber für heute ist's genug, wir werden uns nun zu Bett begeben.«

Abrupt stand Straven auf, nickte und verließ dann den Salon in Richtung des kleinen Gästezimmers.

Auch Gryszinski hatte genug. Nachdem Straven die Tür hinter sich geschlossen hatte, stand er ebenfalls auf und lief mit schweren Schritten zu seinem eigenen Schlafzimmer, wo Sophie ihn mit gelöstem Haar erwartete. Eigentlich hatte er sich bereits ein paar Sätze zurechtgelegt, mit denen er sie, nicht zu übertrieben, aber doch deutlich, mit seiner Eifersucht konfrontieren wollte, doch sie entwaffnete ihn mit nur einem Wort.

»Willi«, sagte sie, während sie die Arme weit ausstreckte, und es klang überhaupt nicht so belanglos wie die alltäglichen Worte »und« oder etwa »Anrichte«.

Unbarmherzig, wie die Zeit tickt – der es egal ist, ob sich die Tage bis zu einem kriminalistischen Durchbruch unendlich hinziehen oder die Stunden in den Umarmungen der Liebsten viel zu schnell vergehen –, kam auch in diesem Fall unausweichlich der nächste Morgen, an dem Gryszinski aufstehen und für Ergebnisse sorgen musste. In seinem Falle schlug die Stunde sogar zwei Mal, denn neuerdings beherbergte ihr Salon eine opulente und noch ohrenbetäubendere Repetieruhr im Empire-Stil, die zehn Minuten nach der vollen Stunde nochmals verkündete, dass man gefälligst der Vergänglichkeit seines eigenen jämmerlich kurzen Lebens zu gedenken habe. Wenigstens strömte freundliches Sonnenlicht ins Esszimmer, in dem aber leider bereits Straven am gedeckten Frühstückstisch saß, die Allgemeine Zeitung vor sich aufgeschlagen und mit seinem zweideutigen Lächeln den angenehmen Morgen vermiesend. Sophie frühstückte heute im Bett, während Fritzi unter Annelieses Aufsicht in seinem Zimmer herumkugelte und dabei, den Geräuschen nach zu urteilen, einige zerbrechliche Gegenstände umriss. Also saßen die beiden Männer allein zusammen.

Sie schwiegen einvernehmlich, und Gryszinski hatte seinen unbequemen Hausgast schon fast vergessen, als der die Zeitung beiseitelegte, mit einer fast brutal präzisen Bewegung seine Serviette glättete, zusammenfaltete und sein säuerliches Lächeln zeigte. Daraufhin erhob Straven sich – Gryszinski musste an ein Fernrohr denken, das sich langsam zur vollen Länge ausfuhr – und erklärte: »Nun denn, wir begeben uns nun in die Türkenstraße. Wir erwarten Sie dann heute Abend zurück, mit, wir sind da sehr zuversichtlich, vielen weiterführenden Ergebnissen. *À ce soir!*«

Gryszinski blieb noch eine Weile sitzen und starrte die Wand an, darüber grübelnd, ob man dort eigentlich einen Durchbruch für eine Tür machen könnte. Das lenkte ihn von dem unangenehmen Druck ab, der sich wie ein schwerer Stein in seinem Magen anfühlte. Schließlich stand er auf, um ein weiteres Mal Eduard Lemke aufzusuchen, was ja doch wieder völlig vergeblich sein würde. Ein Irrtum, wie sich später herausstellen sollte.

Als Gryszinski zu Fuß in den Mitterweg einbog, konnte er schon von Weitem die Fuhrwerke sehen, die alle in Lemkes Ehrenhof steuerten. Vor der Villa entdeckte er den Dekorateur Alfons Irber – Eberle hatte nach einer kurzen Recherche im Schwabinger Geburtenregister festgestellt, dass dieser Name weder französisch geschrieben noch ausgesprochen wurde –, wie er geschäftig die verschiedenen Lieferanten herumscheuchte. Gryszinski näherte sich ihm, als eine ganze Fuhre seidenbespannter Paravents ausgeladen wurde, die Irber in nahezu ekstatisches Entzücken ausbrechen ließen. Der ganze Mann vibriert, dachte Gryszinski bei sich, wie ein unter höchstem Druck stehender Teekessel, bei dem das Ventil klemmt. Er bejubelte jeden der Raumtrenner, auf denen die Sonnenuntergänge über den Kirschblüten am Fuße des Fuji nur so explodierten.

»Herr Irber«, rief Gryszinski ihm zu, gleichzeitig wanderte sein Blick zum Eingang der Villa; die Pfauen standen draußen.

»Herr Kriminal-Kommandeur«, gab Irber mit sich überschlagender Stimme zurück und warf die Hände in die Luft.

Es war die ganze exaltierte Begrüßung, die Gryszinski klarmachte, was ihn an dem Dekorateur so irritierte; nicht die Tatsache, dass Irber eine eigentümliche Mischung aus düsterer Vogelscheuche und oberbayerischer Königin der Nacht darstellte. Sondern dass er einen bei jeder Äußerung genau beobachtete, um deren Wirkung auf sein Gegenüber zu überprüfen.

»Wie ich sehe, haben Sie noch einiges mit der Villa zu tun«, bemerkte Gryszinski und betrachtete einen blutroten Paravent, auf dessen Seidengrund eine orientalische Haremsszene abgebildet war. Die zwei kräftigen Diener, die sonst immer die Pfauen nach draußen wuchteten, schulterten nun das große Stück und ließen es wie ein Segel durch die warme Luft gleiten.

Irber lachte. »In der Tat, bei so vielen Räumen und immer neuen Spleens der Bewohner hört es niemals auf.«

Gryszinski wollte etwas erwidern, musste aber zur Seite springen, weil jetzt eine originalgetreue Kopie der Vatikan'schen Laokoon-Gruppe von sechs Männern herangeschleppt wurde.

»Die kommt in die Grotte!«, kommandierte Irber.

»In diesem Haus gibt es eine künstliche Grotte?«, fragte Gryszinski erstaunt.

»Selbstverständlich gibt es eine Grotte«, antwortete Irber im entgeisterten Tonfall, als hätte Gryszinski sich erdreistet zu fragen, ob es hier überhaupt einen Stuhl gäbe. »Eine Grotte und auch eine schottische Burgruine im Stile der Romane Walter Scotts, falls Sie es ganz genau wissen wollen. Findet sich alles hinterm Haupthaus.«

»Aha. Und wo finde ich wohl den Herrn über all diese Reiche?«

»Herr Hauptmann«, kam es da von hinten.

Gryszinski drehte sich um und zuckte erschrocken zusammen, denn Lemke stand direkt hinter ihm – die Brunner hätte nicht effektvoller aus dem Boden wachsen können. Er räusperte sich. »Herr Lemke. Wie günstig, dass ich Sie direkt antreffe.«

»Ja. Folgen Sie mir doch in mein Arbeitszimmer«, erwiderte Lemke nur und drehte sich um. Gryszinski ging ihm hinterher. Sie liefen um den Westflügel herum bis zu einem Seiteneingang, den Lemke wiederum mit einem elektrischen Knopf öffnete. Sie fanden sich in dem Vorraum wieder, der in die ägyptische Grabkammer führte. Offenbar war der fensterlose Raum mit dem mächtigen Sekretär und dem goldenen Skarabäus-Teewagen Lemkes bevorzugtes »Arbeitszimmer«. Unter den einbalsamierten Füßen ruhten hohe Stapel dicht beschriebener Korrespondenzen und Telegramme. Lemke hatte ihn dieses Mal nicht durch seine vielen Wunderkammern führen wollen, seine ganze Haltung machte deutlich, dass Gryszinskis erneuter Besuch ihm mehr als ungelegen kam. Er bat ihn nicht, Platz zu nehmen, sondern blieb in der Mitte der Kammer stehen, zu seiner vollen Größe aufgerichtet, die immer noch einen Kopf unter Gryszinskis Körperhöhe verblieb.

»Weshalb sind Sie wieder hier?«, fragte Lemke schneidend. Den Schild seiner Freundlichkeit hatte er fallen lassen.

»Nun, ich werde ganz direkt sein: Wir haben von einem heftigen Streit erfahren, zwischen Ihnen und Valentin Sperber, eine Woche vor dessen Ermordung. Worum ging es dabei?«

Lemke war während Gryszinskis Worten bleich geworden, wie der überrascht feststellte. »Woher wollen Sie das erfahren haben?«, zischte Lemke, jetzt offen feindselig.

»Das tut hier nichts zur Sache. Aber abstreiten können Sie es nicht, es gibt mehrere vertrauenswürdige Zeugen.«

»So, gibt es die?« Lemkes Stimme zitterte. »Natürlich, Sie und Ihre Leute schnüffeln ja überall herum, lassen einem unbescholtenen Bürger keine Ruhe. Wo ich auch gehe, werde ich beobachtet. Ich ... ich bin mir ziemlich sicher, dass Sie mich sogar beschatten lassen! Aber wieso? Wieso können Sie mich nicht in Frieden lassen?«

Die letzten Worte hatte Lemke, alle Konvention vergessend, geschrien. Gryszinskis inneres Wesen sträubte sich gegen die ganze Situation – er hasste Konfrontationen und Streitigkeiten, er war für einen Preußen einfach zu friedfertig, nicht hart genug. Aber der Ermittler in ihm biss sich in dem Moment fest, erfasste, dass Lemkes Nerven zum Zerreißen angespannt waren. Vermutlich war ihm schon länger klar, dass er unter Beobachtung stand, nicht nur wegen des Mordes an Sperber, sondern auch wegen der verunglückten

Expedition. Dabei wollte er, mehr als jeder andere, dazugehören, ein geschätztes Mitglied der Gesellschaft sein. Und jetzt stand er hier und schrie einen adeligen Ermittler der Polizeidirektion an. Gryszinski ahnte, dass Lemke sich jetzt schon schämte, so die Kontrolle über sich verloren zu haben. Aber der Wunsch, seiner Wut eine Stimme zu verleihen, war in dem Augenblick zu stark.

Gryszinski versuchte, Lemke zu beruhigen, ihm aus der Situation herauszuhelfen, da er ahnte, dass das Gefühl der Demütigung, das den Industriellen ergriff, ihn nur noch aggressiver machen würde. »Hören Sie, Herr Lemke«, sagte er betont vernünftig. »Es gefällt mir auch nicht, Sie ständig befragen zu müssen, aber ich tue nur meine Pflicht. Sagen Sie mir doch einfach, worum es bei dem Streit ging, und zerstreuen Sie damit jeden Verdacht, der auf Ihnen lastet.«

Lemke schüttelte den Kopf. »Es handelt sich hierbei um eine private Angelegenheit. Hören Sie? Privat! Aber Sie, und alle hier, das bedeutet Ihnen nichts. Sie überwachen und beobachten mich!« Mit einem deutlichen Zittern sog Lemke die Luft ein. »Gehen Sie«, verlangte er dann. »Verlassen Sie mein Haus!«

Gryszinski nickte. Mehr konnte er jetzt eh nicht tun. Er deutete eine höfliche Verbeugung an und verließ Lemkes Villa durch die Seitentür, die, von einer unsichtbaren elektrischen Kraft beflügelt, sanft hinter ihm zuschlug.

Gryszinski huschte unauffällig an Irber vorbei, der immer noch Lieferungen in Empfang nahm. Er musste an eine kleine Begebenheit des heutigen Morgens denken: Vor dem Verlassen der Wohnung hatte er Fritzi im Salon beobachtet, wie er, auf dem Bauch liegend und sich mit seinen drallen Ärmchen hochdrückend, vollends versunken mit dem schmiedeeisernen Untersetzer eines Bügeleisens gespielt hatte. Während Gryszinski sich schon in seiner Gedankenwelt verlor, alle drängenden Fragen des Tages durchging, kannte Fritzi nur das Konkrete, doch dessen Gegenstände faszinierten ihn ungemein. Und Gryszinski hatte sich gefragt, ob sein kleiner Sohn auch nur im Ansatz ahnte, wozu all die geheimnisvollen Dinge eigentlich gut waren. Diese Holzbeine etwa, die hart den Esstisch umringten, durch die man hindurchkrabbeln konnte und an denen man sich dauernd den Kopf stieß. Ein Wald stummer Stämme, auf deren Enden die Erwachsenen thronten. Oder das Strichmännchen, das still vorm Kamin stand und an seinen Armen lauter weitere Dinge trug, mit denen man im Feuer stocherte. Die großen tickenden Damen, die hin und wieder scheppernde Klingellaute machten. Gryszinski hatte sich in ihrem Wohnzimmer umgeblickt und all den Nippes bemerkt, diese entzückenden Blüten der Industrialisierung. Plötzlich kamen ihm diese Objekte so nutzlos vor. Warum nur stopfte man sein Heim mit all diesen Sachen voll? Lemke schien sich regelrecht in Rage zu sammeln, er füllte seine unzähligen Zimmer mit Erfindungen und technischen Innovationen, die ihn faszinierten. Aber die Gleichgültigkeit, mit der seine Blicke vorhin die Paravents und Skulpturen gestreift hatten, zeigte auch, dass ihm die meisten Stücke, kaum waren sie in seinem Besitz, auch schon sinnentleert erschienen. Ein Mann, der alles haben wollte, einfach, weil er konnte, und den nichts mehr quälte, als wenn jemand dennoch auf die Zehenspitzen stieg, um einen Blick auf das zu erhaschen, was hinter dem Wall seiner Besitztümer lag. Doch genau das würde Gryszinski jetzt tun. Und das Spatzl würde ihm die Räuberleiter dafür machen.

»Voglmaier!«, rief Gryszinski daher sofort, als er das Bureau betrat.

»Chef?«

»Wir werden jetzt eine neue Strategie fahren, bei der Ihnen eine tragende Rolle zukommt.«

»Ach ja?«

»Ja. Sie beschatten ab jetzt Lemke, und zwar so auffällig, wie es nur geht. Sorgen Sie dafür, dass er sich überall beobachtet fühlt, seien Sie richtig dreist.«

Voglmaier klatschte in die Hände. »Wird gemacht, Chef!« Im nächsten Augenblick war er schon verschwunden. Gryszinski sah seinen anderen Wachtmeister an. »Und wir zwei, Eberle, fahren jetzt nochmals zu Goldbrunner. Wäre doch gelacht, wenn wir nicht herausbringen, worum es bei dem Streit zwischen Lemke und Sperber ging.«

Einige zermürbende Stunden später allerdings war Gryszinski nicht mehr zum Lachen zumute. Sie hatten wieder mit allen Mitarbeitern der Brauerei gesprochen, aus allen Ebenen: Buchhalter, Brauer, Bierkutscher – fast jeder hatte den heftigen Streit mitbekommen, bei dem Lemke wohl völlig die Beherrschung verlor. Doch hatte man ihn lediglich unartikuliert schreien hören. Er und Sperber waren gemeinsam in das kleine Kontor des Buchhalters gegangen, der zu dem Zeitpunkt nicht am Platz gewesen war. Dann war zunächst erregtes Gemurmel zu hören gewesen, sich steigernd zu einem Geschrei, das jeder Lemke zuordnete. Nur war in diesem Augenblick ein großes Fuhrwerk in die Halle eingefahren, sodass keiner die genauen Worte verstanden hatte. Es war wirklich zum Verzweifeln. Gryszinski hatte dafür mit Interesse wahrgenommen, wie geschickt Eberle die unterschiedlichen Zeugen befragte. Seine farblose Erscheinung sorgte dafür, dass er sich an jeden anpassen konnte. Er ahmte sogar, einem verbalen Chamäleon gleich, die Dialekte seiner Gesprächspartner nach. Innerhalb von Sekunden fand er sich in den Singsang und die Begrifflichkeiten jeden Dorfkolorits ein, wie ein vollkommen entleerter Resonanzraum, in den man alles hineinrief, ohne daran zu denken, dass man mit einem Polizisten sprach.

Aber die schönste Verhörtechnik brachte ja nichts, wenn

keiner etwas wusste. Gryszinski schickte Eberle zurück in die Schrammerstraße, um ein paar überfällige Berichte aufzusetzen und sich nochmals den wenigen übrigen Fährten zuzuwenden, die noch in keiner Sackgasse geendet, dafür aber auch wenig Erfolg versprechend waren.

Er selbst würde jetzt tun, was er immer tat, wenn er nicht weiterwusste: etwas essen. Heute war ihm, vielleicht als Gegengewicht zu der preußischen Gangart, die neuerdings sein Zuhause regierte, nach etwas Urbayerischem, weshalb er seine Schritte zum Platzl lenkte, die Füße bald auf enges Kopfsteinpflaster setzend, um sich herum die bunt bemalten Fassaden mittelalterlicher Bürgerhäuser. Der kleine Platz wurde von zwei Dingen geprägt: zum einen den schlagenden Studentenverbindungen, die hier angesiedelt waren, weshalb Schwärme von jungen Männern aus den Häusern schwemmten. Die in verschiedenen Farben gestreiften Bänder des jeweiligen Corps quer über die Brust gelegt, reckten sie stolz die Gesichter mit den Schmissen in die Sonne, die der Kamerad einem in einer schwitzigen Partie mit dem schweren Säbel verpasst hatte. Und dann thronte hier zum anderen das Hofbräuhaus, ein trutziger weißer Bau, ein Bierpalast, hinter dessen Fassade eine zweite Stadt wartete.

Gryszinski begab sich in die Bahnhofshalle dieser Stadt, ein Festsaal mit Tonnengewölbe, von dem Lüster in der Gestalt von Wagenrädern hingen, wie siegreiche Trophäen über die Bewegung, denn hier setzte man sich hin, und zwar an einen der ewig langen Tische. In Eile war nur die Bedienung, bei der Gryszinski ein dunkles Bier und ein Tellerfleisch mit saurem Gemüse orderte. Obwohl er dicht gedrängt zwischen anderen Männern saß, war er ganz in Ruhe für sich. Das ging in Bayern, man konnte ein Gespräch anfangen oder einfach schweigen, wie man wollte, die körperliche Nähe war kein Zwang zum Austausch. Gryszinski hatte schon mehr Kontemplation auf einer eng besetzten Bierbank empfunden als an einem einsamen See in Brandenburg, wo die Stille einem seine Gedanken so laut werden ließ. Hier füllte das Summen um ihn herum seinen Kopf ganz aus wie sonst nur das Krachen einer Bratenkruste.

Das Tellerfleisch kam, mehrere Scheiben Rinderbrust, stundenlang in einer kräftigen Brühe aus Knochen weichgezogen, jetzt wie ein Fächer in der Tiefe des Tellers ausgebreitet. Das Gemüse war mit einem süßsauren Apfelessig abgelöscht und gemeinsam mit etwas Fond über das Fleisch gegeben worden. Darüber hatte man reichlich Meerrettich – Kren, sagte man hier – mit einer groben Raspel gerieben. Die Schärfe des Krens fuhr ihm in die Nase, während der Dampf der klaren Brühe und die buttrigen Fleischfasern ihn besänftigten. Die sauren Kartoffeln zwickten mit spitzen Händen die Zunge. Gryszinski schloss kurz die Augen, den Ellenbogen in seinen Rippen ignorierend; eben wurde die Reihe auf seiner Bank aufgefordert, noch enger zusammenzurutschen, damit sich noch zwei mehr dazuhocken konnten. Dieses Prozedere würde sich noch einige Male wiederholen, hatte man nämlich seine Gliedmaßen erst neu sortiert, konnten wieder neue Leute nachgeschoben werden. Es war erstaunlich, wie viele mit dieser Technik der permanenten Verdichtung am Ende auf einer Bank Platz fanden.

Gryszinski beendete in Ruhe sein Tellerfleisch, genau darauf bedacht, dass jede Gabel einen Dreiklang aus Fleisch, Kren und Gemüse enthielt, und stand dann auf, um sein Bier an der frischen Luft im Innenhof auszutrinken. Seinen Krug in der Hand trat er in den Schatten alter Kastanien, unter denen bauchige Fässer verteilt waren – und wäre fast in Lemke hineingerannt, der mit einer kleinen Gruppe zusammenstand und, sichtlich um Selbstkontrolle bemüht, mit hochrotem Kopf in eine Ecke des Hofs starrte. Gryszinski trat schnell einen Schritt zurück hinter einen kräftigen Baumstamm und folgte Lemkes Blickrichtung: Das Spatzl lehnte, mit einem schlecht sitzenden zivilen Anzug bekleidet, in aller Seelenruhe an einem Fass und hielt sich eine aufgeschlagene Zeitung vors Gesicht, in die er tatsächlich zwei riesige Gucklöcher geschnitten hatte, durch die er jetzt Lemke beobachtete und die noch den letzten depperten Idioten kapieren ließen, dass hier eine höchst tölpelhafte Observierung stattfand. Beinahe hätte Gryszinski schallend gelacht. In diesem Augenblick trat eine Kellnerin an Voglmaiers Fass und musterte den Wachtmeister von unten bis oben.

»Geh, Spatzl, schwer am Arbeiten?«

»Wenn du wüsstest, ein saumäßig anstrengender Tag!« Voglmaier grinste sie hinter seiner Zeitung frech an. »Machst mir noch eine Halbe?«

Gryszinski trat unauffällig den Rückzug an und sah nur noch aus dem Augenwinkel, wie das Spatzl jetzt die Zeitung beiseitelegte und dafür sein Gesicht hinter seiner Halben verbarg. Langsam schob er sich in Lemkes Richtung, dabei ständig wie ein halbseidener Schieber nach links und rechts guckend, und versteckte sich schließlich hinter einem jungen Baum, der etwa ein Drittel von Voglmaiers Breite hatte, keinen Meter von Lemke entfernt, der zornig die Fäuste ballte.

Diese Reihe tapsiger Provokationen hatte Voglmaier den ganzen Tag über mit immer kreativeren Ideen weitergetrieben, wie er Gryszinski und Eberle am späten Nachmittag berichtete, als sie sich zur Lagebesprechung trafen. Dabei zeigte sich, dass das Spatzl einen durchaus perfiden Sinn für die Psychologie der Steigerung hatte. Lemke war wiederum nach seinen morgendlichen Besprechungen in der Fabrik in den Hofgarten gefahren und ein wenig durch die Arkaden gewandelt. »Da bin ich erst mal im gehörigen Abstand hinter den Säulen und Büschen hin und her gehuscht …«, erläuterte das Spatzl, wobei Gryszinski bei der Vorstellung eines leise huschenden Voglmaiers unweigerlich wieder an den Elefanten denken musste, der auf einem winzigen Fässchen balancierte, »… sodass Lemke mich bemerken musste, aber sich nicht ganz sicher sein konnte, ob er wirklich beschattet wurde. Dann hat er sich wieder in die Ethnographische Sammlung begeben und vor die Vitrine mit dem afrikanischen Schmuck gesetzt. Hier wurde ich etwas dreister und hab mich einfach direkt neben ihn auf die Museumsbank gehockt. Ich hätte natürlich nur ein weiterer zufälliger Besucher der Sammlung sein können, aber er war verunsichert. Wir saßen fast eine Stunde lang stumm nebeneinander.« Das Spatzl gluckste. »Dann ist er irgendwann abrupt aufgestanden und zum Ausgang gestürmt. Ich in aller Ruhe hinter ihm her. Im Hofgarten hab ich ihn eingeholt und bin ihm einfach im Abstand von einem Meter gefolgt. Irgendwann ist er fast gerannt, aber er wollte sich keine Blöße geben. Dann hab ich ihm etwas Abstand gelassen. Er dachte wohl, er hätte mich abgeschüttelt, und ist ins Hofbräuhaus. Nach etwa zehn Minuten bin ich hinterher und hab mit meiner Zeitung Posten bezogen. Er hat ungefähr eine halbe Stunde durchgehalten, dann ist er raus und ist am Platzl in eine Droschke gesprungen. Ich bin knapp hinter ihm geblieben, hab ein Fuhrwerk angehalten, bin zum Kutscher hochgestiegen und hab so laut, dass es jeder hören konnte, gerufen: ›Polizei, folgen Sie dieser Kutsche!‹ Dann sind wir peitschenknallend ganz gemütlich hinter Lemkes Gefährt her die Maximilianstraße runtergerattert.«

Voglmaier lehnte sich selbstzufrieden zurück, während Gryszinski und Eberle laut lachten. Es war ein schöner Moment in gelöster Stimmung, sie hatten ihre Kragen etwas gelockert und standen bequem. In diesen emotionalen Höhenflug der Kameradschaft hinein klopfte es an der Tür, und zu Gryszinskis Erstaunen erschien einer der beiden kräftigen Diener aus Lemkes Haushalt, einen versiegelten Brief in der Hand, den er wortlos und, so schien es ihm zumindest, nervös Gryszinski überreichte.

Der erbrach das Siegel, öffnete den Umschlag und las mit wachsendem Erstaunen:

Sehr geehrter Herr! Nach den wiederholten Provokationen und Beleidigungen, die mir durch Ihren Auftrag zugefügt wurden, verlange ich Satisfaktion. Übermorgen um sieben Uhr bei den ersten Sonnenstrahlen, Pistolenduell mit festem Standpunkte und jeweils einem Schuss bei gezogenem Lauf. Ich erbitte eine entsprechende Antwort bis morgen zur Mittagsstunde.
Hochachtungsvoll, Eduard Lemke.

Sprachlos starrte Gryszinski das Schreiben an.

»Was ist?«, fragte Voglmaier, der die Spannung nicht länger aushielt.

»Lemke fordert mich zum Duell«, antwortete Gryszinski.

»Chef, ich biete mich Ihnen gern als Sekundant an«, erklärte Voglmaier sofort mit Grabesstimme.

»Na, vielen Dank, aber ich werde selbstverständlich zu keinem Duell mit einem Mordverdächtigen antreten«, winkte Gryszinski ab, nachdem er sich wieder gefasst hatte.

»Ja, aber, Sie sind doch preußischer Offizier«, wandte Eberle ein.

»Vor allen Dingen bin ich ein Vertreter und Hüter des deutschen Gesetzes, und im deutschen Kaiserreich ist das Duell qua Gesetz verboten.«

»Ah geh!«, rief Voglmaier unwillkürlich aus und räusperte sich dann. »Pardon, aber da steht doch bloß ein bisschen Festungshaft drauf, und auch die wird meistens nach ein wenig Einsitzen und bei guter Führung erlassen.«

Gryszinski schüttelte vehement den Kopf. »Lemke, dieser Wahnsinnige, fordert hier einen gezogenen Lauf, da könnte also wirklich einer von uns erschossen werden! Ich kann doch nicht als polizeilicher Ermittler riskieren, dass ich unseren Hauptverdächtigen umbringe, das ist doch total verquer.«

Die beiden Wachtmeister holten gleichzeitig Luft, um etwas zu sagen, doch Gryszinski machte eine abschließende Handbewegung. »Schluss jetzt! Das wird nicht geschehen!« In diesem Augenblick fiel sein Blick auf seinen Schreibtisch, und er sah erst jetzt, dass dort ein ungeöffnetes Telegramm lag. Verwundert nahm er es in die Hand. »Wann ist das denn gekommen?«

»Ach, das kam schon heute Mittag, als Sie noch unterwegs waren«, erklärte Eberle. »Entschuldigen Sie, ich dachte, Sie hätten es gesehen.«

Gryszinski öffnete den kleinen Umschlag, und diesmal erbleichte er.

»Meine Herren, wir haben ein paar anstrengende Tage hinter uns«, erklärte er mit erstickter Stimme. »Ich schlage vor, wir gehen heute alle ein wenig früher nach Hause. Eine kleine Pause haben wir uns verdient. Morgen früh geht es dann mit frischen Kräften weiter.«

Sprach's, griff seinen Hut und verließ das Bureau, begleitet von den verwunderten Blicken Eberles und Voglmaiers. Als er auf der Straße stand, winkte er der ersten Droschke. Er musste unbedingt so schnell wie möglich nach Hause. Denn die im Telegramm enthaltene Ankündigung für den heutigen Abend war noch schlimmer, als zum Duell gefordert zu werden: Sein Vater kam zu Besuch.

Vor allen Dingen musste er Straven loswerden, wurde Gryszinski klar, während er ungeduldig in der Kutsche saß, die sich durch das spätnachmittägliche Chaos der Fuhrwerke, Trambahnen und Droschken auf der Maximilianstraße kämpfte. Sophie hatte er vielleicht täuschen können, aber sein Vater wusste natürlich, dass dieser Carl-Philipp von Straven mitnichten ein alter Schulfreund seines Sohnes war.

Auch wenn der sich bereits am zweiten Tag so aufführte, wie Gryszinski erkannte, als er endlich zu Hause eintraf – wie erwartet saß Straven gemütlich in dem Sesselchen links vom Samowar, das er sich offenbar bereits als seinen Stammplatz auserkoren hatte, schlürfte heißen Tee mit Kirschmarmelade und las Sophie eine Passage aus Stendhals *Le Rouge et le Noir* vor, in einem wohl prononcierten Französisch, wie es am preußischen Hof gesprochen wurde.

Gryszinski rauschte geräuschvoller, als es seine Art war, in den Salon. Sophie, eben noch ganz versunken in Stravens Vortrag, zuckte zusammen, sah ihn und strahlte ihn an, was ihn das säuerliche Lächeln der parlierenden Bohnenstange kurz vergessen ließ.

Die Männer nickten einander knapp zu, bevor Gryszinski sich an Sophie wandte: »Ich komme mit recht überraschenden Neuigkeiten. Ich habe heute Vormittag ein Telegramm von meinem Vater erhalten, das ich selbst allerdings erst vor einer halben Stunde zu Gesicht bekommen habe, sonst hätte ich dich früher gewarnt. Vater hatte wohl gestern in Augsburg zu tun und hat beschlossen, eine Stippvisite nach München anzuschließen. Kurz, er wird hier heute um sieben Uhr zum Essen erscheinen.«

»Oh!«, machte Sophie aufgeschreckt. »Aber Frau Brunner hat doch nun nur für drei gekocht, da werden wir jetzt sehr schnell umdisponieren müssen …«

Gryszinski schickte Straven einen eindringlichen Blick, und der schaltete glücklicherweise direkt.

»Warten Sie! Das befreit uns aus einer misslichen Lage«, erklärte Straven, auch jetzt an seinem Pluralis Majestatis festhaltend, »denn tatsächlich haben wir eine Verpflichtung beruflicher Art für heute Abend zusagen müssen. Diese wurde in aller Eile getroffen, und wir wussten nicht recht, wie wir es Ihnen, Sophie, beibringen sollten, schließlich haben Sie bereits ein *dîner* für uns drei geplant. Aber so fügt sich alles hervorragend: Wir speisen außerhalb und Sie mit dem alten Gryszinski, der sozusagen unseren Platz einnimmt. Bedauerlich nur, dass wir den alten Herrn dann gar nicht wiedersehen nach der langen Zeit.«

Bei den letzten Worten schenkte er Gryszinski ein verschlagenes Lächeln, während Sophie schon nervös aufsprang, um in der Küche nach dem Rechten zu sehen. Sie hatte einst den unverzeihlichen Fauxpas begangen, anlässlich eines Besuchs des alten Gryszinski ein *Poulet Marengo* zu servieren, und würde nach der darauf folgenden Reaktion sicher kein zweites Mal eine Leibspeise Napoleons auf den Tisch bringen.

Gryszinski nutzte die Gelegenheit, um Straven einen schnellen Überblick zu den neuesten Entwicklungen zu verschaffen. »Wie von Ihnen angeregt, haben wir den Druck auf Lemke erhöht. Ich habe einen Wachtmeister auf ihn angesetzt, der ihn absichtlich auffällig beschattet hat. Damit haben wir ihn in der Tat aus der Reserve gelockt – er ist so wütend geworden, dass er mir eine Depesche geschickt hat, in der er Satisfaktion fordert.« Gryszinski lachte. »Lächerlich, natürlich.«

Straven zog die Augenbrauen hoch. »Interessant, höchst interessant! Haben Sie bereits einen Sekundanten bestimmt?«

Gryszinski schnaubte. »Hören Sie, Straven, niemand wird sich duellieren. Das Ganze wäre ein Verstoß gegen das Gesetz und vor allem gegen jede Logik einer laufenden kriminalistischen Untersuchung! Gleichwohl sollten wir beraten, inwiefern wir Lemkes Zorn für uns nutzen können.«

Straven nickte, stand auf und wirkte plötzlich sehr in Eile. »Wir brechen gleich auf und ersuchen um ein abendliches Gespräch mit dem Gesandten. Morgen früh stimmen wir uns dann ab. Adieu!«

Froh, seinen skurrilen Hausgast für den Abend los zu sein, wanderte Gryszinski in die Küche, um ebenfalls Frau Brunners Kochtöpfe zu inspizieren. Schon von Weitem sah er Fritzi, der auf dem Küchenboden kauerte und sich eben aufmachte, um eine Sauteuse zu erreichen, die Sophie ihm offenbar absichtlich in eine Ecke gelegt hatte.

»Er kugelt ja gar nicht mehr«, bemerkte Gryszinski und beobachtete, wie sein Erstgeborener sich über den Boden bewegte. Er zog sich vor allem mit Händen und Armen vor, die Beine schleifte er hinterher.

»Ja, er krabbelt schon fast«, antwortete Sophie, die derweil die Weinauswahl für den Abend durchging.

»Er sieht aus wie ein Soldat, der sich mit verletzten Beinen und letzter Kraft zum nächsten Schützengraben zieht«, bemerkte Gryszinski und nahm Fritzi hoch, der sofort zu strahlen begann und ihn eifrig am Schnurrbart zog.

Sophie lachte und gab ihm kopfschüttelnd einen Klaps. »Hier sieht alles bestens aus.« Sie nickte Frau Brunner zu. »Ich hoffe nur, dieses Menü erscheint meinem Schwiegervater nicht zu opulent. Hummer, Blutenten aus Rouen und zum Dessert süße Soufflés und Schweizer Schokolade. Das wirkt fast so, als würden wir eine Hochzeit feiern.«

Gryszinski nickte nachdenklich. Die Preußen bezuschussten seine Haushaltkasse als Ausgleich für die Unterbringung ihres janusköpfigen Verbindungsmannes, und dieser Zuschuss fiel überraschend üppig aus. Sophie hielt ihn für einen großzügigen Obolus von Straven selbst und war fast etwas beschämt. Fest stand allerdings, dass sie in nächster Zeit jeden Tag fürstlich speisen würden.

»Du hast schon recht, aber wir behaupten einfach, wir würden ihm zu Ehren so auffahren«, bestimmte Gryszinski. »Er wird vermutlich sagen, dass ein alter Soldat wie er bloß einen Kanten Brot und ein Stück Käse braucht, aber freuen wird es ihn heimlich schon. Mutter hält ihn zu Hause schließlich kurz genug.«

»Na gut. Ich gehe mich dann umziehen«, erklärte Sophie und eilte Richtung Schlafzimmer.

Gryszinski blieb mit Fritzi auf dem Arm in der Küche zurück und trieb sich ein wenig zwischen den dampfenden Töpfen herum. Auf dem Tisch in der Mitte kühlte eine *pâté en croûte* aus, gefüllt mit Fasan und *foie gras*, ein aus Teig geformtes Flaggschiff, das Frau Brunner mit feinen Applikationen aus weiterem Teig geschmückt hatte. Später würde sie die Pastete aufschneiden, das Messer, scharf wie zur Obduktion, erst durch die raschelnde Hülle fahren lassen und dann durch ihr fein duftendes, üppiges, in Schichten gelegtes Innenleben.

»Das sieht wirklich exquisit aus«, sprach Gryszinski seine Haushälterin ehrlich bewundernd an, doch die brummte nur irgendwas. »Stimmt etwas nicht?«, setzte er nach.

»Mei …« Die Brunner drehte sich zu ihm um. »Es passt schon, es ist nur ungewohnt, so viele teure Zutaten zu kaufen, alles für ein Abendessen unter der Woche! Knödel und Schweinsbraten sind doch auch was Feines. Da brauch ich nicht jeden Tag Trüffel und Hummer …«

Gryszinski, der ja sowieso überhaupt nichts gegen Knödel und Schweinsbraten einzuwenden hatte, im Gegenteil, er hätte diese Kombination jeden Tag essen können, verstand plötzlich, worum es ging. »Frau Brunner«, sprach er sanft den ruppigen Rücken an, der sich ihm schon wieder zuwandte. »Mal unter uns. Ich persönlich fände es gut, wenn Sie ab morgen immer eine Stunde früher zum Markt gehen würden.«

Die Brunner drehte sich ihm wieder zu, ratlos. »Wie meinen?«

»Sie gehen etwas früher, kaufen noch ein bisschen mehr ein, und dann machen Sie einen Abstecher zu Ihrer Schwester in der Au und bringen ihr ein Körbchen mit ein paar Dingen vorbei, die, nun, sich beim Einkaufen so nebenbei angesammelt haben. Einverstanden?«

Aloisia Brunner sah Wilhelm von Gryszinski direkt in die Augen, und zum ersten Mal in ihrer von kleinen Missklängen und Schreckhaftigkeiten geprägten Beziehung schenkte sie ihm ein strahlendes Lächeln, das ihm einen Blick auf ihre herrlich schiefen Zähne erlaubte. »Einverstanden«, sagte sie und ließ ihn sogar mit einem großen Kochlöffel von dem Champagnersüppchen kosten, und zwar direkt aus dem Topf.

Und so kam es, dass der preußische Staat den mittellosen Haushalt einer Klöpplerin, die in einer feuchten Hütte in der Münchner Au lebte, generös subventionierte.

Mitten in diese Szene der Völkerverständigung hinein klingelte es an der Wohnungstür, gefolgt von einem harschen Klopfen – der alte Gryszinski hatte sich bereits Zugang ins Treppenhaus verschafft und nun keine Lust, allzu viel Zeit vor der Tür zu vertrödeln. Die Zeit, das war das große Thema im Leben des alten Friedrich von Gryszinski; seine wertvolle Zeit, die nicht verschwendet werden durfte, weshalb er von einer selbst für einen Preußen lächerlichen Pünktlichkeit war. Und natürlich die guten alten Zeiten und die heutige Zeit, zwei Dinge, die in einem unversöhnlichen Konflikt zueinander standen, konnte man doch die vergangene Zeit ärgerlicherweise nie zurückholen, während die heutige Zeit eine ständige Zumutung darstellte.

Leise seufzend ging Gryszinski, den Kleinen immer noch auf dem Arm, zur Tür und öffnete, woraufhin drei Generationen Gryszinski im Flur standen, die Vergangenheit, die Gegenwart und die Zukunft. Doch der alte Gryszinski hatte keinen Sinn für derlei feine Momente, in denen die Zeit sozusagen stillstand, denn sie musste doch im Gegenteil immer weiter voranschreiten – ein weiteres Problem, das die Zeit ihm stellte.

»Wilhelm!«, dröhnte er und schritt schon zum Salon, wo Sophie auf Position stand, die Flasche mit dem in Berlin gebrannten Doppelkorn bereits im Anschlag. »Sophie!«, rief der alte Gryszinski, drehte sich zu seinem Sohn und dem

Enkel um, die ihm gefolgt waren, und kniff Letzteren in die Wange. »Friedrich!«

»Vater!«, stimmte Gryszinski nun in die allgemeine Nennung ihrer Namen ein und überlegte, ob sich der Abend nicht angenehmer gestalten ließe, wenn sie einfach in der Wohnung umherlaufen und alle Gegenstände begrüßen und bezeichnen würden: »Récamiere!«, »Standuhr!«, »Wandschrank!« Er riss sich zusammen. Nicht ganz zu Unrecht titulierte sein Vater ihn immer wieder streng als Tagträumer. Er setzte Fritzi auf den Boden, der sofort seine neue Fortbewegungstechnik demonstrierte.

»Der Junge sieht aus wie ich anno '70 in Sedan, als ich mich nur noch kraft meiner Arme in den nächsten Schützengraben retten konnte«, polterte der alte Gryszinski. Das Kind hatte sich mittlerweile zu seinem Großvater vorgearbeitet und untersuchte mit seinen Händchen interessiert die altmodischen rahmengenähten Schuhe des alten Herrn, der strammstand und streng auf den kleinen Menschen hinunterblickte. Gryszinski wurde es ganz warm, als er sah, dass sein Sohn etwas vermochte, was er nie gekonnt hatte: seinem Vater frei und arglos zu begegnen.

»Nun, jedenfalls willkommen in unserem Münchner Zuhause«, sagte Sophie jetzt und reichte ihrem Schwiegervater sein Gläschen Hochprozentigen, das er aus gesundheitlichen Gründen vorm Essen brauchte, wie er immer erklärte – und nach dem Essen auch. Die Repetieruhr schlug ein zweites Mal sieben Uhr. Zehn Minuten vom ganzen Abend hatten sie also schon geschafft.

Etwas später hatten sie sich im Esszimmer postiert – dessen Existenz der Vater als beinharter Empiriker schlichtweg angezweifelt hatte, da man es vom Salon aus nicht sehen konnte – und genossen das zarte Fleisch der Blutenten. Die delikaten Vögel wurden durch Ersticken getötet, wodurch das Blut in ihren Körpern verblieb. Eine perfide Mordmethode, fand Gryszinski, wenn er auch schon schlimmere kennengelernt hatte, ein mit Schrot zerschossenes Gesicht zum Beispiel. Wie üblich hielt Sophie das Tischgespräch im Gange, wobei sie dem alten Gryszinski recht geschickt Stichworte für seine Monologe lieferte. Plötzlich allerdings erwähnte sie den Namen Carl-Philipp von Straven, und Gryszinski wurde siedend heiß klar, dass er sie nicht mit irgendeiner Ausrede instruiert hatte, das Thema Hausgast bloß nicht anzuschneiden.

»Straven?«, fragte sein Vater jetzt mit gerunzelter Stirn. »Wer soll das denn …«

»Wo wir eben von Berlinern sprechen«, fiel Gryszinski ihm hastig ins Wort, »stell dir vor, ich ermittle derzeit in einem Fall, in den wohl auch ein steinreicher Berliner Großindustrieller verwickelt ist, der sich hier in München niedergelassen hat.«

»Ach, tatsächlich? Interessant! Um noch mal auf diesen Straven zurückzukommen …«

»Warte, das ist noch nicht alles! Der Mann ist so aufbrausend und aufgescheucht von meinen Ermittlungen, dass er mich sogar zum Duell gefordert hat. So etwas Lächerliches!« Noch während Gryszinski sprach, verließ er seinen ungewöhnlich plappernden Körper, betrachtete sich selbst von der Seite und konnte nur den Kopf schütteln. Gut, von Straven hatte er jetzt abgelenkt, immerhin.

»Duell?«, dröhnte sein Vater, während Sophie einen erschrockenen Schrei ausstieß und die Gabel klirrend fallen ließ. »Wann? Und hast du schon einen Sekundanten bestimmt? Es ist immens wichtig, einen guten Mann an der Seite zu haben.«

»Nein, nein!« Gryszinski spürte, wie sein Gesicht ganz heiß wurde. »Ich werde mich natürlich nicht duellieren, das ist schließlich illegal, und ich als Jurist und Polizist …«

»Unfug! Das bisschen Festungshaft hat noch keinen umgebracht! Du kannst kein Duell ausschlagen, das gehört sich nicht, das ist unehrenhaft, wie würden deine Mutter und ich dann in der Berliner Gesellschaft dastehen?«

»Ähm, aber der Mann ist gar nicht von Stand. Ich weiß nicht mal, ob er überhaupt satisfaktionsfähig ist.«

»Heutzutage sind auch reiche Bürger satisfaktionsfähig, und überhaupt, welch Anmaßung, hat keinen Namen und fordert einen Gryszinski heraus. Na, dem musst du es zeigen! Welche Waffen?«

»Pistolen mit gezogenem Lauf«, antwortete Gryszinski niedergeschlagen und verfluchte sich für seine Dummheit. Abgesehen davon, dass er Duelle tatsächlich als arrogante Selbstjustiz einer Gesellschaftsschicht, die sich für etwas Besseres hielt, ablehnte, gab es noch einen anderen Grund, warum er keinesfalls antreten wollte: Er war ein grauenhafter Schütze, und zwar deshalb, weil er Waffengewalt hasste. Ihm ging eben nicht das Herz auf, wenn er eine leuchtende Dragoneruniform sah oder die Pickelhauben beim Exerzieren in der Sonne glänzten. In dieser Sache war er überhaupt nicht preußisch und würde es auch niemals sein.

»Junge«, sagte sein Vater jetzt, und überraschenderweise schwang etwas Stolz in seiner Stimme mit. »Das wirst du schon schaffen.« Er senkte seine Stimme. »Und sollte dir doch etwas passieren, sei dir gewiss, deine Mutter und ich würden Sophie und euren Sohn niemals im Stich lassen.«

Sophie hatte bis jetzt mit weit aufgerissenen Augen auf ihrem Platz gesessen und wie erstarrt geschwiegen, doch nun schluchzte sie laut auf, warf ihre Serviette auf den Tisch und stürmte aus dem Zimmer. Gryszinski konnte sich nicht erinnern, seine Frau jemals so aufgelöst gesehen zu haben.

Der alte Gryszinski seufzte schwer. »Ja, für die Frauen ist so etwas nie leicht, sie können eben doch nicht ganz verstehen, was die Ehre für einen Mann bedeutet.«

Der Sohn nickte nur, hilflos. Die Ehre war ihm in diesem Moment völlig gleichgültig.

Der nächste Morgen begann in einem noch erschöpfteren Zustand als der vorhergehende. Als es Zeit zum Aufstehen war, hatte Gryszinski das Gefühl, seine brennenden Augen erst einen Wimpernschlag zuvor geschlossen zu haben. Sein Vater und er hatten noch eine Weile dem Doppelkorn zugesprochen, bis der alte Gryszinski immer sentimentaler wurde. Irgendwann hatte er einer imaginären Brigade bewegende Worte über den Preußen, seinen Kampfgeist und sein Ehrgefühl entgegengerufen, die so manche verlustreiche Schlacht gegen Napoleon vielleicht zu einem anderen Ausgang gebracht hätten. Gryszinski hatte sich in allem zurückgehalten, mit dem Hochprozentigen und auch mit seiner Zustimmung, aber es bewegte doch etwas in ihm, dass sein Vater an diesem Abend zum ersten Mal so zu ihm gesprochen hatte, als ob er tatsächlich stolz auf seinen Sohn wäre. Er musste zugeben, dass ihn das nicht kaltließ, dennoch war er nach wie vor entschlossen, sich nicht auf das Duell einzulassen, umso mehr, nachdem er die zweite Hälfte der Nacht eine weinende und flehende Sophie hatte beruhigen müssen.

Erschöpft waren sie irgendwann eingeschlafen, Sophie hatte ihr gerötetes Gesicht tief in ein Kissen gebohrt und atmete schwer. Gryszinski saß am Bettrand und betrachtete sie eine Weile, bevor er seufzend aufstand, sich kaltes Wasser aus der Waschschüssel ins Gesicht spritzte und seinen Oberkörper mit einem Lappen abrieb. Dann streute er etwas Zahnsalz – mit dieser neumodischen Zahnpasta konnte er sich noch nicht anfreunden – auf das dafür vorgesehene Schwämmchen und reinigte seine Zähne. So einigermaßen wiederhergestellt zog er sich leise an, ließ Sophie schlafen und begab sich ins Esszimmer, wo Straven schon saß wie eine hässliche Vase, die irgendein unliebsamer Verwandter einem geschenkt hat und die einfach nicht kaputtgehen will, egal, wie oft man versehentlich dagegenstößt.

»Wir haben uns mit dem Gesandten beraten«, feuerte er Gryszinski direkt entgegen, noch bevor dieser überhaupt Platz genommen hatte. »Wir sind der Ansicht, dass Sie unbedingt dem Duell zustimmen sollten.«

»Sind Sie der Meinung oder Sie und der Gesandte?«, fragte Gryszinski listig zurück.

Straven räusperte sich beleidigt. »Nun, wir alle!«

»Verstehe. Und was, wenn mir nichts anderes übrig bleibt und ich Lemke erschieße? Ich denke, der Gesandte will ihn für die Tat, derer er ihn verdächtigt, zur Rechenschaft ziehen. Das wäre dann ja nicht mehr möglich.«

»Das ist wahr, doch der Gesandte findet, wenn Lemke in einem Duell von einem ehrenhaften Preußen erschossen werden würde, wäre das doch auch eine Art von Satisfaktion für ihn, damit könnte er leben. So oder so kann uns Ihre Teilnahme an dem Duell keinen Nachteil bringen, also steht der Sache nichts im Wege.«

»Nun, aber ich könnte erschossen werden!« Gryszinski klang eine Spur verzweifelter, als er beabsichtigt hatte, und atmete einmal tief durch.

»Hauptmann.« Straven beugte sich vor und blickte ihn ernst an. »Sollte Ihnen etwas zustoßen, seien Sie vergewissert, dass der preußische Staat sich Ihrer Frau und Ihres Sohnes großzügig annehmen würde. Darüber hinaus« – wieder das süßliche Zitronenlächeln, diesmal in einer feierlichen Ausprägung – »bieten wir uns Ihnen als Sekundanten an. Wir haben auf diesem Gebiet nicht wenig Erfahrung vorzuweisen.«

Gryszinski nickte automatisch und stellte sich vor, dass Stravens Gesicht möglicherweise das Letzte sein könnte, das er in seinem Leben sehen würde. Das Angebot des preußischen Verbindungsmannes wäre weitaus mutiger, dachte Gryszinski etwas hämisch bei sich, wenn Lemke zum Duell ohne gezogenen Lauf gefordert hätte, wie es eigentlich heutzutage üblich ist – die Schussbahn dieser Duellpistolen war wenig präzise, weshalb es öfter vorkam, dass ein unbeabsichtigter Querschläger den Sekundanten niederstreckte, als dass ein Duellant den anderen traf. Doch im Falle des gezogenen Laufs war ein Todesopfer leider nicht unwahrscheinlich. Ein Ausweg blieb noch. »Ich kann das jedenfalls nicht hinter dem Rücken meines Vorgesetzten tun. Wir sprechen hier schließlich immer noch über eine Straftat«, erklärte Gryszinski. »Ich werde noch heute Vormittag mit dem Polizeidirektor reden müssen.«

Nicht viel später saß er wieder in Welsers Bureau und blickte auf den monströsen Schreibtisch, der ihn heute an eine kolossale Mangel erinnerte, und alles in ihm zog sich zusammen, als er sich vorstellte, wie er durch selbige gedreht wurde.

»Tja, ein ganz schönes Dilemma, in das wir da geraten sind«, erklärte Welser eben in einem Tonfall, der klarmachte, dass er Gryszinski die Schuld an der ganzen verfahrenen Situation gab. »Ihr Preußen seid ja im Grunde eine aufbrausende Natur«, setzte er nachdenklich hinterher und blickte, offenbar zum Philosophieren aufgelegt, aus dem Fenster.

»Eduard Lemke ist vor allen Dingen eine aufbrausende Natur«, hakte Gryszinski hier ein. »Man sollte wohl möglichst besonnen auf seinen Wutausbruch reagieren. Ich werde mich jedenfalls nicht von ihm zu einer Straftat verleiten lassen, wo kämen wir denn da hin.« Er lachte und hörte selbst, wie angestrengt es klang.

»Ach, werden Sie nicht?«, fragte Welser überrascht. »Ich dachte, diese Option käme für einen Preußen nicht infrage.«

»Nun, ich sehe mich in dieser Sache vor allem als Vertreter und Hüter des Gesetzes …«

»Ach was, Gryszinski, papperlapapp!«, rief Welser plötzlich aus und schlug sogar bekräftigend auf sein eigenes Knie. »Hier geht es doch um keine schwerwiegende Straftat. Das sehen wir hier in Bayern schon auch so, machen Sie sich da mal keine Sorgen. Und es steht ja auch nur ein bisserl Festungshaft drauf, falls es überhaupt herauskommt. Na ja, und sollte Ihnen etwas zustoßen, mein lieber Gryszinski …« Welser blickte ihn ernsthaft an, »… der bayerische Staat wird Ihre Frau und Ihren Sohn nicht im Stich lassen!«

Gryszinski nickte wieder tapfer. Er war ja gerührt, wie sehr alle um Sophies und Fritzis Wohl besorgt waren, aber es hätte ihn andererseits auch gefreut, wenn sich jemand mal um sein eigenes Wohl Gedanken gemacht hätte. Doch es half alles nichts; er zwang sich zu einem Lächeln und heuchelte Freude darüber, dass sein Vorgesetzter ihm das, was Welser offenbar für seinen sehnlichsten Wunsch hielt, nicht abschlug.

»Also von mir aus, Gryszinski«, erklärte Welser denn auch im abschließenden Tonfall, »haben Sie grünes Licht, ganz inoffiziell natürlich. Denn wissen Sie, wenn sich herumspräche, dass ein Sonderermittler der Königlich Bayerischen Polizeidirektion sich vor einer Forderung zum Duell gedrückt hat, würde das auch nicht gut aussehen.«

Also fand Gryszinski sich kurz darauf an seinem eigenen Schreibtisch wieder, wie er eine Depesche verfasste, in der er dem Duell gegen Lemke zustimmte. Er faltete den kleinen Zettel zusammen, träufelte Wachs in die Mitte und drückte sein eigenes Familiensiegel auf die weiche Masse, die an den Seiten hervorquoll. Es fühlte sich erhaben an und gleichzeitig verzweifelt. Wie sollte er das bloß Sophie erklären?

6.

»... und man kann ein ganz ausgezeichneter Jurist sein und keine Kenntnis davon haben, wie ein Gewehr geladen wird.«

Hans Groß: Handbuch für Untersuchungsrichter, Polizeibeamte, Gendarmen usw., 1. Auflage, 1893

Eine jäh aufflammende Morgenröte brach durch das Schilf am Kleinhesseloher See, als zwei Gondeln zur Königsinsel übersetzten. Lediglich das Schnauben und das Aufstampfen der Pferde, die am Ufer warten mussten, durchbrachen die Stille. Das zweigeschossige Seerestaurant, ein hölzernes Bootshaus mit einem übergroßen Dach wie eine Hutkrempe, lag noch im Schatten. Die hellen Kieselsteine im Biergarten, tagsüber von Füßen zerwühlt, sogen die erste Wärme des Tages auf, auch wenn ein leises Frösteln davon zeugte, dass der Sommer wirklich vorbei war. Die ganze gewählte Szenerie, dieser künstliche See mitten im uferlosen Englischen Garten, die kleine unbewohnte Insel, der Sonnenaufgang, die feierlichen Boote, verdeutlichten Gryszinski einmal mehr, mit welch nicht eben subtilem Sinn für Dramatik sein Duellgegner gesegnet war.

Gryszinski hatte die kurze Nacht auf dem Diwan im Salon verbringen müssen, weil Sophie so wütend auf ihn gewesen war, dass sie ihn nicht im Ehebett haben wollte. So zornig hatte er seine Frau überhaupt noch nie erlebt. Allerdings war sie, als die Repetieruhr das zweite Mal ein Uhr morgens schlug, in den Salon geschlichen und hatte sich an ihn geschmiegt, bis sie fest umklammert in einen unruhigen Schlaf gefallen waren. Unglücklich hatte sie dann im Grenzbereich zwischen Nacht und Morgen, mit einem verschlafenen Fritzi auf dem Arm, am Fenster gestanden und zugesehen, wie er gemeinsam mit Straven in die Kutsche gestiegen war. Letztendlich war auch sie nicht frei von den Konventionen ihrer Zeit und ihres Standes und wusste, dass er sich vor dieser Aufgabe nicht drücken konnte, wenn sie weiterhin in ihren Kreisen verkehren wollten. »Aber in meinen Augen, Willi«, hatte sie ihm nachts ins Ohr geflüstert, »könntest du so oder so niemals ein Feigling sein.« Das hatte für ihn etwas Tröstliches gehabt und gleichzeitig etwas Schreckliches – denn nun musste er die Tatsache akzeptieren, dass er sich möglicherweise in wenigen Minuten totschießen ließ, weil selbst Sophie und er, die sie doch immer ein wenig freigeistiger als andere waren, nicht gegen die ungeschriebenen Gesetze ihrer Welt aufbegehren konnten. Er hatte sich nie unfreiwilliger preußisch gefühlt als an diesem kühlen Morgen auf einem bayerischen Tümpel.

Die Gondeln stießen ans Ufer der Insel, ein kleines Fleckchen voller Gestrüpp und ein paar Baumgruppen, lediglich bewohnt von Vögeln, die jetzt mit kreischendem Gesang die aufgehende Sonne begrüßten. Lemke und sein Sekundant, ein junger Münchner Offizier, mit dem der Industrielle von irgendwelchen Feiern her bekannt war, sowie Meyering, den man kurzfristig gewonnen hatte, um als Arzt zugegen zu sein, stiegen aus dem ersten Boot. Gryszinski, Straven und ein Büchsenmacher aus der Stadt, den Lemke bestimmt hatte, folgten. Als sie alle auf festem Boden standen, nickten die Duellanten einander zu und stellten sich schweigend in einiger Entfernung zueinander etwas abseits, während die Sekundanten sich kurz besprachen.

Straven kehrte zu Gryszinski zurück. »Insgesamt zwanzig Schritt *distance* und einmaliger Kugelwechsel. Freier Schuss, also jederzeit ab Signal«, verkündete er.

»Gut.« Gryszinski schluckte. Nur fünfzehn Schritte, das allgemein geltende Minimum an Entfernung, hätte seinen sicheren Tod bedeutet, denn Lemke konnte bestimmt schneller und sicherer zielen als er – zumindest ließ sein selbstbewusstes Auftreten diese schreckliche Ahnung zu immer größerer Wahrscheinlichkeit ansteigen –, aber auch zwanzig waren keine besonders ermutigende Aussicht. Er selbst plante, absichtlich danebenzuschießen, was sowieso eher seinem Können entsprach. Allerdings durfte der Fehlschuss nicht zu offensichtlich sein. Schoss man beispielsweise einfach in die Luft, besagten die üblichen Statuten, dass der Schuss wiederholt werden musste, was nun wirklich nicht in Gryszinskis Interesse lag.

Lemkes Sekundant zog den Duellkasten des Herausforderers aus seinem Umhang hervor, und Gryszinski genügte nur ein kurzer Blick darauf, um zu begreifen, dass er mit seiner Vermutung richtiglag. Das hölzerne Etui, in dem sich Lemkes Duellpistolen befanden, war eine derartig aufwendig verzierte Kostbarkeit, wie sie sich wohl nur jemand anfertigen ließ, der sich des Öfteren eine Schießerei um Satisfaktion leistete. In der Mitte von raffiniert verschlungenen Ornamenten prunkte ein Skarabäus, eine Miniaturversion des protzigen Untiers, das Lemke in seiner ägyptischen Kammer als Hausbar verwendete. Seine listigen blauen Augen blitzten im Sonnenlicht auf, als der Sekundant das Etui öffnete und den Blick auf die Zwillingspistolen freigab, schön gearbeitete französische Duellwaffen mit traditionellem Steinschloss. Gewissenhaft wurden sie erst vom Büchsenmacher und dann von den beiden Sekundanten untersucht, bis auch Straven bestätigte, dass die Pistolen absolut identisch waren und somit keiner einen Nachteil hatte. Außer, dass einer gut schießen kann und der andere eben nicht, dachte Gryszinski bitter. Sein Blick war allerdings bereits von einer weiteren exzentrischen Besonderheit abgelenkt: Dort in dem Kasten, wo sich normalerweise ein Metallfläschchen mit Schwarzpulver befand sowie einige Instrumentarien, mit denen die

Bleikugeln gegossen wurden, lagen lediglich zwei goldene Patronen. Gryszinski rümpfte die Nase ob dieser neureichen Frivolität, während über Lemkes Gesicht eine stolze Erregung glitt, die er kaum verbergen konnte. Der Büchsenmacher lud nun vor aller Augen die Waffen, die Sekundanten überprüften auch hier noch einmal, ob alles seine Ordnung hatte, dann legten sie die Pistolen wieder in die Kassette, die daraufhin versiegelt wurde.

Während der Büchsenmacher den Kasten für alle sichtbar in den Händen hielt, begann jetzt die enervierende Diskussion der Sekundanten über die Standplätze der Duellanten. Windrichtung, Gegenlicht und störende Hintergründe wurden erörtert, wobei vor allem Straven mit einer Akribie verhandelte, die Gryszinski, der das Ganze einfach hinter sich bringen wollte, geradezu nervtötend fand. Er sprang immer wieder auf einen anderen Punkt, leckte mit spitzer Zunge seine langen Finger an und hielt diese in die Höhe, um zu prüfen, woher der Wind kam. Er klopfte den Boden ab und prüfte mit den Füßen, ob sich hinderliche Wurzeln unter der lockeren Erde verbargen. Kompass und Schrittzähler zog er zurate, und als Straven schließlich eine Pinzette hervorzauberte, um einige Partikel vom Boden aufzulesen, die ihm angeblich Aufschluss über die Standfestigkeit des Untergrunds lieferten, fühlte Gryszinski sich endgültig an die Begehung eines Tatorts erinnert.

Endlich hatten sie sich auf zwei Punkte geeinigt, die zwanzig Schritte auseinanderlagen und absolute Chancengleichheit gewährten. Sie ließen das Los entscheiden, wer wo stehen würde. Nun näherte sich der entscheidende Moment. Gryszinski und Lemke legten Weste und Gehrock ab, reichten Uhren und Brieftaschen an die Sekundanten weiter. Zuletzt knöpften sie ihre Hemden auf, bis die Brust entblößt war – Lemkes war kräftig und jungenhaft glatt. So konnte jeder sehen, dass kein Gegenstand eine Kugel davon abhalten konnte, sich ins Herz zu bohren. Als das erledigt war, nahmen die Duellanten ihre Plätze ein, mit kribbelndem Rücken tat Gryszinski seine zehn Schritte zu dem Punkt, den Straven vorher mit einem Kreuz im Sand markiert hatte. Von seinem Standplatz aus sah er ein Stück der Gaststätte mit dem hutkrempigen Dach. Davor glitzerte das Wasser, sanft silbern wie auf einer Daguerreotypie.

Jetzt kam Straven, der zum leitenden Sekundanten ernannt worden war, zu seinem großen Auftritt. Er richtete sich hoch auf. Mit seinen schlaksigen Gliedmaßen und dem bleichen, harten Gesicht mit den fiebrigen Augen gab er den idealen Totengräber ab. »Meine Herren!«, rief er mit weit tragender Grabesstimme, »Sie haben die Bedingungen gehört, unter welchen der Kampf stattzufinden hat. Sie haben diese, nachdem sie von den beiderseitigen Sekundanten festgestellt wurden, gutgeheißen. Wir fordern Sie demnach auf, dieselben ehrenhaft einzuhalten.« Ein appellierender Blick an die Duellanten, die daraufhin beide ein klares »Ja!« hören ließen.

Straven nickte dem Büchsenmacher zu. Der erbrach das Siegel an der Waffenkassette, entnahm ihr die Pistolen und reichte sie den Sekundanten, die diese jetzt ihrem jeweiligen Duellanten brachten. Gryszinski sah Straven auf sich zukommen, die geladene Pistole in der Hand, und schloss kurz die Augen, um Konzentration ringend. Irgendetwas hatte sich in seinem Kopf geregt, als die Kassette geöffnet wurde, doch er konnte es nicht greifen, und sicherlich war jetzt nicht der rechte Moment, um einer kurz aufblitzenden Idee hinterherzugrübeln. Straven kam bei ihm an und reichte ihm die Pistole, die Gryszinski zunächst vorschriftsmäßig mit der Mündung nach unten hielt.

»Viel Glück«, sagte Straven und warf ihm einen dunklen Blick zu.

Die Sekundanten stellten sich nun abseits auf, parallel zur

Schussrichtung, Meyering hielt sich noch weiter im Hintergrund.

»Mein Herren, Achtung, auf mein Kommando!«, rief Straven, der ein kurzes aufgeregtes Zittern seiner Stimme nicht zurückhalten konnte und sogar seinen Pluralis Majestatis vergaß. »Spannt!«

Gryszinski riss sich zusammen, erhob die Hand mit der Waffe und spannte den Hahn. Sein Finger zitterte unbeholfen, doch er hielt die Pistole fest umklammert.

»Feuer!«, kommandierte Straven.

Das Blut rauschte Gryszinski in den Ohren, er streckte den Arm aus und zielte irgendwie in Lemkes Richtung. Da der viel abgebrühter war und sich ein paar Sekunden Zeit zum Zielen ließ, schoss Gryszinski, für ihn selbst überraschend, als Erster. Er spürte den Rückstoß der Pistole und hörte den Krach der abgefeuerten Patrone. Und dann hörte er nichts weiter, denn ein gigantischer Tumult der Vögel brach los: Enten, Spatzen und scheinbar alle Singvögel dieser Erde, die zuvor friedlich im Schilf und den Bäumen gesessen hatten, flogen gleichzeitig auf, wie eine dunkle Wolke, schreiend, kreischend, und überlagerten jedes andere Geräusch. Das Bild des toten Sperlings, nein: Sperbers, gehüllt in die Federn unzähliger Vögel, durchzuckte ihn. Benommen blickte er in Lemkes Richtung und sah zu seinem Erstaunen, dass der den Mund weit aufgerissen hatte und sich mit der Hand den Kopf hielt, während ihm das Blut durch die Finger spritzte. Er schrie seinem Sekundanten irgendetwas zu, der reichte ihm ein Taschentuch, das Lemke auf die blutende Stelle presste. Dann blickte er mit wutverzerrtem Gesicht Gryszinski an, immer noch stumm schreiend, hob seine Waffe und feuerte in offensichtlicher Verwirrung einen Schuss ab, der so weit danebenging, dass er fast Stravens Leben gefordert hätte. Die Kugel rauschte um Haaresbreite an dessen Hals vorbei, Straven warf sich reflexhaft und sehr unpreußisch zu Boden, und obwohl man immer noch nicht sein eigenes Wort verstehen konnte, war sich Gryszinski sicher, dass seinem Hausgast ein ziemlich mädchenhaftes Kreischen entfuhr.

Gryszinski stand wie festgewachsen an seinem Standpunkt, die Pistole in seiner schlaffen Hand, und starrte hinüber zu Lemke, der mittlerweile am Boden saß und von Meyering versorgt wurde. Plötzlich packte ihn die Erkenntnis, dass er lebte, so ungestüm, als hätte sie ihm in den Rücken getreten. Erleichterung durchströmte ihn, allerdings kehrte gleichzeitig sein Ermittlerdenken zurück – er hatte einen Mordverdächtigen angeschossen, das war nicht gut. Nachdem er sich aus seiner Erstarrung gelöst hatte, lief er die zwanzig Schritte hinüber zu den anderen. Meyering drückte ein sauberes Tuch auf Lemkes rechte Kopfhälfte und blickte ihm entgegen.

»Sie haben ihm ein halbes Ohr abgeschossen«, erklärte er, und Gryszinski meinte, so etwas wie Bewunderung mitschwingen zu hören. »Nun ja, aber das wird schon wieder«, setzte der Arzt nach und klopfte Lemke auf die Schulter.

Der erhob sich etwas wackelig, drückte weiter den Verband auf sein verwundetes Ohr, gewann aber Haltung zurück und starrte Gryszinski an, der schuldbewusst zurückblickte. So verharrten sie fast eine Minute, dann brach ein Laut aus Lemke heraus, den Gryszinski zunächst nicht einordnen konnte, bis er plötzlich begriff, dass sein Duellgegner lachte, dröhnend und sich überschlagend wie ein Irrer.

»Sie Mistkerl!«, schrie Lemke. Er hörte wohl noch schlecht und japste nach Luft vor Gelächter. »Sie haben mir das Ohr zerschossen! Haha! Sie … Teufelskerl, Sie!« Damit reichte er Gryszinski die rechte Hand. »Schlagen Sie ein! Das hätte ich Ihnen niemals zugetraut. Hervorragend! Vergeben und vergessen, haha, ein tolles Abenteuer! So, mein lieber Hauptmann, jetzt setzen wir wieder über, und dann feiern wir das Leben!«

Die letzten Worte hatte er so laut herausgeschrien, dass sie über den kleinen See hallten. Lemke schritt entschlossen auf eines der Boote zu, Gryszinski hinter sich herziehend, und ehe der richtig verstehen konnte, was eigentlich vor sich ging, saßen sie gemeinsam in einer Gondel, und Lemke ruderte sie beide, den Hals und das weiße Hemd voller Blut und einen Verband um den Kopf gewickelt, ans andere Ufer. Dort sprang Lemke an Land und rannte, offenbar voll unruhiger Energie, zu seiner Kutsche, wo bereits einer seiner muskulösen Diener bereitstand und ihm ein frisches Hemd reichte. Außerdem hielt er eine Schüssel mit Wasser parat und einige Flakons, gefüllt mit Rasierwasser. Lemke begann, sich vor aller Augen zu säubern und umzuziehen. Neben der Droschke, mit der Gryszinski gekommen war, standen Eberle und Voglmaier und strahlten ihrem Chef entgegen, mit so offensichtlicher Freude und Erleichterung, dass es Gryszinski ganz warm ums Herz wurde.

»Chef! Gott sei Dank!«, stieß das Spatzl hervor und hob die Arme. Dann etwas leiser, auf Lemke deutend: »Haben Sie etwa sein Ohr weggeschossen? Und Sie haben gar nichts abbekommen?«

»So ist es.« Gryszinski beschloss in diesem Moment, nichts weiter zu der ganzen Sache zu sagen, niemals, und der Legendenbildung bei der Bayerischen Gendarmerie einfach ihren Lauf zu lassen. Er winkte Eberle heran und legte ihm eine Hand auf den Arm. »Eberle, bitte tun Sie mir einen großen Gefallen. Wie es aussieht, muss ich jetzt an Lemke dranbleiben. Eilen Sie so schnell es geht zu meiner Frau und sagen Sie ihr, dass es mir gut geht.« Er räusperte sich verlegen. »Und dass ich sie liebe.«

Eberle nickte ernsthaft. »Ich kümmere mich darum.«

Das zweite Boot mit den Sekundanten und Meyering traf ebenfalls ein. Der Arzt besah sich nochmals Lemkes Wunde und desinfizierte diese vorsichtshalber ein zweites Mal mit

Alkohol. Dann reichte er seinem Patienten ein kleines Röhrchen mit weißem Pulver. »Wenn die Wirkung der Dosis, die ich Ihnen vorhin gegeben habe, nachlässt, nehmen Sie noch einmal das Kokain hier, dann geht es gleich wieder mit den Schmerzen. Sollten Sie noch mehr brauchen, schicken Sie morgen früh Ihren Diener.«

Lemke steckte das Röhrchen achtlos in seine Manteltasche, dann klatschte er in die Hände. »Gryszinski, kommen Sie! Wir nehmen meine Kutsche. *Goodbye, gentlemen!*«, rief er kollektiv in die Runde, und schon setzte sich das Gefährt mit den beiden Männern in Bewegung. Die Kutsche war innen mit Mahagoni verkleidet und rotem Samt ausgeschlagen, eine behagliche Kapsel, die an die Bahnabteile in Lemkes Villa erinnerte. Lemke streckte sich behaglich auf seiner Sitzbank aus. »Zum Glück sind wir jetzt Ihren biestigen Sekundanten los. Eine regelrechte Karikatur eines Preußen, und dann diese Grabesstimme!« Er ahmte Stravens Sprechweise nach, die irgendwo zwischen schnarrender Uhr und düsterem Charon changierte: »Meine Herren, spannt!«

Gryszinski musste lachen. Auch wenn die ganze Situation mehr als bizarr war, empfand auch er es als große Erleichterung, dem preußischen Verbindungsmann entwischt zu sein. »Und wohin soll es nun gehen?«, fragte er und lehnte sich ebenfalls zurück.

Lemke überlegte kurz, dann beugte er sich zum Fenster vor. »Als Erstes ins Luitpold!«, rief er dem Kutscher zu, dann, an Gryszinski gewandt, immer noch mit erhobener Stimme: »Ihre Kugel konnte mich nicht töten, aber nun sterbe ich vor Hunger!«

Es war nach acht Uhr, als sie im Luitpold ankamen. Es fand also eben großer Tischwechsel statt, denn die Beamten und Kaufleute, größtenteils Junggesellen, die ihrer ältlichen Vermieterin entkommen wollten und in der vergangenen Stunde hier ihr Frühstück eingenommen hatten, machten sich jetzt auf den Weg ins Bureau, erhoben sich eilig, den Blick noch auf der Zeitung, um die letzten Zeilen zu überfliegen, während sie mit der Serviette über den Mund wischten und den Rock zuknöpften. Auf ihre Tische lauerten bereits die Besucher von außerhalb, mit Baedeker und überflüssigem Regenschirm bewaffnet, die mit gespieltem Selbstbewusstsein ihre Scheu vor dieser neobarocken Pracht zu überspielen versuchten. Schneller und unerbittlicher allerdings gingen die Pensionisten vor, ältere Herren, die nicht nur auf der Suche nach einem Tisch waren, an dem sie sich die nächsten Stunden positionieren würden, sondern vor allen Dingen ganze Stapel der ausgelegten Zeitungen und Magazine zusammenklaubten. Sobald also ein argloses Mitglied der arbeitenden Mittelschicht aufstand, schnellte nicht selten eine Hand von hinten vor und riss die noch ausgebreitete Zeitung fort.

Lemke und Gryszinski streiften dieses Schauspiel nur, sie strebten vorbei am Billardsaal, in dem sich bereits die ersten Studenten eingefunden hatten, an dem noch leeren Tanzsaal sowie einem Zimmer, in dem ein Herr und eine in Pariser Mode gekleidete Dame vor einigen Zuschauern ein neues Spiel namens »Pingpong« vorführten. Als sie den Eingang zum Palmengarten erreichten, bedeutete Lemke Gryszinski, ihm zu folgen. Hier befanden sich einige Gesellschaftslogen, die mehr Intimität boten. Eines dieser Separees war offenbar dauerhaft für Lemke reserviert, denn als die Kellnerin ihn entdeckte, nickte sie nur, wies in eine Ecke, die Lemke eh schon ansteuerte, und erschien kurz darauf mit der großen glänzenden Kaffeekanne und einem Korb voll frisch gebackenen Brots. Dazu kam ein Tablett mit einigen Tortenstücken sowie mehrere Platten, auf denen Köstlichkeiten wie kalte Bratenscheiben und gekochte Wachteleier arrangiert waren. Als Letztes trug sie einen großen Topf auf, gefüllt mit warmem Wasser, in dem die verführerischen Leiber dicker Weißwürste trieben.

»Champagner!«, rief Lemke, während er schon die erste Weißwurst aufschnitt, um sie aus ihrer Haut zu befreien, und die Kellnerin deutete einen charmanten Knicks an.

Diese erste Station gab in etwa das Schema vor, nach dem sich die darauf folgenden Besuche weiterer Kaffeehäuser abspielten. Gegen Mittag hörte Gryszinski damit auf, die Flaschen Champagner zu zählen, deren Köpfe bereits gerollt waren, und gab sich der Situation hin. Sie hatten eben das in Bogenhausen gelegene Café Prinzregent verlassen, eine bescheidene Kopie des Spiegelsaals von Schloss Herrenchiemsee, in dem sie irgendwann feierlich Brüderschaft getrunken hatten, und ratterten nun gen Schwabing, wo sie sich im Café Altschwabing niederließen, einem stadtbekannten Künstlertreff. Lemke schien überall jemanden zu kennen – auch hier begrüßte er einen jungen Mann, den Gryszinski aus Ermittlersicht als narzisstischen Wahnsinnigen eingestuft hätte. Er trug einen herablassenden Blick zur Schau, dem etwas zutiefst Wildes innewohnte. Sein dickes Haar war dafür ungewöhnlich sorgfältig nach hinten frisiert und vermutlich mit einem überm Ofenfeuer erhitzten Glätteisen bearbeitet worden. Der Frisierte hatte einen ganzen Kreis auffällig schöner junger Männer um sich versammelt, die ihn offenbar haltlos bewunderten, einer sprach ihn sogar als »Meister« an.

»Das war Stefan George, er schreibt Gedichte«, erklärte Lemke leicht abfällig, als sie weitergingen, um einen Tisch in einer hinteren Ecke des hohen Raums zu finden, von dessen stuckverzierter Decke die Kristalllüster zitterten.

»Aha.« Gryszinski nickte. Dazu würde er Sophie befragen müssen.

Lemke winkte die Kellnerin heran und raunte ihr etwas zu. Diese eilte geschäftig los, dabei etwas wie »Ah geh, wenn es denn um diese Zeit schon sein muss« murmelnd. Kurz darauf erschien sie wieder mit einem Tablett, auf dem zwei Gläser, zwei silberne Löffel, ein Töpfchen mit Würfelzucker, ein großer schlanker Pokal in Form eines nackten Frauenkörpers und die unvermeidliche kleine Karaffe mit grünlicher Flüssigkeit arrangiert waren – zwei Gedecke Absinth, nach französischer Manier. An der Absinth-Fontäne, die dem Pokal eines glamourösen Tanzturniers ähnelte, waren zwei Hähne befestigt, aus denen man das Wasser ließ, um ein Zuckerstück im Löffel aufzulösen. Lemke rückte sie in die Mitte des Tischs, schenkte den Absinth in die Gläser ein und legte die Löffel mit dem Zucker darüber in Position.

»Die grüne Fee.« Er lächelte versonnen. »Eine häufige Freundin meiner Pariser Zeit. Wenn auch nicht zu häufig, ich bin niemals ein verlotterter Bohemien gewesen, sondern schon als Junge ein Geschäftsmann«, setzte er nach.

Gryszinski sah zu, wie Lemke den Absinth vorbereitete, und rutschte etwas unruhig auf seinem Stuhl hin und her. Champagner war das eine, aber derart die Kontrolle verlieren wollte er nicht. Zusätzlich zu dem immer noch anhaltenden Hochgefühl, weil er heute früh nicht erschossen worden war, war ihm der bisherige Tag erstaunlich angenehm gewesen. Lemke war ein müheloser Gesprächspartner, der sich gern tiefgründig unterhielt, ohne langweilige Monologe zu halten. Im Gegenteil, seine zugewandte Art sorgte dafür, dass Gryszinski sich im Mittelpunkt seiner Aufmerksamkeit wiederfand, und dieses so aufrichtig wirkende Interesse an seiner Person hatte ihn bereits einige persönliche Sätze formulieren lassen, die ihm normalerweise nicht in Gegenwart eines verdächtigen Subjekts über die Lippen gekommen wären. Trotzdem betrachtete er nun mit einigem Unbehagen die grüne Spirituose. Er hatte diese lediglich als ganz junger Offizier einmal gekostet, was hauptsächlich zum schlimmsten Kater seines Lebens geführt hatte. Igor hatte damals in einem seiner gelegentlichen treffsicheren Momente angemerkt, dass sein Freund Baldur wohl einfach keiner dieser poetischen Charaktere sei, denen eine Fee erscheinen würde.

Chapeau, hatte Gryszinski damals geknurrt, bevor er sich schnellstens zur Latrine begeben hatte.

Lemke drückte ihm nun ein Glas in die Hand und wendete seines zwischen gespreizten Finger hin und her, bevor er seinen Löffel anhob, unter einen Hahn der Absinth-Fontäne hielt und diesen aufdrehte. Wasser tröpfelte hervor, der Zucker saugte sich mit der Flüssigkeit voll. Leise seufzend nahm Gryszinski seinen Löffel und drehte am Hahn auf seiner Tischseite. Der klemmte aber; er rüttelte einige Male an dem fragilen Mechanismus, kein Wasser sprudelte heraus.

»Oh, die Fontäne ist kaputt«, erklärte Gryszinski hoffnungsvoll, doch Lemke reichte ihm nur mild lächelnd seinen präparierten Löffel und bereitete den zweiten auf seiner Seite vor. Sie ließen ihr Zuckerwasser in den Absinth laufen, was, wie Gryszinski fürchtete, die ganze Sache noch wirkungsvoller machen würde.

Feierlich erhob Lemke sein Glas. »Lieber Hauptmann, der Sie mich heute ein halbes Ohr gekostet haben.« Er machte eine kurze Pause und fühlte dem etwas wackeligen Satzbau nach, dann lachte er kurz in sich hinein. »Ich denke, es war im Jahre '52 unseres Jahrhunderts, als ein Gesetz erlassen wurde, nach dem an preußischen Gerichten die Geschworenen über die Zurechnungsfähigkeit eines Angeklagten bestimmen dürfen. Nun, ich lade Sie ein, heute mein Geschworener zu sein, wenn ich meine Geschichte erzähle. Doch ich sage Ihnen von vornherein: Zurechnungsfähig bin ich spätestens jetzt nicht mehr.« Mit diesen Worten stürzte Lemke seinen Absinth hinunter. Und Gryszinski, der bei den ersten Sätzen mit einem Geständnis gerechnet hatte, lauschte nun in den nächsten Stunden der Lebensgeschichte Eduard Lemkes, ohne am nächsten Tag so ganz genau zwischen Wahrheit, Legende und den Einflüsterungen der grünen Fee unterscheiden zu können.

7.

»Er muß sich stets eine Vorstellung darüber machen, ob das Individuum die Wahrheit, die volle Wahrheit gesagt, oder gelogen, oder etwas verschwiegen hat.«

Hans Groß: Handbuch für Untersuchungsrichter, Polizeibeamte, Gendarmen usw., 1. Auflage, 1893

Er wächst in den 1860er-Jahren in den schmutzigen Irrgärten der Hinterhöfe und Wohnquartiere von Moabit auf. Lemkes früheste Erinnerungen sind die eines Stromers: Im trippelnden Laufschritt eines Kindes lässt er sich treiben, huscht mit anderen Kindern mit, verschwindet in dunklen Hausecken, taucht wieder an sonnenbeschienenen Pfützen zwischen Häusern auf, in denen Menschen wie in Bienenstöcken leben. An seine Eltern hat er kaum Erinnerungen, will sich nicht erinnern. Die erste Person, die sein Leben prägt, ist ausgerechnet Katholikin. Er gerät an sie wie an alle Menschen, die seinem Schicksal einen Schubs in eine neue Richtung geben wie einer blind herumsausenden Billardkugel – durch einen völlig unwahrscheinlichen Zufall, eine irrwitzig aufblitzende Möglichkeit, die er mit beiden Händen packt. In diesem Fall rennt er wortwörtlich in eine Schwester des Ursulinenordens hinein, sie eilen beide durch den peitschenden Regen eines Wolkenbruchs und stoßen dabei zusammen. Sie ist eine von vier tapferen Ursulinen, die von Breslau in den preußischen Sündenpfuhl Berlin entsandt wurden, um eine katholische Mädchenschule zu gründen, in der Lindenstraße in Kreuzberg. Die Schwester hält das sechsjährige, vor Nässe und Kälte zitternde Menschlein für ein kleines Mädchen und nimmt Eduard, der nichts dafür tut, das Missverständnis zu klären, und zudem behauptet, eine Waise zu sein, mit ins Kloster. Die Nonnen unterrichten nicht nur höhere Töchter, sondern auch mittellose Kinder aus der Stadt. Und so kommt es, dass Lemke sieben Jahre lang die katholische Mädchenschule besucht, Französisch, Latein und sogar Englisch lernt, sich bildet wie ein Besessener, dem nicht viel Zeit bleibt, um alles aufzusaugen, was ihn im Leben weiterbringen wird. Tatsächlich ist mit dreizehn Schluss, denn da kommt er in den Stimmbruch. Als er es nicht mehr verstecken kann, verschwindet er einfach im Getümmel der Großstadt, ohne Abschied.

Die nächsten drei Jahre schlägt er sich wieder durch, mit dem Unterschied, dass er jetzt Träume hat. Er wird vom Stromer zum Streuner: ein hübscher Junge, der wie ein zugelaufener niedlicher Hund von Dienstmädchen, Bäckerinnen und Verkäuferinnen durchgefüttert und in ihren Unterkünften versteckt wird, erst als Ziehsohn, dann als frühreifer Liebhaber. Die Frauen sind es, die Lemke immer wieder voranbringen, denn sie kennen alle geheimen Pfade, mit denen man die Konvention, jener lästige Hemmschuh ihrer Zeit, ungesehen umgehen kann. Lemke wird ein Meister im Untertauchen, aber noch viel mehr versteht er sich darauf, andere zu überzeugen, für sich einzunehmen. Eduard, der die Kinderbücher von Sophie de Ségur immer und immer wieder gelesen hat und sich nach genau der klaren, gut situierten Welt der kleinen neugierigen Sophie sehnt, hat jetzt nur ein Ziel: Paris, von dessen Freiheiten und Frivolitäten, die ihm später nutzen werden, er ironischerweise gar nichts weiß, denn natürlich hätten die Nonnen ihn niemals Balzac lesen lassen.

Und wieder tanzt der Zufall in Lemkes Leben eine unwahrscheinliche Choreographie. In den Kellergewölben von Lutter & Wegner, wo er einen Tag lang dabei hilft, eine große Sektlieferung in die Regale zu räumen – vorsichtig, als würde er Handgranaten aus dem Krimkrieg bergen –, lernt er einen

Bäckerlehrling namens Waast kennen, der Brot für das Lokal anliefert. Sie kommen ins Gespräch, und Waast erzählt, dass er einen Onkel hat, der schon vor Jahren nach Paris ausgewandert ist. Er trägt eine zerknitterte Seite aus einem Adressbuch bei sich, in dem alle deutschen Einwanderer verzeichnet sind, die eine feste Adresse in Paris haben. Dass Tausende Deutsche mehr als Lumpensammler und Handlanger in Elendsvierteln der französischen Hauptstadt enden, weiß Lemke nicht, und es wäre ihm auch egal, denn er hat bereits begriffen, dass er etwas Besonderes ist, jemand, für den die üblichen Begrenzungen einer niederen Herkunft nicht gelten. Auf der ausgerissenen Seite aus dem Verzeichnis steht es: *G. Waast, Rahmenmacher, wohnhaft im Boulevard Beaumarchais 8.* Lemke fragt in seiner vierzehnjährigen Ahnungslosigkeit, wie der Onkel denn nach Paris gekommen sei. Waast zieht die Schultern hoch, mit der Eisenbahn natürlich. Die Antwort elektrisiert den Jungen, denn ihm war schlicht nicht klar, wie erreichbar das Ziel seiner ehrgeizigen Träume ist. Er lässt seine Arbeit in der Sektkellerei sausen und hängt sich an den gleichaltrigen Bäckerjungen, weicht ihm den Rest des Tages nicht von der Seite und fragt ihn zu allem Möglichen aus. Ein Plan formt sich in seinem Kopf.

Leider kommt ihm der Deutsch-Französische Krieg in die Quere, doch als Lemke sechzehn wird, ist der Spuk vorbei, und er fährt tatsächlich nach Frankreich, über die große europäische Linie Krakau – Berlin – Köln – Brüssel – Paris. Dort angekommen, stapft er geradewegs zum Boulevard Beaumarchais im 11. Arrondissement. Den Weg hat er sich monatelang anhand eines Stadtplans eingeprägt, jetzt läuft er staunend durch all die prachtvollen Straßen, die bisher nur Striche auf einem Stück Papier waren. Er klingelt bei der Nummer 8 an der Tür und erklärt dem Mann, der ihm öffnet, dass er dessen Neffe aus Berlin sei, und übrigens denke er so gern daran zurück, wie er als kleiner Junge dem Onkel die

Pfeife stopfen durfte, und Tante Rosemarie lasse ausrichten, sie habe endlich nach all den Jahren sein Rätsel gelöst: Was ist grün und klopft an die Tür? Ein Klopfsalat. Der Rahmenmacher lauscht dem Redeschwall erst unbewegt, aber am Ende muss er lachen. Na, dann tritt mal ein, du Klopfsalat.

Lemke, der jedes noch so kleine Detail verinnerlicht hat, das der Bäckerjunge ihm preisgab, gewinnt schnell das Vertrauen seines vermeintlichen Onkels. Der Rahmenmacher arbeitet für viele Pariser Künstler und vermittelt dem Jungen eine erste Arbeit: Die Auswahl der Gemälde für den jährlichen Salon de Paris, die wichtigste und größte Ausstellung Frankreichs, steht an. Eine Jury aus anerkannten Persönlichkeiten der Kunstszene nimmt dafür in einem Raum Platz, und dann tragen mehrere Männer die etwa fünftausend eingereichten Gemälde an ihnen vorbei, Bild für Bild, tagelang. Bei einigen Werken ruft einer *»stop!«*, und es folgt eine kurze Diskussion, in den meisten Fällen aber rufen sie *»oui!«* oder *»non!«*, und die Bilder müssen dann entsprechend in den Raum für die Abgelehnten oder die Akzeptierten gebracht werden, bevor man sich das nächste Gemälde für das Defilee der Malerei greift. Lemke ist einer dieser Träger. Am zweiten Tag betritt er den Raum der Jury. Er wuchtet ein riesiges Gemälde vor sich her, sodass er die Herren nicht sieht, sondern nur hört, und kaum ist er in der Mitte des Zimmers angekommen, hallt ihm ein so empörtes *»non!«* entgegen, dass er direkt wieder kehrtmacht. Sobald er auf dem Flur steht, lehnt er das Bild an die Wand und betrachtet es. Es zeigt eine Frau mit Zylinder und in einem Reiterkostüm aus schwarz glänzendem Satin auf einem kräftigen Pferd, die den Betrachter stolz anlächelt. Lemke, der nie zuvor aus solcher Nähe ein Gemälde angesehen hat, fasziniert der Hintergrund, ein kleiner See und eine Ortschaft auf einem Hügel, alles klar erkennbar, aber es zerfällt gleichzeitig in Pinselstriche und Schraffuren. Als er die Oberfläche berührt, fühlt die sich ganz uneben und zu dick bemalt an, wie ein Stuhl, auf den ein fauler Lackierer zu viel Farbe geklatscht hat.

Als er abends mit schmerzendem Rücken auf die Straße hinaustritt, spricht ihn ein hagerer Mann an. Er stellt sich als Auguste Renoir vor und fragt, ob er zufälligerweise mitbekommen habe, ob heute ein Bild von einer Frau mit Zylinder auf einem Pferd vorgeführt wurde, er habe es gemalt. Lemke bejaht dies und verrät dem Maler, nachdem dieser ihm ein Abendessen spendiert hat, dass das Bild abgelehnt wurde. Aus dieser Begegnung entsteht Lemkes erstes Geschäftsmodell. Er handelt mit Informationen über Zu- und Absagen. Vor allen Dingen aber entwickelt er die Kunst einer suggestiven Präsentation: Wurden vier Bilder hintereinander abgelehnt, drängelt er sich mit einem seiner Kandidaten vor, denn ziemlich sicher ist die Jury jetzt eher geneigt, mal wieder ein Gemälde anzunehmen. Er sorgt dafür, dass mehrere Portraits aufeinander folgen, denn wenn er dann eine Landschaft vorführt, empfinden die Juroren diese als willkommene Abwechslung und akzeptieren das Bild. Mit derartigen Kniffen gelingt es Lemke, auch einige Arbeiten der Impressionisten und Freiluftmaler durchzubringen, die bei der konservativen Akademie kein besonders hohes Ansehen genießen, da diese sichtbare Pinselstriche und unebene Oberflächen als Pfuscherei empfindet.

Seinen größten Coup aber landet er, als er der Geliebte von Madeleine wird, der vierzigjährigen, immer noch verführerischen Gattin eines altehrwürdigen Mitglieds der Kommission des Salons. Er streut unter den akzeptierten Künstlern das Gerücht, dass er genau drei Bilder prominent platzieren kann – die Wände des Louvre werden in einer großen Geste des *horror vacui* derart vollgepflastert, dass viele Bilder schlicht nicht gesehen werden, sie hängen fast unter der Decke oder am Boden, gehen unter zwischen ihren farbenfroheren Nachbarn. Wer auf Augenhöhe und an den Wänden hängt, auf die der Betrachter beim Betreten eines Raums als Erster blickt, hat eine ungleich größere Chance, mit einer der begehrten Medaillen ausgezeichnet zu werden. Lemke beschließt, drei solcher Plätze zu versteigern, und es wird ordentlich geboten. Als die drei Höchstzahlenden feststehen, bearbeitet Lemke Madeleine, ihren Mann zu überreden, die betreffenden Bilder an die entsprechenden Stellen hängen zu lassen.

Der Plan geht auf, und Lemke lernt die wichtigste Lektion seines Lebens. Es sind nicht nur einfach die Frauen, die ihm nützen werden; unterschätze niemals die Macht jener Frauen, die reich und gelangweilt sind. Ihre umso fieberhafteren Leidenschaften, das Virus der romantischen Liebe, mit dem die Literatur ihrer Zeit sie infiziert hat, lassen sie alles tun, um der Tristesse ihrer lieblosen Geldheirat zu entkommen. Und so geschieht es: Madeleine verkuppelt ihn mit einer Freundin, die das Glück hat, bereits verwitwet zu sein, und die sich nun gewisse Freiheiten herausnimmt. Sie lebt in einem Palais, in dem jedes Zimmer in eine andere exotische Welt entführt, mit Diwanen, seidenen Zeltbahnen und edelsteinbesetzten Wasserpfeifen. Diese Frau präsentiert den jungen Preußen als Freund des Hauses, schmuggelt ein »von« in seinen Namen, und plötzlich findet Lemke sich in den besten Kreisen von Paris wieder, als schmucker Dandy, der morgens wie alle anderen in den Bois de Boulogne ausreitet und mit den Damen in ihren Kutschen plaudert, die trotz der derzeit herrschenden Ressentiments gegen die Deutschen von ihm eingenommen sind.

So geht das einige Zeit, doch Lemke verfügt über kein eigenes Vermögen. Nachts schläft er, wenn nicht gerade nach ihm verlangt wird, immer noch beim Rahmenmacher, tagsüber ist er abhängig von der Gunst seiner beiden Liebhaberinnen, die ihn zunehmend herumkommandieren. Zudem langweilt ihn das elegante Leben bald genauso wie jeden anderen, der daran teilhat. Er flüchtet sich immer häufiger in die Cafés der Künstler, mit denen er noch verkehrt, aber auch hier gehört er nicht wirklich dazu. So wartet er auf die Gelegenheit, etwas Neues anzufangen, und greift zu, als er Lord McAllister begegnet.

Der einzige Mann, der Lemke fördern wird, ist in vielerlei Hinsicht eine ältere Version Lemkes, er hat den Aufstieg aus dem Dunkel einer nebulösen Biographie bereits geschafft – niemand weiß, wie er überhaupt zu seinem Adelstitel gekommen ist – und bietet Lemke eine Art Schablone für sein weiteres Leben. Tatsächlich wird Lemkes spätere Bogenhausener Villa von außen eine Kopie des englischen Herrensitzes McAllisters sein, der sein Anwesen auf dem Lande einer traditionsreichen, aber hoffnungslos verarmten englischen Familie abgekauft hat. Alles hat sie ihm überlassen, sogar ihr Geschirr mit dem Familienwappen, das McAllister nun stolz bei seinen großen Einladungen aufdecken lässt. Die beiden Männer begegnen einander bei einer Pariser Abendgesellschaft. McAllister, ein manischer Sammler von Kunstgegenständen, findet Gefallen an dem gerade Achtzehnjährigen, der beste Verbindungen in die Pariser Kunstszene hat und den Lord in den nächsten Tagen in einige Ateliers führt, wo der Engländer so viele Bilder von Renoir, Degas und Manet kauft, dass diese sich noch Jahre später entzückt daran erinnern.

Als McAllister nach England zurückkehrt, bietet er Lemke eine Anstellung als eine Art Sekretär und Kurator an, und Lemke greift zu, verschwindet wieder grußlos aus dem Leben der Menschen, die zuvor seine Welt gebildet haben, und schließt sich einer neuen an. Er und McAllister reisen viel herum, in Frankreich und Italien, vor allem aber in England, besuchen Herrenhäuser und Stadtpaläste, die bis unter die Decke mit Gemälden, Skulpturen und wertvollem Porzellan gefüllt sind, meistens über Generationen vererbt. Sobald der Lord ein Stück sieht, das ihm gefällt, wird Lemke vorgeschickt, um anzufragen, ob es zum Verkauf steht, und den Preis auszuhandeln. Wie sich herausstellt, ist für eine gewisse Summe fast jedes Erbstück käuflich, denn ein Schloss zu beheizen und instand zu halten ist teuer, und die meisten Adeligen verstehen sich nicht besonders gut darauf, ihre Ländereien gewinnbringend zu führen. Hin und wieder aber will eine Herzogin sich nicht von der Elfenbeinschnitzerei ihres Großvaters oder der wuchtigen Intarsientruhe der Mutter trennen, und dann ist McAllisters Hunger geweckt. Zunächst lässt er nur Lemke täglich vorsprechen, wie eine lästige Fliege, die man nicht loswird. Wenn die betreffende Person dann immer noch nicht zum Verkauf bereit ist, fährt McAllister andere Geschütze auf. Nicht selten erpresst er diejenigen, deren höchster Besitz ihr guter Name ist. Er besticht Dienstboten, Pfarrer und Ärzte, um schmutzige Geheimnisse und Skandale zu erfahren, und setzt sein Wissen ohne das kleinste Zögern ein. Überlässt man ihm dann geschlagen das Objekt, ist er wie betrunken vor Freude, betrachtet seinen ergaunerten Schatz immer wieder, berührt ihn, nimmt ihn ganz für sich in Besitz – und vergisst ihn ein paar Tage später.

Eines Tages richtet McAllister seine Begierde auf einen prachtvollen venezianischen Spiegel einer verwitweten Fürstin, die weithin bekannt für ihren spiritistischen Spleen ist; in ihrem Haus gehen Wahrsager ein und aus, abends veranstaltet sie Séancen, wo Geister einen dreibeinigen Tisch verrücken, zudem besitzt sie einen Psychographen, eine Apparatur mit einem Zeiger, der, durch übernatürliche Kräfte bewegt, über ein Alphabet fährt und so Nachrichten aus dem Jenseits übermittelt. McAllister engagiert eine Schauspielerin, sich als Seherin auszugeben und der leichtgläubigen Lady einzureden, der venezianische Spiegel sei verflucht und sie solle ihn schleunigst loswerden. Leider macht diese

Scharade einen solchen Eindruck auf die Fürstin, dass diese sich einbildet, ihr eigenes Spiegelbild würde zu ihr sprechen und dämonische Botschaften flüstern, was dazu führt, dass die Unglückliche sich aus dem Fenster ihres historistischen Türmchens stürzt.

Noch bevor jemand McAllister mit dem tragischen Selbstmord in Verbindung bringen kann, beschließt Lemke, dass sein Arbeitgeber und Mentor, mit dem er zehn Jahre verbracht hat, ohne ihn untergehen wird. Er zeigt den Lord bei Gericht an und behauptet, er selbst habe wiederholt versucht, den Angeklagten von seinen dunklen Machenschaften abzuhalten. Tatsächlich gelingt es ihm, unbescholten aus der Affäre herauszukommen, während McAllister am Galgen endet.

Lemke könnte in London Fuß fassen, er hat mittlerweile genug gesellschaftliche Verbindungen, doch er fürchtet am Ende doch, dass die ganze unerquickliche Geschichte auf ihn zurückfallen könnte, und deshalb geht er nach Amerika.

Schon während der Überfahrt begreift er, wie richtig diese Entscheidung war. All der Dünkel, das Vorrecht des alten Namens, das fragile Gespinst gesellschaftlicher Zeichen, die Europa zu einem Buch machen, dessen Siegel er niemals vollends öffnen kann, gelten nicht für Amerika, das weit offen vor ihm liegt. Es herrscht eine Aufbruchstimmung an Bord, die jeden einzelnen Passagier in eine solche Euphorie versetzt, dass auch Lemke in lauten Jubel ausbricht, als eine riesenhafte Statue in Sicht kommt, die eine Fackel in die Luft reckt – die Freiheitsstatue, ein Geschenk der Franzosen an Amerika, die zufälligerweise an genau diesem Tag eingeweiht wird. Ihr Gesicht ist mit einer französischen Flagge bedeckt. In dem Augenblick, als sie in den Hafen einlaufen, wird sie heruntergerissen, und es erscheint Lemke, als würde damit auch der Ballast seiner Herkunft von ihm abfallen. Es ist das Jahr 1886, Eduard Lemke ist jetzt dreißig Jahre alt.

In New York schiebt er sich durch das Gedränge und sieht die Festparade die Straßen entlangziehen. Er folgt dem Umzug durch die Wall Street, wo Börsenhändler, von der Begeisterung der Feierlichkeiten mitgerissen, feine Papierstreifen, auf denen die aktuellen Aktienkurse verzeichnet sind, aus den Fenstern werfen, säckeweise. Die Papierschnipsel tanzen durch die Luft und setzen sich auf Hüte und Schultern der jubelnden Menschen. Lemkes Plan ist einfach: Er will eine reiche Frau auftun, die ihm ein Geschäft finanziert, egal welches. Hauptsache, es wird ihn selbst reich und endlich unabhängig machen. Es wird schon ausreichen, denkt Lemke, wenn er sich in seinen eleganten Pariser Kleidern in die Oper setzen und seinen europäischen Akzent erklingen lassen wird. Wie sich zeigt, liegt er damit richtig. Er gerät an Claire, die sentimentale Frau eines Deutschstämmigen aus Pennsylvania, dem das Ölfieber von Titusville ein märchenhaftes Vermögen beschert hat. Claire ist ohne ihren Mann, den wichtige Geschäfte zu Hause hielten, hierhergereist, um ihre einzige blutjunge Tochter schweren Herzens an eine der vornehmsten New Yorker Familien zu verheiraten; in Amerika sind arrangierte Ehen verboten, doch natürlich, wie Lemke mit einem leisen Seufzen für sich vermerkt, sind sie auch in der Neuen Welt immer noch das sicherste Mittel, um sich einen gesellschaftlichen Aufstieg zu sichern.

Lemke erobert Claire im Sturm, was ihn nicht viel Mühe kostet, denn die Türen des leise verfallenden Hauses ihrer Weiblichkeit stehen sperrangelweit offen. Nach ein paar Wochen weiß er auch, welches Geschäft das richtige für ihn ist: Er will Lokomotiven bauen. Mit Claires Geld kauft er die florierende Fabrik eines Industriellen aus Detroit, der sich zur Ruhe setzen will und keine eigenen Nachkommen hat. Lemke wickelt das Geschäft ab, verlässt Claire wie immer grußlos und reist nach Michigan, wo er feststellen muss, dass seine angeblich brummende Fabrik brachliegt. Eine riesige

Halle ist gefüllt mit ganzen Zügen, verrostet und von tiefgrünem Moos überzogen, versteinerte Urzeitechsen, im Sprung erstarrt – er ist betrogen worden. Und wieder versetzt die Unwahrscheinlichkeit ihm einen Schubs in die passende Richtung. Er trifft auf einen gewissen Bennett, Sohn eines legendären kalifornischen Goldschürfers, der eine seltsame Faszination für Zugunglücke hegt, er sammelt die betreffenden blutrünstigen Schilderungen aus den Boulevardzeitungen, reist zu Unglücksorten, berauscht sich dort an dem Anblick von Waggonwracks und verbogenen Schienen. Bennett hat eine morbide Vision: Er will eine Show veranstalten, bei der mehrere Lokomotiven mit Höchstgeschwindigkeit ineinanderrauschen, er phantasiert von der entfesselten Gewalt eiserner Titanen, die in einer der verlassenen, leer geschürften Geisterstädte Kaliforniens miteinander in den Ring steigen sollen. Das Schicksal hätte Lemke kaum auffälliger zuwinken können. Er greift zu, begeistert Bennett für seine Flotte dampfspeiender Bestien, die sich für dessen Zwecke perfekt eignen. Und so kommt Lemke, dieser ehrgeizige Hans im Glück, zu einem Klumpen Gold, größer als sein Kopf, im Tausch für einen Haufen verrosteten Stahl.

Dieses Mal investiert er sein Vermögen klug und erwirbt große Anteile eines schnell wachsenden Lokomotivwerks. Zwölf Monate nachdem er amerikanischen Boden betrat, ist er ein gemachter Mann. Er könnte sich nun hier niederlassen, seinen Reichtum mehren, seine Unabhängigkeit genießen. Doch er hat sich etwas anderes in den Kopf gesetzt: Lemke will zurück nach Europa, ins deutsche Kaiserreich, um endlich ein anerkanntes Mitglied jener Gesellschaft zu werden, in der er höchstens ein Diener sein dürfte. Im Frühjahr 1888 schifft er sich ein und reist, auf dem europäischen Kontinent angekommen – nach München.

Er entscheidet sich für die Residenzstadt und gegen seine Geburtsstadt, weil er nie wieder seine Augen auf die ärmlichen Quartiere Berlins richten will. München verspricht gepflegten Wohlstand, feudalen Komfort – einzig die Tatsache, dass Ludwig II. vor zwei Jahren ins Wasser gegangen ist, oder unter Wasser gegangen wurde, so genau weiß man das nicht, bedauert Lemke, denn der pfauenhafte König und dessen völlig uferloser, von Schönheit getriebener Größenwahn faszinieren ihn. Die Animositäten zwischen Ludwig und Preußen verschaffen ihm zudem eine grimmige Befriedigung, empfindet er doch selbst einen Abscheu gegenüber seinem Heimatland, der ihm selbst nicht ganz klar ist. Er geht also nach München, ohne einen festen Plan, aber mit einem klaren Ziel. Die Jahre haben ihn gelehrt, dass es nicht mehr braucht. Er wird sich mitten auf die Straße stellen und Augen und Arme weit öffnen, bis ihm irgendwann das saftige Brathähnchen direkt ins Goscherl fliegen wird.

Er logiert im Vier Jahreszeiten, einfach, weil es das beste Hotel der Stadt ist. Abends sind alle Räume in den gelben Schimmer der Gasbeleuchtung getaucht, den Concierge kann man per Glockenzug zu sich beordern, und die besten Zimmer verfügen sogar über eigene Badezimmer, komplett in Marmor gekleidet und mit einer Wellenbadeschaukel ausgestattet, einer sänftenähnlichen Wanne, in der man sich, im warmen Wasser liegend, selbst hin- und herwiegen kann. Lemke wählt eine dieser Suiten. Und dann lebt er den Alltag eines gut betuchten Privatiers. Sitzt in Kaffeehäusern, wandert durch Museen, plaudert in der Opernloge mit guten Bekannten, schwirrt durchs Nachtleben und lädt diskret die eine oder andere Dame auf sein Zimmer ein, um die vielfältigen Möglichkeiten der schaukelnden Badewanne zu demonstrieren. Bis er Betti Goldbrunner trifft und sich zum ersten Mal in seinem an amourösen Abenteuern nicht gerade armen Leben verliebt. Betti spricht direkt zu ihm, ohne die verbale Maskerade all der Frauen, die nur eine bestimmte Idee von Liebe verfolgen. Sie liebt unverfälscht, außerdem ist sie keck und abenteuerlustig. Was ihn aber fast noch mehr entzückt, ist die Tatsache, dass sie ihn braucht. Die Brauerei ihres Vaters, nach außen hin ein gesunder Münchner Betrieb, ist wirtschaftlich angeschlagen, und wenn Betti nicht reich heiratet, werden sie und ihr Vater auf der Straße enden. In der glänzenden Rolle des Retters und Versorgers hält Lemke nach nur drei Wochen Bekanntschaft um die Hand Bettis an und rettet sein freches, ehrliches Vögelchen vor der Armut.

Sie heiraten im engsten Kreis. Aufseiten des Bräutigams ist sogar kein einziger Gast geladen, die Feier ist klein, aber erlesen. Betti trägt ein schlicht geschnittenes, kostbares Kleid, an dessen Saum sie die Federn einer weißen Taube geheftet hat, ein extravagantes Detail, das Lemke entzückt. Nach der Eheschließung zieht Betti zu ihm ins Hotel. Noch will er sich nirgends niederlassen, denn er wartet immer noch auf den entscheidenden Anstoß, der ihn auf den richtigen Platz katapultieren wird.

Der 31. Juli 1888 beendet sein Warten. Die ganze Stadt ist seit drei Tagen eine einzige bierschäumende Tanzerei: Anlässlich des hundertsten Geburtstages Ludwigs I. richtet der Prinzregent ein mehrtägiges Fest aus, das am heutigen Tag seinen Höhepunkt findet. Ein pompöser Festzug zieht durch München. Betti und Lemke postieren sich inmitten der wogenden Menschenmenge direkt am Siegestor an der Ludwigstraße, jener einer italienischen Renaissancestadt nachempfundenen Prachtmeile, die der heute gefeierte König selbst erbauen ließ. Das junge Paar steht dicht beisammen, er legt immer wieder vor Dränglern schützend den Arm um sie, während sie den Kopf reckt, um mehr von der Straße zu sehen, die wie in atemloser Erwartung leer vor ihnen liegt. Eben verziehen sich ein paar letzte Regenwolken, die Sonne strahlt auf die sandfarbenen, mit Kränzen und Girlanden geschmückten Fassaden, als die ersten Gruppen des Zuges auftauchen, scheppernd, bunt. Es wird gejubelt und gelacht, dann erklingt ein erstauntes Raunen; acht ausgewachsene Elefanten schreiten schwer über die Leopoldstraße. Sie werden von fremdländisch aussehenden Kaufleuten geführt, die Turbane und weiße orientalische Gewänder mit dicken Schärpen tragen. Die Menge bestaunt die riesigen Tiere, manche nehmen ehrfürchtig ihren Hut ab. Lemke fasst Betti bei der Hand und zieht sie durch das Gedränge ein Stück weiter nach vorn, damit sie die immer näher kommenden Elefanten besser sehen kann.

In diesem Augenblick trägt sich die nächste Unwahrscheinlichkeit zu, in geradezu unwahrscheinlichster Gestalt: Die neue, mit Dampf betriebene Trambahn fährt direkt vorm Siegestor entlang. Sie ist als bunter chinesischer Drache verkleidet, der jetzt, ein Fabeltier auf Schienen, den Weg der echten Kreaturen kreuzt und genau an diesem Scheideweg laut tutend und zischend eine mächtige Dampfwolke speit. Der erste Elefant stößt einen grollenden Angstschrei aus und schreckt so abrupt zurück, dass die ihm folgenden Tiere in ihn hineinrennen, und plötzlich stampfen und posaunen alle acht Elefanten. Sie schlagen bedrohlich mit ihren monströsen Ohren, richten sich vor der kreischenden Menge auf, zerreißen vor den ungläubigen und entsetzten Blicken der Zuschauer die Ketten, mit denen ihre Vorderbeine gefesselt sind – und rennen los, durch das Siegestor, die Ludwigstraße entlang, mitten in die Menschentrauben am Odeonsplatz. Panik bricht aus, die Leute schreien angstvoll, versuchen auszuweichen, drängen zum Hofgarten, dazwischen bäumen sich Pferde auf, galoppieren blind mitten in das Chaos hinein.

Lemke hat die ganze Zeit über Bettis Hand nicht losgelassen, er tut das einzig Richtige und zerrt sie auf die abgesperrte Ludwigstraße – einen Moment lang hält die Kavallerie der drängenden Masse noch stand – und rennt mit ihr den

Elefanten hinterher. Irgendwie schaffen sie es zum Hotel, wo er seine verschreckte Frau auf ein weiches Kanapee bettet, sein größtes Gewehr greift und wieder auf die Straße eilt. Er rennt die Maximilianstraße entlang, entgegen dem Strom der Flüchtenden. An der Residenz liegen Menschen am Boden, andere sind an die Mauern des Gebäudes gedrängt und schlagen mit ihren Regenschirmen auf drei augenrollende Elefanten ein. Die restlichen Tiere sind in andere Richtungen geflohen. Lemke wendet sich nach links, von dort hört er die lautesten Schreie. Vor dem Tor der Königlich Bayerischen Münze entdeckt er drei weitere Elefanten. Sie rennen ein paar Soldaten, die standhaft versuchen, den Kolossen Einhalt zu gebieten, nieder und laufen direkt ins Gebäude. Ohne groß nachzudenken, lädt Lemke sein Gewehr, entsichert es und folgt den Dickhäutern. Zwei verschwinden in den kleineren Räumen im Erdgeschoss, schlagen einmal frustriert mit ihren Rüsseln gegen die engen Wände und machen kehrt. Doch einer dringt in den Südflügel ein, in die große Halle, in der die Maschinen stehen, mit denen die Münzen geprägt werden. Die Angestellten haben sich in Sicherheit gebracht, Lemke steht dem Tier allein gegenüber, ein grauer Koloss zwischen eisernen Maschinen. Lemke hat eigentlich Mitleid mit dem aufgeregt zitternden Elefanten. Doch dann dreht sich der Riese um und geht direkt auf Lemke zu. Er will jetzt sein Leben verteidigen, stößt ein Trompeten aus, das in der hohen Halle widerhallt, stampft wütend auf und schlackert mit den Ohren. Wie im Traum legt Lemke das Gewehr an und schießt und schießt, bis das Magazin leer und der Elefant tot ist. Im Todeskampf stürzt er auf die Seite und reißt unter gewaltigem Krach eine der Maschinen um. Als die Soldaten von draußen hereinstürmen, ist alles vorbei. Einer rutscht auf der Blutlache aus, die sich wie ein schwarzer See über den ganzen Boden ausbreitet, und knallt gegen den noch warmen Körper des Tiers.

In der Au werden die restlichen Elefanten eingefangen, ein weiteres Tier wird noch erschossen. Das ganze Ereignis ist monatelang Stadtgespräch. Lemke wird stillschweigend – ist sein beherzter Eingriff doch ein Armutszeugnis für die bayerische Kavallerie – zum Prinzregenten geladen. Man will ihn nicht öffentlich für seine Tapferkeit auszeichnen, doch er bekommt etwas Besseres: einen freien Wunsch. Er wird diesen Wunsch zur gegebenen Zeit einlösen, doch eben hat er – nun kommt alles zusammen – ein Angebot aus Preußen erhalten, das ihm so schmeichelt, dass er es annimmt. Man hat von seinem sagenhaften Aufstieg im Lokomotivgeschäft gehört und beauftragt ihn, Deutsch-Ostafrika mit einem Schienennetz zu überziehen, das der Kolonie eine ganz neue Infrastruktur schaffen soll. Und so bringt ein armer Junge aus Moabit, so zart und dünn vor lauter Hunger, dass man ihn für ein Mädchen hielt, als reicher erwachsener Mann der Kolonie des Deutschen Kaiserreichs die Eisenbahn.

Er und Betti kommen am 7. Oktober 1889 in Daressalam an, also genau einen Tag, nachdem Hans Meyer zum ersten Mal die höchste Spitze des Kilimandscharo-Massivs bezwungen und diese unter den triumphierenden Hurra-Schreien seines Kompagnons »Kaiser-Wilhelm-Spitze« getauft hat. Lemke hat in den Monaten der Reisevorbereitung davon geträumt, selbst diesen ersten Aufstieg zu vollbringen und zum unsterblichen deutschen Helden zu werden, nun sieht er sich um diesen Traum betrogen. Trotzdem wagt auch er einige Monate später die gefährliche Kletterpartie, biwakiert an denselben Lagerstellen wie Meyer, findet dessen kleines Zelt am Fuße des vereisten Kraters wieder, in das auch seine Proviantträger Dörrfleisch und Reis bringen. Schließlich erklimmt er die Treppe, die Meyer ins ewige Eis geschlagen hat, und steht eines Morgens auf dem höchsten dreier gigantischer Felsbrocken, berührt die kleine deutsche Fahne, die hier aufgestellt wurde, blickt in den Kraterschlund des

Kibo, lässt seinen Blick über die Eisfelder schweifen, die sich in sanften Stufen die Vulkanfelder hinunterziehen, und hört es aus den tiefen Gletscherspalten geheimnisvoll knistern, während die Sonne ihm das Gesicht verbrennt. Wie Meyer hebt auch er einen losen Stein auf. Allerdings verwendet der Kaiser nun höchstpersönlich den Stein des Erstbesteigers als Briefbeschwerer, während Lemke fortan seinen unscheinbaren kleinen Klumpen bei sich trägt und immer ein wenig verstimmt ist, wenn er ihn betrachtet, als sei er kein echtes Souvenir, sondern der Knopf eines anderen heldenhaft gefallenen Soldaten, den ihm jemand heimlich von der Uniform schnitt.

Als Lemke sich an den Abstieg macht und schließlich wieder die Steppe erreicht, trifft er auf eine Gruppe Massai, junge, hochgewachsene Frauen mit geschorenen Köpfen und buntem Ohrschmuck, der ihnen schwer bis auf die Schultern hängt. In den folgenden Jahren wird Lemke sich sehr für diese Volksgruppe interessieren, ihre Riten studieren, ihr alltägliches Leben kennenlernen. Doch neben dieser Faszination an der Fremdheit verschwimmt die Zeit in Afrika zu einem immer dichter werdenden Klumpen aus ständiger Hitze, beschwerlichen Reisen durch ewige Landstriche, die vermessen und kartographiert werden müssen, Sonnenuntergängen, die wie eine schwarze Decke abrupt über die Umgebung fallen, und den düsteren Wochen des Malariafiebers, das Betti heimsucht und sie fast ihr Leben kostet.

Nach vier Jahren, in denen Lemkes Arbeit trotz allem gute Fortschritte gemacht hat, haben die beiden genug, vor allem Betti hat Heimweh nach München. Und Lemke, der noch einen Wunsch frei hat, erhält von der bayerischen Regierung den Zuschlag, ein Eisenbahnwerk vor den Toren der Stadt mehr als günstig aufzukaufen. Es ist 1894, schon bald werden Lemke und Gryszinski sich duellieren, als die Lemkes nach aufwendigen Bauarbeiten ihre Märchenvilla in Bogenhausen beziehen. Sie verkörpert für den Hans im Glück aus Moabit alles, wovon er jemals geträumt hat. Und er glaubt fest daran, dass er nun, mit achtunddreißig Jahren, endlich seinen Platz gefunden hat und sich nie wieder in Luft aufzulösen braucht.

8.

»Der Eifer und der gute Willen, etwas zu leisten, hat uns mitgerissen, das langsam fortschreitende, kühl überlegende Sondieren haben wir unterlassen, und alles war umsonst. Da gibt es nur ein einziges Mittel: Mitten im ruhigen Gange, im Laufe, im Sturmschritte einer Untersuchung müssen Ruhepausen gemacht werden, in welchen man nicht vorwärts drängt, sondern nach rückwärts sieht …«

Hans Groß: Handbuch für Untersuchungsrichter, Polizeibeamte, Gendarmen usw., 1. Auflage, 1893

Am nächsten Morgen ging Gryszinski nicht ins Bureau. Er hatte sich in der Küche niedergelassen, auf einem Stuhl, den er sich in die Ecke bei den Mehlsäcken gerückt hatte, und spielte Mäuschen im Alltag der Frauen. Er hatte Straven mit der Aussage abgespeist, dass er selbst erst einmal über die vielen gewonnenen Informationen nachdenken müsse. Daraufhin war der lästige Hausgast ein wenig beleidigt zu seiner täglichen Tarnungsrunde in die preußische Botschaft aufgebrochen, und Gryszinski konnte in aller Ruhe die Geschehnisse in seiner Küche verfolgen.

Die Brunner war eben vom Markt zurückgekehrt und bereitete die Zutaten für ein größeres Mittagessen vor, wobei sie scheinbar alles simultan erledigen konnte. Sie schuppte einen Fisch, hackte bunte Rüben und lieferte im atemlosen Stakkato des schlagenden Messers den neuesten Marktklatsch ab, der Gryszinski stark an die unfreiwillige *ménage à trois* von Tuchhändler, Fischweib und Fleischverkäuferin und deren unrühmliches Finale unterm Maibaum erinnerte, mit der er im letzten Jahr zu tun gehabt hatte. Währenddessen räumte Anneliese die übrigen Einkäufe in die Vorratskammer, kommentierte von dort aus, wie ein im Wandschrank hockender antiker Chor, die Ausführungen der Brunner und hatte irgendwie noch ein Auge auf Fritzi, der ihrer Meinung nach immer etwas ausheckte. Sophie beteiligte sich nicht am Küchentratsch. Sie trug ein versonnenes Lächeln im Gesicht, seit er ihr am gestrigen Abend in die Arme gefallen war, auch wenn er die Augen nicht mehr hatte offen halten können und wie eine ganze Schnapsbrennerei gestunken hatte. Sie lehnte am Stehpult und erledigte irgendwelche Aufgaben, die wohl mit der Führung eines Haushalts zusammenhingen. Gryszinski hegte allerdings den begründeten Verdacht, dass sie in dem dicken Buch, in das sie täglich ihre Ausgaben eintrug, eine dünne Novelle versteckt hatte, denn ihr Blick wanderte mehr über die Seiten, als dass man eine Feder kratzen hörte. Zwischendrin huschte sie immer wieder aus ihrer Ecke zu ihm herüber und strich ihm übers Haar.

Die Brunner warf jetzt ein paar Kräuter, Zwiebeln und Speck in einen Topf mit siedendem Fett. Der aufziehende heiße Duft tat Gryszinski geradezu körperlich gut, der dicke Stoff in seinem Kopf wurde leichter, seine verkrampften Gliedmaßen entspannten sich. Sie hatte ihm bereits eine Tasse mit dickem pechschwarzem Mokka gereicht, gesüßt mit einer kräftigen Portion Zucker, nun wälzte sie einige Stücke Entenleber in Mehl, briet diese in schwallender Butter scharf an und stellte sie mit einem strahlenden Lächeln vor ihn hin.

»Eine kleine Vorspeise«, flötete sie. Seit der Geschichte mit ihrer Schwester war sie wirklich ein neuer Mensch.

Glücklich griff Gryszinski nach seiner Gabel, als sein Blick auf Fritzi fiel, den sie neben ihm auf einen erhöhten Stuhl für Kinder platziert hatten. Sein kleiner Sohn strahlte ihn an und hielt ihm fordernd ein Löffelchen entgegen, an dem er schon eine ganze Weile herumlutschte. Gryszinski lächelte, nahm ihm den Löffel ab und schaufelte eine ordentliche Menge Leber drauf, dann reichte er Fritzi den Löffel zurück, der begeistert japste und beide Händchen ausstreckte, ganz beseelt davon, dass sein Kind bereits einen Sinn für Delikatessen hatte. Die drei Frauen bemerkten in diesem Augenblick, was vor sich ging, und schrien genau gleichzeitig ein schrilles »Nein!«, sodass Gryszinski erschrocken zusammenfuhr. Fritzi dagegen ließ sich nicht aus der Ruhe bringen, balancierte kurz den Löffel in seiner Faust und pfefferte dann die Leber mit ganzer Kraft und unter lautem Quietschen einmal quer durch den Raum.

»Oh«, machte Gryszinski schuldbewusst, während Sophie zu lachen begann. »Das hatte ich nicht kommen sehen.«

Anneliese schimpfte milde mit Fritzi, während die Brunner seufzend die Leber von der Wand kratzte. Erst jetzt sah Gryszinski, dass sich dort schon ältere Flecken befanden, die wohl von ähnlichen Flugversuchen tot geglaubten Geflügels stammten. Den Rest der herrlich buttrigen Innereien schaufelte er still in sich hinein, während das Kind jeden Bissen mit der gespannten Aufmerksamkeit einer kleinen Raubkatze verfolgte.

Allmählich versank er wieder in seinen Gedanken. Lemke hatte einiges aus seinem Leben preisgegeben, fast noch interessanter waren allerdings die Fakten, die er ausgelassen hatte. Kein Wort über den Auftrag der Preußen, nach dem blauen Diamanten zu suchen, war ihm über die Lippen gekommen. Vielleicht hatte er den Diamanten eben doch schlichtweg nicht gefunden? Aufgehorcht hatte Gryszinski auch bei all den kleinen Nebensätzen, in denen Lemke durchblicken ließ, dass er ernsthafte Ressentiments gegen sein Heimatland hegte. Er fragte sich, ob Lemke sich beweisen, endlich Anerkennung in Preußen gewinnen wollte. Oder ob er vielmehr den dunklen Wunsch hegte, es Preußen heimzuzahlen. Im letzteren Fall konnte das Motiv gelegen haben, die Expedition absichtlich ins Verderben zu locken, was einem politischen Attentat gleichkäme. Überhaupt grübelte Gryszinski immer mehr über Lemke und die Preußen: Warum eigentlich, das hatte ihm weder der preußische Gesandte noch dessen januskopfiger Verbindungsmann bisher verraten, hatte man Lemke mit diesem großen Auftrag betraut? Denn dieser setzte doch einiges an Vertrauen in die Redlichkeit eines Mannes voraus, der ein völlig unbeschriebenes Blatt war, mehr noch, der qua Vergangenheit als verdächtiges Subjekt eingestuft werden musste. In das allergrößte Erstaunen hatte ihn allerdings die Tatsache versetzt, dass Lemke nicht nur Zeuge der Elefantenkatastrophe gewesen war, sondern auch noch selbst eines der Tiere erschossen hatte. Immer wieder diese Elefanten! Was hatte es damit nur auf sich? Und hatte dem betreffenden Dickhäuter möglicherweise eine Zehe gefehlt? Aber selbst wenn, die ganze bizarre Geschichte hatte sich bereits vor sechs Jahren abgespielt.

Nach dem Mittagessen, das eher einem Festmahl gleichgekommen war, brach Gryszinski schweren Herzens in die Schrammerstraße auf. Der gestrige Tag verdichtete sich bereits zu einem absurden Ereignis in seiner Vergangenheit, und sie mussten immer noch weiterkommen. Eine zündende Idee hatte sich leider nicht aus den Saucenfluten in seinem Bauch erhoben, aber dafür dachte er jetzt mit Befriedigung an die neue Situation, die gestern entstanden war: Lemke hatte ihn zum Hausfreund erklärt, damit hatte Gryszinski das Privileg gewonnen, täglich im Mitterweg vorzusprechen, ohne dass es nach allgemeinen Maßstäben als aufdringlich oder unhöflich gewertet werden würde. Ihm war die Möglichkeit bewusst, dass Lemke vielleicht ein doppeltes Spiel trieb, ihn lediglich in seiner Nähe haben wollte, um ihn im Auge zu behalten. Aber Gryszinski spielte ja selbst schon längst auf doppelbödigem Grund, er würde die sich ihm bietende Gelegenheit jedenfalls so lange wie möglich ausnutzen und alles herausholen, was er nur konnte.

Er schälte sich aus dem Kokon seiner Häuslichkeit, in dem ihn alles, was ihm lieb war, wie eine Decke einmummelte, und nahm eine Droschke in die Innenstadt. An der Residenz stieg er aus und ging ein paar Schritte Richtung Feldherrnhalle, deren Loggia sich als Firmament über den Köpfen der steinernen Standbilder spannte, ein überdimensionierter Guckkasten, der seinerseits in die Ludwigstraße blickte. Gryszinski spürte den grauen Schatten der Vergangenheit nach, versuchte sich vorzustellen, wie die Elefanten panische Menschen an die Fassaden drückten. Während er die Ludwigstraße hinunterblickte – einige Fuhrwerke schunkelten den Boulevard entlang, der immer seltsam aufgeräumt und konstruiert wie ein Bühnenbild wirkte –, sah er vor seinem inneren Auge den bunt glitzernden Drachen am Horizont entlanggleiten und weiter vorn die grauen Riesen mit rollenden Augen auf ihn zustürmen. Er schüttelte den Kopf, er verstand einfach nicht die Zusammenhänge.

Kurz darauf lief Gryszinski durch die Flure des Dienstgebäudes und stellte fest, dass das Spatzl, das vermutlich die Hälfte aller Angehörigen der Königlich Bayerischen Gendarmerie zu seinen Spezln zählte, bereits ganze Arbeit geleistet hatte. Offenbar hatte Voglmaier die Geschichte vom Duell und dessen glänzenden Ausgang für seinen Chef den Vormittag über in glühendsten Worten verbreitet. Darauf zumindest ließ die Welle aus Schulterklopfen und Freundlichkeit schließen, die ihm nun warm entgegenschwappte. Es war kein schlechtes Gefühl, hatte er doch bisher als der etwas dubiose Preuße mit dem Tatortkoffer auf der Beliebtheitsskala eher irgendwo unten bei den Franzosen und den keifenden Fahrern bäuerlicher Fuhrwerke rangiert. Als er bei seinen beiden Wachtmeistern eintraf, hatten die es sich mit locker aufgeknöpften Westen und hochgekrempelten Ärmeln gemütlich gemacht und wirkten nicht so, als würden sie weiterhin ernsthaft an einem Mordfall arbeiten, obwohl sie dessen Lösung immer noch nicht näher gekommen waren.

»Chef«, rief Voglmaier mit ausgebreiteten Armen. »Willkommen zurück!«

»Danke, meine Herren.« Gryszinski bemühte sich um einen geeigneten Ton, der Herzlichkeit mit offenbar dringend notwendiger Strenge verbinden sollte. »Ich freue mich ebenfalls, Sie hier zu sehen und dass wir alle unversehrt sind. Aber, meine Herren, wir müssen immer noch einen Mörder überführen. Ein Soldat klopft nach der Schlacht seinen Waffenrock sauber, und dann geht er weiter, und das werden wir jetzt auch tun, also, äh, zurück ans Werk, nicht wahr!«

»Mei, des waren beeindruckende Worte, Chef!« Voglmaier strahlte, auch Eberle nickte ganz begeistert, hegte er doch eine romantische Leidenschaft für den preußischen Militarismus. »Und selbstredend werden wir ihn finden, den Mörder, aber heute sollten wir doch auch ein Glaserl erheben auf das Leben! Wir sind doch fei glücklich, dass Sie uns erhalten geblieben sind!«

Gryszinski blickte von einem zum anderen. Vermutlich lag es an der grünen Fee, die ihm arg zugesetzt hatte. Jedenfalls beschloss er, ihr diesen Tag zu opfern und die Ordnung erst wiederherzustellen, wenn er noch eine Nacht mehr über den Zusammenstoß mit ihr geschlafen haben würde. Kurz darauf hockten sie daher am Ende einer der ewigen Tischreihen im Hofbräuhaus und erhoben ihre Krüge, wobei Gryszinski die Vorstellung, gleich wieder einen Schluck Bier zu trinken, nicht eben guttat. Entsprechend nippte er nur ein wenig an dem knisternden Schaum der Bierkrone. Sie plauderten über dies und das, Gryszinski ließ derweil den Blick über die langen Tische wandern, die sich wie Miniaturstraßen durch die sitzende Menge schlängelten. Hier und da blieb er kurz hängen, an einer gestikulierenden Hand, einem besonders prächtigen Trachtenhut oder einem Krug, der schwer auf Holz geschlagen wurde. Dann, als würde jemand einen Fächer öffnen, lehnte sich plötzlich die gesamte Reihe Menschen, die auf seiner Bank wie auf einer langen Stange saßen, in einer fließenden Bewegung zurück und gaben den Blick auf eine Frau mit geröteten Wangen und zerzaustem Haar frei, die ganz am anderen Ende der Sitzreihe ihren Platz hatte und ausgelassen lachend ihre Tischnachbarn unterhielt. Keiner von ihnen war ihm bekannt. Die Frau war ausnehmend elegant gekleidet. Gryszinski schoss durch den Kopf, dass er Sophie davon erzählen musste, die immer fürchtete, vornehme Damen dürften nicht ins Wirtshaus gehen, eine Regel, die auf die demokratisierende Ordnung bayerischer Bierpaläste offenbar nicht zutraf. In dieser Sekunde trafen sich ihre Blicke, woraufhin das fröhliche Lachen aus dem Gesicht der Dame fiel, das plötzlich einer bleichen Maske unter einer erdrückenden dunklen Haarmasse glich. Erst jetzt erkannte er sie. Es war Betti Lemke, jene schattenhafte Frau, die in dämmrigen Räumen schlummerte und nicht aufgeregt werden durfte, den Kopf ständig im Schraubstock einer quälenden Migräne. Ein erstaunter Laut entwich ihm, den sie sicher nicht hören, aber ahnen konnte. Sie fing sich wieder, mehr noch, ihr Mund verzog sich zu einem schiefen, fast aufsässigen Lächeln. Sie erhob ihren Bierkrug, und zwar mühelos mit einer Hand, um ihm mit einer Geste schwärzester Ironie zuzuprosten.

Derselbe Abend brachte Gryszinski nicht die ersehnte Erholung. Er hatte seiner Frau versprochen, sie zur Feier des Tages in die Oper auszuführen. Also schritten sie über die vom Regen nass glänzende Maximilianstraße, die das hell erleuchtete Nationaltheater und seine vom Wind hereingepusteten Gäste wie ein bunt blinkendes Mosaik auf dunklem Grund wirken ließ. Die Menge zog sie die breiten Treppenaufgänge hinauf, bis sie im Theaterraum ihre Plätze einnahmen, Parkett Mitte. Hinter ihren Köpfen türmten sich die geschwungenen Ränge auf, der ganze Raum mit dickem rotem Samt gepolstert wie ein kostbar ausgeschlagener Schrankkoffer, dessen weit aufgezogene Schubladen mit goldenem Stuck bedeckt waren, die Logen mit der überdimensionierten Königsloge im Zentrum. An diesem Abend wurde *Hoffmanns Erzählungen* aufgeführt, eine ausgesprochen literarische Oper. Natürlich hatte Sophie jede einzelne der Novellen bereits gelesen, die hier verarbeitet waren, weshalb Gryszinski sich auf unzählige spitzfindige Kommentare einstellte, und seine Frau enttäuschte ihn nicht. Als der erste Tenor gerade mal seine Fußspitze in den Lichtkegel der Bühne setzte, legte sie schon los. Sie gab ein unzufriedenes Geräusch von sich und stieß ihn in die Seite.

»Also die Hauptfigur habe ich mir ja ganz anders vorgestellt«, raunte sie ihm ins Ohr und verschränkte skeptisch die Arme vor der Brust. Im nächsten Augenblick erschien die Sopranistin; Gryszinski empfand diffuses Mitleid mit ihr, denn seine Gattin räusperte sich bereits und verdrehte die Augen. »Es ist eben immer ein Nachteil, wenn man die Bücher kennt«, ließ sie ihn im Flüsterton wissen. »Man hat ein festes Bild im Kopf, und die Besetzung kann eigentlich nur enttäuschen.«

Gryszinski nickte mitfühlend, im Gegensatz zu ihr war er mit dem Treiben auf der Bühne recht zufrieden, zumal er in aller Ruhe seinen Gedanken freien Lauf lassen konnte. Der zweite Akt allerdings packte ihn regelrecht, auch wenn Sophie neben ihm nervös auf ihrem Sitz hin und her rutschte. Die Geschichte von Olympia, der lebensgroßen Puppe, in die der Dichter sich unsterblich verliebt, obwohl sie sich mechanisch bewegt und ständig neu aufgezogen werden muss, berührte etwas in ihm. Erst nach einer Weile verstand er, an wen sie ihn denken ließ: Betti Lemke mit ihrem Porzellangesicht, die in weiße Federn gehüllt in einem goldenen Käfig stand und ihre Gäste empfing, wie eine kostbare Vase zwischen den anderen Preziosen in ihrem Salon. Und die er erst wenige Stunden zuvor im Wirtshaus gesehen hatte, ohne ihren Mann, fern ihrer prunkvollen Villa, dafür frei und lebendig. Während Olympia mit der scheppernden Stimme eines Automaten ein Lied vortrug, begriff er, dass Betti Lemke das genaue Gegenteil der täuschend echten Puppe war – sie war ein puppengewordener Mensch. Er fragte sich, ob Lemke in seiner Liebe zu ihr so manches nicht begriffen hatte. Sie inszenierte sich ständig als eingefangenes Vögelchen, schon bei ihrer Hochzeit hatte sie sich weiße Federn an ihr Brautkleid geheftet. Es lag so deutlich auf der Hand, dass er, immer nach dem Verborgenen suchend, es einfach nicht gesehen hatte. Sie zeigte sich als Tier im Käfig, weil sie sich so fühlte. Lemkes Liebe war vielleicht aufrichtig, doch sie hatte ihn möglicherweise schlicht als Geldgeber gebraucht. Und noch etwas fiel Gryszinski auf, als er dort im Dämmerlicht des Zuschauerraums saß, was ebenso offensichtlich und ihm dennoch bis jetzt in seiner ganzen Tragweite entgangen war – die frappierende Ähnlichkeit zwischen Betti Lemke und Magdalena Sperber, der Frau des Mordopfers.

Nach der Vorstellung spazierten sie durch die würzige Luft nach Hause. Das bunte Laub sammelte sich allmählich als nasser unansehnlicher Teppich unter den Bäumen. Sophie hatte sich bei ihm untergehakt, um nicht auszurutschen, und plauderte über die Oper, die ihr offenbar ausnehmend gut gefallen hatte. Gryszinski wunderte es nicht. Sie konnte eine Stunde lang über ein Buch schimpfen, um am Ende mit einem lauten Seufzen und der Feststellung zu schließen, dass es sich ganz klar um ein großes Meisterwerk handle.

»Du bist so still, beschäftigt dich etwas?«, fragte sie plötzlich und schmiegte sich an ihn.

»Entschuldige«, antwortete er ertappt. »Tatsächlich denke ich über meinen Mordfall nach. Mir sind heute zwei Dinge klar geworden, die ich vorher übersehen habe, obwohl sie ganz deutlich direkt vor meinen Augen lagen. Ich verstehe einfach nicht, wie mir das alles entgehen konnte.«

»Aber das ist doch ganz klar«, rief Sophie aus. »Eine Kriminalgeschichte von Edgar Allen Poe handelt genau davon. Die Polizei sucht nächtelang nach einem wichtigen Brief. Sie stellen ein ganzes Haus auf den Kopf, sehen in jeden Winkel. Am Ende stellt sich heraus, dass der Brief, lediglich in ein anderes Kuvert gesteckt, wie ein Weihnachtsstrumpf an einem Band vorm Kamin im Arbeitszimmer baumelt. Zu offensichtlich, um gesehen zu werden.«

»Zu offensichtlich, um gesehen zu werden«, wiederholte Gryszinski murmelnd.

»Aber keine Sorge«, sagte Sophie fröhlich und packte seinen Arm fester. »Der Ermittler findet am Ende die Lösung.«

Gryszinski musste an ihre Worte denken, als er am Tag darauf zum Antrittsbesuch als neuer Freund des Hauses bei den Lemkes klingelte und ohne großes Gewese – der Butler war offenbar genau instruiert worden – völlig für sich durch die Räume laufen durfte, lediglich mit der Information versorgt, dass der Hausherr sich in seinem Arbeitszimmer befände.

Die Tür zur ägyptischen Grabkammer stand halb offen, weshalb Gryszinski direkt eintrat und nur pro forma anklopfte. Lemke saß an seinem Schreibtisch und drehte eine Visitenkarte zwischen seinen Fingern hin und her. Als Gryszinski eintrat, sprang er auf, als hätte ihn in diesem Augenblick etwas gebissen, und versuchte noch im Sprung, die Visitenkarte in eine Schatulle vor ihm zu stecken, offenbar, um sie zu verbergen. Er traf aber daneben und warf dafür ein offenes Tintenfass um. Die schwarze Flüssigkeit breitete sich in rasender Geschwindigkeit auf dem wertvollen Holz aus. Lemke fluchte und warf ein paar Papiere darauf, jedoch ohne die Visitenkarte loszulassen, die nun mit einigen Tintenklecksen besudelt war. Hastig wischte er mit den Fingern über die Karte und stopfte sie endlich erfolgreich in die Schatulle.

Die ganze Situation hatte nur wenige Sekunden gedauert. Lemke richtete sich auf, sank zurück in seine undurchdringbare Freundlichkeit, und hätte sich nicht der riesige Tintenfleck in seine Tischplatte gefressen, wäre Gryszinski nicht sicher gewesen, ob das Gesehene wirklich passiert war.

»Mein Freund«, rief Lemke jetzt dröhnend aus. Gryszinski fragte sich, ob er immer noch schlecht hörte. »Stehen Sie da nicht so herum, kommen Sie herein! Wie schön, dass Sie uns besuchen!«

Sie lächelten einander an, beide in dem Wissen, dass sich eben etwas zugetragen hatte, das nun überspielt werden musste, denn jede Konfrontation, jede unbequeme Frage würde das neue empfindliche Gleichgewicht zwischen ihnen gefährlich ins Wanken bringen. Also parlierte Gryszinski übers Wetter. Die Floskeln kamen so geschmeidig über seine Lippen, dass er schon beim Sprechen vergaß, was er sagte. Lemke nickte eifrig zustimmend, mit Sicherheit hörte er überhaupt nicht zu.

Und so setzten sie sich, die Worte zwischen ihnen eine leere Kammer, bis Gryszinski schließlich fragte: »Wie geht es denn Ihrer werten Gattin?«

»Oh!« Die Erwähnung seiner Frau holte Lemke zurück ins Gespräch. »Die Arme leidet bereits seit einigen Tagen wieder an Migräne und darf kaum gestört werden. Der Wetterumschwung ist wohl schuld. Sobald sie sich an die hereinbrechende Kälte gewöhnt hat, wird es hoffentlich besser gehen.«

Gryszinski nickte, ganz der Verständnisvolle, während er innerlich jubelte. Endlich eine klare Falschinformation! Wobei nicht bekannt war, ob Lemke ihn anlog oder aber Betti

Lemke ihrem Mann etwas vorspielte und er gar nicht wusste, dass sie sich in Wirtshäusern herumtrieb und dort Bierkrüge stemmte. Seine gespannte Aufmerksamkeit lag jetzt allerdings auf der Schatulle. Er wollte unbedingt einen Blick auf diese Visitenkarte werfen. Doch Lemke ließ ihn und seinen Schreibtisch keine Sekunde aus den Augen und verwickelte ihn in ein eigenwilliges Gespräch über Frauenleiden und weibliche Affekte in Verbindung mit ihren Körpertemperaturen. Es gebe kalte und heiße Frauen, wobei seine Gattin zu letzterer Sorte zähle – zwar sei sie begrüßenswerterweise leidenschaftlich und lebhaft, doch ihr Kopf überhitze regelmäßig, und deshalb müsse sie so viel ruhen. Schließlich erhob er sich und erklärte: »Mein Freund, ich könnte noch stundenlang mit ihnen hier weiterplaudern, doch ich habe eine Verabredung im Luitpold. Vielleicht möchten Sie mir Gesellschaft leisten?«

Gryszinski erhob sich ebenfalls. Er sah ein, dass er heute nichts mehr würde ausrichten können. »Vielen Dank, aber leider muss ich passen. Meine Gattin erwartet mich zu Hause.« Er lächelte fein. »Aber morgen komme ich gern wieder.«

»Unbedingt, kommen Sie jeden Tag!«, rief Lemke etwas schrill aus. Damit komplimentierte er Gryszinski aus dem Raum, wobei er darauf achtete, dass sein Körper zwischen dem Schreibtisch und seinem Gast eine Barriere bildete.

Kurz darauf standen sie im Vorhof der Villa, und einer der beiden kräftigen Diener öffnete Lemke den Verschlag seiner Droschke. Es war der Mann, der vor drei Tagen in der Schrammerstraße gewesen und ihm die Depesche mit der Duellforderung gebracht hatte, registrierte Gryszinski, der sich bereits verabschiedet hatte und den Hof überquerte. Noch während ihm dieser Gedanke eher beiläufig durch den Kopf fuhr, trafen sich ihre Blicke, woraufhin der Diener ruckartig seinen Kopf in eine andere Richtung drehte. Erst jetzt erinnerte Gryszinski sich, dass der Bedienstete auch in der Polizeidirektion einen nervösen Eindruck gemacht hatte. Er verlangsamte seinen Schritt und sah zurück. Lemkes Kutsche fuhr jetzt an, sein Diener sprang zur Seite. Trotz seines grobschlächtigen Aussehens wirkte er sehr gepflegt, vor allem das offenbar sorgsam geschnittene und zurechtgekämmte Haar. Er trug einen einfachen, unauffälligen Anzug, doch nun reichte der hochnäsige Butler ihm einen Mantel, und Gryszinski, der sich mittlerweile in den dunklen Schatten einer hohen Hecke zurückgezogen hatte, wunderte sich über zwei Dinge: Der Mantel war ein solides Kleidungsstück, aber der Kragen hatte auf der Innenseite einen wertvollen Pelzbesatz, der leicht hervorlugte. Am meisten überraschte ihn jedoch etwas anderes: Das Personal eines großen Hauses strukturierte sich in der Regel in eine klare Hierarchie, oftmals strenger und unerbittlicher auf die Autorität einzelner Personen ausgerichtet, als die Herrschaft selbst es handhaben würde. Und der Butler stand in diesem Gefüge aus Dienern, Mägden und Küchenpersonal an der Spitze. Gerade der Lemke'sche Butler war ein besonders hoheitliches Exemplar, wie Gryszinski schon selbst hatte erfahren müssen. Doch nun reichte dieser hochnäsige Hausvorstand einem Untergebenen dessen nerzverzierten Mantel, mehr noch, er half ihm sogar hinein. Die kurze Szene konnte nur auf eine außerordentliche Schieflage innerhalb des Machtgefüges des Hauspersonals hinweisen. Etwas hatte den muskulösen Diener in eine überlegene Position gerückt. Der Mann hüllte sich in seinen Umhang und lief über den Hof auf den Ausgang zu. Gryszinski, der wirklich zu Hause von Sophie erwartet wurde, zögerte trotzdem nur einen kurzen Moment. Dann folgte er ihm.

Lemkes Diener schlenderte durch die abendlichen Alleen des Villenviertels, ohne Eile, die Hände in den Manteltaschen. Kein Zeichen von Scheu oder dem hastigen Wunsch, weg von hier und unter seinesgleichen zu kommen. Gryszinski studierte diese Körpersprache heiteren Selbstbewusstseins aus einigem Abstand, schließlich kannte der Mann ihn und durfte ihn keinesfalls sehen. Sein Zielobjekt streifte die Prinzregentenstraße und führte ihn weiter in die Maximiliansanlagen. Es wurde allmählich dunkel, die letzten wenigen Spaziergänger eilten aus dem Park, der sich bald in eine eigene rauschende Welt verwandeln würde, lichtlos und fremd wie die unsichtbare Seite des Mondes. Gryszinski fühlte sich unbehaglich, als die weiten Flächen sich leerten. Bald würde er allein mit dem Mann sein, der ihm körperlich weit überlegen war, und wie üblich trug er keine Waffe bei sich. Sie näherten sich dem Fundort der Leiche. Gryszinski registrierte, dass der Diener nun zum ersten Mal seinen Schritt beschleunigte und den Mantelkragen hochschlug. Ohne einen Blick zur Seite zu werfen, ging er an der Stelle vorbei. Gryszinski ließ ihn vorlaufen, blieb auf Höhe der Senke einen kurzen Moment stehen, blickte hinunter und dachte an den Toten mit dem zerklüfteten Gesicht und dem Federmantel, an einen sechs Jahre zuvor erschossenen Elefanten, an eine verirrte Expedition auf der verzweifelten Suche nach einem Dorf, das es nicht gab. Die Senke lag bereits in Dunkelheit, ein schwarzer Abgrund, der schweigend seinen Schlund aufriss. Gryszinski setzte sich wieder in Bewegung, dabei ganz auf seine Füße konzentriert, die den Kies auf den Wegen seinem Empfinden nach unnatürlich laut aufwirbelten, so ohrenbetäubend, dass er zusammenfuhr, weshalb er sich von Rasenstück zu Rasenstück hangelte.

Der Park entließ sie wieder auf eine belebte Straße in Haidhausen. Gryszinski atmete unwillkürlich aus. Der Diener lief weiterhin entspannt, aber nun zielstrebiger, schneller, als hätte er eine Verabredung, die er einhalten wollte. Sie hielten sich parallel zur Isar und liefen eine ganze Weile, bis sich eine subtile Veränderung im Straßenbild vollzog. Die properen Herbergshäuschen der Handwerker wichen etwas größeren, schlicht gestalteten Mietshäusern, von denen nicht selten der Putz bröckelte. Hier und da zeigten sich windschiefe Bretterbuden, das grobe Kopfsteinpflaster der Straßen war verschmutzt. Sie waren in der Au angelangt, bescheidene Heimat der jungen Männer vom Lande, von denen vermutlich keiner jemals so viel Glück wie Eduard Lemke haben würde. Der Stadtteil war allerdings auch bekannt für seine zusammengezimmerten Volkstheater und volkstümlichen Sänger, die den Desillusionierten und hart Arbeitenden aus der Seele sangen, teilweise so gut, dass sich auch Herrschaften aus Schwabing oder sogar Bogenhausen zuweilen hier blicken ließen. Lemkes Diener steuerte nun eine Schenke an, aus der Musik und Gelächter drang, und betrat diese ohne zu zögern, wie jemand, der hier ein und aus ging.

Eine heiße Wand aus Gejohle schlug Gryszinski entgegen, als er sich ebenfalls in den überfüllten Raum drängte. Die Gaststube war voller Menschen, vorrangig Männer. Die Bierkrüge in den fest geschlossenen Händen, wandten sie ihre erhitzten Gesichter der dem Eingang entgegengesetzten Richtung zu. Dort hatte man einen langen groben Tisch zu einer Bühne umfunktioniert. Auf dem Möbelstück standen zwei Musiker, einer mit einer kratzigen Geige, der andere bearbeitete ein Steirisches Hackbrett, der Melodie hinterhereilend wie ein schwerer Fuß. Zwischen ihnen, ganz vorn mit den Zehen an der Tischkante, sang eine Frau, der die ganze gebannte Aufmerksamkeit gehörte. Sie war im Stil der Tänzerin Pepita de Oliva gekleidet, eine junge Spanierin, die einst die Varietés aufgemischt hatte und deren erotischer Geist offenbar in die niederbayerische Blondine auf dieser improvisierten Bühne gefahren war. Ihre semmelgelben Haare waren in feurige Locken gelegt, die zwei goldene Kreolen an ihren Ohren umringelten. Sie trug ein rotes Kleid mit ungewöhnlich kurzem Rock, sodass man sogar ein Stück ihrer nackten Knie sehen konnte. Die blonde Pepita klapperte mit zwei Kastagnetten und stampfte mit ihren kleinen Füßen auf, während sie seltsamerweise das urdeutsche *Mantellied* von Holtei zum Besten gab, geschmückt mit ihrer bayerischen Mundart, wobei ihr das Kunststück gelang, über den alten, zerrissenen Mantel zu singen, als ob der ein Liebhaber sei. Vor allem, als sie die Zeilen *Wir lagen manch liebe Nacht, durchnässt bis auf die Haut; du allein, du hast mich erwärmet* zum Besten gab, während alles an ihr klimperte – Ohrringe, Augen, Locken, Kastagnetten –, da brach der Saal in eine regelrechte Raserei aus.

Gryszinski beobachtete die Zuschauer. Den Polizisten in ihm durchzuckte die Erkenntnis, dass ein Taschendieb hier ohne Zweifel freie Bahn hätte, so sehr waren die anwesenden Männer von dem Geschehen vorne okkupiert. Er fand seinen Mann in der ersten Reihe. Verzückt starrte der die blonde Pepita an, als sei sie eine göttliche Erscheinung. Viel interessanter war allerdings die Tatsache, dass sie zurückschaute. Nicht nur das, sie wandte sich ihm beim Singen immer wieder zu, ließ die Hüften kreisen, während sie in seine Augen blickte, und warf ihm sogar mit einer lasziven Trägheit, die Gryszinski abstoßend und anziehend zugleich fand, eine Kusshand zu. Während sie ein weiteres Lied anstimmte und dabei im Takt etwas mit ihrem Körper machte, das Gryszinski entfernt an Knödel erinnerte, die lustig im brodelnden Wasser auf- und abhüpften, taxierte er die übrigen im Raum versammelten Anwärter auf die Gunst der Pepita. Er sah einige offensichtlich gut betuchte Herren, und diese Frau war sicherlich keine günstige Liebhaberin. Wieso hatte sie sich für einen Diener entschieden? Was konnte er ihr bieten?

Etwa eine Stunde später musste Gryszinski einsehen, dass dieser Diener sehr wohl über die entsprechende Kaufkraft verfügte. Da hatte die Pepita Dienstschluss und war am Arm ihres Galans in eine Kutsche gestiegen. Gryszinski war in einer weiteren Droschke gefolgt, bis sie allesamt in der Isarvorstadt wieder ausstiegen, und zwar direkt vorm Kolosseum, einem Komplex aus Singspielhallen und Varieté, welches, so konnte man es formulieren, eine Art Abonnement auf Erlasse der Münchner Polizeidirektion abgeschlossen hatte, die im Regelfall die allgemeine Sittlichkeit und deren Unauffindbarkeit an diesem speziellen Ort behandelten. Gryszinski sprang aus der Kutsche und duckte sich. Genau in diesem Augenblick wandte sich der Diener um und sah in seine Richtung. Gryszinski drückte sich, den Hut tief im Gesicht, in einen dunklen Hauseingang und drehte angestrengt seinen Kopf weg. Mit pochendem Herzen zählte er in dieser Pose stumm bis fünfzig, dann blickte er zurück zum Kolosseum. Sie waren weg, er konnte nur hoffen, dass sie das Gebäude betreten hatten.

Schnell lief er über die Straße, trat gemeinsam mit einem weiteren Schwung Besucher ein und strebte zur Kasse, neben der man heute einen Gendarmen postiert hatte, wie es an Abenden mit besonders großem Menschenandrang üblich war. Beim Näherkommen stellte er fest, dass es sich dabei um den jungen Kollegen von der Hausdurchsuchung bei Grassl handelte, der gerne einbeinig über glühende Kohlen auf Bierbänken hüpfte. Und jetzt schob er ausgerechnet hier Dienst. Augenscheinlich ein Mann, der gern mit seinem zweiten Bein in gewissen Umfeldern steht, dachte Gryszinski für sich, da kann er sich gut mit dem Spatzl zusammentun. Der junge Gendarm erkannte ihn, zog zunächst reflexhaft den Kopf ein, um dann – vermutlich, als ihm klar wurde, wo er seinen strengen preußischen Vorgesetzten gerade antraf – breit zu grinsen.

»Herr Kommandant«, rief er eine Spur jovial. »Sie hätte ich hier nicht erwartet!«

»Ich bin dienstlich hier«, erwiderte Gryszinski kühl. Er hatte wirklich keine Lust, sich von noch mehr rangniedrigeren Kollegen auf der Nase herumtanzen zu lassen.

»Aber natürlich«, erwiderte dieser impertinente Kollege jetzt auch noch, auf unerträgliche Weise verschwörerisch.

Gryszinski entdeckte zu seiner Erleichterung Lemkes Diener im Hintergrund im Varietésaal verschwinden und enthielt sich der strengen Antwort, die ihm jetzt sowieso nicht einfiel. Er schob sich an dem feixenden Gendarmen vorbei, umrundete eine Gruppe angeheiterter Offiziere und betrat ebenfalls die Haupthalle, ein kirchengroßer Raum mit hoher Galerie und einer Guckkastenbühne unter einem verwegen drapierten Vorhang, auf der eben ein nicht minder verwegenes burleskes Ballett aufgeführt wurde, das Gryszinski in einige Verlegenheit brachte. Er sah sich um. Den Zuschauerraum unter dem imposanten Tonnengewölbe füllten kleine Tische. An einen davon setzten sich Lemkes Diener und die blonde Pepita, natürlich mit besonders gutem Blick auf das Bühnentreiben, und die erste Flasche Champagner stand auch schon wenige Augenblicke später zwischen ihnen. Oben auf den Emporen, die von wuchtigen Pfeilern getragen wurden, tanzte man bereits eng umschlungen – es war stadtbekannt, dass die meisten Tänzerinnen auf der Galerie des Kolosseums Prostituierte waren. Gryszinski schüttelte leicht den Kopf ob dieser doch sehr barocken Feierlust der Bayern. Erst zwei Jahre zuvor war eine Gruppe von Frauen, die sich selbst als »Amazonen-Corps« bezeichnete, auf der Bühne einer einschlägigen Singspielhalle zu besichtigen gewesen. Vierzigtausend Schaulustige waren innerhalb einer Woche dorthin gepilgert, um diese zwielichtigen Walküren anzustarren. Dann war eine von ihnen, namentlich die »Amazone Cula«, während ihres Münchner Gastspiels unhöflicherweise an einer Lungenentzündung verstorben, was zu einer derart lustvollen Morbidität in der Bevölkerung geführt hatte, dass die Beerdigung der armen Frau zu einem Massenspektakel geriet, bei dem der Südliche Friedhof so gründlich verwüstet wurde, dass man ihn schließlich räumen musste. Gryszinski hörte so manchen Kollegen noch heute mit einem wohligen Schaudern davon berichten.

Lemkes Diener legte sich derweil ordentlich ins Zeug, um seine niederbayerische Spanierin zu beeindrucken. Allein, was er in einer Stunde an alkoholischen Getränken und Delikatessen bestellte, musste den normalen Monatslohn eines Dieners übersteigen, selbst wenn Lemke ein übermäßig großzügiger Arbeitgeber sein sollte. Es musste also eine weitere Geldquelle existieren. Wenn der Mann aber zu einem unerwarteten Vermögen gekommen war, etwa durch eine Erbschaft, warum sollte er dann weiterhin als Bediensteter buckeln? Gryszinski kam immer mehr zu dem Schluss, dass er es mit jemandem zu tun hatte, der aus irgendeinem Grund seine bisherige Situation aufrechterhalten musste, vermutlich, um kein Aufsehen zu erregen, aber unter der Hand eine Menge Geld kassierte. Dumm nur, dass er sich doch nicht so ganz hatte zurückhalten können und seinen einfachen Mantel mit einem teuren Pelz hatte füttern lassen.

Nach etwa einer Stunde hatten die beiden wohl genug von der schlüpfrigen Darbietung und erhoben sich. Sie wandelten durch einige weitere Säle, in denen ein Tanzfest tobte, und wiegten sich schließlich eine Weile zur Musik. Gryszinski postierte sich seitlich der Tanzfläche, müde an eine Wand gelehnt. Er fand allmählich, dass er genug gesehen hatte, und wollte endlich nach Hause, wo Sophie vermutlich bereits in höchster Sorge um ihn wartete. Gerade als er sich zum Gehen wandte, beendeten auch die Pepita und ihr Kavalier ihr Tänzchen und bewegten sich in Richtung der Garderoben. Resigniert folgte Gryszinski ihnen. Und wurde Zeuge, wie Lemkes Diener sich eine eiskalte Abfuhr einhandelte, als er zu gierig wurde und der Pepita unter den kurzen Rock zu greifen versuchte. Die allerdings hatte sich die natürliche Würde der Mädchen vom Lande bewahrt, weshalb sie ihm einen beherzten Schlag mit ihrem eleganten Regenschirm versetzte – vermutlich ein Geschenk eines weiteren Galans – und daraufhin klimpernd und wippend davonrauschte.

Gryszinski musste schmunzeln. Geld allein reichte eben doch nicht, wenn man kein Kavalier war. Lemkes Diener stand eine Weile wie angewurzelt da und drehte dann ab Richtung Hauptsaal. Gryszinski ahnte schon, dass er nun dorthin ging, wo nur Geld eben doch ausreichte. Und richtig, sein Zielobjekt marschierte direkt hoch auf die Galerie und steuerte eine hübsche Brünette an, elegant gekleidet wie eine Dame, aber mit einem etwas zu tiefen Ausschnitt, etwas zu hoch frisierten Haaren und viel zu viel Farbe im Gesicht. Jetzt war es genug; Gryszinski fasste einen spontanen Entschluss. Er würde den Mann hier und jetzt zur Rede stellen. Ihn quasi in flagranti erwischen, sodass er nichts leugnen konnte. Er wartete kurz, bis der Diener die Grundbedingungen des Geschäfts mit der Dame ausgehandelt hatte und sie sich anschickten, die Empore wieder zu verlassen. Dann trat er aus seiner Deckung hervor und stellte sich Lemkes Diener in den Weg. Der reagierte eine Sekunde verärgert, bevor er registrierte, wer vor ihm stand. Im Moment des Erkennens verzerrte sich sein Gesicht, seine Haut wurde erst bleich, dann grau.

»Guten Abend«, sagte Gryszinski, der selbst merkte, dass er etwas kurzatmig klang. »Ich glaube, wir müssen uns mal unterhalten.«

Weiter kam er nicht – mit einer plötzlichen heftigen Bewegung packte der Diener unsinnigerweise die eben noch von ihm umworbene Dame an der Taille und riss sie vor sich wie einen Schutzschild, als würde Gryszinski ihn mit einer Waffe bedrohen. Die Frau begann, wie am Spieß zu kreischen, in einem ohrenbetäubenden Ton, den sie bemerkenswert lange halten konnte, und zwar so lang, wie Lemkes muskulöser Diener brauchte, um sie wegzuschubsen, Gryszinski seinen Kopf in die Brust zu rammen, sich umzudrehen, dabei einer hinter ihm stehenden Kellnerin das volle Tablett aus der Hand zu schlagen und loszurennen. Als der menschliche Schutzschild endlich Luft holen musste, war der Flüchtige schon unten im Varietésaal und kämpfte sich durch ein keifendes Knäuel aus tanzenden Beinen und verknoteten Armen. Gryszinski, der nach dem heftigen Angriff nach Luft schnappend zurückgetaumelt war, riss sich zusammen und rannte die Treppe der Galerie hinunter, begleitet von einem weiteren markerschütternden Schrei der stehen gelassenen Dame. Er sah den Mann kurz vor den Ausgängen, wo auch der junge Gendarm stand.

»Halten Sie ihn auf!«, brüllte Gryszinski und deutete wild gestikulierend auf den Diener. Leider stellte sich heraus, dass der junge Kollege wohl sehr findig war, was unsinnige Trinkspiele und Tändeleien mit verheirateten Frauen betraf, ansonsten aber über keinerlei kriminalistisches Talent verfügte, denn er hielt den unschuldigen und völlig bewegungslosen Verkäufer der Programmhefte fest, während der mit der Geschwindigkeit und Auffälligkeit einer als chinesischer Drachen verkleideten Dampflokomotive Flüchtende ungehindert an ihm vorbeirasen konnte. Als Gryszinski endlich fluchend draußen auf der Straße stand, war Lemkes Diener vom Erdboden der Großstadt verschluckt – und so schnell würde sie ihn vermutlich nicht wieder ausspucken.

Zerknirscht und erschöpft ließ sich Gryszinski von einer Mietdroschke nach Hause fahren. Sie war schlecht gefedert, weshalb sein Kopf bei jeder Unebenheit der Straße an die Innenwand der Kutsche schlug. Das entbindet meine erschöpften Hände von der Notwendigkeit, mir mal selbst kräftig an die Stirn zu schlagen, dachte Gryszinski finster, als er sich seinen nächsten Fehler in dieser ganzen Ermittlung eingestand: Sie hatten nach dem Mord an Sperber natürlich die Lemkes befragt, ihren Butler, ihren Dekorateur und auch einige Gäste ihrer Feier. Doch sie hatten nicht mit den Menschen gesprochen, die Augen und Ohren eines jeden Hauses waren, die oftmals so chamäleonhaft mit dem Inventar verschmolzen, dass einem gar nicht bewusst war, wie viel man vor ihnen preisgab – die Dienerschaft der Lemkes war von der Polizei völlig unbehelligt geblieben, und das entpuppte sich jetzt als grobe Verfehlung. Natürlich, dessen war sich Gryszinski bewusst, war die Befragung von Untergebenen immer zweischneidig, eben weil diese in einem Abhängigkeitsverhältnis zu jemandem standen. Außerdem musste man leider sagen, dass eine Magd als Zeugin nicht so ernst genommen wurde wie etwa eine Dame von Stand, zudem kam es nicht selten vor, dass Bedienstete ihre Aussagen wieder zurückzogen, weil sie unter Druck gesetzt wurden, Angst hatten, falsche Loyalität empfanden. Oder weil ihre Dienstherren ihr Schweigen erkauft hatten. Ein besonders tiefes Schlagloch ließ Gryszinski fast durch die Kutsche fliegen. Recht geschah es ihm! Trotz all dieser Vorbehalte hätten sie sich umhören müssen. Er würde das jetzt unbedingt nachholen müssen, schlimm genug, dass er den einen Diener vermutlich auf immer vergrault hatte. Das war eine weitere unerfreuliche Eigenart derer, die jener Bevölkerungsschicht angehörten, die den Höhergestellten unauffällig dienten; sie konnten noch viel unauffälliger untertauchen.

Als die Kutsche endlich in die Liebigstraße einbog, sah Gryszinski schon von Weitem, dass seine Wohnung noch hell erleuchtet war, während die übrigen großen Mietshäuser im dunklen Schlummer lagen. Müde stapfte er in den ersten Stock hinauf und drehte so leise wie möglich den Schlüssel im Schloss, ein sinnloses Unterfangen, denn der Mechanismus musste dringend geölt werden. Aus dem Salon drang dumpfes Gemurmel, auch in der Küche klapperten noch ein paar Teller, dann Sophies Stimme: »Willi?« Er hörte ihr Kleid rascheln, kurz darauf stand sie im Flur: »Gott sei Dank! Ich habe mir solche Sorgen gemacht!«

»Es tut mir sehr leid. Ich musste unerwartet einem Verdächtigen folgen, und …«

»Ist er da?«, kam es in diesem Moment aus dem Salon. Straven, registrierte Gryszinski missmutig. Auch der kam jetzt in den Flur und stellte sich neben Sophie. Es wirkte besitzergreifend. »Wir haben Ihrer Frau Gemahlin Gesellschaft geleistet, sie war doch sehr in Sorge.« Straven lächelte wieder sein zuckriges Zitronenlächeln, das immer mehr zu einer ständigen Provokation wurde.

Gryszinski schluckte, um Haltung bemüht, während sich ein dumpfer Schmerz in seinem Rücken ausbreitete und er seine Schläfen pochen fühlte – die ständige Anstrengung, den Schein zu wahren, setzte ihm allmählich körperlich zu. In diesem Moment bemerkte er allerdings etwas, das ihn überraschte. Sophie lächelte zu Stravens Worten, doch nicht so enthusiastisch wie bisher, nein, es wirkte eher ein wenig gequält. Seiner Frau, begriff er, war der Hausgast auch lästig. Eine Erkenntnis, die ihm neue Energie verlieh.

»Sehr aufmerksam, Carl-Philipp.« Gryszinski lächelte mindestens genauso zweideutig süßsäuerlich zurück. »Aber nun bin ich ja da, wir sollten also alle zusehen, dass wir ins Bett kommen.«

Sophie nickte zustimmend und wandte sich bereits in die Richtung ihres Schlafzimmers, doch Straven hielt Gryszinski zurück. »Auf ein Wort noch, werter Freund«, zischte er und ging, ohne sich weiter um ihn zu kümmern, in den Salon voran. Gryszinski folgte ihm widerstrebend, während sich Sophie stirnrunzelnd zurückzog.

Kaum waren sie allein, entschwand die zuckrige Komponente in Stravens Lächeln wie ein flüchtiges Gas. »Nachdem

Sie uns bereits den dritten Tag hingehalten haben, Hauptmann, hoffen wir wirklich, Sie können uns hier und jetzt berichten, dass Ihre Ermittlung Fortschritte macht und Sie sich nicht bloß wieder mit Ihrem neuen Freund Eduard Lemke zu einem weiteren Besäufnis getroffen haben«, stieß er hervor, nun ganz offen feindselig. Er nahm es wohl doch übel, dass Gryszinski ihn nach dem Duell stehen gelassen und ihn auch noch am nächsten Tag abgewimmelt hatte. »Sie wären nicht der erste Spion, Hauptmann«, legte Straven nach, »der im Verlaufe seines Auftrags vergisst, auf welcher Seite er steht.«

»Das ist ein ungeheurer Vorwurf!«, gab Gryszinski ehrlich empört zurück. »Ich nutze lediglich den neuen Vorteil, um noch mehr über Lemke in Erfahrung zu bringen. Ich bin heute Abend einem seiner Diener gefolgt, der offenbar über ein weitaus größeres Vermögen verfügt, als es für einen Mann seines Standes üblich ist. Möglich, dass Lemke ihm Schweigegeld für etwas zahlt.«

»Geht es hier um den Mord an dem Bierbeschauer oder um unseren Fall?«, fragte Straven kalt.

»Ich weiß es nicht! Und nebenbei bemerkt: Ich ermittle nun mal in beiden Fällen! Schon um den Schein zu wahren«, fügte er noch hinzu, bevor Straven eine weitere bissige Antwort geben konnte.

Der schwieg einen Moment. Die nächsten Worte sprach er mit einer Beiläufigkeit, die ihren ungeheuerlichen Inhalt noch perfider wirken ließ. »Sie täten gut daran, Ihren kleinen Mordfall höchstens als Ablenkung für Ihre Wachtmeister anzusehen und sich gänzlich auf unseren Auftrag zu konzentrieren.« Straven räusperte sich, es klang unerträglich gekünstelt. »Der Gesandte hat uns gegenüber geäußert, von höchster Stelle zu wissen, dass man sich gut vorstellen könnte, auch einen preußischen Reserveoffizier, der nach Bayern emigriert ist, wieder einzuziehen und als, sagen wir, Militärattaché in die Kolonien zu schicken. Im Bismarck-

Archipel toben Malaria, Cholera, die Pocken. Und soweit wir informiert sind, werden dort regelmäßig Anschläge auf Europäer verübt. Sehr unsicher. Der betroffene Kandidat dürfte sicher nicht seine junge Familie mitbringen. Vor allem nicht seine charmante Gattin.«

Es hätte nicht viel gefehlt und Gryszinski, der doch Gewalt verabscheute, hätte zugeschlagen. Stattdessen traf ihn eine Idee mit der Wucht eines stürzenden Maibaums. Nach kurzem Schweigen sprach er ganz ruhig: »Dann beantrage ich hiermit, eine nichtpolizeiliche Person für einen einmaligen Einsatz zu rekrutieren.«

»Ah! Wie? Wen denn?« Straven war sichtlich aus dem Konzept gebracht.

»Frau Brunner«, rief Gryszinski statt einer klaren Antwort in die dunkle Wohnung hinein.

»Gnädiger Herr?« Und schon stand sie direkt hinter ihnen, lautlos aus dem Boden gewachsen.

Diesmal war es eindeutig; Straven fuhr zusammen und kreischte schrill wie ein junges Mädchen. Er warf dabei sogar die Hände in die Luft.

»Wie Sie sehen«, sagte Gryszinski unverändert ruhig, »beherrscht Frau Brunner die außergewöhnliche Fähigkeit, sich vollkommen lautlos durch Räume zu bewegen. Deshalb wird sie mir dabei helfen, ein Beweisstück aus Lemkes Haus sicherzustellen, ohne dass er etwas davon bemerken wird, zumindest nicht sofort.«

Straven starrte ihn an, immer noch heftig atmend. »Und was, bitte schön, sollte das sein?«

»Eine Visitenkarte«, antwortete Gryszinski nur, drehte sich um und ließ Straven ohne ein weiteres Wort stehen. Jetzt konnte er nur noch hoffen, dass jene Karte, die Lemke so dringend vor ihm hatte verstecken wollen, auch wirklich etwas mit dem Unglück der preußischen Expedition zu tun hatte.

Sophie war noch wach. Sie saß im gemeinsamen Bett, hatte die Beine angezogen und mit ihren Armen umschlungen. So sah sie vor sich hin.

»Verzeih mir, mein Mienchen.« Gryszinski setzte sich vorsichtig neben sie und zwirbelte sacht eine ihrer offenen Locken. »Mir war etwas Verdächtiges aufgefallen, und deshalb musste ich sofort hinterher. Ich hatte keine Möglichkeit, dir eine Nachricht zukommen zu lassen.«

Sie schüttelte den Kopf. »Ach, Willi, ich weiß, ich bin dir nicht böse.«

»Aber … dich beschäftigt etwas?«

Sie rieb ihre Stirn, als würde sie einen juckenden Gedanken loswerden wollen, der sich dort oben festgesetzt hatte, dann schien sie sich einen Ruck zu geben. Sie drehte sich zu ihm und blickte ihn direkt an. »Wilhelm, ich weiß, dass Carl-Philipp ein alter Jugendfreund von dir ist. Es muss eine enge Freundschaft gewesen sein, sonst würdest du ihn wohl kaum so lange hier bei uns wohnen lassen – denn er macht ja wirklich nicht die kleinste Andeutung, wann er uns wieder zu verlassen gedenkt … Manchmal habe ich mich aber in den vergangenen Tagen schon gefragt, warum du noch nie zuvor von ihm berichtet hast.« Sie ließ den letzten Satz kurz nachwirken, er hing wie eine unbeantwortete Frage zwischen ihnen. Dann fuhr sie fort: »Wie auch immer, ich … ich weiß nicht, wie ich es ausdrücken soll, es ist sehr unangenehm.«

»Was ist es?« Gryszinski war plötzlich hellwach. Offenbar ging etwas direkt vor seinen Augen vor, das er übersehen hatte. Sophie wirkte jetzt sehr unsicher, er meinte sogar im Zwielicht der schummrigen elektrischen Stehleuchte eine leichte Röte zu erkennen, die ihren Hals überzog. »Sag es mir, Liebste.«

Sie atmete entschlossen durch. »Ich habe den Eindruck, dass Carl-Philipp, nun ja, mir Avancen macht.«

Es fühlte sich an, als würde ihn etwas eiskalt im Nacken packen. »Was soll das heißen?« Gryszinski sprang vom Bett auf und nahm irrerweise, wie ihm erst ein paar Sekunden später klar wurde, Haltung an. »Ist er zudringlich geworden? Hat er dich angefasst?« Herrgott, fuhr es ihm durch den Kopf, am Ende werde ich diese schmallippige Königsberger Amphibie noch zum Duell fordern müssen.

»Nein, nichts dergleichen.« Sophie atmete verzweifelt durch. »Es ist nur … die Art, wie er mit mir spricht, worüber er spricht … es fühlt sich an, als sollte man so nur mit einer Dame sprechen, mit der man, nun ja, intim vertraut ist. Aber vielleicht bilde ich es mir doch nur ein, vielleicht hat er nur ein bisschen die feinen Grenzen der Konvention vergessen, weil wir so angeregt über Literatur diskutieren?«

Gryszinski schüttelte den Kopf, setzte sich wieder zu ihr und nahm ihre Hand. Was sie sagte, entsprach genau dem Gefühl, das er vorhin gehabt hatte, als Straven neben sie getreten war. Er benahm sich, als sei er der Herr im Haus. Eigentlich entsprach es dem Gefühl, dass er die ganze Zeit gehabt hatte. »Du bildest es dir nicht ein. Ich glaube dir.«

Sie stieß erleichtert die Luft aus. Dann wurde ihr Gesichtsausdruck wieder ernst. »Aber ich möchte auf keinen Fall einen Keil zwischen euch beide treiben. Vielleicht, wenn ich ihm ganz klar sage, dass er eine Grenze überschritten hat …«

»Nein!« Jetzt rieb er sich die Stirn. Er hatte seine Familie wirklich in eine unmögliche Situation gebracht. »Mienchen, hör zu. Carl-Philipp von Straven ist kein alter Freund von mir. Bis er hier das erste Mal in der Tür stand, kannte ich ihn überhaupt nicht.«

»Ich verstehe nicht … wer ist er denn dann?«

Gryszinski seufzte einmal tief und drückte ihre Hand noch fester. Dann gestand er ihr alles.

Den ganzen nächsten Tag über hatte Gryszinski daran denken müssen, was sein Mentor Hans Groß einmal über das unbefugte Einschleichen gesagt hatte: Es erfordere gute Vorbereitung, zudem Entschlossenheit, um den richtigen Augenblick zu erwischen, und nicht zuletzt die Geistesgegenwart, eine gute und ruhig vorgetragene Ausrede parat zu haben, sollte man erwischt werden. Auf Frau Brunner, so ehrlich musste man sein, traf kein einziger dieser Punkte zu. Sie war ein nervliches Wrack, das sich in keiner Weise seinem Auftrag gewachsen fühlte.

»Aber gnädiger Herr«, flehte sie zum unzähligsten Mal. »Ich kann doch nicht wie ein gemeiner Dieb in einem feinen Haus herumschleichen.«

»Frau Brunner, Sie tun es in meinem Auftrag, also für die Königlich Bayerische Polizeidirektion«, erwiderte Gryszinski, er wusste nicht zum wievielten Mal. »Sie sichern zudem ein wichtiges Beweisstück in einem Kriminalfall, und sollte man Sie erwischen, stehe ich natürlich hinter Ihnen, mit der ganzen Autorität des Staates. Aber!«, schnitt er ihr das Wort ab. »Man wird Sie nicht erwischen. Sie sind ein Geist, Frau Brunner, eine Naturgewalt des Anschleichens.«

Die Brunner schüttelte wieder den Kopf. Gryszinski war klar, dass sie einfach nichts von ihrer Gabe wusste und ihn schlichtweg für besonders schreckhaft hielt. Sie befanden sich bereits auf dem Weg zu Lemke. Gryszinski hatte sie persönlich nach seinem Dienstschluss zu Hause abgeholt. Die kurze Stippvisite hatte ihm auch die Gelegenheit gegeben, kurz nach dem Rechten zu sehen. Es war ihm sehr unwohl dabei, Sophie mit Straven allein zu lassen, doch sie mussten den Schein wahren. Sophie hatte, nachdem sie noch nachts hin und her überlegt hatten, eine Bekannte eingeladen, den Tag mit ihr zu verbringen. In der Regel mied sie die besagte Dame – eine Wienerin, die mit irgendwelchen entfernten Berliner Verwandten befreundet war –, da diese unglaublich viel plapperte, und zwar nach einem frei assoziierenden Schema. Warf man ihr ein Stichwort hin, egal welches, nahm sie es auf und reihte verbale Masche an Masche, durchwirkt von einem düsteren Faden Wienerischer Depression, bis einem alle Sinne verknotet waren von diesem Vlies aus lethargischem Geschwätz. Nach einem Tag mit ihr, hatte Sophie einst erklärt, wäre jeder einzelne Terminus des deutschen Wortschatzes einmal gesagt worden. Heute erwies sich diese eher ärgerliche Eigenschaft doch als sehr nützlich. Gryszinski hatte nur einen kurzen Blick in den Salon geworfen, doch er hatte sofort gesehen, dass Stravens lange Gestalt zu einem einzigen Fragezeichen zusammengesunken in seinem Fauteuil gehockt hatte, während Sophies Freundin, die neben ihm saß, an den Zimmerpalmen vorbei aus dem Fenster blickte und in ihrem gelangweilten und gleichzeitig leidenden dialektalem Singsang ausgerufen hatte: »Regnet es noch, oder regnet es nicht mehr? Die einen haben die Schirme aufgespannt und die anderen nicht.« Nach einer kurzen Pause, in der das ganze Leid über diesen Ausbund menschlicher Ambivalenz versammelt gewesen war, hatte sie unzufrieden hinzugefügt: »Nun, die einen werden wohl vergessen haben, ihre Schirme wieder zuzuklappen.«

Beruhigend tätschelte Gryszinski Frau Brunners Arm. Seitdem er Sophie in alles eingeweiht hatte, fühlte er sich wie von einem Gewicht befreit, und er glaubte wirklich, dass sie alles schaffen würden. In einer morgendlichen Depesche hatte Lemke zu einem intimen Abendessen im Ostflügel gebeten, den Gryszinski ja bisher nur aus Erzählungen kannte. Soweit er wusste, öffnete sich im Erdgeschoss, wo sich die repräsentativen Räume befanden, das gesamte Gebäude auf eine riesige Terrasse, auf der mannshohe Blumenkübel den Blick in den Garten rahmten. Die Brunner würde sich hinter einem dieser Kübel verstecken und, sobald die Gelegenheit günstig war, auf sein Zeichen durch eine der offenen Terrassentüren hereinschleichen. Er hatte ihr den Weg durch das Haus genau erklärt und ging davon aus, dass in dieser Masse an Zimmern genug dunkle Ecken wären, in denen sie sich im Zweifelsfall verstecken konnte. Selbst ein so reicher Mann wie Eduard Lemke würde nicht eine gesamte Villa illuminieren, wenn die einzelnen Salons und Wunderkabinette gerade menschenleer waren. In die ägyptische Grabkammer müsste sie problemlos hereinkommen können, die Tür hatte kein Schloss, darauf hatte er beim letzten Mal geachtet. Wieder raus ging es leicht durch den Seitenausgang. Blieb nur zu hoffen, dass Lemke die Visitenkarte, die ja nun praktischerweise mit Tintenklecksen markiert war, auch wirklich dort gelassen hatte. Gryszinski glaubte fest daran – Lemke würde sie nicht bei sich tragen, das wäre zu riskant. Das ägyptische Zimmer war seiner Beobachtung nach Lemkes wichtigster Ort, sein Lieblingsraum, in dem er sich und seine Geheimnisse sicher wähnte. Er glaubte sogar, dass Lemke die Karte, wie in der Erzählung von Poe, an einem offensichtlichen Ort aufbewahrte, der signalisieren sollte, dass das kleine Blatt Papier keine besondere Bedeutung hatte.

Ihre Kutsche hielt, wie vorher verabredet, einen Moment vorm Tor zum Ehrenhof. Gryszinski öffnete den Verschlag, die Brunner hüpfte raus und huschte im Schutz der wieder anrollenden Droschke in den Hof. Es war schon fast dunkel, der Himmel zeigte ein glasklares Orange, das gleich ins Schwarz kippen würde. Vor dem Eingang entdeckte Gryszinski den größeren der beiden muskulösen Diener – den kleineren hatte er wohl für immer vergrault. Schnell entschlossen eilte er auf ihn zu, um ihn anzusprechen. In diesem Augenblick öffnete sich die elektrische Eingangstür, und Lemke selbst tauchte auf.

»Ah, willkommen, *mon ami*!«, rief er und breitete sogar die Arme aus.

Gryszinski schluckte die Worte, die er bereits parat gehabt hatte, wieder herunter und fluchte innerlich über diese ganze verlogene Rolle des Hausfreunds. Er hatte sich mittlerweile so unlösbar in ein Geflecht aus empfindlichen Allianzen und geheimen Absichten verwoben, dass eine offizielle, unverblümte Befragung in Lemkes Haus unmöglich geworden war, wie ihm jetzt erst klar wurde. Also ließ er den Diener, der ihm, so glaubte er zu bemerken, verstohlene Blicke zuwarf, unbehelligt und begrüßte Lemke mit der gebotenen Herzlichkeit. Lemke wies ihm in der Halle den Weg nach rechts, sie defilierten durch einige Räume des Ostflügels, die an die repräsentativen Zimmerfluchten eines französischen Schlosses erinnerten. Geriet man im Westflügel von einer Welt in die andere, wurde man hier durch eine aristokratische Gesamtkomposition geleitet, die nur aufgrund von Details verriet – etwas zu üppiges goldenes Blattwerk an den Pfeilerspiegeln, Tapeten mit Ornamenten aus Pfauenköpfen, durchwirkt von Lemkes Initialen, ein Monumentalgemälde, das anstatt einer historisch bedeutsamen Schlacht das Treiben im Pariser *Moulin Rouge* zeigte –, dass in allem hier neues Geld steckte. Sie erreichten eine Halle, deren Wände mit protzigen Pfeilern aus Marmor gesäumt waren, während Terrassentüren aus bunten Glasmosaiken die gesamte Länge zur Gartenseite hin durchzogen und fast hinter den schweren Brokatvorhängen verschwanden, die wie steife barocke Kleider davorhingen – perfekt, um jemanden zu verbergen, stellte Gryszinski zufrieden fest. Der gesamte Saal war ansonsten leer, dafür stand zu seiner Überraschung Betti Lemke mitten im Zimmer, wie eine einzelne kostbare Statue.

»Willkommen«, hauchte sie matt.

Gryszinski trat höflich auf sie zu und beobachtete dabei ihre Bewegungen genau, wie sie die Arme und Beine bewegte, als würden diese an unsichtbaren Schnüren hängen, während sie den Kopf ständig leicht einzog, wie erdrückt unter ihrem schweren Haar und einem permanenten Kopfschmerz. Sie ist wirklich gut, konstatierte er für sich, sie hatte ihre Rolle als melancholische Frau Lemke bis ins Letzte verinnerlicht. Er spürte, wie sich in seinem Kopf immer deutlicher eine Theorie um sie herum aufbaute.

»Sie fragen sich bestimmt, warum wir hier in diesem leeren Saal stehen«, zog Lemke wieder die Aufmerksamkeit auf sich. »Nun, ich habe ein ganz besonderes *dîner* für uns vorbereiten lassen.« Eine kindliche Freude zog über sein Gesicht – es war diese Offenheit, die seine unverhohlene Angeberei sympathisch machte. Lemke strebte zu der Wand mit den Pfeilern. Erst jetzt sah Gryszinski, dass dort in der Mitte ein faustgroßer goldener Knopf prangte, eingefasst von verschnörkelten Ornamenten, die wohl irgendeine orientalische Phantasieschrift darstellen sollten. Dort angekommen, drückte Lemke feierlich den Auslöser, woraufhin ein Surren ertönte. Ein verborgener Mechanismus kam in Gang: Das mittlere Feld des Parkettbodens fuhr auseinander, der Boden tat sich auf, und dann glitt langsam ein Tisch nach oben, eine Speisetafel, an der zwanzig Leute bequem Platz gefunden hätten, auch wenn jetzt nur für drei gedeckt war. Dafür bog sich der Tisch unter den Delikatessen, die sie niemals zu dritt würden verzehren können. Die schiere Menge verwirrte das Auge. Gryszinski erfasste nur Ausschnitte; er machte einen ganzen Berg an Krustaden aus, betupft mit verschiedenen Ragouts, daneben ein fetter Kapaun, dessen gerösteter Körper komplett mit hauchdünn gehobeltem Trüffel verkleidet war. Direkt davor kreuzten einige Hummer ihre knallroten Scheren. An diese hatte man kleine goldene Gefäße gebunden, in denen Kaviar schimmerte. Gryszinski, der allmählich wieder positivere Gefühle für seinen Status als Lemke'scher Hausfreund entwickelte, ließ seinen Blick an das andere Ende der Tafel wandern, wo eine riesige kristallene Bonbonniere in der Gestalt von Daphne thronte, die sich eben in einen Baum verwandelt. Die Hände, aus denen Blätter und feine Zweige sprießten, bildeten kleine Teller, auf denen Petit Fours in den nicht eben dezenten fleischigen Farben eines Rubens-Gemäldes aufgetürmt waren. Dieses Zuckermonstrum wirkte allerdings fast zierlich neben der Pyramide aus Macarons, Krokant, Baumkuchen und zahllosen figürlichen Süßigkeiten, die Gryszinski an ein Heer aus Zinnsoldaten erinnerten, nur dass die winzigen Krieger aus Marzipan bestanden, während fein gedrechselte Zahnstocher ihre Pickelhauben bildeten. Gryszinski stieß die angehaltene Luft aus. Die Gigantomanie dieses kleinen intimen Abendbrots raubte einem schier den Atem.

»König Ludwig ließ sein Tischleindeckdich grundsätzlich für drei oder vier Personen eindecken, obwohl er immer allein dinierte. Er stellte sich dann vor, mit dem Sonnenkönig und Madame Pompadour zusammenzusitzen, und plauderte mit ihnen, vermutlich über französische Poesie oder die Freuden der Gartenpflege.« Lemke lachte betont aufgeräumt. »Setzen wir uns.«

Es folgte eine gepflegte Völlerei, bei der sich nur Betti Lemke zurückhielt. Lediglich eine asketische Scheibe vom Kapaun wanderte in ihren Mund, während ebenso wenige Worte den selbigen verließen. Gryszinski dagegen konnte einfach nicht anders und probierte alles. Lediglich beim Alkohol hielt er sich zurück. Trotzdem brach ihm irgendwann der Schweiß aus, weshalb es ganz natürlich wirkte, dass er sich erhob, an eine der großen Türen trat und diese öffnete, um ein wenig frische Luft einzulassen. Dabei streckte er kurz seinen Arm ins Freie und reckte die Faust in die Höhe, das war ihr Zeichen. Er blieb nur einen kurzen Moment an der Tür stehen, lange genug, um zu sehen, wie sich die rundliche Silhouette der Brunner lautlos aus dem Schatten eines der übergroßen und ähnlich kurvigen Blumenkübel löste und über die Terrasse in seine Richtung flitzte – wie eine Matrjoschka-Puppe, die der nächstgrößeren Schachtelpuppe entrinnt, fuhr es Gryszinski durch den Kopf. Ruhig ging er zurück zum Tisch, als er sicher war, dass die Brunner sich hinter dem schweren Vorhang verborgen hatte. Dort würde sie nun ausharren, bis die Tafel aufgehoben und die drei sich, wie es nach einem *dîner* üblich war, zum Digestif in einen anderen Raum begeben würden. Leider, das hatte Gryszinski trotz all seiner Menschenkenntnis nicht bedacht, war Lemke jemand, der gern mit Konventionen spielte. Als das Essen beendet war, drückte er einen weiteren elektrischen Knopf an der pfeilergeschmückten Wand, woraufhin der Diener mit der herkulischen Figur sowie der misanthropische Butler erschienen und wortlos in einer anderen Ecke der Halle einen persischen Teppich auf dem Boden ausbreiteten, als Nächstes drei zierliche Diwane drum herum gruppierten und als krönenden Abschluss den Skarabäus mit den glitzernden blauen Augen hineinrollten, dessen Rücken eine Selektion an Spirituosen trug.

Lemke klatschte in die Hände. »Gehen wir hinüber in unseren Nomaden-Salon!«, rief er enthusiastisch und eilte zur Sitzgruppe.

Betti Lemke erhob sich wie in Watte gepackt und schlurfte durch den Raum, dicht gefolgt von Gryszinski, den das Entsetzen lähmte. Wie sollte die Brunner jetzt ungesehen den Saal verlassen? Doch tatsächlich schien sie nun die Entschlossenheit zu packen, denn er sah aus dem Augenwinkel, wie ein stummer Schatten zur Speisetafel schoss und schon nicht mehr zu sehen war. Offenbar harrte sie nun erst einmal unter der Tischdecke aus. Die erste Etappe durch den riesenhaften Saal hatte sie geschafft, er müsste nur die Aufmerksamkeit der Lemkes auf den Garten lenken, sie vielleicht zu einem kurzen Gang auf die Terrasse animieren, und sie konnte entkommen. Noch während er überlegte, wie er das anstellen sollte, erhob sich Lemke wieder und spazierte, eine

Zigarre zwischen den Lippen, zu dem großen Knopf, mit dem er das Tischleindeckdich nach oben beordert hatte, und blieb eine lange Sekunde feierlich davor stehen. Dann drückte er den Knopf, noch ehe Gryszinski begriffen hatte, was passieren würde: Unter seinen bestürzten Blicken tat sich das Parkett wieder auf, und er musste mit ansehen, wie die Speisetafel still und unerbittlich vom Boden verschlungen wurde, mitsamt seiner Haushälterin, die einen leisen dumpfen Schrei ausstieß, den er mit einem heftigen Hustenanfall übertönte.

»Äh, ah!«, machte Gryszinski, nachdem Lemke ihm kräftig auf den Rücken geklopft hatte, und dachte dabei fieberhaft nach. »Wirklich ein faszinierender Mechanismus«, begann er zu improvisieren. »Und, sagen Sie, der Tisch kommt unten direkt in der Küche an?«

»Genau, wir haben dort unten eine Küche, so groß wie in einem eleganten Hotel«, erklärte Lemke selbstzufrieden.

»Nein! Das vermag ich mir gar nicht vorzustellen«, gab Gryszinski listig zurück. »Ich meine, in der Großküche eines Hotels arbeiten doch bestimmt an die hundert Leute, das wird ja wohl hier nicht der Fall sein.«

Lemke rutschte auf seinem Diwan hin und her, die Skepsis seines Gastes stimmte ihn deutlich unzufrieden. »Nun, vielleicht nicht hundert«, gab er eine Spur giftig zurück, »aber zwanzig schon, bei größeren Festen sogar noch mehr.«

»Wirklich! Na, das würde ich gern mit eigenen Augen sehen«, rief Gryszinski aus. Er bemerkte, dass Betti Lemke ihn, auch wenn sie scheinbar auf ihrem Diwan vor sich hin dämmerte, sehr aufmerksam betrachtete. Aber sollte sie irgendwie ahnen, dass er etwas im Schilde führte, ließ sie sich zumindest nichts anmerken.

»Ihr Wunsch, mein Freund, ist mir Befehl!« Lemke sprang entschlossen auf. »Kommen Sie, ich zeige Ihnen die Küche.« Schon lief er los. Gryszinski folgte ihm rasch, während Betti

Lemke sich mit einer zur Schau gestellten Lustlosigkeit, die ihrer ganzen Attitüde angemessen war, in ihre Räume zurückzog.

Sie durchliefen einen Wirrwarr an Korridoren, die hinter Tapetentüren verborgen waren, und gelangten in ein tristes Treppenhaus; das Vexierbild kippte von der prunkvollen Villa in die schmucklose Parallelwelt der Dienerschaft. Dann öffnete Lemke eine Tür, und sie tauchten wieder in eine andere Wirklichkeit ein, eine Palastküche mit hoher Gewölbedecke, langen Arbeitstischen, einem bulligen Herd mit flackerndem Feuer und mehreren Türen, die in Speisekammern führten. Das Tischleindeckdich stand im Zentrum der Küche und wurde eben abgeräumt. Von hier unten konnte man das hydraulische System sehen. Die Tafel hing zwischen mehreren Stahlseilen, die durch brachiale Winden liefen. Tatsächlich werkelte hier eine beachtliche Anzahl an Köchen und allen möglichen Gehilfen. Bei ihrem Eintreten war das laute Gesumme aus gerufenen Anweisungen und den gelösteren Gesprächen des nahenden Feierabends schlagartig verstummt. Gryszinski sah sich verstohlen um. Wo mochte die Brunner stecken? Er begann, den Raum zu inspizieren, indem er die Hände auf dem Rücken kreuzte und wie ein Flaneur die langen Arbeitstische ablief, seine Nase in mehrere Töpfe steckte – nicht dass er die Brunner in einem Topf vermutete, aber er lugte eben gern unter Deckel – und die Köche zu dem einen oder anderen Detail befragte. Am Ende der Küche hatten offenbar die Pâtissiers ihr Reich. Hier zerlegten mehrere Gehilfen die riesige Pyramide mit den Marzipansoldaten wieder in ihre Einzelteile, auch die winzigen Soldaten selbst wurden auseinandergenommen, deren Gliedmaßen fein säuberlich nach Armen, Beinen und Köpfen sortiert.

»Was geschieht nun mit ihnen?«, fragte Gryszinski einen jungen Mann mit hoher weißer Kochmütze.

»Wir bauen neue Figuren daraus«, erklärte der Gefragte, nahm ein Paar Beine und Arme und einen Kopf, rollte geschickt ein weiteres Stück Marzipan aus und drapierte es um die Gliedmaßen des ehemaligen Soldaten herum. Ein paar Handgriffe mit einem winzigen Spachtel und schon überreichte er Gryszinski eine winzige Marzipanfrau, die der blonden Pepita zum Verwechseln ähnlich sah, wie er mit dem leichten Schauder einer Vorahnung bemerkte.

Lemke trat lächelnd neben ihn. »Und, haben Sie alles gesehen? Eine wirklich große Küche, nicht wahr?« Er lächelte wieder. Gryszinski realisierte, dass sein Gastgeber etwas Neues zu tun brauchte. Jeder neue Reiz hielt nur kurz vor, dann wurde es ihm schon wieder langweilig.

»Ja, ich habe alles gesehen, danke«, antwortete Gryszinski, und das entsprach der Wahrheit, denn eben hatte er die Spitze eines wirr gebundenen Dutts hinter einigen hochgestapelten Getreidesäcken entdeckt. »Aber sagen Sie …«, er konzentrierte seinen Blick wieder voll auf Lemke, einer Eingebung folgend, »… ich hatte ja immer gedacht, der Paternoster im Westflügel würde in eine Küche führen?«

»Da haben Sie halb recht«, ging Lemke darauf ein. »Natürlich werden auch kleinere Mahlzeiten im Westflügel serviert, etwa das Gebäck im Speisewagen, und ich lasse mir auch hin und wieder ein Abendessen in mein ägyptisches Zimmer bringen. Der Paternoster führt daher tatsächlich unter anderem in eine kleinere Küche, die aber eher nur fürs Anrichten gedacht ist.«

»Sie haben eine spezielle Anrichteküche? Nun, das ist wirklich feudal!«

»Na ja«, gab Lemke zurück, der einer Schmeichelei nicht widerstehen konnte, »das stimmt wohl, sie ist auch nicht allzu klein.«

»Wirklich! Ob ich diese mir auch ansehen dürfte? Ich lerne heute Ihre Villa noch einmal auf ganz neue Weise kennen und begreife erst ihre unglaublichen Dimensionen.«

»Kommen Sie mit.« Lemke strahlte und führte Gryszinski durch den Bauch seiner Festung, zeigte ihm Seitenpfade und Hintertüren, nicht ahnend, dass er die ganze Zeit einem blinden Passagier, der geräuschlos hinter ihnen hereilte, den Weg in das Herz seines Hauses zeigte.

Endlich gelangten sie in die kleinere Küche des Ostflügels, durch die der Paternoster hindurchsirrte. Jetzt ging alles ganz leicht. Gryszinski interessierte sich lauthals für eine Gerätschaft am anderen Ende des Raumes, und während der Hausherr ihm diese erläuterte, erlaubte er sich nur einen ganz kurzen Blick zu den permanent rotierenden Kabinen; die klobigen Schuhe der Brunner verschwanden in diesem Augenblick aus seinem Sichtfeld. In einigen Sekunden würde sie ein Stockwerk höher ankommen, wenige Meter vom ägyptischen Zimmer entfernt. Er atmete auf.

Etwa eine Stunde und ein paar Gläser Heidsieck später öffnete Gryszinski den Verschlag zur Kutsche, die er vor dem Anwesen der Lemkes hatte warten lassen. Und da saß sie, freudestrahlend, Bayerns beste Einschleicherin, und hielt ihm die mit Tintenklecksen übersäte Visitenkarte entgegen. Beinahe ehrfürchtig nahm er sie zwischen die Finger. Vorne eine Adresse in Berlin und ein Name: Gero Schönmann, Lithograph. Auf der Rückseite stand nur ein Satz, von Hand geschrieben: *Il faut qu'on parle.* Wir müssen reden.

9.

»Ein gewisser Theil des ›exacten Arbeitens‹ liegt auch in der genauen Kenntnis des Hauptmateriales jeder Untersuchung, des Menschen. Die Leute, die in einer Untersuchung eine Rolle spielen, sind eben nichts anderes in ihrem Werte als Beweismittel …«

Hans Groß: Handbuch für Untersuchungsrichter, Polizeibeamte, Gendarmen usw., 1. Auflage, 1893

Mit gemischten Gefühlen schloss Gryszinski die Bureautür des Polizeidirektors hinter sich. Welser war recht zufrieden mit seiner nächtlichen Verfolgungsaktion gewesen. Sie hatten Lemkes entflohenen Diener – Artur Hummert hieß er, wie Eberle mithilfe diskreter Nachforschungen herausgefunden hatte – zur Fahndung ausgeschrieben. Er wurde nun offiziell mindestens der Beihilfe zum Mord verdächtigt. Weniger gut hatte Welser dagegen Gryszinskis Gesuch aufgenommen, am kommenden Morgen nach Berlin zu reisen. Ein Telegramm hätte diesen mit höchster Dringlichkeit ans Krankenbett seiner Mutter beordert, so Gryszinskis offizielle Begründung. Der Polizeidirektor hatte schließlich der Reise zugestimmt, aber zum Ausdruck gebracht, wie ungünstig der Zeitpunkt wäre.

»Jetzt, wo endlich etwas in Bewegung kommt, Gryszinski! Aber natürlich, die Gesundheit Ihrer Frau Mutter geht vor, also sehen S' nach dem Rechten und kommen S' so schnell als möglich zurück.«

Gryszinski verspürte eigentlich auch keine große Lust, seiner Geburtsstadt einen Besuch abzustatten, aber er musste dem preußischen Gesandten jetzt mehr geben als nur vage Vermutungen. Er hatte bereits an seine kerngesunde Mutter telegraphiert – seine Ausrede war, wenn man es genau betrachtete, mehr als dünn. Luise von Gryszinski war niemals krank, und sie würde es auch niemals sein, bis sie eines fernen Tages tot umfallen würde, natürlich keinesfalls aufgrund einer körperlichen Schwäche. Gryszinski würde gleich den ersten Zug des Tages nehmen. Obwohl das Deutsche Kaiserreich über keine einheitliche Bahngesellschaft verfügte, sondern in eine verwirrende Zahl an privaten und staatlichen Einzelgesellschaften zerfiel, war die Strecke München – Berlin doch sehr gut vernetzt, die Reise würde ihn keine fünfzehn Stunden kosten.

So blieb ihm heute noch ein wenig Zeit, einer Sache nachzugehen, die ihn seit dem Abend in der Oper nicht losließ. Zwei Dinge schienen ihm an dem ermordeten Bierbeschauer besonders hervorzustechen: erstens der Duft des ungewöhnlich exklusiven Rasierwassers, den die abscheulich zugerichtete Leiche verströmt hatte. Zweitens die Tatsache, dass Sperber zwar ein Mann mit vielen Liebschaften, aber kein primitiver Frauenheld gewesen war. Sperber war vielmehr offenbar ein Mensch gewesen, der tiefe Liebe weckte und auch selbst zu aufrichtiger Liebe fähig war. Solche Frauenzimmer wie die Gattin des Büchsenmachers waren ihm nur Ablenkung gewesen, ein Kollateralschaden seines Charmes. Doch die Gefühle für seine Frau schienen echt gewesen zu sein, und je mehr Gryszinski über das nachdachte, was Magdalena Sperber ihm über das Verschwinden ihres Mannes kurz vor dessen Ermordung und seine Zärtlichkeit beim Abschied erzählt hatte, desto sicherer war er, dass es noch eine weitere innig geliebte Frau in Sperbers Leben gegeben hatte, eine ernsthafte Nebenbuhlerin, die höchstwahrscheinlich vermögend war. Gryszinski waren im Laufe seiner kriminalistischen Karriere schon viele untreue Männer untergekommen, Männer, die sich in mehr als eine Frau verlieben konnten, und das Seltsame war: Am Ende verfielen sie immer wieder der gleichen Frau, demselben Typus. Das war es, was ihm in der Oper im Kopf herumgeschwirrt war, als er an die Frauen gedacht hatte, die in diesen Fall verwickelt waren.

Er stand wieder an der kleinen Pforte und blickte in den Garten der Sperbers. Schon bei seinem ersten Besuch hatte Herbstlaub auf dem Boden gelegen, aber es hatte ebenso bunt geleuchtet wie die Kürbisse und Hagebutten. Jetzt wirkten der kleine Garten und das niedliche Häuschen völlig verödet. Eine dicke, schmierige Schicht braunen Laubs erstickte die Beete und den schmalen Weg zum Haus. Die Kürbisse lagen verfault in ihren immer noch trotzig aufgerichteten Ranken, grünes Hexenhaar, in dem sich die herabgefallenen Blüten der späten Rosen verfingen. Magdalena Sperbers Vater saß auf einer feuchten Bank vorm Haus und sah Gryszinski stumm entgegen. Er zog an einer Pfeife. Gryszinski hatte den würzigen Tabakgeruch schon in der Nase, als er noch an der Gartentür stand.

»Ist das eine von Ihrem Schwiegersohn?«, fragte Gryszinski beim Näherkommen und ließ sich neben Unterholzner auf die Bank fallen.

Der nickte. »Ich konnte meine Tochter überreden, die Pfeifen lieber doch nicht in einen kleinen Schrein neben ihr Bett zu legen. Dafür rauche ich sie jetzt hin und wieder. Ich mag es eigentlich nicht, aber der Geruch erinnert sie an ihn.«

Gryszinski betrachtete den Tischler von der Seite. Er sah erschöpft aus. Auch wenn es dem alten Vater das Herz brach, er konnte seiner Tochter nicht das ersetzen, was ihr der geliebte Ehemann gewesen war. »Wie geht es Magdalena?«, fragte Gryszinski, obwohl er die Antwort kannte.

Unterholzner schüttelte nur den Kopf. »Ich mache mir Sorgen um den Bub«, sagte er stattdessen. »Dem fehlt der Vater so sehr. Ich kann auch da die Lücke nicht füllen.«

Den letzten Satz hatte er sehr entschieden gesagt, es wäre müßig, ihm ein paar aufmunternde Worte zu sagen. Es war genau diese Ausweglosigkeit, die Gryszinski so mitnahm und ihn gleichzeitig wütend machte, als er an Stravens zynische Bemerkung dachte, dass man den Mord an dem kleinen Bierbeschauer höchstens als heitere Ablenkung für seine zwei Wachtmeister betrachten solle.

Entschlossen stand er auf. »Ist Ihre Tochter da? Ich weiß, es ist schwer, aber ich muss doch noch einmal mit ihr sprechen.«

Unterholzner seufzte, nickte aber. »Ich gehe sie holen.«

Kurz darauf stand sie in der Tür, wie ihr Vater ganz in Schwarz gekleidet. Sie war stark abgemagert, ihre blasse Haut dünn, eine papierne Frau. Nur ihr dunkles Haar war unverändert dick und schwer, seine Masse schien sie fast zu Boden zu ziehen. Erstaunlich, diese Ähnlichkeit, dachte Gryszinski bei sich. Ein elegantes Kleid, und sie könnte ebenso gut auf einer blumenübersäten Chaiselongue in einer Villa nicht weit von hier liegen.

»Frau Sperber, entschuldigen Sie, dass ich Sie noch einmal stören muss.« Obwohl es eigentlich nicht dem guten Ton entsprach, setzte Gryszinski sich als Erster wieder auf die schmale Bank und wies auf den Platz neben sich. Sie ließ sich nieder, erschöpft, wie jemand, der nicht lange stehen kann. »Aber ich muss Sie jetzt etwas fragen, sehr direkt. Es kann uns helfen, den Mord an Ihrem Mann aufzuklären.« Sie sah ihn leer an, widersprach aber zumindest nicht. »Frau Sperber, das teure Rasierwasser, der wertvolle Flakon … Sie wissen, woher Ihr Mann das hatte, oder?«

Jetzt fixierten ihre Augen einen Punkt in seinem Gesicht. Einen Moment lang glaubte er, sie würde in Tränen ausbrechen, aber sie riss sich zusammen. »Eine Frau hat es ihm geschenkt«, sagte sie gepresst. »Ich weiß nicht genau, wer sie ist, aber ich denke, es ist eine, die drüben wohnt in Bogenhausen.«

Behutsam schloss Gryszinski kurz darauf die Gartentür wieder. Er blieb einen Moment stehen und sah auf das kleine Haus zurück. Als er es hinter sich rascheln hörte, verharrte er in seiner Position und wandte nur ein wenig den Kopf: »Guten Tag, Schoasch.«

»Oh!«, machte der Junge hinter ihm erschrocken. »Herrschaftszeiten, wieso wissen Sie, dass ich da stehe?«

»Ich bin Kriminalermittler, Schoasch, und ich habe dich schon im Gebüsch herumlungern sehen, als ich hergekommen bin«, antwortete Gryszinski streng und drehte sich um. Da stand er, der freche Schoasch, und blickte ihn mit großen Augen durch einen Hagebuttenstrauch hindurch an. »Ich wollte dich jetzt sowieso besuchen, also gut, dass du schon da bist.«

»Ach?« Man sah dem Jungen an, dass er immer verwirrter wurde und Gryszinski wohl für so etwas wie einen allwissenden Zauberer hielt. »Herr Kommandant?«, schob er richtiggehend eingeschüchtert nach.

Gryszinski langte in seine Manteltasche, aus der er einen der Bonbons aus seinem Tatortkoffer hervorzog. »Ein Zuckerl?«

»Oh gern, Herr Kommandant!« Schoasch trat näher und griff beherzt nach dem Bonbon.

Gryszinski musste grinsen. So behielt sein Mentor eben doch recht, was den Einsatz von Bonbons bei der Befragung von Kindern betraf. »Gehen wir ein Stück.« Er nahm den Jungen sachte bei der Schulter, und sie spazierten langsam Richtung Preysingstraße. »Schoasch, ich habe viel über dich nachgedacht.«

»Tatsächlich? Was gibt's denn da nachzudenken?« Die Frage war ehrlich interessiert.

»Nun, du tauchst irgendwie in diesem ganzen Fall immer wieder auf, so oft, dass es kein Zufall mehr sein kann, verstehst du.«

»Nein«, antwortete Schoasch geradeheraus.

»Macht nichts. Ein gewisser Edgar Allen Poe hat geschrieben, dass manches zu offensichtlich ist, um gesehen zu werden.« Gryszinski blieb stehen. »Deshalb sehe ich jetzt noch einmal hin, schaue auf das, was direkt vor meinen Augen liegt. Es war kein Zufall, dass ausgerechnet du den toten Sperber gefunden hast, oder?«

Schoasch schluckte. »Nein, also nicht direkt. Oder sagen wir besser, es war kein Zufall, dass ich an dem Tag morgens im Park war.«

»Na, nun raus mit der Sprache!«

Minutenlang schien der Junge etwas auf dem Boden zu suchen, aber zu seinem Pech lag dort nichts, was die Situation hätte auflösen können, daher hob er endlich den Kopf und redete. »Also ich bin den Weg jeden Tag gelaufen, zwischen Bogenhausen und dem Sperber. Und an dem Morgen eben auch, ich war unterwegs, um wie jeden Tag etwas zu bringen …« Der Junge verstummte, er wusste augenscheinlich nicht, ob er weitersprechen durfte. Gryszinski beugte sich vor und sah ihm in die Augen.

»Du kannst es mir sagen. Es ist wichtig! Wem hast du jeden Tag etwas gebracht?«

»Dem … dem Sperber. Und, mei, der Frau Lemke aus der großen Villa im Mitterweg. Sie haben sich Briefe geschrieben. Die habe ich überbracht. Morgens immer hin zu ihr mit einem Brief von ihm. Dann hab ich ein bisschen gewartet, bis sie mir ihren Brief gegeben hat, und den hab ich dem Sperber gebracht. Den kannte ich eben gut, weil er doch mit meiner Mutter befreundet war. Eines Tages hat er mich zur Seite genommen und gesagt: ›Schoasch, du bist ein schlauer Bub, und mutig bist du auch. Ich hab einen kleinen Auftrag für dich, aber du darfst es keinem in diesem Leben sagen, niemals.‹ Mei, aber jetzt ist er tot … Jedenfalls, so kam das alles.«

Damit endete die Offenbarung des Schoasch. Man sah, dass er auch etwas erleichtert war. Gryszinski lächelte ihn freundlich an. »Danke, das war richtig, dass du mir das gesagt hast.«

Wie bei einer mittelalterlichen Kathedrale, an der mehr als eine Generation baut, hatte man im Laufe der letzten fünfzig Jahre den Münchner Centralbahnhof stetig um Hallen und Nebengebäude erweitert, sodass es Gryszinski war, als wandele er durch die Säle einer romanischen Basilika, deren hohe Räume das Dampfen und Pfeifen der Eisenbahnen erfüllte. Ein ganzes Volk von Kofferträgern und Reisenden huldigte diesem Tempel der Moderne, indem es ihn so geschäftig wie möglich durcheilte. Auch Gryszinski verfiel in einen zackigen Laufschritt, bis er sein Gleis erreichte. Als er oben auf dem Trittbrett stand, blickte er einen kurzen Moment zurück in die Halle. Sophie hatte ihm angeboten, ihn zum Zug zu bringen, doch er wollte lieber, dass sie ihn bei seiner Rückkehr abholen kam. Kein großer Abschied, seinen Besuch in Berlin würde er so kurz wie möglich halten, auch wenn er eigentlich gar nicht wusste, was ihn erwartete.

Jemand räusperte sich hinter ihm. Mit einem »Pardon!« sprang Gryszinski in sein Abteil. Ab Leipzig würde er einen der neuen Durchgangszüge nehmen, in denen alle Abteile, Aborte und die neuerdings immer häufiger eingesetzten Speisewagen mittels eines durchlaufenden Korridors erreicht werden konnten. Doch die erste und größere Etappe, von München über Regensburg und Hof bis nach Leipzig, reiste er noch in einem der bis vor Kurzem üblichen Abteilwagen. Die Waggons waren wie Kästen aufgebaut, in denen sich jeweils drei, in diesem Fall durch einen schmalen Gang miteinander verbundene Abteile befanden, dahinter hängte man den nächsten Kasten und dann den nächsten, wie Perlen auf einer Schnur. Der arme Schaffner musste sich zwischen diesen Wagenkästen während der Fahrt über die äußeren Trittbretter entlanghangeln, was nicht wenig Todesopfer in dieser Berufsgruppe forderte. Und das Einsteigen dauerte entsprechend lange, da man sich recht umständlich von außen auf die Plätze verteilen musste. Doch dieser Zug war kaum gefüllt, Gryszinski hatte sogar ein Abteil ganz für sich, und schon bald tuckerte die Bahn los. Er lehnte sich zurück, während die bayerische Landschaft im klaren Morgenlicht an ihm vorbeizog, idyllische Bilder hinter der Fensterscheibe, im ruckelnden Rhythmus aufstrahlend wie die Bilder einer Laterna magica. Seine Gedanken passten sich dem Tempo an, ratterten von Lemke zu Sperber, zu Betti und Magdalena. Mittlerweile war er sicher, dass es bei dem lautstarken Streit zwischen den beiden Männern in der Brauerei mitnichten um Lemkes Bierpatent, sondern um Lemkes Gattin gegangen war. Somit hatte Lemke ein weitaus stärkeres Mordmotiv, als Gryszinski bisher angenommen hatte – die einzige Frau, die er jemals geliebt hatte, war untreu geworden, hatte ihn mit dem Bierbeschauer betrogen, vermutlich hatte sie sich sogar ernsthaft in diesen verliebt, darauf deutete der regelmäßige Briefverkehr hin.

Plötzlich zuckte er zusammen. Er war sicher, eine Person gesehen zu haben, die von außen durchs Fenster blickte, und zwar, was doch eigentlich unmöglich war, eine weibliche. Er kniff die Augen zusammen und öffnete sie wieder. Jetzt kam wirklich jemand von außen herein, aber es war der Schaffner, der eben über das äußere Trittbrett einstieg. Ein freundliches »Grüß Gott«, ein kurzer Blick auf den Fahrschein, dann verschwand er wieder. Gryszinski zwinkerte und fuhr sich durchs Gesicht. Merkwürdig. Er blickte wieder hinaus, diesmal zur anderen Seite. Dann ein spitzer Schrei, er fuhr herum.

Draußen vor seinem Fenster hing sie, das Haar wehte wild um ihren Kopf, während sie sich zur Tür kämpfte, wobei sie einige ihm unverständliche oberbayerische Flüche ausstieß:

die blonde Pepita, die erst vor zwei Tagen die Männerwelt der Au in ihren Bann gezogen hatte und mit dem flüchtigen Artur Hummert um die Häuser gezogen war. Gryszinski setzte sich kerzengerade auf, er musste an die kleine Marzipanpuppe denken, die der Pâtissier bei Lemke ihm gegeben hatte und die ihm nun wie ein düster orakelndes Ding erschien. Er wappnete sich fürs Schlimmste.

Sie servierte ihm stattdessen pure Absurdität, plumpste in sein Abteil, klopfte ihr weit ausgeschnittenes Kleid ab, wobei sie kunstvoll alles wippen ließ, um dann mit einer Unschuld zu flöten, als hätte sie eben nicht, schimpfend wie ein Fuhrwerkkutscher, ihr Leben aufs Spiel gesetzt, indem sie auf hohen Absätzen und im flatternden Kleid an einem fahrenden Zug entlanggeklettert war: »Grüß Sie Gott, habe die Ehre! Ist da noch ein Plätzchen frei?« Damit wankte sie – der Zug fuhr gerade eine Kurve – ein paar Schritte und ließ sich auf den Platz ihm gegenüber fallen.

Gryszinski starrte sie an. Dann beschloss er, das Spielchen mitzuspielen und abzuwarten, was da kommen würde. »Grüß Gott«, gab er zurück. »Aber natürlich, Platz ist hier mehr als genug.«

Sie nickte zufrieden und sah sich um, vermutlich auf der Suche nach einem Aufhänger für eine Plauderei. Sie fand ihn in Gryszinskis Zeitung, die noch ungelesen zusammengelegt neben ihm lag.

»Es macht viel mehr Spaß hinauszuschauen, gell?« Sie lächelte und wies auf die unberührte Lektüre.

»Das ist wahr, man sieht ja ständig etwas Neues.«

»Richtig.« Ein taxierendes Lachen. »Nun, ich hoffe, diese neue Aussicht sagt Ihnen ebenfalls zu.« Dabei machte sie, um jedem Missverständnis vorzubeugen, eine Handbewegung, die verdeutlichte, dass sie damit sich selbst meinte und nicht etwa den hübsch glitzernden See, an dem sie gerade vorbeifuhren.

Gryszinski staunte nicht schlecht. Gab es wirklich Männer, die auf so etwas hereinfielen? Gekonnt warf sie ihr Haar zurück. Heute trug sie keine Kreolen in den Ohrläppchen, sondern kleine Glasperlen, in denen sich das Sonnenlicht bündelte. Sie strotzte vor Selbstbewusstsein. Alles an ihr drückte aus, dass sie sicher war, ihn bereits um den Finger gewickelt zu haben. Daher zwang Gryszinski sich zu etwas, das zu einem etwas schiefen, aber dennoch einladenden Schmunzeln geriet – es war nicht schlecht, sie in dem Glauben zu lassen, um herauszufinden, was sie eigentlich von ihm wollte. Es ließ nicht lange auf sich warten. Sie zauberte aus ihren weiten Röcken ein größeres Bündel hervor, das sie langsam aufknöpfte.

»Das Reisen macht mir immer Appetit«, erklärte sie mit eindeutiger Mehrdeutigkeit und förderte eine wohlgeformte Brezel zutage. »Ich habe mehr als genug dabei, möchten Sie mir bei meiner Brotzeit Gesellschaft leisten?«

Sie breitete nun zwei große karierte Servietten auf einem der freien Sitze aus und improvisierte ein zierlich angeordnetes Picknick aus Brot, frittiertem Gebäck, einigen Scheiben Schweinebraten mit Kruste, einer Pastete im Schlafrock und einem kleinen Arsenal an Würsten in verschiedenen Größen und Formen. Spätestens jetzt war sich Gryszinski sicher, dass jemand, der ihn gut kannte, sie auf ihn angesetzt hatte. Die Köstlichkeiten ließen ihm das Wasser im Mund zusammenlaufen. Gleichzeitig brach ihm der Schweiß aus; waren die Speisen am Ende vergiftet? Das waren sie wohl nicht. Demonstrativ zog die oberbayerische Pepita ein Taschenmesser aus einer weiteren Falte ihres Kleids, schnitt als Erstes eine Scheibe Braten in zwei Stücke, reichte ihm die eine Hälfte und biss selbst in die andere. Offenbar wollte sie ihn in Sicherheit wiegen. Nun gut. Eine Weile aßen sie schweigend nach diesem Prozedere. Sie schnitt alles durch und probierte immer als Erste, wie ein Vorkoster. Dann endlich kam sie aufs Wesentliche; sie entkorkte einen Flachmann und schenkte den Schnaps in zwei Gläschen ein. Gryszinski konnte sich nur wundern, wie viele Objekte des häuslichen Gebrauchs in ihrem Kleid Platz fanden, vielleicht handelte es sich um eine Spezialanfertigung.

»Ich brauche jetzt unbedingt ein Schnapserl«, gluckste sie, und dann startete sie ihr erbarmungswürdig schlechtes Ablenkungsmanöver. »Ja geh, was ist denn des?«, rief sie und zeigte nach draußen.

Gryszinski tat ihr den Gefallen. Mehr noch, betont eifrig rief er »Was denn, was denn?«, sprang auf und trat ans Fenster, von wo er ganz gemütlich beobachten konnte, wie sie, so konzentriert auf ihr Tun, dass sie seine Blicke gar nicht bemerkte, ein kleines Röhrchen aus ihrem Transportwunder-Kleid zog und ein feines Pulver in sein Glas gab. Er schüttelte den Kopf. Sie verdrehte sicher nicht zum ersten Mal einem Mann den Kopf, aber in Sachen Giftmord war das hier ihre Premiere. Gelassen setzte er sich wieder und nahm seinen vermutlich mit Arsen versetzten Schnaps entgegen. Dann wandte er kaltblütig ihren eigenen kindischen Trick an, nur dass er noch mehr Schauspielkunst einsetzte: Seine Augen weiteten sich in Entsetzen, er formte ein schrilles »Oh« mit seinem Mund, bevor er mit einer dramatischen Bewegung wie König Hamlets Geist persönlich den Arm hob – und nach draußen zeigte. Unfassbarerweise fiel sie wirklich darauf herein, fuhr herum und versuchte zu sehen, was ihn so erschreckt hatte. Gryszinski tauschte derweil ihre Gläser aus.

»Was war denn da?«, fragte sie etwas ungehalten.

»Oh, ich habe mich wohl geirrt«, antwortete Gryszinski fröhlich und erhob sein Glas.

»So«, machte die blonde Pepita, griff automatisch nach ihrem Glas und schien sich dabei zu fragen, was sie mit der Situation machen sollte. Dann besann sie sich und setzte wieder ihr Lächeln auf. »Wohlsein!« Sie strahlte und führte das Glas langsam Richtung Mund, während sie gespannt beobachtete, ob er es ihr nachtat.

Er kippte seinen Schnaps herunter, er brannte in der Kehle. Dann erklärte er: »Was Sie da in den Händen halten, ist das Glas, das für mich gedacht war.«

Sie hatte bereits die Lippen gespitzt. Jetzt erstarrte sie in der Bewegung und riss die Augen auf, die Zwickmühle begreifend. »Ich weiß gar nicht, wovon Sie reden«, protestierte sie schwach.

»Na dann: Auf Ihr Wohl, trinken Sie!«

»Ich …« Sie starrte ihn an, während ihr Mund flüsternd mögliche Ausreden formte, aber immer wieder abbrach.

Gryszinski streckte nur die Hand aus. »Geben Sie mir das Röhrchen.«

Glücklicherweise war sie nicht so geistesgegenwärtig, es aus dem Fenster zu schmeißen. Sie händigte es ihm aus. Er sah sie eindringlich an. »Wir beide wissen, dass wir hier nicht nur Ihre Fingerabdrücke, sondern auch Rückstände von Gift finden werden. Sie haben eben versucht, einen hochrangigen Mitarbeiter der Königlich Bayerischen Polizeidirektion zu ermorden. Darauf steht das Zuchthaus, wenn nicht Schlimmeres.« Sie wurde blasser und blasser. Gryszinski fuhr ungerührt fort. »Sie können sich vielleicht noch retten, wenn Sie mir jetzt sagen, wer Sie beauftragt hat.«

Statt einer Antwort schlug sie die Hände vors Gesicht und brach in lautes Schluchzen aus. Die Tränen waren echt, möglicherweise war ihr erst jetzt klar geworden, welche Dummheit sie begangen hatte.

»Wer hat Sie geschickt?«, fragte Gryszinski noch einmal, jetzt deutlich schärfer.

»Ich, ach … herrje!« Offenbar war das Einzige, was sie nicht in ihrem Kleid hortete, ein Taschentuch, denn sie griff nach einer der leicht fettigen Stoffservietten, die vorher als Unterlage ihres kleinen Buffets gedient hatten, und schnäuzte sich damit kräftig. Ein wenig tat sie ihm leid, sie wirkte jetzt richtiggehend elend. »Ach, ich … nun … ach, was soll's … Der Artur hat gesagt, ich soll das machen, dann können wir gemeinsam weg und in Saus und Braus leben, hat er gesagt!«

Gryszinski nickte vor sich hin. Also hatte Lemke den Diebstahl der Visitenkarte sofort bemerkt und seinen Diener, der einen noch größeren Batzen Geld gut gebrauchen konnte, jetzt, wo er untertauchen musste, auf ihn angesetzt. Und der hatte wohl die Dame seines Herzens zurückgewonnen, indem er ihr so einiges versprochen hatte, wenn sie eben diese eine Sache für ihn tun würde. Er seufzte. Ab jetzt musste er sehr wachsam sein. Die blonde Pepita würde vermutlich nicht der einzige Besuch im Verlaufe seiner Reise bleiben.

Am Regensburger Bahnhof übergab er die zeternde Provinzschönheit an zwei Gendarmen mit der Order, die Dame zurück nach München zu bringen, wo man sie in Gewahrsam nehmen würde. Die Sache ließ sich schnell regeln. Kurz darauf sank Gryszinski wieder in seinen Sitz, und der Zug fuhr an. In seinem Abteil fanden sich jetzt drei Mitreisende – ein älterer Herr in einem sehr feinen Lodenanzug, der sich, kaum dass er saß, eine Zigarre ansteckte. Neben ihm hatten sich ein junges Mädchen und eine Dame, deren Kleid gepflegt, aber schlicht wirkte, niedergelassen. Vermutlich war sie die Gouvernante des Mädchens, das unentwegt an den Enden seiner Zöpfe zwirbelte, oder auch eine ältliche unverheiratete Verwandte, die die Tochter der wohlhabenden Cousine begleitete. Die beiden Frauen schwiegen zurückhaltend, während dem älteren Herrn nach Monologisieren war; kaum hatte er Gryszinskis ersten Blick aufgefangen, da entleerte er auch schon einen ganzen Eimer Gedanken in dessen Ohren. Hauptsächlich drehte es sich um das nicht eben fesselnde Thema der Landwirtschaft.

Trotzdem war Gryszinski fürs Erste beruhigt. Nach einigen Minuten der unauffälligen Beobachtung stufte er alle drei Personen als ungefährlich ein und hielt es auch für unwahrscheinlich, dass jemand vor diesen potenziellen Zeugen einen Anschlag auf ihn verüben würde. Hoffte er zumindest. Erst jetzt begriff er wirklich, dass man eben versucht hatte, ihn umzubringen, und zwar höchstwahrscheinlich im Auftrag Eduard Lemkes, den seine Reise nach Berlin demnach ernsthaft beunruhigte. Was würde der Lithograph so Brisantes zu berichten haben?

»Sehen Sie das auch so?«, drang der paffende Alte in seine Gedankenwelt ein.

Gryszinski zuckte ertappt zusammen. »Äh, ja natürlich, ganz Ihrer Meinung«, erklärte er und vermutete, dass es um die Verwendung irgendeines Düngemittels oder ein ähnlich gelagertes Sujet ging.

Der alte Herr nickte zufrieden und wandte sich an die beiden Mitfahrerinnen, während er auf Gryszinski zeigte: »Ein wahrer Kenner und aufrechter Mann! Nicht viele würden dazu stehen.«

Das Mädchen und seine Gouvernante schlugen die Augen nieder. Letztere errötete sogar unübersehbar, und Gryszinski fragte sich nervös, zu welch unsittlichem Bekenntnis er sich wohl eben in seiner Unaufmerksamkeit hatte hinreißen lassen. Zu seiner noch größeren Verwirrung klärte sich das Mysterium nicht auf. Dafür verstummte der dozierende Herr nach ein paar Minuten, denn selbst er konnte nicht übersehen, dass die beiden Frauen eine strenge, ja abweisende Haltung angenommen hatten, die eine jegliche Konversation erstickende Stimmung aus ihrer Ecke des Abteils wabern ließ. Nach einer Weile entfaltete Gryszinski vorsichtig seine Zeitung und verschanzte sich hinter ihr. Schon bald fielen ihm die Augen zu, obwohl er immer wieder dagegen ankämpfte. Die monotone, stampfende Melodie der Eisenbahn zeigte ihre einschläfernde Wirkung. Das war seine größte Sorge: Schliefe er wirklich ein, wäre er absolut wehrlos.

Die Stunden bis Hof verfingen sich in dem dicken Stoff, der immer in seinem Kopf steckte, wenn er übermüdet war. Darin hingen Bruchteile von Zeitungsartikeln, die vor seinen trockenen Augen verschwammen, aber auch die klaren Momente, in denen er sich selbst aus seinem Dämmerzustand riss, indem er sich laut räusperte und seine Körperhaltung änderte. Doch es waren nur kurze wache Schübe. Als sie in Hof einfuhren, war er eingedöst. Das geschäftige »Pardon« und »Könnten Sie bitte einmal dort hinüber …?« der anderen Reisenden, die ihre Koffer und Mäntel zusammensuchten, weckte ihn, und er setzte sich kerzengerade auf. Noch einmal durfte er nicht derart die Kontrolle über sich verlieren. Er fuhr sich durchs Gesicht. Die beiden Frauen waren hier an ihrem Ziel angelangt und verabschiedeten sich schmallippig. Auch der ältere Herr verließ ihn wieder. Von ihm gab es einen festen Händedruck und ein verschwörerisches Grinsen, das Gryszinski erneut aus dem Konzept brachte.

Er streckte sich und stieg ebenfalls aus. Der Zug machte hier länger Station. Die Lokomotive wurde zum wiederholten Male gewechselt, die für Berlin mitgeführte Post umgeladen, die Vorräte des Speisewagens neu aufgefüllt. Gryszinski nutzte die Gelegenheit, um im Bahnhofsrestaurant einen Nachmittagstee einzunehmen. Der Hofer Bahnhof, ein mehrstöckiger hoher Bau im beliebten Stil der Neorenaissance, markierte die Grenze zwischen der Königlich Bayerischen und der Königlich Sächsischen Staatseisenbahn. Um genau zu sein, verlief die Grenze zwischen den beiden Territorien mitten durch das Gebäude, an dem wie in einem

Spiegel alles doppelt war: Lokschuppen, Kohlenbunker und alle weiteren Betriebsanlagen. Jede Staatsbahn verfügte so über ihren eigenen Bahnhof. Selbst die hohe Empfangshalle war spiegelsymmetrisch aufgebaut. Gryszinski suchte sich einen Ecktisch im Restaurant auf der bayerischen Seite, ein Platz, wie ihn der Münchner Polizeidirektor nicht besser hätte aussuchen können. Er war leicht versteckt hinter einer staubigen Stechpalme und gab doch den Blick auf die gesamte Szenerie frei. Er war mittlerweile ganz sicher, dass Lemkes Diener Artur Hummert auftauchen würde. Nur wann und wo war die Frage. Während Gryszinski an einem trockenen Sandwich knabberte, beobachtete er genau die eintreffenden Reisenden, die sich alle beim Eintreten erst einmal suchend umsahen, sowie die geschäftigen Mitarbeiter, die zielstrebig die Orientierungslosen umrundeten. In diesem ganzen Gewusel konnte er Hummert nirgends entdecken.

Er kehrte schließlich in sein Abteil zurück, ohne etwas Auffälliges bemerkt zu haben. Offenbar war er ab Hof schon wieder der einzige Reisende in diesem Abteil, zumindest war niemand zu sehen. Es hatte sich auch kein fremdes Gepäck zu seinem kleinen Koffer gesellt. Normalerweise hätte ihn dieser unverhoffte Luxus erfreut, aber jetzt bedeutete es, dass er ganz allein sein würde, gefangen in einem rasenden Waggon, den man während der Fahrt so einfach nicht verlassen konnte. Gryszinski lugte durch die Verbindungsfenster hinüber in die anderen beiden Abteile, die sich in seinem Wagen befanden. Er konnte niemanden sonst sehen, ungewöhnlich auf dieser Strecke. Ob Lemke seine Finger im Spiel hatte? Gerade als er ernsthaft überlegte, wieder auszusteigen oder in den belebteren Speisewagen zu wechseln, fuhr der Zug an. Er war unausweichlich isoliert. Bis Leipzig würde er seine rollende Festung verteidigen müssen, die Möglichkeit, über die äußeren Trittbretter in einen anderen Waggon zu wechseln, schloss er aus, das war bei seinen nicht gerade berühmten Kletterkünsten zu gefährlich. Er betrat den schmalen Gang, der die drei Abteile seines Waggons verband, und lugte zur Sicherheit durch die schmalen Fenster in die anderen Innenräume. Tatsächlich. Er war ganz allein. Die Türen, die nach außen auf die Trittbretter führten, ließen sich nicht verschließen, jedes der drei Abteile verfügte über einen solchen Eingang, diese drei Schwachstellen konnte er nicht gleichzeitig verteidigen. Gryszinski atmete tief durch und versuchte nachzudenken. Das ewige Rattern der Eisenbahn bestimmte immer mehr seine Gedanken, ließ ihn jeden Satz innerlich wiederholen, bis die Worte verschwammen und ihre Bedeutung verloren. Vielleicht stimmte es doch, was die Skeptiker sagten, und die rasende Geschwindigkeit der Eisenbahn, mit der man sich durch die moderne Welt bewegte, ruinierte einem die geistige Gesundheit.

Schließlich rang er seinem Verstand doch ein paar Hypothesen ab. Das Wahrscheinlichste war, dass Hummert sich bereits in einem der benachbarten Waggons befand, er würde also wohl durch eines der beiden äußeren Abteile einsteigen. Es wäre daher ratsam, sich in das mittlere Abteil zu begeben und durch die beiden schmalen Zwischenfenster zu beobachten, ob sich etwas tat. Das würde ihm zumindest etwas Zeit verschaffen, um sich in Position zu bringen und Hummert im besten Fall zu überrumpeln. Denn auch das hatte er sich mit einigem Grauen klargemacht: Es ging jetzt nicht nur darum, sein eigenes Leben zu schützen. Er konnte Hummert nicht einfach am Einsteigen hindern, indem er ihn vom Trittbrett stieß. Der Mann war möglicherweise der Mörder von Valentin Sperber, und deshalb war es seine höchste Pflicht, ihn festzunehmen. Gryszinski prüfte seine Pistole, die er glücklicherweise mitgenommen hatte. Sie lag schwer in seiner Hand, was ihn allerdings nicht beruhigte, im Gegenteil, ihr kaltes Gewicht ließ ihn nur schaudernd an die Gewalt denken, die er so verabscheute. Er schwitzte stark, sein Haar war nass, der Schweiß brannte ihm in den Augen. Vor allem aber waren seine Hände so glitschig, dass er befürchtete, die Waffe würde ihm im entscheidenden Moment aus den Fingern gleiten. Er zog ein Taschentuch hervor, fuhr sich damit über Gesicht und Hände und beschloss, sich zusammenzureißen. Eine kleine Finte konnte er zumindest noch vorbereiten: Er stellte seinen kleinen Koffer auf seinen Sitzplatz in einem der äußeren Abteile, drapierte seinen Mantel darüber, bis dieser wie der Körper eines Mannes wirkte, und setzte dem falschen Gryszinski als Letztes seinen Hut auf, sodass es zumindest auf den ersten Blick so aussah, als wäre er eingeschlafen und hätte sich den Hut tief ins Gesicht gezogen. Ein weiterer kläglicher Versuch, etwas Zeit zu schinden, aber möglicherweise würden ein paar Sekunden der Verwirrung über sein Leben entscheiden.

Er trat einen Schritt zurück, um sein Werk zu begutachten, und genau in diesem Moment sprang hinter ihm jemand ins Abteil. Gryszinski brüllte auf, zog seine Waffe und wirbelte herum. Und bedrohte so leider den Schaffner, einen schmächtigen älteren Herrn, der schlotternd in den Schlund der Pistole blickte und dennoch tapfer »Die Fahrkarten, bitte« krächzte. Beschämt ließ Gryszinski die Waffe sinken und tastete seine Westentaschen nach dem Freischein ab. Er reichte dem Schaffner das Papier. Der durchlochte mit zitternden Händen den schmalen Coupon. Irritiert wandte er sich nun Gryszinskis Attrappe des schlafenden Reisenden zu. Gryszinski selbst setzte eben zu einer Erklärung an, als plötzlich ein wilder Schrei ertönte und Artur Hummert ins Abteil sprang. Das Haar wild zerzaust vom Fahrtwind, ein martialisch wirkendes Messer in der Hand schwenkend, blickte Hummert zwischen Schaffner, dem drapierten Mantel und seinem potenziellen Opfer hin und her, und Gryszinski musste unwillkürlich grinsen, denn vermutlich war niemals der dramatische Auftritt eines zu allem entschlossenen Meuchelmörders mehr verdorben worden als dieser hier.

»Ihre Fahrkarte, bitte«, rief der Schaffner Hummert entgegen. Er hatte sich augenscheinlich wieder gefangen und war nun offenbar der Meinung, einem blinden Passagier gegenüberzustehen. »Und übrigens ist es nicht gestattet, während der Fahrt zwischen den Waggons hin und her zu klettern«, schob er würdevoll hinterher.

Hummert, sichtlich aus dem Konzept gebracht, zog aber doch einen gültigen Fahrschein hervor, den der Schaffner mit offenem Misstrauen einige Minuten lang untersuchte, bevor er ihn widerstrebend entwertete. Währenddessen lieferten Gryszinski und Hummert sich ein Blickduell – die einzige Kampfdisziplin, in der es Ersterer an vielen langweiligen Nachmittagen im Offizierskasino zu einiger Meisterschaft gebracht hatte und die ihm schon bei so manchem Verhör sehr nützlich gewesen war. Auch jetzt senkte Hummert irgendwann als Erster den Blick, aber Gryszinski machte sich keine Illusionen – Lemkes Diener würde ihn angreifen, sobald der Schaffner wieder verschwunden wäre. Dummerweise hatte er, während er in seinen Taschen nach dem Fahrschein gesucht hatte, seine Waffe in der anderen Ecke des Abteils auf einem Sitz abgelegt und seine Zeitung darübergebreitet. Während die drei Männer nun etwas ungelenk in dem wankenden Abteil herumstanden, machte er einen unauffälligen Schritt nach dem anderen, um näher an die Pistole zu geraten. Als er schon ein gutes Stück vorangekommen war, empfahl der Schaffner sich. Eine quälende Minute lang erstarrten Gryszinski und Hummert in ihren Bewegungen und beobachteten, wie das alte Männlein durch den schmalen Wagengang trippelte, sich ins Abteil auf der gegenüberliegenden Seite begab und schließlich seine Füße aufs äußere Trittbrett setzte.

Kaum war er außer Sichtweite, stieß Hummert wieder sein wildes Gebrüll aus und stürmte auf Gryszinski zu. Die scharfe Klinge seines Messers, das wohl eher ein Säbel war, fuhr laut fauchend durch die Luft und verfehlte Gryszinskis Gesicht nur knapp. Das Blut rauschte ihm in den Ohren, das Geräusch verschwamm mit dem unerbittlichen Stampfen des Zugs. Er stolperte rückwärts, bis er einen Sitz im Knie spürte, da griff er hinter sich und tastete nach seiner Waffe, während Hummert schon wieder auf ihn zusprang, mit einer kalten Entschiedenheit, einem unbedingten Willen zum Töten, der Gryszinski die Haare zu Berge stehen ließ. Dann ergriff er die Pistole, genau in der Sekunde, in der sein Angreifer ihn keuchend an den Schultern packte, seine groben Pranken weiter nach oben schob und ihn würgte. Endlich pumpte der pure Überlebenswille Gryszinski die Hitze ins Blut. Ein hoher Ton füllte seinen Kopf, wie von einer zum Zerreißen angespannten Saite, während er nach Luft schnappte in dieser widerwärtigen Umarmung, in der Hummerts Geruch nach Schweiß und, seltsamerweise, Talkumpuder unerträglich präsent waren. Gryszinski japste und stieß dem anderen die Pistole in die Rippen, er hatte sie vorsorglich bereits vorhin entsichert. Hummert, den der Stoß überraschte, lockerte seinen Griff einen Moment, der Zug fuhr ächzend in eine Kurve und ließ sie beide leicht schwanken. Gryszinskis Hand verkrampfte sich, ein ohrenbetäubender Knall, Hummert fiel wie ein nasser Sack zu Boden – ein Schuss hatte sich gelöst. Selbst aus dieser unmittelbaren Nähe traf Gryszinski nicht tödlich, er hatte Lemkes Diener sauber in den Oberschenkel geschossen, was allerdings trotzdem eine blutige und offenbar schmerzhafte Angelegenheit war, Hummerts Schreien nach zu urteilen. Gryszinski griff in seinen Koffer und opferte ein sauberes Hemd, mit dem er das verletzte Bein verband, noch davor trat er gegen Hummerts Messer, das einmal quer durchs Abteil schlitterte. Er half seinem Angreifer auf und wuchtete ihn auf einen der Sitze.

»Wer hat Sie geschickt?«, stieß er hervor, nachdem der Verletzte auf diese Weise notdürftig versorgt war. »In wessen Auftrag sind Sie hier?«

Hummert schüttelte den Kopf, sein Gesicht war schmerzverzerrt. Gryszinski atmete tief durch und versuchte, sich zu beruhigen. Er spürte noch die drückenden Hände auf seinem Hals, stellte sich vor, wie das Messer fast in seine Haut, seine Muskeln, sein Fleisch geschnitten hätte, und musste würgen. Er richtete die Waffe auf Hummert. »Wer hat Sie geschickt?«, wiederholte er mit brüchiger Stimme.

Der Diener schloss die Augen. »Lemke. Eduard Lemke«, flüsterte der dann, und obwohl ihn alles hier anekelte, spürte Gryszinski ein Gefühl des Triumphs.

»Haben Sie Valentin Sperber ermordet?«, fragte er jetzt und ließ abrupt die Pistole sinken, denn ihm wurde plötzlich klar, dass er auf diese Weise kein Geständnis erzwingen wollte.

Entsetzt blickte Hummert ihn an und richtete sich ein wenig auf. »Nein! Nein! So war es nicht! Ich bin nicht sein Mörder!«

»Wer dann? Wer hat ihn ermordet?«

Wieder schüttelte Hummert den Kopf, er wirkte in Panik. Weil er schuldig war oder weil er Angst hatte, für eine Tat belangt zu werden, die er nicht begangen hatte? Gryszinski wusste es nicht. Der Zug fuhr jetzt eine Anhöhe hoch und verlangsamte seine Fahrt. Wie aufs Stichwort ließ Hummert sich zu Boden fallen, robbte, das verletzte Bein hinter sich herziehend, zur Außentür und stieß diese auf. Mit einer gleitenden Bewegung warf er sich aus dem Zug, noch bevor Gryszinski begriff, was er vorhatte. Fluchend rannte er zum Trittbrett, klammerte sich am Türrahmen fest und blickte hinaus. Einen unwirklichen Moment lang sah er noch Hummerts Gestalt, die einen Abhang hinabrollte, dann war er verschwunden, schon wieder.

Die restliche Fahrt war ein Spaziergang. In Leipzig stieg Gryszinski in den D-Zug um und wanderte eine Weile mit einem Gefühl der totalen Befreiung den langen, vom Wind durchwehten Gang auf und ab, bis er sich schließlich im Speisewagen niederließ, wo er bei einem gemütlichen Essen sitzen blieb, bis sie in den Anhalter Bahnhof einfuhren. Er hatte seinen Eltern telegraphiert, dass er sich vom Bahnhof eine Droschke in ihre Wohnung nehmen würde, schließlich war es schon zehn Uhr abends. Aber sie waren trotzdem gekommen, um ihn abzuholen. Eigentlich eine nette Geste, die seine Mutter in ihrer ganz eigenen, unumstößlichen Logik natürlich gegen ihn verwenden würde. Er sah die beiden sofort, sie standen würdevoll und unbeweglich inmitten der geschäftigen Menge in der rundgewölbten hohen Halle, als würden sie für einen Photographen posieren. Nach einer angemessen warmen Begrüßung – Gryszinski hatte seine Mutter immerhin seit einem Jahr nicht mehr gesehen – stiegen sie in eine Mietkutsche und fuhren in sein Elternhaus.

Auf dem Weg dorthin blickte Gryszinski unaufhörlich hinaus. Er hatte ganz vergessen, wie weit Berlin war, mit seinen ewigen Boulevards und Alleen und den breiten Kreuzungen, auf denen sich die Pferdeomnibusse stauten. Nie zuvor war ihm aufgefallen, wie präsent das preußische Militär auf den Straßen war. In München sah man zwar auch viele Uniformen, aber sie gingen zwischen den gemütlichen Trachtlern unter. Hier dagegen leuchteten sie aus der Masse heraus, selbst am Abend, und die Pickelhauben schimmerten im Licht der Laternen. Aus Spaß begann Gryszinski die Helmspieße zu zählen, gab es aber schnell wieder auf.

»Dass dieser Zug aus München erst so spät am Abend eintrifft, ist ja wirklich nicht sehr komfortabel«, riss seine Mutter ihn aus seinen Überlegungen. Wenn sie etwas kritisierte, rümpfte sie die Nase so, dass sich feine Furchen des Vorwurfs über ihre Stirn ausbreiteten, wie bei einem unangenehmen Brief, den man zerknüllt.

»Es war der erste Zug des Tages«, gab Gryszinski achselzuckend zurück. »Hätte ich den zweiten genommen, wäre ich erst nach Mitternacht hier gewesen. Und hätte übrigens auch in diesem Fall nicht von euch verlangt, mich abzuholen.«

Bei den letzten Worten lehnte sich Luise von Gryszinski demonstrativ zurück, zog sich mit ihrem ganzen Körper aus jeder Diskussion, die sowieso nur zu dem einen Schluss gekommen wäre: Warum nur, Sohn, musstest du in dieses München ziehen?

Auch die beiden männlichen Gryszinskis schwiegen nun. Der Vater hatte sowieso noch nicht viel gesagt, wohl aber seinem Sohn, dem erfolgreichen Duellanten, zur Begrüßung auf die Schulter geklopft. Ansonsten wurde sein eigentlich ja recht starker Redefluss deutlich von den Stirnfurchen seiner Frau kanalisiert. So fuhren sie in einvernehmlicher Wortlosigkeit durch die Straßen von Berlin, bis das mütterliche Vorderhaupt wieder einigermaßen geglättet war und sie, die katzenhafte Portiersfrau grüßend, in den Aufzug stiegen.

Wenig später lag Gryszinski in dem schmalen Bett in seinem alten Zimmer und vermisste Sophie. Er war nicht gern vor ihr getrennt, alles fühlte sich dann irgendwie wackelig an, als sei es ungewiss, dass sein häusliches Glück bei seiner Rückkehr auch wirklich noch da wäre. Abgesehen davon war er todmüde und gleichzeitig viel zu aufgewühlt zum Schlafen. Dass Hummert ihm zum zweiten Mal entkommen war, ärgerte ihn maßlos. Wobei natürlich ungewiss war, ob der den Sturz aus dem Zug, auch noch im angeschossenen Zustand, überhaupt überlebt hatte. Noch am Bahnhof hatte er einen Gendarmen angehalten, sich ausgewiesen und dem preußischen Kollegen die Stelle beschrieben, an der der im gesamten Deutschen Kaiserreich zur Fahndung ausgeschriebene Hummert entkommen war. Möglicherweise würde man in ein paar Tagen seinen Leichnam finden. Sollte er aber noch am Leben sein, wäre es sicherlich sehr schwierig, ihn aufzuspüren. Gryszinski seufzte und wälzte sich auf die andere Seite. Sein Blick fiel auf den wuchtigen Schrank aus Eichenholz, der seinem Jungenzimmer immer schon den Charakter einer verstaubten, beengten Sakristei einer protestantischen Kirche verliehen hatte. Er stand auf und ging zu dem Möbelstück hinüber, fuhr mit der Hand über die schweren Schnitzereien, gekrönt von vier irgendwie debil lächelnden Pfeilerfiguren, deren Körper aus stilisierten Akanthusblättern bestanden. Das vierte Blatt von rechts saß locker, und dahinter hatte Wilhelm, der zukünftige Detektiv, sein Geheimfach gehabt. Der erwachsene Gryszinski griff in den Hohlraum und zog tatsächlich ein vergessenes Tuch hervor, in das etwas eingewickelt war, was wie ein Schrumpfkopf aussah, aber vermutlich einmal ein saftiges Rosinenbrötchen oder eines seiner gemopsten Stücke Roastbeef gewesen war. Gryszinski besah sich das mumifizierte Lebensmittel und fühlte sich, er wusste selbst nicht warum, getröstet. Er steckte seinen Fund zurück in das Geheimfach und legte sich schlafen.

Während sich in München noch letztes buntes Laub an die Äste klammerte, waren hier die Bäume kahl. Gryszinski blickte hoch in einen nassen, grauen Himmel. Es war der Beginn einer dieser langen Berliner Winter. Er hatte einen morgendlichen Termin bei einem der Führungsoffiziere der Preußischen Landesaufnahme, einem gewissen Generalmajor von Zwierlein, und stand nun zehn Minuten zu früh vor dem Generalstabsgebäude am Königsplatz, wo die Behörde untergebracht war. Eine lang gestreckte Fassade im – was sonst –

Neorenaissance-Stil türmte sich vor ihm auf. In seinem Rücken überragten die Siegessäule und das nagelneue Reichstagsgebäude, das kurz vor seiner geplanten Einweihung stand, die Häusermassen. Der gesamte Große Generalstab der Königlich Preußischen Armee samt seiner zahlreichen Mitarbeiter war hier stationiert, die Abteilung Landesaufnahme befasste sich speziell mit der Kartographierung des Kaiserreiches und seiner Kolonialländer. Besagter Zwierlein war der leitende Kartograph von Lemkes Ostafrika-Expedition gewesen, und Gryszinski hatte beschlossen, ihm zunächst einen Besuch abzustatten, bevor er unangemeldet bei dem Lithographen Gero Schönmann vorsprechen würde.

Nachdem er sich ein wenig durchgefragt hatte, fand er den richtigen Gang und wurde sofort durchgelassen, ganz ohne Autoritätsgehabe. Gryszinski hatte den Gesandten gebeten, ihn in einer Depesche anzukündigen. Offenbar war Thielmann seinem Wunsch nachgekommen und hatte bereits angedeutet, dass Gryszinski in seinem Auftrag kam. Anders war diese Bereitwilligkeit zur Kooperation mit einem Mitarbeiter der bayerischen Polizei, auch wenn der Preuße war, nicht zu erklären. Generalmajor von Zwierlein erhob sich hinter seinem Schreibtisch, als Gryszinski eintrat. Ein kerniger Mann um die fünfzig, dessen Körpersprache zwar soldatisch, aber gleichzeitig defensiv wirkte, wie bei jemandem, der viel von der Welt gesehen hat und deshalb die Dinge nicht vorschnell beurteilt.

Sie setzten sich und tauschten zwei Sätze übers Wetter aus, gefolgt von einer einladenden Geste des Kartographen in Richtung eines Tabletts mit Tee und Zucker, das zwischen ihnen platziert war.

Dann erklärte Zwierlein: »Aber Sie sind hier, um etwas über die Ostafrika-Expedition und Eduard Lemke zu erfahren. Dieses Gespräch ist absolut vertraulich. Sie können mich also alles fragen.«

Gryszinski nickte. Ein guter Anfang. »Erzählen Sie mir etwas über Ihre Rolle in diesem ganzen Unternehmen und wie Sie Lemke in der Zusammenarbeit erlebt haben«, bat er und nahm einen Schluck vom Tee, der zu lange gezogen hatte.

Zwierlein lehnte sich in seinem Stuhl zurück und faltete die Hände. »Nun, wie Sie wissen, ging Lemke '89 nach Ostafrika, um im Auftrag des Kaisers dort ein Eisenbahnnetz anzulegen. In diesem Zusammenhang sollte die Kolonie außerdem vermessen werden. Für diesen Teil wurde die Landesaufnahme und damit ich als leitender Offizier hinzugezogen. Von einem weiteren Auftrag Lemkes wusste außer ihm selbst nur noch ich. Er sollte nach Vorkommen eines sagenumwobenen Diamanten forschen.« Zwierlein hüstelte und beugte sich vor. »Einige meiner technischen Mitarbeiter waren permanent dabei. Ich selbst war nur einige Monate jeweils zu Beginn und gegen Ende des Auftrags vor Ort, um den Fortschritt der Arbeiten zu überwachen. Was mir auffiel: Außer Lemke hatte niemand einen kompletten Überblick. Jeder Mitarbeiter hatte eine spezielle Aufgabe, aber keiner wusste so genau, wie lange sie noch bleiben würden, welche Ziele sie erreichen müssten, wie weit sie überhaupt schon vorangekommen waren. Lemke dagegen verschwand manchmal tagelang ohne Erklärung, meist in Begleitung irgendwelcher Eingeborener, die ihn irgendwohin führten. Da ich um seinen geheimen Auftrag wusste, stellte ich ihm keine Fragen. Ich bot ihm wohl meine Hilfe an, aber er sagte, ich solle mich lediglich auf die Karten konzentrieren.« Zwierlein schwieg einen Augenblick.

»Wie ging es dann weiter?«, fragte Gryszinski.

»Nun, wir kehrten alle wieder nach Hause zurück, die Arbeiten an der ostafrikanischen Eisenbahn waren auf den Weg gebracht, das Land in großen Teilen kartographiert. Dann verkündete Lemke plötzlich auf einer Geheimen Sitzung hier in Berlin, er habe durch seine Beziehung zu den Massai in Erfahrung bringen können, dass es tatsächlich Vorkommen des gesuchten blauen Diamanten gäbe, im Kilimandscharo-Massiv. Ein Gebiet, zu dem wir mehrere Karten angefertigt hatten, wobei wir so ein schwer zugängliches Gebiet natürlich nicht komplett vermessen können. Die Karten basieren auf Bodenproben, Berichten anderer Expeditionen, Berechnungen. Und Hinweisen Eingeborener zu ihren Dörfern und Siedlungen. Mit diesen Karten wurden die Teilnehmer der Expedition ausgestattet, die auf Lemkes Meldung hin nach Ostafrika geschickt wurde. Die dreißig Männer kehrten niemals zurück!«

Den letzten Satz hatte Zwierlein so laut ausgerufen, dass Gryszinski zusammenzuckte und seinen bitteren Tee verschüttete.

Der Kartograph blickte ihn eindringlich an. »In Ostafrika gibt es sehr viele Dörfer. Die Karten wurden über Jahre erarbeitet. Ich kann Ihnen im Nachhinein nicht auswendig sagen, wo es überall Ansiedlungen gibt. Aber als der Bericht der Expedition vorlag, aus dem hervorging, dass die Männer verzweifelt nach einem Dorf in einer besonders schwer zugänglichen Gegend am Kilimandscharo suchten, das es offenbar nicht gab, bin ich alle fraglichen Karten durchgegangen. Auf keiner einzigen war ein Dorf eingezeichnet. Der einzige Schluss, den man daraus ziehen kann, ist der, dass jemand den unglücklichen Teilnehmern der Expedition eine gefälschte Karte untergeschoben haben muss. Und zwar denke ich, dass jemand den entsprechenden Druckstein geklaut und manipuliert hat.«

»Und wer, glauben Sie, hat das getan?«

Die Antwort kam ohne Zögern: »Eduard Lemke hat das getan, da bin ich sicher.«

Gryszinski strich über die Lehne seines Besucherstuhls. Bisher nicht viel Neues. Zwierlein teilte seinen Verdacht mit dem preußischen Gesandten. Er entschloss sich für einen überraschenden Themenwechsel. »Kennen Sie einen gewissen Gero Schönmann?«

Zwierlein stutzte. Er blickte plötzlich misstrauisch. »Was hat Schönmann mit der ganzen Sache zu tun?«

»Also kennen Sie ihn?«

»Ja. Er hat einmal hier gearbeitet, bis vor zwei Jahren, um genau zu sein.«

Gryszinski horchte auf.

»Ich frage noch einmal: Was hat er damit zu tun?«

»Sein Name ist lediglich am Rande der Ermittlung aufgetaucht. Ich sammle ein paar Informationen«, wiegelte Gryszinski ab. »Wieso ist er nicht mehr bei der Landesaufnahme?«

Zwierlein wirkte jetzt um einiges zugeknöpfter. »Nun, er ist ein guter Lithograph, hat viele brauchbare Druckvorlagen erstellt … wir beschäftigen einige Lithographen, die in Zusammenarbeit mit den Kartographen die Drucksteine erarbeiten, mit denen die Karten dann vervielfältigt werden. Das Problem mit Schönmann war eher, nun … sagen wir, sein Verhalten war nicht so diszipliniert, wie es sich für einen Mitarbeiter unserer Behörde gehört.«

Damit schwieg Zwierlein und sagte zu diesem Thema auch kein Wort mehr. Umso mehr drängte es Gryszinski, Schönmann einen Besuch abzustatten.

Gero Schönmann lebte in der Chausseestraße, eine dieser mit chirurgischer Präzision ins Berliner Fleisch geschlagenen schnurgeraden Narben, durch die Ströme von Menschen und Verkehr flossen, die alles mit sich rissen, Friedhöfe und ihre Meere aus grauen Grabsteinen, rußspeiende Industrietürme neben mehrstöckigen Mietshäusern, gefolgt von den backsteinernen Höfen der Lokfabriken; einige der zentralen Bahnhöfe lagen um die Ecke. Gryszinski fiel auf, wie viele Menschen auf den Straßen unterwegs waren. Spaziergänger,

Hausfrauen und Arbeiter vermischten sich zu zufälligen Prozessionen Fremder, die einfach nur in dieselbe Richtung liefen. Dazwischen immer wieder tatsächliche Prozessionen Trauernder, zu den zahlreichen Friedhöfen strebend. Nebenher hüpften schaulustige Kinder aus der Nachbarschaft. Gryszinski schüttelte es auf dem Oberdeck eines Pferdeomnibusses ordentlich durch, während er nach der richtigen Nummer Ausschau hielt – bei Schönmanns Adresse handelte es sich um ein kleineres Mietshaus, das auf einen Exerzierplatz blickte, von denen sich in dieser Gegend einige zwischen die breiten Straßen drückten.

Vorm Hauseingang angekommen, studierte er das Klingelschild. Einen Portier gab es nicht. Schönmann wohnte im Parterre. Gryszinskis Blick wanderte die ungepflegte Fassade entlang. Vor den Fenstern leuchteten immerhin noch hübsche Markisen, einzig vor den ungeputzten Scheiben der betreffenden Wohnung hingen diese schief in den Angeln. Die Haustür hatte jemand achtlos offen gelassen, also trat er direkt ins Treppenhaus ein und nahm die triste Atmosphäre der abgetretenen Stufen und fleckigen Teppichläufer in sich auf, die Schönmann jeden Tag beim Verlassen seiner Wohnung umfing. Wobei unklar war, ob der Litograph überhaupt täglich außer Haus ging. Jetzt zumindest standen zwei unangerührte Milchflaschen auf seiner Schwelle, aus der einen roch es sauer. Gryszinski läutete und wartete eine Weile. Seine linke Hand steckte in seiner Manteltasche und hielt Schönmanns Visitenkarte, die er aus Lemkes Haus gestohlen hatte, fest zwischen den Fingern.

»Ja bitte?«, rief jemand von jenseits der Tür. Davor hatte man keinen Mucks gehört, als hätte der andere bereits länger da gestanden und erst jetzt entschieden, sich zu erkennen zu geben.

»Wilhelm von Gryszinski«, rief er zurück, überlegte kurz, dann: »Ich komme im Auftrag Eduard Lemkes.«

Drinnen fiel laut scheppernd etwas um, es wurde hektisch mit Schlüsseln geklimpert. »Warten Sie, ich mache auf!«, erklang es, und kurz darauf öffnete sich wirklich die Tür.

»Gero Schönmann?«, fragte Gryszinski, um sicherzugehen, dass die zerzauste Gestalt im abgewetzten Morgenrock wirklich die Person war, nach der er suchte.

»Ja«, antwortete der Gefragte gehetzt, griff mit erstaunlicher Kraft nach Gryszinskis Arm, zog ihn in die Wohnung und knallte die Tür hinter ihnen zu. In dem kurzen Moment der Berührung roch Gryszinski deutlich den Alkohol. Er vermutete, dass Zwierlein das mit seiner Bemerkung gemeint hatte, Schönmann fehle die nötige Disziplin für eine ordentliche preußische Behörde.

In der Wohnung schlug ihm eine feuchte, abgestandene Luft entgegen. Alles lag im dämmrigen Licht, seine Augen brauchten einen Moment, bis sie klare Umrisse erkennen konnten, dann stutzte er: Vor ihm erstreckte sich ein langer Flur, der vollgestellt war mit riesigen tropischen Pflanzen, ein regelrechter Urwald. Manche waren so hochgewachsen, dass sich ihre dicken Blätter unter der Zimmerdecke krümmten. Dazwischen erspähte er archaische Schnitzfiguren, wahrscheinlich aus Afrika, auch ein paar Totempfähle. Schönmann führte ihn bis ans Ende des Flurs. Ein kurzer Blick im Vorbeigehen in die anderen Räume zeigte, dass der Urwald die gesamte Wohnung verschlungen hatte. Möbel sah man kaum welche, lediglich einen Diwan, über den ein verblasster Perserteppich geworfen war, zwischen zwei kräftigen Palmen baumelte eine Hängematte, dahinter ein schmales Bett. Ein paar Bodenkissen, ein alter Schreibtisch. Und zusammengerollte Landkarten, überall. Sie türmten sich zwischen den Pflanzen, lehnten in jeder Ecke. In einem Zimmer war der ganze Boden mit ihnen bedeckt.

»Hier, bitte.« Sie waren am Ende der Wohnung angelangt. Schönmann wies in einen Raum, der wohl so eine Art Salon sein sollte, zumindest fanden sich zwei Stühle und ein klappriger Teewagen unter dem grünen Firmament einiger monströser Geigenfeigen, die säulenartig aus dem Fußboden wuchsen. Sie setzten sich. Dem Besucher wurde nichts angeboten. Gryszinskis Stuhl wackelte zudem, er versuchte, sich nicht zu sehr zu bewegen.

»Also.« Schönmann sah ihn nervös an. »Was lässt Lemke mir ausrichten?«

Gryszinski schwieg ein bisschen. Auf dem Teewagen stand eine offene Flasche nicht näher definierten Inhalts, die aber möglicherweise die Zunge seines Gegenübers bereits etwas gelockert hatte.

»Hören Sie«, fing Schönmann jetzt tatsächlich an. »Ich war bis vor drei Wochen auf Reisen, auf einer Expedition, hab dort botanische Zeichnungen angefertigt. Jedenfalls … ich komme zurück und erfahre, dass die preußische Expedition, die mit den Karten, die unter Lemke angefertigt wurden, verunglückt ist. Dreißig Männer! Dreißig! Mit der Karte, an der ich … Seither versuche ich, Lemke zu erreichen, aber bisher hat er mir auf nichts geantwortet, ich …« Schönmann blickte zu der Flasche hinüber, vermutlich hätte er liebend gern einen Schluck genommen, wagte es aber in der Anwesenheit seines schweigenden Gastes nicht. Er schnaufte. »Sagen Sie Lemke, ich habe sie noch. Hab sie nicht zerstört, weil es mir doch komisch vorkam …« Damit verstummte er und starrte Gryszinski herausfordernd an.

»Mein Name …«, sagte der nun ruhig, »… ist, wie vorhin bereits gesagt, Hauptmann Wilhelm von Gryszinski. Ich bin hier, weil ich bei Eduard Lemke diese Karte gefunden habe.« Er zog Schönmanns Visitenkarte hervor und hielt sie in die Luft.

»Was? Ich verstehe nicht.« Schönmanns Augen weiteten sich. »Schickt Lemke Sie gar nicht?«

»Nicht direkt. Ich bin Sonderermittler der preußischen

Regierung.« Gryszinski fühlte sich hier, in diesem obskuren Dschungel mit Blick auf einen Berliner Exerzierplatz, weit genug weg von München, um diese Tatsache offen auszusprechen.

Wie es nicht anders zu erwarten war, reagierte Schönmann auf diese ihm neue Information recht feindselig. Er sprang so heftig auf, dass sein armseliger Stuhl mit einem schicksalsergebenen Rumpeln umfiel, und schrie, während sich sein Kopf mit einem Schlag knallrot färbte: »Sie! Verschaffen sich hier Einlass unter Vorspiegelungen falscher, falscher …« Er machte eine kurze Pause, verzweifelt nach dem Wort »Tatsachen« suchend, das er in seiner wankenden Welt nicht mehr finden konnte, dann schüttelte er sich. »Und ich falle auf Sie herein, Sie haben mich reingelegt, Sie …« Mit einem Mal schien er zu begreifen, wie unklug, ja, verdächtig er sich verhielt in einem Moment, in dem er wohl Contenance beweisen sollte, jedenfalls fiel er in sich zusammen und schwieg.

Gryszinski stand auf und trat beschwichtigend einen Schritt auf ihn zu. »Ich wollte Sie nicht hereinlegen, verzeihen Sie meine kleine List. Ich bin hier, um herauszufinden, was den Männern, deren Unglück Sie offenbar auch nicht kaltlässt, wirklich zugestoßen ist. Und sollte Eduard Lemke in dieser Sache eine Schuld treffen …«

»Nein, nein!« Schönmann war kreidebleich geworden. Er wollte jetzt nur noch leugnen. »Sie sind falsch informiert, Sie! Keinen trifft hier Schuld …« Er begann zu klappern wie eine angeschlagene Kanne, die endgültig vom Regal rutscht.

Gryszinski befand, dass es besser wäre, Schönmann zunächst in Sicherheit zu wiegen. Da er schon stand, tippte er an seinen Hut, um zu markieren, dass er jetzt gehen würde. »Nun gut. Habe die Ehre«, sagte er zu seinem eigenen Erstaunen, drehte sich um und suchte seinen Weg aus dem Dickicht, zurück auf die Chausseestraße, die immer noch im kalten Licht lag.

Draußen lief er ein paar Häuser weiter, blieb, als er außer Sichtweite war, stehen und überlegte. Wenn er das Gestammel Schönmanns richtig deutete, dann hatte der die Druckplatte, die – davon war er mittlerweile überzeugt – in Lemkes Auftrag von Schönmann manipuliert worden war, nicht zerstört, sondern irgendwo versteckt, vermutlich als Rückversicherung. Er musste diese Platte unbedingt finden. Das wäre sein handfester Beweis, den er so dringend benötigte. Würde Schönmann etwas so Brisantes in seiner Wohnung verstecken? Vielleicht schon, offenbar hatte er sich dort eine Art Parallelwelt eingerichtet, in der er sich sicher fühlte, so wie Lemke in seiner ägyptischen Grabkammer. Das Problem war nur, dass Gryszinskis Auftrag nicht offiziell war, er konnte also nicht einfach eine Haussuchung anordnen. Er seufzte. Nun hatte er die weite Reise schon unternommen, da würde er jetzt nicht aufgeben, nur weil es keinen sauberen Dienstweg gab. Er würde eben mal wieder improvisieren müssen.

»Baldur?«

Gryszinski fuhr herum. Da stand er vor ihm im vollen Ornat seiner gebürsteten Grenadier-Uniform, vermutlich gerade frisch vom Exerzierplatz kommend: Carl von Strantz, genannt Igor. Stand dort und blickte seinen alten Freund fragend an. »Baldur«, wiederholte er, »das ist ja aber mal eine Überraschung! Sie in Berlin! Und haben nicht Bescheid gegeben? *Da ist doch etwas faul im Staate Dänemark!* Aber mal im Ernst – Dorothea und ich hätten Sie doch liebend gern bei uns empfangen!«

Gryszinski hatte zunächst wie vom Donner gerührt dem Strantz'schen Redeschwall gelauscht; ausgerechnet hier musste er in dieser riesengroßen Stadt auf Igor treffen!

Er fing sich wieder. »Igor, Sie müssen verzeihen, dass ich mich nicht gemeldet habe, aber ich bin in beruflicher Mission hier, auch erst gestern am späten Abend angekommen. Tatsächlich hatte ich eben vor, Ihnen eine Depesche zukommen zu lassen.«

Eine glatte Lüge. Bei aller Freundschaft wollte Gryszinski wirklich nur so schnell wie möglich seinen Auftrag hinter sich bringen, und er war auch nicht allzu erpicht darauf, sich die Geschichten von Igors Gattin über deren Freundin, den Vorfahren, den Waschlappen und den König anzuhören. Allerdings sah er in diesem Moment aus dem Augenwinkel, dass Schönmann das Haus verließ. Er hatte seinen schmuddeligen Morgenrock gegen einen noch schäbigeren Mantel eingetauscht und strebte zielgerichtet zur nächsten Eckkneipe schräg gegenüber. In Gryszinskis Kopf reifte eine Idee. Er sah seinem Freund aus Jugendtagen in die Augen und senkte verschwörerisch die Stimme: »Igor, wissen Sie was? Das Schicksal muss Sie hergeschickt haben. Ich bin gerade mittendrin in einer delikaten Operation, alles streng geheim, aber ich könnte wirklich Ihre Hilfe gebrauchen. Wissen Sie noch, wie wir damals Arenstorff und Lossow von den Garde-Kürassieren diesen Streich gespielt haben?«

»Oh, natürlich erinnere ich mich daran, leugnen wäre zwecklos, *semper aliquid haeret*! Aber wie kommen Sie jetzt darauf?«

»Nun, was war Ihre Rolle in unserer Unternehmung damals?«

Strantz lachte, er sah plötzlich sehr jungenhaft aus. »Ich habe Schmiere gestanden. Und sollte, wäre jemand gekommen, die Melodie von *Preußens Gloria* pfeifen.«

»Genau!« Gryszinski sah ihn ernst an. »Genau das müssten Sie jetzt noch einmal für mich tun. Es geht hier um eine Sache von nationaler Bedeutung. Und ich spreche nicht von Bayern, sondern von Preußen.«

Kurz darauf stand Carl von Strantz, Offizier des Kaiser Alexander Garde-Grenadier-Regiments Nr. 1, stramm aufgerichtet vor einem Mietshaus in der Chausseestraße

Schmiere, während sein alter Freund von den Dragonern in die fragwürdige Behausung eines abgehalfterten Lithographen einstieg. Mithilfe seines Quistiti, wie die schlanke Schlüsselzange im Verbrecherjargon genannt wurde, hatte Gryszinski mühelos die Wohnungstür geöffnet und fand sich in dem stickigen Zimmerurwald wieder. Als Erstes öffnete er ein Fenster, um Igors Pfeifen hören zu können, dann sah er sich um. Wo sollte er anfangen? Er begann, die Räume systematisch abzugehen, klopfte dabei auch die Wände nach möglichen Hohlräumen ab. So ein Druckstein war ziemlich groß und schwer, in den meisten Fällen handelte es sich um eine dicke Platte aus Kalkschieferstein, die ließe sich nicht so einfach verstecken. Er sah hinter den afrikanischen Figuren nach, wuchtete ein paar Totempfähle zur Seite, fuhr mit den Händen durch die dichten Blätter der unzähligen Pflanzen. Nichts. Auch das Abklopfen der Dielenböden brachte kein Ergebnis. Er bewegte die wenigen Möbelstücke und untersuchte den Schreibtisch länger. Endlich stand er wieder in dem provisorischen Salon. Die Stühle fielen schon beim Hinsehen fast um, in denen konnte man sicher keine massive Steinplatte verstecken. Sein Blick wanderte zu dem Teewagen, auf dem neben der mittlerweile leeren Flasche noch weitere Karaffen und einige schmutzige Gläser auf einer überraschend akkurat geglätteten kleinen Tischdecke standen. Diese feine Spitzendecke weckte seinen ermittlerischen Instinkt. Sie war das Detail, das nicht ins Bild passte; als wäre sie, während jedes weitere häusliche Inventar hier wirkte, als sei es versehentlich in dieser Ansammlung der angeschlagenen Dinge gestrandet, mit großer Sorgfalt ausgewählt worden, weil sie einen bestimmten Zweck erfüllen sollte. Und dieser Zweck wurde unmittelbar deutlich, als Gryszinski die Decke lüftete: Darunter lag der verschwundene Druckstein.

Gryszinski schrie fast vor Glück. Egal, was dieser Stein jetzt gleich hervorbringen würde, alle Fragen, die sich um diese eine Karte drehten, würde er in wenigen Momenten beantworten können. Fieberhaft, fast zittrig räumte er die Karaffen und Gläser zur Seite, zog zuletzt die Zierdecke weg und hob die Platte an, auf der deutlich die zierlichen Striche und Schraffuren einer Landkarte zu sehen waren. Die spiegelverkehrte Zeichnung prangte in dunkle Farbe getaucht auf dem hellen Hintergrund des Kalkschiefers. Kilimandscharo-Massiv stand quer über einer Fläche in der oberen rechten Ecke; das Kilimandscharo-Massiv. Die Karte zeigte eine der unteren Gebirgsregionen, die mit einem dichten Regenwald überzogen war, dazwischen Sümpfe. Gryszinski kniff die Augen zusammen. Am Rande einer Fläche, die Sumpfland markierte, war – da gab es keinen Zweifel – eine kleine Hütte eingezeichnet: das Symbol für ein Dorf oder eine Siedlung der Eingeborenen. Es war die einzige Hütte auf der gesamten Karte, die ein riesiges Areal darstellte. Eine winzige Schimäre inmitten einer niemals enden wollenden, menschenfeindlichen Umgebung.

Er griff in die Innentasche seines Mantels, während er sich auf den Boden setzte und den Stein auf die Knie nahm. Seitdem Gryszinski zum ersten Mal die Expeditionsberichte gelesen hatte, trug er den Ausschnitt einer der zweifelsfrei aus der Preußischen Landesaufnahme stammenden Karte bei sich, ein anderer Teil Ostafrikas, in dem sich mehrere dieser Hütten-Symbole befanden. Diese würde er hier und jetzt, denn er konnte nicht mehr warten, als Referenz heranziehen, um die Morelli-Methode anzuwenden: Dem kürzlich verstorbenen italienischen Arzt Giovanni Morelli war aufgefallen, dass selbst die größten Maler, die sich aufs Akribischste in den prachtvollen Details eines Gewands verlieren konnten, dagegen die banalen Nebensächlichkeiten – wie Ohren, Fingernägel, Füße – immer gleich malten, auf flüchtige, fast unbewusste Weise die gewohnten Striche setzten. Mit dieser Erkenntnis war er jahrelang durch die Kunstgalerien getingelt und hatte schematische Darstellungen aller gemalten Ohren, Nasen, Hände und Füße angefertigt, sodass er am Ende ganze Bände mit den Ohrmuscheln solcher Größen wie Tizian und Tintoretto füllen konnte, die den polizeilichen Vermessungen der Ohren gemeinster Verbrecher nicht unähnlich waren. Damit konnte er zweifelsfrei belegen, dass viele Kunstwerke den falschen Malern zugeordnet waren. Nicht wenige Museumsdirektoren mussten zähneknirschend ihre Zuschreibungen an die italienischen Meister korrigieren. Die junge Kriminalistik feierte diese Methode, bewies sie doch die Macht der Indizien. Kunstkenner dagegen verachteten Morelli, schließlich trat er ihre Traditionen, nach denen man gefälligst die Manier, den Stil eines Künstlers, und nicht die Fingernägel seiner Figuren betrachten sollte, mit den Füßen.

Für Gryszinski jedenfalls waren Morellis Erkenntnisse nun mehr als nützlich. Er betrachtete die Hütten auf der Karte der Landesaufnahme. Sie waren der Form kleiner Häuser angelehnt, jeweils mit wenigen Strichen dargestellt. Nur die Dächer waren etwas in die Höhe gezogen, wie bei Strohhütten. Die Form erinnerte entfernt an Indianerzelte. Gryszinski führte das Blatt noch näher an seine Augen, dann sah er es: Jedes Dach schloss in einem charakteristischen Strich ab, der wie eine Art Wimpel über den Hütten schwebte. Es sah aus wie ein Strich, der aus der Bewegung kam. Der Lithograph der preußischen Karten, der wohl Hunderte dieser Hütten auf den Druckstein gebracht haben musste, hatte sich eine immer gleichbleibende Art die Häuschen zu zeichnen angeeignet und schloss diese mit einem Strich ab. Vermutlich war ihm dieser gar nicht mehr bewusst gewesen. Wie Tintorettos Ohren. Gryszinski hielt die Luft an, als er nun die Hütte auf dem Druckstein in Schönmanns Wohnung betrachtete. Die Form war identisch, die lang gezogene Silhouette eines kleinen Hauses. Aber – da war es! –

der charakteristische abschließende Strich, er fehlte, und zwar eindeutig. Gryszinski sprang so schnell auf, dass ihm schwindlig wurde. Das war sein Beweis. Die Hütte war von einem anderen Lithographen auf den Druckstein gebracht worden, und das konnte nur Gero Schönmann gewesen sein, im Auftrag Eduard Lemkes. Alles passte zusammen.

Genau in diesen hellen Augenblick der Erleuchtung drang plötzlich *Preußens Gloria*, in der mit etwas zu viel Spucke gepfiffenen Version des draußen stehenden Carl von Strantz. Es näherte sich jemand dem Hauseingang! Gryszinski spähte vorsichtig an einer Fächerpalme vorbei durch die schmutzige Fensterscheibe. Tatsächlich, Schönmann kehrte zurück, nicht ganz trittsicher, aber leider doch zielstrebig genug, um in wenigen Sekunden an seiner Wohnungstür anzukommen. Verflucht! Nach den Erlebnissen seiner Zugreise und überhaupt der letzten Wochen hatte Gryszinski wirklich keine Lust auf eine weitere gewaltsame Auseinandersetzung. Lieber wollte er die Druckplatte sichern, aus dem Fenster klettern, bei der preußischen Gendarmerie um Amtshilfe ersuchen und mit ein paar Kollegen zurückkehren, um Schönmann zum Verhör abzuholen. Sobald der Plan in seinem Kopf gereift war, machte er sich daran, die Spitzendecke, jetzt ohne die darunter verborgene Steinplatte, wieder über dem Teewagen auszubreiten und die Karaffen und Gläser zurückzustellen, damit Schönmann seinen Verlust nicht sofort bemerken würde. Er hörte, wie sich der Schlüssel im Schloss der Wohnungstür drehte, und machte, so schnell er konnte, gleichzeitig darauf bedacht, die Gläser nicht verräterisch klirren zu lassen. Endlich hatte er alles arrangiert, während die Tür vorn von innen zugezogen wurde und schwere Schritte sich dem Salon näherten. Gryszinski brach schon wieder der Schweiß aus, als er sich die Platte unter den Arm klemmte und zum Fenster spurtete. Zum Glück wohnte Schönmann im Parterre, und Igor stand draußen, da würden er und die Druckplatte schon heil rauskommen. Er griff nach der Klinke am Fenster, warf dabei einen Blick hinter sich, Schönmann musste jede Sekunde ins Zimmer kommen. Dann fuhr sein Kopf ruckartig zurück: Die Klinke ließ sich nicht bewegen! Er rüttelte an dem widerspenstigen Griff, im Flur war lautes Gepolter zu hören, vermutlich rannte Schönmann im Suff gegen seine diversen Topfpflanzen. Jetzt vergaß Gryszinski alle Vorsicht, riss und zerrte lärmend am Fenster, doch es blieb fest verschlossen.

»Tja, Pech, das Fenster klemmt«, hörte er mit einem Mal eine Stimme, beunruhigend nah hinter sich, außerdem überraschend klar artikuliert. Er fuhr herum. Schönmann stand keinen Meter hinter ihm und glotzte ihn an. Dann fiel sein Blick auf die Druckplatte in Gryszinskis Händen. Seine Augen weiteten sich. Er hob einen Arm in einer Geste, die Gryszinski nicht so recht zu deuten wusste. Noch ehe er sich Gedanken darüber machen konnte, fiel der ganze Schönmann in sich zusammen, als hätte ihm jemand sämtliche Knochen entfernt, sank zu Boden wie eine amorphe Masse und blieb dort liegen, beäugt von seinen Geigenfeigen, die wie ein paar aufrechte Soldaten die Stellung hielten.

Gryszinski beruhigte sich. Dieser Mann stellte keine Bedrohung mehr dar. Er hockte sich vor ihn hin und sprach betont ruhig. »Woher kannten Sie Eduard Lemke?«

Schönmann gab sich einen Ruck und richtete sich etwas auf. »Sind uns in der Landesaufnahme begegnet, kurz bevor ich … gehen musste. Er hat gesehen, dass ich, also, einen Flachmann dabeihatte, aber hat mich nicht verraten. So ein charmanter Kerl, hat meinen Vorgesetzten mit seinen Reden abgelenkt. War ihm was schuldig, auch wenn sie mich später doch erwischt haben.«

»Lemke hat Ihnen diesen Druckstein gebracht, mit einer Landkarte darauf, in die Sie nur noch eine kleine Hütte einzeichnen sollten, um dann einen Druck anzufertigen. Bloß ein kleiner Gefallen, den Sie ihm vor diesem Hintergrund vermutlich gern taten«, stellte Gryszinski fest. »Was Sie nicht wussten: Lemke hatte zuvor in einer geheimen Versammlung behauptet, dass es in diesem Gebiet den blauen Diamanten gäbe, den die Preußen so gern haben wollen. Und schob der daraufhin entsandten Expedition mit ihren dreißig Teilnehmern die von Ihnen manipulierte Karte unter. Sodass die Männer, hungrig, krank von den Strapazen, doch den Weg in den Dschungel auf sich nahmen, weil sie glaubten, auf halber Strecke ein rettendes Dorf zu finden. Eine tödliche Falle, die Lemke sich ausgedacht hatte. Warum, das weiß ich noch nicht. Ich weiß nur: Sie haben den Strich gesetzt, mit dem das Todesurteil unterzeichnet wurde.«

Schönmann nickte und fasste sich an die Augen. Er weinte leise. Obwohl Gryszinski tatsächlich noch nie einen weinenden Mann gesehen hatte, das gab es einfach nicht in seiner Welt, ließ er sich nicht beirren. Etwas freundlicher fragte er: »Gestehen Sie es also?«

»Ja.«

»Und würden Sie es auch vor einem Richter unter Eid bezeugen?«

Schönmann starrte ihn kurz erschrocken an, nickte aber auch dann wieder, langsam, wie Hoffmanns automatische Puppe. Dann straffte er sich und nickte noch einmal, als hätte er sich entschlossen. »Ja, natürlich, wir sollten gleich gehen«, sagte er und strich über seinen schäbigen Mantel. »Lassen Sie mich nur saubere Kleidung anziehen.«

»Natürlich.« Gryszinski half ihm auf. Die beiden Männer gingen langsam in den Flur. Dort angekommen, hallte plötzlich ein Hämmern und Schlagen durch das grüne Dickicht des Korridors. Igor, wurde Gryszinski klar, der vor der Wohnungstür stand und sich um ihn sorgte. »Entschuldigen Sie, ein Kollege gewissermaßen«, erklärte er.

»Das macht doch nichts. Wissen Sie was? Sie sprechen kurz mit ihm, während ich mich rasch frisch mache.«

»Gut.« Gryszinski ging zur Wohnungstür, während Schönmann wieder im Salon verschwand und die Tür hinter sich zuzog. Er lief weiter, aber irgendetwas beschäftigte ihn, er konnte es nur nicht greifen. Strantz fiel fast in den Flur, als er die Tür öffnete.

»Baldur! Was treiben Sie hier drin? Ich war schon in Sorge …«

»Entschuldigen Sie, hätte Sie rufen sollen, aber musste hier eine Vernehmung durchführen …«

»Ach, und? War der Delinquent geständig?«

»Allerdings! Ein großer Erfolg!«

»Und wo ist er jetzt?«

»Kleidet sich um, bevor ich ihn mitnehme … warten Sie!« Als Gryszinski es aussprach, blickte er zeitgleich zur Seite und begriff, was ihn gestört hatte: Das Schlafzimmer, in dem man sich ja wohl auch umkleidete, lag direkt linker Hand, doch Schönmann war in den Salon gegangen. Ohne ein weiteres Wort stürmte er zurück ans Ende des Flurs. Er klopfte an die Tür und rüttelte an der Klinke. Die Tür war von innen verriegelt.

»Schönmann«, rief er, während ihm durch den Kopf fuhr, dass der Lithograph doch gar nicht durch das Fenster entkommen konnte. »Öffnen Sie!«

Von drinnen ertönten jetzt mehrere Hammerschläge, etwas zersprang krachend. Gryszinski ahnte, was da passierte, und brüllte jetzt: »Öffnen Sie, oder Sie werden es bitter bereuen!«

Kein Laut.

Strantz stand mittlerweile neben ihm. »Aufbrechen?«, fragte er nur in soldatischer Kürze. Hinter der Tür fiel etwas um, dann hörten sie ein seltsames Röcheln.

»Ja!«, rief Gryszinski, und sie warfen sich gegen die Tür. Nach ein paar ergebnislosen Versuchen bedeutete Igor ihm, ein Stück zur Seite zu treten, nahm Anlauf und donnerte regelrecht in die Tür, die endlich aufsprang. Stille. Die beiden Männer blieben wie angewurzelt stehen.

Die Szenerie in dem Zimmer hatte sich komplett gewandelt. Auf dem Boden verteilt lagen überall kleine Gesteinsbrocken; die Druckplatte, mit einem Hammer pulverisiert. Einer der wackligen Stühle war umgefallen, wohl von Schönmanns Füßen angestoßen, nachdem der sich daraufgestellt und eine Schlinge um seinen Hals gelegt hatte, befestigt an einem Haken für Kronleuchter an der Decke. Er war bereits tot, das Gesicht hässlich verfärbt. An seiner Leiche, die fast friedlich in den bescheidenen Wäldern einer Berliner Etagenwohnung baumelte, war ein kleiner Zettel befestigt, auf den der Tote nur ein lateinisches Wort gekritzelt hatte: *proditor.* Verräter.

»*Nemo ante mortem beatus.* Niemand ist vor dem Tode glücklich«, murmelte Strantz und faltete die Hände.

Und Gryszinski, der in diesem Moment dankbar war, seinen Schmerz hinter einem Zitat verschanzen zu dürfen, gab eines zurück, das ihm durch den Kopf fuhr: »*Was morgen sein wird, frage nicht.*«

10.

»Freilich darf der Erfolg nicht mit Effect verwechselt werden, es soll keine Leistung mit Lärm und Aufsehen darunter verstanden werden, man meint damit nicht, es müsse um jeden Preis der Thäter eruiert werden, wohl aber heißt Erfolg haben hier nichts anderes, als: der [Criminalist] muß die Sache von Anfang an so anlegen, daß er darin das Menschenmögliche leisten will und nicht eher ruht, bis er es geleistet hat.«

Hans Groß: Handbuch für Untersuchungsrichter, Polizeibeamte, Gendarmen usw., 1. Auflage, 1893

Noch am selben Abend nahm Gryszinski den Nachtzug zurück nach München. Er lag in einem der Betten im Schlafwagen und starrte in die Dunkelheit, während der Zug stampfend die lichtlose Landschaft durchschnitt. *Verräter.* Damit hatte Schönmann sich selbst die Schuld an allem gegeben, und die Verbindung zu Lemke war mit der zertrümmerten Druckplatte abgerissen. Unruhig wälzte Gryszinski sich auf seiner schmalen Pritsche auf die andere Seite. Die Erkenntnis, dass er verloren hatte, drang mit jedem Meter, den er München näher kam, tiefer in sein Bewusstsein ein. Noch viel mehr quälte ihn allerdings die Frage, ob er für den Selbstmord Schönmanns verantwortlich war. Schließlich hatte er dem Mann, der offensichtlich bereits auf schwankendem Grund stand, schonungslos die Folgen seiner Handlung aufgezeigt, hatte dem Lithographen, der ja eigentlich nur eine kleine Hütte in eine Platte geritzt hatte, deutlich gemacht, dass deswegen dreißig Menschen ums Leben gekommen waren, und ihm damit das letzte Stückchen Boden unter den Füßen weggerissen. Gryszinski wälzte sich zurück auf die andere Seite, auf der sich sein Gemüt aus irgendwelchen Gründen etwas leichter anfühlte. Schönmann war bereits zermürbt gewesen durch die Wochen, in denen er vergeblich auf eine Antwort Lemkes gewartet hatte. Gryszinski drehte sich ächzend wieder zurück auf die Seite, wo sein schlechtes Gewissen wartete: Und dennoch, Schönmann trug zwar eine Mitschuld, doch er war nur ein kleines Licht in dieser ganzen Geschichte gewesen, das hätte er ihm klarmachen müssen. Denn die eigentliche Person, um die sich hier alles drehte, war und blieb Eduard Lemke.

Als sich ein erstes graues Licht am Himmel zeigte, stand Gryszinski leicht schwankend auf, machte etwas Katzenwäsche und kleidete sich an. Kurz darauf saß er als erster Gast im Speisewagen, vor sich einen schwarzen Mokka, und sah zu, wie ein kalter, klarer Morgen graute. Sonnenstrahlen ließen die Spinnenweben aufleuchten, die wie das weiße durchscheinende Haar alter Frauen die vorbeiziehenden Felder bedeckten und ihn an den Flaum weicher Federn erinnerten. Endlich erreichten sie Münchens Vororte. Häuser standen immer dichter, aus vereinzelten Menschen wurden Grüppchen, bis sie in die Stadt selbst kamen, die ihm mehr denn je als freundliches Getümmel erschien. Schließlich zeigte sich die Silhouette des Zentrums, die zahllosen Dächer mit rauchenden Schornsteinen, die zwei Köpfchen der Frauenkirche, dann fuhr der Zug in die große Halle des Centralbahnhofs ein. Am Bahnsteig wartete Sophie, wie Gryszinski mit einem leichten Hüpfer seines Herzens erkannte. Sie hatte sogar Fritzi mitgebracht, der in seinem Korbwägelchen saß und erst zögerlich, dann bestimmt die Arme ausstreckte, als er ihn erkannte. Sofort nahm er den kleinen Jungen auf den Arm, der mit höchster Konzentration seinen obersten Mantelknopf untersuchte, während seine zweite kleine Hand auf Gryszinskis Schulter ruhte. Er drückte seine Stirn gegen Fritzis Stirn. Das Kind antwortete mit innigem Gegendruck und einem freundlichen Schlag ins väterliche Gesicht. Gryszinski musste lachen, das erste Mal seit Tagen, wie ihm auffiel, was ja eigentlich viel war, wenn man bedachte, dass er eine Kindheit unter dem ständig drohenden Tiefdruckgebiet auf der Stirn seiner Mutter verbracht hatte. So oder so, etwas von dem drückenden Gewicht fiel von seinen Schultern. Vielleicht konnte er Lemke ja nicht der Manipulation der Ostafrika-Karte überführen. Aber in der Mordsache Valentin Sperber war das letzte Wort noch nicht gesprochen.

Die Droschke setzte seine kleine Familie in der Liebigstraße ab. Daraufhin gab er dem Kutscher Anweisung, weiter nach Bogenhausen zu fahren. Er fuhr nicht in den *Cour d'honneur* ein, sondern stieg an der Einfahrt aus. Dann schlenderte er in aller Ruhe über Lemkes protzigen Ehrenhof und blickte dabei entschlossen zu den Fenstern auf, wo er Lemke hinter einem der Vorhänge wähnte, ungläubig zu ihm herabblickend, nicht fassen könnend, dass dieser lästige Gryszinski immer noch am Leben war.

Der Butler öffnete. Wie immer trug er seinen rätselhaften Sphinx-Blick.

»Herr Lemke erwartet Sie.« Damit drehte er ab und ging voran.

Gryszinski schüttelte hinter seinem Rücken den Kopf. Allmählich ging ihm dieses ganze Getue gegen den Strich. Er war sicher, dass Lemke ihn nun in einer weiteren Wunderkammer empfangen würde, die ihn beeindrucken sollte; Lemke erschien ihm immer mehr wie ein reiches, ständig beleidigtes Kind, das säckeweise seine Spielsachen ausschüttete, um die anderen Kinder neidisch zu machen. Tatsächlich wurde dieses Mal der Paternoster bemüht, um in das obere Stockwerk des Westflügels zu gelangen, das Gryszinski noch nicht kannte.

»Die privaten Gemächer Herrn Lemkes«, erklärte der Butler hochnäsig und öffnete eine Tür.

Gryszinski stockte der Atem. Zu seinem Ärger musste er sich eingestehen, dass er tatsächlich beeindruckt war, wenn auch auf erschrockene Weise, wie wenn man nichts ahnend in einem beschaulichen süddeutschen Städtchen um eine Ecke biegt und plötzlich, mit einem jähen Riss in der Wirklichkeit, einem brüllenden Löwen gegenübersteht. Genau das war hier der Fall: Er stand in einem Raum von den Ausmaßen einer weitläufigen Galerie, der bis zum Bersten mit konservierten Tieren vollgestopft war, hauptsächlich wilden, exotischen Bestien, denen man wohl besser nicht ohne ein geladenes Gewehr in der Hand begegnete. Entsprechend standen zwischen den martialischen Untieren wuchtige Vitrinenschränke, in denen wertvolle Jagdgewehre, Armbrüste und Harpunen zur Schau gestellt waren. Gryszinski blickte zur Seite und duckte sich instinktiv. Direkt neben ihm, sorgfältig an einer Stelle platziert, die dem Eintretenden einen zusätzlichen Schrecken einjagen musste, hing ein Gepard von der Decke, im Sprung eingefroren, das Maul aufgerissen, das Gesicht in fast menschlicher Wut verzerrt.

»Ha! Da haben Sie ja beinahe die Fassung verloren, mein lieber Gryszinski«, tönte es aus dem Gewimmel dieser ausgestopften Serengeti. Lemke lehnte an einer geöffneten Vitrine voller großkalibriger Gewehre, er war sich auch nicht zu schade gewesen, eine sandgelbe Jacke überzuwerfen, als ginge es direkt zur Großwildjagd in Afrika. »Was sagen Sie zu meinem kleinen Jagdkabinett? Meine Frau war nur einmal hier und erklärte, dass ich übergeschnappt sei.« Lemke lachte sein Lachen, mit dieser offenen Art, die er sich angeeignet hatte und die Gryszinski immer abstoßender fand.

»Schrecklich.« Gryszinski nickte dazu freundlich und beließ es dabei.

Lemke löste sich aus seiner kolonialen Pose und trat auf ihn zu. »Sie hatten die Stadt verlassen.« Es klang nicht wie eine Frage.

»So ist es. Ich war in Berlin, habe dort einiges Interessantes erfahren«, erklärte Gryszinski und sah Lemke direkt in die Augen.

»Soso.« Lemke strich einer Hyäne mit gefletschten Zähnen über das bemerkenswert hässliche Köpflein und griff dann wie gedankenverloren nach einem der Gewehre, die in der offenen Vitrine zu einer Parade aufgestellt waren. Er berührte den Lauf und wog das Gewicht der Waffe in seinen Händen. »Dabei kann ich mir kaum vorstellen, dass es in unserer Heimatstadt etwas Interessantes zu erfahren gäbe.«

Gryszinski ging nicht darauf ein, lächelte nur vielsagend, was Lemke offensichtlich ärgerte, auch wenn er sein Lächeln erwiderte, indem er die entsprechenden Gesichtsmuskeln aktivierte. Seine Augen blieben kalt. Einige lange Sekunden schwiegen sie, man hörte nur ein Klopfen, das von Lemkes Fingerknöcheln rührte, die auf den hölzernen Schaft seines Gewehrs trommelten.

»Tee?«, fragte er plötzlich in die Stille hinein und zeigte an das Ende der Galerie. Dort wartete der hundsgroße Skarabäus-Teewagen mit den blauen Augen zwischen zwei Ohrensesseln, zu deren Häuptern eine ganze Rotte Warzenschweine auf einem Vorsprung versammelt war, den beiden Männern stumm entgegenblickend.

Sie wanderten hinüber und nahmen Platz. Lemke ließ die Waffe nicht los, wie Gryszinski registrierte. Von den Sesseln aus wirkte der ganze Raum noch gewaltiger. Die toten Tiere, deren Körper nur noch ausgestopfte Hüllen waren, bildeten ein schauriges Ornament, in dem das Auge Mühe hatte, Glieder und Köpfe den einzelnen Ungetümen zuzuordnen.

»So muss es im Unterdeck der Arche Noah ausgesehen haben«, äußerte Gryszinski und nahm einen Schluck Tee.

Lemke lachte, dann hob er die Waffe an und richtete den Lauf in den Raum hinein. Langsam drehte er den Oberkörper und brachte das Gewehr damit immer mehr in Richtung Gryszinski, bis er direkt auf ihn zielte. Gryszinski spürte sein Herz stolpern, er hielt den Atem an. Mit einem wissenden Grinsen bewegte Lemke den Lauf weiter, tat so, als würde er die Waffe entsichern, und machte laut »Paff!«, als er einen Schuss imitierte, mit dem er den toten Löwen in der Ecke noch toter machte. Gryszinski atmete aus, gleichzeitig stieg die Wut in ihm auf. Er hatte diese Spielchen so satt. Wieder schwiegen sie. Er war sich im Klaren, dass es nun besser wäre, die Unstimmigkeit zu übertönen, indem er seinem Gastgeber ein belangloses Gesprächsthema anbot, aber er wollte einfach nicht mehr. Stattdessen ließ er seinen Blick über das Kabinett der Tiere wandern, während Lemke düster mit seinem Gewehr herumspielte. Er sah noch mehr Raubkatzen, dazu Adler und Falken, die mit aufgespannten Schwingen von der Decke baumelten, der Kopf eines Nashorns krönte eines der Fenster.

Und dann blieb Gryszinskis Blick an etwas hängen. Sein Gehirn brauchte einen Augenblick, um das Ungeheuerliche, diese unglaubliche Information, in die richtigen Bahnen zu lenken, doch mit einem Mal fiel alles ineinander, fügte sich zusammen. Gryszinski sprang auf, als hätte er einen Stromschlag bekommen. Tatsächlich standen ihm die Haare zu Berge.

»Das!«, rief er nur und zeigte auf die drei Elefantenfüße, die da einfach völlig arglos unter dem Fenster mit dem Nashornkopf standen, vermutlich die ganze Zeit dort gestanden hatten, während er in diesem Haus ein und aus gegangen war. Konnte das jetzt einfach die Lösung sein?

»Was denn?«, fragte Lemke nun interessiert und ließ endlich sein Gewehr sinken. »Die Elefantenfüße? Ja, die sind was! Die stammen von dem Tier, das ich ’88 erschossen habe. Sie erinnern sich, die Elefantenkatastrophe. Zum Dank für meinen Einsatz wurden sie mir geschenkt. Sie geben recht ordentliche Behälter für meine Billardkugeln ab.«

Sie waren nebeneinander zu den wuchtigen grauen Füßen hinübergelaufen. Lemke griff in einen hinein und zog tatsächlich ein paar rote und schwarze Kugeln hervor. Gryszinski betrachtete währenddessen fieberhaft die drei Pranken. Ihm schossen lauter Fragen durch den Kopf, die wichtigste konnte er direkt beantworten: Keinem der Füße fehlte eine Zehe. Blieb nur eine Möglichkeit. Er wandte sich an Lemke, betont lässig scherzend: »Das Untier war wohl ein Dreibeiner? Oder ist Ihnen das vierte Füßchen abhandengekommen?«

»Haha, nein«, gab Lemke amüsiert zurück. Gryszinski durchschaute nicht, ob er eigentlich kapierte, um was es hier gerade ging. »Den vierten Fuß gibt es natürlich noch, aber der steht in den Gemächern meiner Frau. Sie benutzt ihn als Ständer für ihre Schirme. Dieser Fuß hat eine Besonderheit, eigentlich ein Makel, aber sie findet es eben apart. Dem fehlt eine Zehe.«

Einigermaßen verstört verließ Gryszinski Lemkes Villa wieder, durchquerte gedankenverloren den Vorhof und passierte schließlich das große Tor zur Straße. Ein leises Pfeifen, kombiniert mit einem gezischten »He! Chef! Hierher!« ließ ihn dort zusammenfahren. Er schüttelte sich zurück in die Wirklichkeit und sah sich um. Im Schutz der immergrünen Hecke entdeckte er endlich Wachtmeister Eberle. Der blieb in seiner Deckung und gab ihm ein Zeichen, sich unauffällig zu ihm zu gesellen.

»Chef! Schon wieder zurück? Das ging aber schnell«, begrüßte Eberle ihn freudig. »Wie geht es Ihrer Frau Mutter?«

»Meiner … ach so, ja, sie ist wieder wohlauf, danke der Nachfrage. Als ich eintraf, war sie schon auf dem Wege der Besserung. Meine Anwesenheit war also nicht länger vonnöten.«

Eberle nickte freundlich und blickte auf die Villa. Erst jetzt erinnerte Gryszinski sich, dass er ihm vor seiner Abreise den Auftrag gegeben hatte, Lemke weiterhin zu beschatten. Eberle hatte sich einen exzellenten Beobachtungsposten ausgesucht, der Polizeipräsident wäre stolz auf ihn. Er hatte alles im Blick und war fast unsichtbar.

»Nun, was hat unser Mann in der Zeit meiner Abwesenheit getrieben?«, fragte er nun seinen Wachtmeister und sah ebenfalls zum Anwesen zurück.

»Nicht viel Ungewöhnliches, er bewegt sich weiterhin zwischen seiner Fabrik, einigen Kaffeehäusern und seinem eigenen Haus. Das einzig Bemerkenswerte ist, dass er offenbar weiterhin jeden Vormittag die Ethnographische Sammlung aufsucht. Zumindest hat er das heute und gestern getan. Sitzt dann immer auf einer Bank vor der Vitrine mit dem afrikanischen Schmuck und starrt diesen an. Heute habe ich mir die Exponate genauer angesehen. Ein paar Halsketten aus Togoland, nicht weiter spektakulär. Im Zentrum hängt ein auffälliger Ohrschmuck der Massai. Das ist alles.«

Gryszinski nickte. »Gut, machen Sie weiter bis heute Abend. Morgen lassen Sie sich von einem Kollegen aus der Gendarmerie ablösen, Sie müssen sich in der Schrammerstraße bereithalten. Die Dinge kommen jetzt endlich in Bewegung.« Mit dieser mirakulösen Aussage verabschiedete er sich und ließ Eberle allein mit seinen Fragen und der Lemke'schen Villa.

Man konnte es Ahnung nennen oder einfach auf die Tatsache zurückführen, dass Hans Großens gelehriger Schüler dessen Grundsatz verinnerlicht hatte, nach dem auch die kleinste Kleinigkeit wichtig sein könnte. Jedenfalls suchte Gryszinski direkt nach diesem Gespräch die Königliche Ethnographische Sammlung im Hofgarten auf. Die Räume waren kaum besucht. Er wanderte in träumerischer Stille an den Vitrinen entlang, aus denen heraus ihn die Fremdheit der Völker dieser Welt anblickte, in Form von Dingen, die ihm teils seltsam schön und teils schlicht unverständlich erschienen. Schließlich fand er sich auf der Bank wieder, auf der Lemke jeden Vormittag Platz nahm, und starrte genau wie er den afrikanischen Schmuck hinter der Glasscheibe an. Nach ein paar Minuten des Grübelns zog er seinen Skizzenblock hervor und fertigte eine kleine Zeichnung an, die dem Lageplan eines Tatorts glich. Die fünf Ketten aus Togoland links und rechts, in der Mitte, auf einem speziellen kleinen Ständer für Ohrringe, der Ohrschmuck der Massai, der ihm besonders wichtig erschien, hatte Lemke doch eine spezielle Bindung zu diesem Völkerstamm, wie er ihm selbst erzählt hatte. Es handelte sich um zwei sehr große, schwere Schmuckstücke aus kunstvoll verflochtenen bunten Perlen und silbernen Amuletten. Die Massai trugen sie laut einer erläuternden Inschrift ihr Leben lang, bis das hohe Gewicht des Schmucks ihre Ohren völlig zerklüftet hatte. Unwillkürlich musste Gryszinski an Lemkes Ohr denken, das er ihm beim Duell zerschossen hatte. Vorhin war es noch verbunden gewesen. Er schlug eine neue Seite seines Blocks auf und skizzierte den Schmuck, wobei er auch hier wieder, wie bei jeder Tatortskizze, penibel darauf achtete, die Ausrichtung des Exponats, seinen Abstand zu den anderen Objekten und seine generelle Positionierung innerhalb der gesamten Vitrine exakt zu bestimmen. Als er damit fertig war, stand er auf und ging, ohne einen Blick zurückzuwerfen.

Nachdem er sich offiziell in der Polizeidirektion zurückgemeldet und zu seiner Erleichterung erfahren hatte, dass Welser außer Haus war, spazierte er zurück ins Lehel, er brauchte Zeit zum Nachdenken.

Nach dem zwar fürstlichen, aber schweigsamen *dîner* mit Sophie und dem bis zur Provokation lächelnden Straven, einzig untermalt vom schweren Schlag der Repetieruhr, erstattete er dem preußischen Verbindungsmann hinter verschlossenen Türen Bericht. Als auch diese unangenehme

Pflicht erledigt war, trat er endlich ins Schlafzimmer zu seiner Frau, die wach und gespannt aufrecht in ihrem gemeinsamen Bett saß.

»Du hast etwas herausgefunden. Etwas Wesentliches«, stellte sie fest, während sie mit ihrem Kopf die katzenhafte Bewegung machte, die besagte, dass er ihre Locken zwirbeln sollte.

Er ließ sich aufs Bett fallen und begann über ihr Haar zu streichen, dann nickte er. »Ja, aber das, was sich nun abzeichnet, verwirrt mich zutiefst.« Er schwieg und wickelte eine ihrer Strähnen um den Zeigefinger.

»Was denn? Was hast du herausgefunden?«

Gryszinski musste über ihre Neugierde lächeln. »Nun, ich vermute, dass eine Frau Valentin Sperber erschossen hat, und zwar aus Eifersucht oder enttäuschter Liebe.«

»Tatsächlich?« Sophie drehte sich zu ihm um. Ihre nächste Frage wirkte fast ein wenig amüsiert. »Und was verwirrt dich daran?«

»Es wäre einfach sehr ungewöhnlich. Natürlich morden auch Frauen, aber sie wählen keine Schrotflinten, um ihren untreuen Liebhaber gewaltsam in den Kopf zu schießen. Sie vergiften ihn vielleicht. Und eigentlich, na ja, bringen sie in der Regel eher sich selbst um …«

»Und wenn die Frau sehr leidenschaftlich und zudem tief verletzt wäre?«, gab Sophie zu bedenken.

»Wie in einem deiner Bücher«, erwiderte Gryszinski, eine Spur herablassend.

Sophie schnaubte. »Oh nein, wie im echten Leben. Eine Frau, die von ganzem Herzen liebt und dann verletzt wird, ist zu allem fähig.« Sie bedachte ihn mit einem dunklen Blick, der ein ihm gänzlich unbekanntes Fenster in ihr Inneres öffnete, das er lieber rasch mit einem Vorhang aus besänftigenden Worten verdeckte.

»Gut, ich ziehe es in Betracht.«

»Na also!« Sophie gab ihm einen Kuss auf die Wange und erklärte liebenswürdig, dass sie es bei diesem Musterexemplar von Ehemann jedenfalls nicht für nötig erachte, eine Schrotflinte unterm Bett zu verstecken.

»Da bin ich aber froh.« Er nickte und zwirbelte noch ein paar Runden weiter.

Gryszinski schlief tief und traumlos, während sein Unterbewusstsein offenbar fröhlich für ihn arbeitete, als hätte er ein paar kriminalistische Wichtel im Kopf. Er wachte jedenfalls erholt auf und war absolut sicher, dass seine Theorie stimmte. Während er sich wusch und anzog, pfiff er vor sich hin, wenn auch nur leise, denn es war noch sehr früh und er wollte niemanden wecken. Einzig Frau Brunner war bereits an den Töpfen tätig und brühte ihm seinen starken, süßen Mokka auf. Außerdem schwollen im Ofen gerade einige Buchteln auf ihr doppeltes Volumen an. Der fast körperhafte Duft des Frischgebackenen füllte die gesamte Küche. Das Hefegebäck war für den Nachmittagstee gedacht, zu dem Sophie ihre Wiener Bekannte geladen hatte, die mittlerweile bei ihnen ein und aus ging, aber Gryszinskis Lieblingshaushälterin schnitt ihm ein Stück heraus und bestrich es mit dem warmen Zwetschgenmus, das auf dem Herd köchelte. Gryszinski setzte sich auf seinen Stuhl bei den Mehlsäcken und atmete tief den Dampf seiner Beute ein, bevor er sich alles einverleibte. So gestärkt trat er dem Tag entgegen.

Sein erster Gang führte ihn in sein Bureau in der Schrammerstraße, wo er den jungen Gendarmen abfing, der Lemke heute beschatten sollte, und ihm noch einige Instruktionen mit auf den Weg gab. Danach setzte er sich mit seinen beiden Wachtmeistern zusammen, berichtete ihnen von den Elefantenfüßen und seinem Verdacht, der ihm bereits Gewissheit zu sein schien. Außerdem kam er wieder auf Lemkes Besuche der Ethnographischen Sammlung zu sprechen. Die Sache ließ ihm keine Ruhe. Irgendwie glaubte er nicht, dass der Industrielle sich hier einfach nur einen täglichen kontemplativen Moment gönnte. Die ganze Ermittlung erschien ihm immer mehr wie ein Gespinst aus ganz unterschiedlichen Szenarien, zwischen denen es auf den ersten Blick keine rechte Verbindung gab. Er selbst irrte zwischen den verschiedenen Punkten hin und her und versuchte, die Lücken in dem Netz, das Lemke über alles geworfen hatte, zu füllen, um endlich mehr als ein Flickwerk aus Annahmen und Theorien vor sich zu haben.

»Man müsste unauffällig herausfinden, ob sich in letzter Zeit etwas in der Ethnographischen Sammlung geändert hat oder irgendetwas Ungewöhnliches dort vorgefallen ist«, sagte Eberle nachdenklich. »Aber wie sollte man das anstellen, wen fragen?«

Mit einem fast müden Gesichtsausdruck wandte Gryszinski sich an Voglmaier. »Sprechen Sie mit Ihrem Spezl.«

»Mit welchem Spezl, Chef?«, fragte das Spatzl verwirrt zurück.

»Sie haben doch immer einen.«

Voglmaier kniff die Augen zusammen, dann grinste er. »Wird gemacht, Chef!«

Gryszinski nickte. »Na also. Dann machen Sie das jetzt direkt. Eberle, Sie kommen mit mir nach Bogenhausen.«

Wieder ratterten sie in einer Droschke zum Mitterweg und lugten dort angekommen zunächst einmal über die Hecke. Die beiden Porzellanpfauen standen nicht draußen, Lemke war wie erwartet nicht im Haus. Gryszinski ließ Eberle mit der Droschke vor dem Tor und ging über den breiten Hof zur Eingangstür. Der Butler musste ihn bereits gesehen haben. Kaum erklang der elektrische Walkürenritt, riss er bereits die Tür auf, kaum noch fähig, seinen Ärger darüber zu verbergen, dass Gryszinski schon wieder vorsprach.

»Der gnädige Herr ist nicht da.«

»Ich weiß, ich würde gern die gnädige Frau sprechen.«

Der Butler schnaubte. »Vor elf Uhr empfängt Frau Lemke niemanden.«

»Das macht nichts. Ich warte gern im Ostflügel.« Damit schluckte Gryszinski all seine gute preußische Erziehung herunter, seinen antrainierten Glauben an die Konvention, und stapfte einfach los ins erste Stockwerk des Ostflügels zu ihren Gemächern, wohl wissend, dass der Butler als Untergebener ihm, dem vermeintlichen Freund des Hauses, dieses impertinente Verhalten nicht untersagen konnte. Einzig den Zutritt zu ihrem Schlafzimmer durfte er verwehren. Gryszinski konnte nur hoffen, dass sich das, was er suchte, in einem ihrer Salons befand. Unter den wütenden Blicken der britischen Sphinx, die nichts anderes tun konnte, als sich beleidigt in eine dunkle Ecke zu verdrücken, flanierte er, die Hände betont lässig auf dem Rücken verschränkt, durch Betti Lemkes Räume. Dabei hielt er angestrengt Ausschau nach einem Elefantenfuß, in dem mehrere Regenschirme steckten.

Er begann in dem Salon, in dem er sie zum ersten Mal gesehen hatte, diesem Ozean aus Blüten auf Tapeten und Möbeln, der die Frau fast verschlungen hatte. Den konservierten Fuß eines Dickhäuters konnte er nirgends entdecken. Als er das letzte Mal hier gewesen war, hatte sich durch einige halb geöffnete Türen angedeutet, dass dieser Salon nur den Auftakt langer Zimmerfluchten bildete, ähnlich dem schlossähnlichen Ensemble im Erdgeschoss. Beherzt stieß Gryszinski nun die Tür rechter Hand auf, die man erreichte, wenn man zuerst den mit einem Muster aus Klatschmohn überzogenen Fauteuil umrundete. Tatsächlich öffnete sich ein langer Gang aus Kabinetten, die man ohne Hindernis durchschreiten konnte. An der Stirnseite eines jeden Zimmers fand sich eine weitere Tür, durch die man in eine zweite Zimmerflucht geriet, ein parallel verlaufender Korridor aus einer weiteren Kette aus Salons, manche dieser Räume verfügten noch über zusätzliche Tapetentüren, die in dahinterliegende Stiegenhäuser führten. Das gesamte Stockwerk war ein Verwirrspiel aus Wänden, Treppen und unendlichen Türen. Gryszinski wanderte im Slalom die Zimmer ab. Dicke Teppiche verschluckten seine Schritte in diesen häuslichen Schachteln, vollgestopft mit kostbaren Möbeln, Spiegeln und vor allen Dingen prachtvollen, fast absurd schönen seidenen Tapeten, auf denen es blühte und rankte. Es war ein absoluter Überfluss an völlig nutzlosem Raum, man konnte sehen, dass nichts eine spezielle Funktion erfüllte. Überall konnte man sich niederlassen, überall konnte man lesen und plaudern, aber es war letztendlich völlig egal, wo man das tat. Jede Ecke bildete den gleichen entzückenden Salon wie das Zimmerchen hinter der Tür davor und davor. Es erschlug einen, machte einen rastlos. Vor allen Dingen aber entdeckte er nirgends einen Elefantenfuß.

Und dann stieß Gryszinski auf einen menschlichen Ankerpunkt: Er rannte ausgerechnet in den Dekorateur Alfons Irber hinein. Der stand vor einer ausladenden Konsole im Louis-XIV-Stil, die sich *vis-à-vis* zu einer mächtigen Pendeluhr befand. Vor sich hatte er üppige Zweige und Blüten verteilt, die er mit einem scharfen Blumenmesser beschnitt, um sie in einer schweren chinesischen Vase zu arrangieren. Wie immer war der Möchtegern-Franzose komplett in Schwarz gekleidet und tobte seinen ganzen Spleen lediglich in Form eines überkandidelt gemusterten Einstecktuchs aus.

»Herr Kriminal-Kommandant!«, schrie Irber, der diese affektiert falsche Bezeichnung offenbar nicht lassen konnte, und fasste sich in übertriebener Überraschung ans Herz, wobei er sich, wie Gryszinski nicht ohne eine gewisse Häme bemerkte, an die falsche Brust griff. Eine Mogelpackung, vom vorgetäuschten Akzent bis zur Körpersprache.

»Monsieur Irber«, entgegnete Gryszinski mit feiner Ironie. »Wie geht es Ihnen?«

»Ah! Großartig! Wie immer in diesen exquisiten Interieurs. Die Teppiche! Die Vorhänge! Und vor allem: die Tapeten! Haben Sie diese schon gesehen? Ein ganz neues Prunkstück!«

Damit wies Irber in den benachbarten Raum innerhalb der parallel verlaufenden Zimmerflucht. Die Wände waren rundum mit einer von Hand gefertigten Seidenmalerei verziert. Der Untergrund schimmerte golden, darauf ließen zierliche Pinselstriche eine japanische Landschaft entstehen. Man sah einen Fluss, der in kleinen Wasserfällen durch einen Garten mit weiten Rasenflächen und wolkenförmig beschnittenen Bonsais plätscherte, gesäumt von blühenden Kirschbäumen. In einer Ecke lugte die Pagode eines Teehäuschens hinter den rosafarbenen Baumkronen hervor. Ganze Gruppen von schlanken Kranichen saßen an den Ufern. Über mehrere Holzbrücken wandelten schwarzhaarige Damen in bunten Kimonos. Im Zentrum des Panoramas winkte eine junge Geisha einem davonreitenden Samurai, sie hielt einen roten Sonnenschirm über ihren Kopf gespannt. Gryszinski stand mitten in diesem Zimmer, in dem sonst nichts war außer einem sehr ausladenden weißen Diwan, vollgestopft mit Kissen – ein Möbel, wie es eher in intimen Pariser Boudoirs stand. In einem preußischen Salon würde man so etwas nicht finden, da es jeden Besucher in die prekäre Lage brächte, nicht aufrecht sitzen zu können. Er drehte sich mehrmals langsam um die eigene Achse, um die gesamte Malerei bewundern zu können, vor allem aber um eine Erkenntnis zu verifizieren, die ihm eben fast träumerisch zuflog: *Ein Raum sollte doch immer mindestens zwei Türen haben.* Dieser Raum allerdings hatte nur die eine Tür, durch die er eben eingetreten war. Was besonders auffiel, weil alle anderen Zimmer in diesem Flügel miteinander zusammenhingen und zu mehreren Seiten hin betreten und verlassen werden konnten.

»Sagen Sie, Irber, gibt es hier eine besonders gut versteckte Tapetentür?«, fragte Gryszinski, der sich immer noch suchend hin und her drehte.

»Ah, nein, die Wände sind allesamt verschlossen.«

Merkwürdige Formulierung, dachte Gryszinski bei sich. »Wann, sagten Sie, wurde dieser Raum neu tapeziert?«

»Oh, erst kürzlich, ein paar Tage nach der großen Eröffnungsfeier.«

»Soso.« Gryszinski trat näher an die Wand heran und betrachtete die feinen Pinselstriche, die gefälligen Motive. Dann klopfte er prüfend an die Wand, ein Mal.

»Vorsicht, Herr Kriminal-Kommandant«, schoss Irber sofort heran. »Die Malereien sind nicht nur sehr kostbar, sondern auch empfindlich.«

»Sicher.« Gryszinski machte einen Schritt zur Seite und klopfte an eine nächste Stelle. Um dann, den immer aufgeregteren Dekorateur ignorierend, damit zu beginnen, den gesamten Raum systematisch abzuklopfen. Irber redete hektisch auf ihn ein, bis Gryszinski ihn anherrschte, endlich still zu sein. Er klopfte und horchte, klopfte wieder, und dann fand er die Stelle. Genau dort, wo die Geisha mit dem roten Schirm stand, befand sich eine Tür hinter der Tapete. Hätte er diese durch verklebte Seide versiegelte Tür zu einem früheren Zeitpunkt der Ermittlung entdeckt, hätte er sicher nicht das getan, was er nun gleich tun würde. Doch die letzten Wochen und vor allem Tage hatten ihn an einen Punkt getrieben, an dem er nicht mehr zögern wollte, nicht mehr hadern konnte. Kurz entschlossen drehte er sich um, wobei er fast mit dem mittlerweile rotgesichtigen Irber zusammenstieß, tat ein paar Schritte zu der Konsole im benachbarten Kabinett, griff sich das Blumenmesser, lief zurück und schnitt die Geisha mit dem roten Schirm von der Wand, ritzte brutal der Tapete den Bauch auf, unter den hysterischen Schreien des Dekorateurs, der brüllte, als wäre er tatsächlich Zeuge, wie jemand abgestochen wurde. Zuletzt riss Gryszinski, der jetzt selbst dunkelrot im Gesicht war und sowohl Irber als auch den herbeistürzenden Butler abschüttelte, das dünne Papier von der Wand, bis endlich eine flache Tür zum Vorschein kam, von oben bis unten mit einem Schleier aus feinen dunkelbraunen Tröpfchen übersät.

»Was, zum Teufel, machen Sie da?«, ertönte in diesem Moment eine kalte Stimme.

Gryszinski drehte sich langsam um. Lemke stand dicht hinter ihm und starrte ihn fassungslos an. Schwer atmend, aber vollkommen ruhig strich Gryszinski über die Ärmel seines Anzugs, die mit goldenen Schnipseln bedeckt waren.

»Keiner berührt etwas«, erklärte er dann mit fester Stimme. »Treten Sie zurück. Das hier ist ein Tatort.«

Diesem, wie man zugeben musste, recht bühnenreifen Moment folgte das nicht minder beeindruckende Eintreffen der kriminalistischen Truppen, die Eberle auf schnellstem Wege hierhergetrieben hatte, während Gryszinski angespannt in dem Zimmer mit der ruinierten Tapete auf und ab getigert war.

»So«, machte Dr. Meyering nur, der als Erster den Raum betrat. Hinter ihm lief im Eilschritt Eberle, Gryszinskis Tatortkoffer in der Hand, den er selbigem überreichte. Auch Friedl, ihr technischer Spezialist, lugte in den Raum hinein. Meyering war bereits zu der freigelegten Tür vorgesprungen und begutachtete die feinen Tröpfchen, wobei er so etwas wie ein zufriedenes Brummen von sich gab.

Gryszinski trat neben ihn. »Was meinen Sie?«

Der Mediziner nickte vor sich hin. »Sehr wahrscheinlich menschliches Blut. Gleich werden wir es genau wissen. Ich habe mein tragbares Labor mitgebracht.«

Es gab eine dramatische Pause, da zunächst Dornauer, der Photograph, eine Aufnahme der Tür machen musste. Eberle begann derweil mit der mühsamen Arbeit, auf transparentem Zellitblatt eine akribisch genaue Blutskizze anzufertigen; diese würde man später über die Hauptskizze des Raums legen können. So konnte man die Blutspritzer für sich oder auch im Kontext des gesamten Tatorts betrachten. Wenn es denn wirklich menschliches Blut war. Dies war nun Meyerings großer Augenblick, den er in der Tat auch auszukosten verstand. Zunächst streifte er sich weiße Handschuhe über und zückte dann ein Skalpell, mit dem er vorsichtig ein paar Partikel der dunkelbraunen, leicht verblassten Tröpfchen von der Wand löste. Ein Assistent reichte ihm eine gläserne Eprouvette, in der sich bereits eine klare Flüssigkeit befand.

»Eisessig, mit Kochsalz gesättigt«, murmelte Meyering, als würde er eine Zauberformel sprechen. Er gab die fast unsichtbaren Partikel in das Probierglas und entzündete daraufhin mit der großen Geste des Alchimisten einen kleinen Bunsenbrenner, der im Verhältnis zu seiner Aufführung fast etwas mickrig wirkte. Das Gebräu erhitzte sich schnell. Vorsichtig löste der Arzt etwas aus den Innenwänden des Glases, ein feines Kristall, das sich abgesetzt hatte, und gab dieses zwischen zwei durchsichtige Plättchen. Sein eifriger Assistent platzierte ihm nun das Mikroskop. Meyering legte die gewonnene Substanz zurecht und blickte, während alle im Raum Anwesenden den Atem anhielten, durchs Okular. Nur Sekunden später rief er mit lauter, klarer Stimme: »Blut! Von einem Menschen.«

Gryszinski spürte regelrecht, wie Lemke, der in dem benachbarten Raum mit der Pendeluhr und der Konsole wartete, nervös die Luft einzog. Er blickte über die Schulter zu dem Hausherrn und sah, wie er völlig in sich gekehrt auf den Boden blickte, fieberhaft nachdenkend. Schließlich hob

Lemke doch den Kopf. Ihre Blicke trafen sich, Gryszinski hielt lang den Augenkontakt, dann drehte er ihm ohne Eile wieder den Rücken zu und trat neben Eberle, der immer noch damit beschäftigt war, das feine Geäst der Blutspritzer zu dokumentieren.

»Wann sind Sie damit fertig?«, fragte er seinen Wachtmeister.

»Nicht mehr lange. Ein paar Minuten noch.«

»Gut.« Gryszinski ließ seinen Blick über den intakten Teil der Seidenmalerei gleiten und sah dann auf die restlichen Fetzen der Geisha mit dem roten Sonnenschirm. »Denn ich will unbedingt diese Tür öffnen.«

Kurz darauf war es so weit. Sie stießen die Tür auf und blickten in einen schlichten Vorraum mit einer offenen und einer geschlossenen Tür. Die offene Tür führte in ein Treppenhaus.

Gryszinski drehte sich zu Lemke um. »Was ist hinter der verschlossenen Tür?«

»Das Schlafzimmer meiner Frau«, gab Lemke finster zurück.

»Aha. Und weshalb wurde dieser Zugang verschlossen?«

»Sie wollte wohl die Tapete in ihrer ganzen Wirkung präsentieren«, antwortete Lemke fast schon zynisch. »Abgesehen davon ist der Zugang von diesem Salon aus nutzlos, Bettis Schlafgemach hat immer noch zwei Ausgänge.«

»Ist Ihre Frau denn jetzt in dem Zimmer?«

»Das denke ich doch.«

Fast ein wenig zögerlich trat Gryszinski in den dunklen Zwischenraum und sah sich um. Er konnte regelrecht fühlen, wie sie lauschend hinter der nächsten Tür stand und zu begreifen suchte, was da bloß vor sich ging.

Aber zunächst sah er es endlich: Im Schatten der Tür, durch die er eben eingetreten war, stand ein unkonventioneller Schirmständer. Ein konservierter Elefantenfuß, dem eine

Zehe fehlte. Er blickte zurück zu Eberle und wies auf den riesigen grauen Fuß.

»Einpacken.« Dann klopfte er an die geschlossene Tür. »Frau Lemke, Hauptmann von Gryszinski hier. Bitte öffnen Sie, ich muss Ihnen einige Fragen stellen, es duldet keinen Aufschub.«

Sie öffnete sofort, fertig frisiert und angekleidet, das Gesicht ein einziges Lächeln. »Hauptmann! Sie wünschen?«

»Frau Lemke, ich muss Sie bitten, mit mir in die Polizeidirektion zu kommen, ich …«

»Chef«, flüsterte es da hinter ihm. Eberle. Wieso gerade in diesem Augenblick!

Er drehte sich um. »Was ist denn?«

»Es tut mir sehr leid, aber da draußen trägt sich etwas Merkwürdiges zu. Sie sollten mitkommen.«

Widerwillig folgte Gryszinski seinem Wachtmeister. Sie gingen durch das Zimmer mit der zerstochenen Tapete. Er registrierte, dass Meyering eben die gesamte kostbare Seidenmalerei mit Aluminiumpulver bestäuben ließ, um nach Abdrücken von Fingern und Händen zu suchen; die Kirschbäume waren nun unwiederbringlich in schmutziges Grau getaucht. Danach müssen wir die gesamte Tapete abnehmen und darunter nach brauchbaren Abdrücken suchen, dachte Gryszinski bei sich. Er würde das gleich anordnen. Im Nachbarzimmer mit der Pendeluhr hatten sich mehrere Diener und Mägde versammelt. Der mürrische Butler stand wie ihr Anführer vor der kleinen Gruppe.

Lemke lehnte am Fenster, er wirkte fiebrig und seltsam aufgekratzt. »Gryszinski!«, kreischte er. »Gleich werden Sie sehen, was Sie angerichtet haben.«

Fragend sah Gryszinski Eberle an, der kleinlaut neben ihm stand.

»Also, diese Mitglieder der Dienerschaft des Ehepaars Lemke …«, begann der schwäbische Wachtmeister und zeigte auf die versammelten Männer und Frauen, »... wollen nun doch eine Aussage machen. Sie sind bereit, unter Eid auszusagen, dass sie in der Nacht der großen Eröffnungsfeier aus diesem Zimmer« – er zeigte in den Raum mit der japanischen Tapete – »deutlich mehrere Schüsse gehört haben.«

»Gut«, rief Gryszinski erfreut. »Sehr gut!« Er verstand nur nicht, warum Eberle so niedergeschlagen wirkte. Die britische Sphinx, natürlich, lieferte ihm den Eimer eiskalten Wassers, der seine Euphorie schlagartig erkalten ließ.

»Wir waren hier in den benachbarten Räumen beschäftigt, als wir die Schüsse hörten. Die Tür war geschlossen«, erklärte der Butler gravitätisch, während Gryszinski immer ungeduldiger wurde. »Die Schüsse«, erklärte dieses sauertöpfische Subjekt im Pinguinanzug weiter, »fielen, als diese Uhr hier Mitternacht schlug.«

Gryszinski starrte auf die majestätische Pendeluhr. Er verstand immer noch nicht.

Eberle flüsterte: »Das Protokoll dieser Nacht, Chef.«

Und da fiel der Groschen. Um Mitternacht, so hatten es Hunderte von Gästen bezeugt und sie selbst im Protokoll vermerkt, waren die Lemkes auf ein Podest im Erdgeschoss des Ostflügels gestiegen und hatten einen Toast ausgebracht.

»Nein!«, schrie Gryszinski, während Lemke und sein treuester Diener triumphierend grinsten.

Erschöpft lief Gryszinski abends vom Mitterweg in die Liebigstraße. Während der Tatort weiter kartographiert, aus der Tapete geschält, in Aluminiumpulver getaucht und aus allen Winkeln skizziert worden war, hatten er, Eberle und Voglmaier jene Diener der Lemkes befragt, die angaben, die Schüsse gehört zu haben. Alle waren sich einig, ohne den geringsten Anflug eines Zögerns, dass das Krachen des Gewehrs sich mit dem mitternächtlichen Schlagen der großen Pendeluhr vermischt hatte. Tatsächlich war jeder Zweifel ausgeschlossen, denn dieses Monstrum von Uhr schlug wohl so laut und störend, dass es bis in die Schlafgemächer Betti Lemkes drang, weshalb man das Pendel kurz nach der Mordnacht dauerhaft angehalten hatte. Er seufzte unwillkürlich, während er die Brücke ins Lehel überquerte. Ein Mord war tatsächlich geschehen, er hatte das beinahe Unmögliche vollbracht und in dieser labyrinthischen, riesenhaften Villa den Tatort gefunden. Aber nun sollte es keiner der beiden Lemkes gewesen sein? Diesen Gedanken konnte er einfach nicht zulassen, die Möglichkeit, dass sie nun wieder alles von vorn aufrollen mussten, obwohl alles andere so makellos zusammenpasste.

Als er die Tür zu seiner Wohnung öffnete, wurde eben der Tisch gedeckt. Sophies Wiener Freundin erhob sich wie auf ein heimlich verabredetes Zeichen hin und verabschiedete sich – sie blieb selten zum Abendessen, stimmte dafür aber beim Hinausgehen regelmäßig irgendein neues Lamento an, sodass Frau Brunner jedes Mal das Essen eine halbe Stunde länger warm halten musste. Doch das machte ihm nichts, die Hauptsache war, dass sie wartete, bis Gryszinski wieder bei Sophie war.

Endlich setzten sie sich an den Tisch, in ähnlich trüber und schweigsamer Stimmung wie am Vorabend; eigentlich eine Beleidigung für die aufgetischten Köstlichkeiten. Man musste sich fragen, ob das Reh, dessen mit dunklem Honig glasierte Keulen auf der Platte in der Tafelmitte präsentiert wurden, es verdient hatte, dass seinem jungen Leben ein jähes Ende gesetzt wurde, nur um im Kreise dieser schlecht gelaunten Menschen seine letzte Ruhe zu finden. Gryszinski konnte an diesem Abend leider kein Mitgefühl empfinden, weder für das Reh noch für die Knödel, die Frau Brunner mit besonders viel bemitleidenswerter heißer Bratensauce übergossen hatte. Eine kleine Suppe wurde vorab gereicht, wirklich viel zu spät, wie Gryszinski mit einem Blick auf ihre neue Pendeluhr feststellte. Es war bereits acht Uhr durch, zehn Minuten nach acht, um genau zu sein.

In diesem Augenblick schlug die Repetieruhr zum zweiten Mal acht Uhr, und damit schlug bei Hauptmann von Gryszinski endlich die Stunde der Erkenntnis, einfach nur zehn Minuten zu spät. Er schlug so kräftig mit der Faust auf den Tisch, dass Straven wieder sein mädchenhaftes erschrockenes Kreischen hören ließ.

»Das ist es«, brüllte Gryszinski. »Mitternacht! Zehn Minuten nach Mitternacht! So ist es gewesen!«

Er sprang auf, ein paar Sekunden lang wussten die verschiedenen Teile seines Körpers nicht, in welche Richtung sie zuerst springen sollten. Dann sah er Sophie an. »Ich muss noch einmal nach Bogenhausen. Jetzt weiß ich alles.«

Sie strahlte ihn an, er lenkte derweil seinen Blick auf Straven, der halb säuerlich, halb lauernd vor sich hin lächelte. Gryszinski traf eine spontane Entscheidung, dessen Tragweite er in diesem Moment nicht absehen konnte. Er wollte einfach nur seine Frau nicht mit dem unangenehmen Preußen allein am Tisch zurücklassen. Zudem würde es den Hausgast vielleicht etwas umgänglicher stimmen, wenn er Straven zumindest suggerierte, ihn mehr einzubeziehen. Gryszinski sprach also zu Straven: »Sie kommen mit.«

Kurz darauf preschten die beiden Männer in einer Droschke durch die Dunkelheit. Wieder im Mitterweg angekommen, forderte Gryszinski Straven auf, in der Kutsche zu warten, was dieser recht widerspruchslos akzeptierte. Gryszinski rannte fast zur Tür und drückte den Knopf der elektrischen Klingel. Mit einer Miene, die besagte, dass hier gleich noch ein zweiter Mord geschehen würde, öffnete der Butler. Gryszinski war es herzlich egal.

»Frau Lemke. Ich muss Sie sprechen. Jetzt!«, erklärte er, jede Etikette wegwerfend, was recht befreiend war.

»Ich fürchte …«, fing die Sphinx mit ihrem unvermeidlichen Protest an, doch Gryszinski hatte keine Geduld mehr.

»Hören Sie auf! Sie rufen sie jetzt her, oder ich lasse die Dame des Hauses von der Gendarmerie abholen!«

Das zog. Kurz darauf stand er ihr gegenüber, in jenem floralen Zimmertraum ihrer ersten Begegnung.

»Als die Schüsse fielen, schlug die Uhr zwölf, aber zum zweiten Mal. Es ist eine Repetieruhr, nicht wahr?«, sagte Gryszinski anstatt einer Begrüßung. Sie sah ihn nur leer an. Er sprach weiter. »Um Mitternacht brachten Sie und Ihr Gatte einen kurzen Toast aus. Dann verließen Sie die Gesellschaft unauffällig, ein Kinderspiel in dem Gedränge. Kurz darauf waren Sie wieder in Ihren Räumen, wo Valentin Sperber auf Sie wartete. Und Sie ihn mit einer Schrotflinte erschossen, um Punkt zehn nach zwölf.«

Einen Augenblick lang hielt sie seinem Blick stand. Dann sank sie, jede Farbe verlierend, in sich zusammen und gestand alles.

11.

»In diesen für die Untersuchung so wichtigen Momenten hat der [Criminalist] eine eigenthümliche Thätigkeit: er muß wie mit einem Badschwamm alle einzelnen Tropfen aufsaugen, und dann den vollgesaugten Badschwamm in seine Schale ausdrücken – ob das Gesammelte reine Flüssigkeit, oder unreiner Schlamm ist, ist einstweilen ganz gleichgiltig: man nimmt einfach auf.«

Hans Groß: Handbuch für Untersuchungsrichter, Polizeibeamte, Gendarmen usw., 1. Auflage, 1893

Betti lernt Eduard in einem Moment kennen, in dem ihre ganze Welt in Auflösung begriffen ist. Sie ist zwar nicht von Adel, doch sie entstammt einer stolzen Brauereifamilie, in deren großem Haus die Gemälde der Ahnen hängen, wie in einem Herrensitz. Seit Jahrhunderten brauen die Ihren in München Bier, ihr langer Stammbaum ist unlösbar mit dieser Stadt verknüpft. Und ausgerechnet hier, wo alles begann, soll es jäh enden. Weil ihr Vater einige falsche Entscheidungen getroffen hat, steht das Unternehmen seiner Vorfahren vor dem Aus. Völlig überdreht, fatalistisch, betrunken ist sie, als sie Eduard eines Abends im Wirtshaus gegenübersteht, und seltsamerweise findet er diese Mischung entzückend, er redet stundenlang darüber, wie echt sie sei, dass sie keine Maske trüge. Dabei ist sie niemals so wenig sie selbst gewesen wie in diesen Tagen. Und damit fängt das Missverständnis an. In den nächsten Jahren ihrer Ehe – natürlich heiratet sie ihn, es ist der einzige Ausweg – deutet er jedes ihrer Zeichen falsch. Die Verzweiflung über ihre innere Gefangenschaft versteht er als Ausdruck von Freiheit, ihr drängender Wunsch nach Einsamkeit, der sich in immer häufigeren

Migräneanfällen äußert, fasst er als Bitte um noch mehr Nähe auf.

So vergehen die Jahre an der Seite dieses Mannes, der ihr von vornherein suspekt ist, denn er kommt aus dem Nichts, hat keine Familie, keine Vorfahren, nichts, was ihm Substanz verleihen würde. Er ist stolz auf alles, was er erreicht hat, und sagt das auch bei jeder Gelegenheit, sodass jeder seine übersteigerte Selbstverliebtheit sofort verzeiht, weil er so entwaffnend offen damit umgeht. Zudem zeigt er Interesse an jedem Menschen, vor allem an Frauen, bestätigt und lobt sie, bis sein Gegenüber süchtig nach diesem Interesse wird und ihm immer weiter zu gefallen sucht. Kurzum: Eduard Lemke ist ein Menschenfänger.

Valentin Sperber ist auch ein Menschenfänger, aber während Eduard, oder Ed, wie Betti ihn nennt, zu der manipulativen Sorte gehört, ist Valentin einfach ein gemütlicher Herzensmensch, ein Charmeur mit volkstümlichem Witz, ein Schrank von einem Mann, ein echter Münchner, der am Bierfass lehnend verführt, ganz natürlich und ohne Plan. Nachdem sie sich erst fast spöttisch auf ihn einlässt – es ist das erste Mal, dass sie Ed betrügt –, fällt sie schon bald in den bodenlosen Strudel des Ehebruchs, lässt sich mitreißen von der idealen Liebe, die sich niemals im Alltag realisieren wird und sie gerade deshalb um den Verstand bringt vor lauter unerfülltem Verlangen. Auch seine Gefühle sind tief. Doch während sie immer abhängiger von ihm wird, ist in seinem Herzen deutlich mehr Platz, und am Ende hat er eine Ehefrau, die er noch ein bisschen mehr liebt als Betti.

Ungefähr so erklärt er es ihr in jener Nacht. Seit etwa einer Woche weiß Ed Bescheid, es gab einen heftigen Streit zwischen ihm und Valentin in der Brauerei. Ed geht davon aus, dass seine Frau an der ganzen Geschichte unschuldig ist, denkt, dass Valentin ihr lediglich Avancen gemacht hat und sonst nichts geschehen ist, und hat Betti den kleinen Flirt längst verziehen. Valentin aber ist seitdem deutlich distanzierter, wollte sich nicht mehr in ihre privaten Räume einschleichen. Erst heute ließ er sich von einem ihrer flehenden Briefe erweichen. Es ist eigentlich mehr als unpassend, da sie am Abend Hunderte von Gästen im Haus haben werden, aber ihr ist mittlerweile alles egal, sie will ihn sehen, so schnell wie möglich. Eigentlich steigert die Gefahr sogar noch den Reiz. Also trifft sie ihn abends in ihrem Zimmer mit dem großen sündigen Diwan, nachdem sie fast zwei Stunden lang in einem goldenen Käfig stand und durch die Gitterstäbe hindurch die Gäste begrüßt hat. Wieder so ein zynischer Einfall von ihr, der Welt völlig unverhohlen zu zeigen, dass ihr Mann sie wie eine wehrlose Kreatur im goldenen Käfig hält, doch Ed, der weiterhin davon überzeugt ist, dass seine Frau die Ironie nicht kennt, ist begeistert von seinem hübschen Vögelchen im prachtvollen Bauer. Er steht am Eingang und platzt beinahe vor Stolz, während sie sich gedemütigt und nackt fühlt.

»Betti, ich kann das meiner Frau und dem Jungen nicht länger antun«, sagt Valentin, und sie könnte wahnsinnig werden ob dieser abgedroschenen, blutleeren Worte, mit denen er ihre Liebe zerstört, als sei er ein Fremder, der nichts weiß von ihrer einzigartigen Verbindung. »Die Lene, die zählt doch auf mich«, schiebt er auch noch lahm hinterher und denkt offenbar, das würde alles erklären.

»Und was ist mit mir?«, fragt sie bebend. »Ich brauche dich auch!«

Er sieht sie mit diesem traurigen Blick an, der besagt, dass das Schicksal ihnen, den tragischen Liebenden, im Wege steht. Dieses Unglück ist seit Wochen der Motor ihrer Liebe, seine Trauer über die Unmöglichkeit ihrer Beziehung ihre größte Bestätigung, wie verzweifelt er sie liebt. Jetzt kommt ihr das alles plötzlich wie eine Farce vor: Noch schlimmer als die unerfüllte Liebe ist die einseitige Liebe. Bettis Gefühle für Valentin schlagen so schnell in Hass um, dass es sie selbst erstaunt. Ganz kalt sieht sie plötzlich alles, wie dumm sie doch ist in ihrer eingebildeten Liebe, und wie er es sich bequem gemacht hat mit ihrer Leidenschaft, die er jetzt, wo es ungemütlich wird, einfach wegwirft. Immer kälter wird ihr. Da klopft es leise an die Tür; ihre Zofe, die sie daran erinnert, dass sie runterkommen muss. Gleich soll ein mitternächtlicher Toast ausgesprochen werden.

»Warte hier auf mich, ein letztes Mal«, raunt sie ihm zu.

Er grinst und zeigt sich empfänglich.

Also geht sie ins Erdgeschoss, legt den kunstvollen Federmantel an, stellt sich neben Ed auf eine Bühne. Die Wangen sind gerötet, ihr Blick klar und scharf, sie sieht fast überirdisch schön aus. Sie erheben ihre Champagnergläser. Er spricht, und sie lächelt, direkt danach entwischt sie durch die Menge, flattert jetzt wirklich wie ein Vogel über ihrer Gästeschar, flattert in Eds unmögliches Jagdkabinett, wo sie sich eine Schrotflinte greift, und fliegt in ihr Boudoir.

Dort steht Valentin am Fenster, nur noch in Unterwäsche gekleidet. Dieser Narr denkt wirklich, dass sie sich bis zum Letzten erniedrigen, sich ihm hingeben wird, obwohl er sie verlassen hat. Er sieht sie, blickt dann auf das Gewehr in ihrer Hand, Verunsicherung huscht über sein Gesicht. Sie schließt die Tür hinter sich und geht direkt auf ihn zu.

»Betti?«, haucht er nur.

Sie lacht grimmig über das zwei Meter große dicke Lämmchen, das ihr das nicht zugetraut hätte, sie hört sich selbst lachen, immer lauter. Im Nebenzimmer beginnt diese monströse Repetieruhr, die ihr lächerlicher Dekorateur ihr aufgeschwatzt hat, metallisch zu schnarren. Das stöhnende Schnaufen der Zeit holt sie zurück in die Gegenwart, sie hört auf zu lachen. Dann schießt sie.

Sein Kopf explodiert und verteilt sich über die ganze Wand. Das wird man tapezieren müssen, denkt sie als Erstes.

Vorsichtig, als sei das jetzt das Wichtigste, legt sie ihren kostbaren Federmantel ab und drapiert ihn auf dem ausladenden Diwan, in dessen Kissen sie und der Mann ohne Kopf so viele Stunden verbracht haben. Sie geht zu ihm und hockt sich vor ihm hin in ihrem weißen Seidenkleid. Der Saum des schimmernden Stoffs saugt sich sofort mit Blut voll. Sie will seiner Leiche etwas Spöttisches sagen, aber plötzlich kippt ihre Stimmung. Ihr Gesicht verzerrt sich, sie schlägt die Hand vor den Mund. Als würde eine Schnur an ihr ziehen, richtet ihr Körper sich auf und bewegt sich zum Diwan. Sie greift den Federmantel, diese raschelnde Woge. Er soll ihn tragen, ist er doch jetzt ein genauso trauriges Vögelchen wie sie. Ächzend wuchtet sie seinen schweren Oberkörper so weit hoch, dass sie ihm den Umhang um die Schultern legen kann, umhüllt seine Arme mit dem feinen Gespinst. Endlich ist sie fertig. Ihr Kleid ist mittlerweile so blutüberströmt, als sei auch sie ermordet worden. Sie spürt, wie ihre linke Kopfhälfte zu pochen beginnt, und starrt vor sich hin. Wie schnell das ging. Man geht seinem Impuls nach, greift sich eine Schusswaffe – und schon ist ein Leben vorbei. So beiläufig, als hätte man aus Wut einen Teller zerbrochen. Betti merkt, wie sie anfängt, über sich selbst in der dritten Person nachzudenken, sich distanziert von dem, was sie eben getan hat. Aber *ich* habe es getan, denkt sie jetzt. Triumph steigt in ihr auf und vertreibt die eben noch drohende Lethargie.

Da klopft es an die Tür, und jemand ruft ihren Namen. Der Butler, natürlich, Betti kann ihn nicht ausstehen. Ed hat ihn eingestellt, sozusagen als passendes Inventar zum Herrenhaus, doch dieses Inventar ist gefährlich. Es hat Augen und Ohren überall, ist unangenehm wachsam.

Sie geht zur Tür, öffnet diese einen Spaltbreit und steckt ihren Kopf heraus. »Ja, bitte?«

»Verzeihen Sie die Störung, ich wollte nur nach dem Rechten sehen, wir haben laute Geräusche gehört …«

»Alles in Ordnung. Ich habe nur etwas fallen lassen.« Sie sieht, dass es ihr nicht glaubt, dieses wachsame Möbelstück, aber ihr ist das jetzt gleichgültig. Allerdings begreift sie, dass sie Hilfe brauchen wird, um die Leiche wegzuschaffen. »Rufen Sie Artur und Norbert, sie sollen klopfen, wenn sie da sind.«

Damit schlägt sie die Tür wieder zu. Die beiden kräftigen Diener sind loyale Angestellte, aber sie wird ihnen viel Geld zahlen müssen. Was soll's. Unwillkürlich zuckt sie mit den Achseln und betrachtet das Blutbad in ihrem hübschen Boudoir. Plötzlich packt sie das Grauen. Was hat sie getan! Selbst sie wird mit einem Mord nicht einfach so durchkommen. Sogar sie. Erst jetzt realisiert Betti, dass das Leben mit Ed sie mehr und mehr in eine Blase getrieben hat, sie fühlt sich unantastbar, über dem Schmutz der anderen Leute schwebend. Sie blickt sich um, heftet ihren Blick an die Wand, über die Blut und Hirnmasse verteilt sind. Aber das hier ist sehr viel Schmutz. Es klopft wieder. Artur und Norbert. Ohne ein Wort lässt sie die beiden eintreten. Einen Augenblick bleiben sie wie angewurzelt stehen.

Artur erfasst die Situation und ihre Möglichkeiten als Erster. »Sie mussten sich wehren. Wir sollten Ihren Gatten rufen«, erklärt er.

»Nein!« Sie betrachtet ihn erschrocken. »Meinen Gemahl müssen wir aus der Sache heraushalten. Wir …« Sie schluckt. »Es wird sich für Sie lohnen«, sagt sie und verfällt in einen mädchenhaften Tonfall. »Wir müssen ihn nur wegschaffen.«

»Gut.« Norbert nickt. Er ist noch wortkarger als sein Kompagnon. Und so wuchten die beiden Männer, die täglich die tonnenschweren Porzellanpfauen vor die Tür schleppen, den verstümmelten Leichnam ihres Liebhabers hoch. Sie wickeln ihn in einen Teppich und legen ihn zunächst in den rückwärtigen Raum, der ins Treppenhaus führt. Dann rücken sie der Schweinerei an den Wänden und auf dem Fußboden mit Schwämmen zu Leibe – buchstäblich, es ist ein Teil seines Körpers, der da in ihrem Interieur verteilt ist und jetzt im Wasser der Putzeimer landet. Ein feines Blutmuster hat sich bereits in die Wand gefressen, ein guter Platz für die wertvolle Japan-Tapete, die Irber Betti kürzlich präsentiert hat. Auch die Tür werden sie mit der Seidenmalerei versiegeln, die offensichtliche Verbindung zu ihrem Schlafzimmer einfach auslöschen. Während die Männer arbeiten, sitzt sie mit angezogenen Beinen auf ihrem weichen Diwan und döst irgendwann ein wenig ein, als ginge sie das alles nichts mehr an. Doch dann machen sie Anstalten aufzubrechen. Unten vor einem der Hinterausgänge hat Artur bereits eine Droschke postiert, und da ist sie wieder hellwach.

»Ich komme mit«, sagt sie fest und steht auf.

Ihr weißes Kleid ist mittlerweile steif vom eingetrockneten Blut. Fahrig streicht sie sich übers Haar. Sie sehen sie an, als ob sie verrückt wäre.

»Das ist keine gute Idee«, sagt Artur beruhigend zu ihr, fast etwas herablassend. »Wir werfen ihn irgendwo in die Isar. Sie brauchen gar nicht mehr darüber nachzudenken. Gehen Sie lieber schlafen.«

Das ärgert sie, dieser fast väterliche Ton. »Ich komme mit«, wiederholt sie, dann, giftig: »Ich muss ja sehen, ob ihr das ordentlich macht.«

Kurz darauf zuckelt die Kutsche in die Maximiliansanlagen. Die beiden Männer sitzen auf dem Kutschbock, sie im Fond, wie es sich für feine Damen gehört, nur sitzt sie dort zusammen mit Valentins Leiche, die immer noch in einen wertvollen Perser gehüllt ist. Sie schluchzt vor sich hin. Geliebt hat sie ihn doch. Sie fahren durch den stockdunklen Park, steuern die Maximiliansbrücke an. Vermutlich wollen sie ihn von dort in die Isar werfen. Der Gedanke, dass Valentin einfach im Fluss verschwinden und eines Tages als aufgedunsene Wasserleiche wieder an die Oberfläche steigen wird, widert sie plötzlich an. Das will sie nicht.

»Halt!«, kreischt sie.

Das Folgende verschwimmt in ihrer Erinnerung wie in einem Fiebertraum. Wie sie sich aus der Kutsche beugt und mit ihrer Laterne herumleuchtet, »Dahin!« schreit und in die Schwärze zeigt, eine tiefe Senke, da unten soll er liegen. Sie ist nicht mehr sie selbst, schwebt über der Situation, gleichzeitig ist sie einfach völlig hysterisch. Sie reden auf sie ein, wie mit einem bockigen Mädchen sprechen sie, aber das macht sie nur noch bockiger, schließlich zucken sie mit den Schultern und tun, was sie verlangt. Rollen ihn aus dem Teppich und legen ihn in die Senke. Irgendwann lässt die Vorsicht bei allen dreien nach, sie verhalten sich völlig dilettantisch. Artur kaut die ganze Zeit auf einer Zigarette herum und spuckt den Stummel irgendwohin. Norbert verliert bei der Schlepperei des schweren Körpers einen Handschuh und einen Knopf. Alles ist voll mit ihren Fußabdrücken, mit Arturs kleineren und Norberts großen. Ihre Füße, zierlich wie die eines Kindes, hinterlassen nur schwache Spuren, fast unsichtbar, als sei sie nicht mit dem Boden verbunden. Auf dem Höhepunkt ihrer Tollheit hüpft sie übermütig zur Kutsche und zieht den Elefantenfuß hervor. Sie hat ihn am Mittag beim Konservator abgeholt, er musste etwas überarbeitet werden und stand noch auf dem Rücksitz. Mit dem Fuß der Kreatur drückt sie wild lachend Spuren in den weichen Boden, damit soll die Polizei mal was anfangen! Endlich ziehen ihre Diener sie weg, das reicht jetzt. Zumindest um die Leiche herum verwischen sie ihre Abdrücke, dann steigen sie wieder in die Kutsche. Auf der Maximiliansbrücke halten sie und werfen den besudelten Teppich in die Isar.

Betti steht auf der Brücke und sieht zurück in den Park,

plötzlich wieder ein Stimmungsumschwung: Wie töricht ist das alles, sie müssen zurück und die Leiche holen, sie auch in die Isar werfen! Doch es dämmert bereits. Es ist zu spät. Regen zieht auf. Er wird den Boden der Senke von ihren Spuren reinwaschen, zumindest an den meisten Stellen. Ein einsamer Erpel zieht seine Kreise auf der Flussoberfläche, wo eben der Teppich verschwunden ist. Vorwurfsvoll blickt er zu ihr hinauf. Es ist zu spät für alles.

Gryszinski zog seine Uhr. Zwei Stunden hatten sie geredet, nur er und Betti Lemke. Sie war sichtlich erschöpft. Zu Beginn ihres Geständnisses war sie, nach den anfänglichen verwirrten Minuten seines plötzlichen Auftauchens, noch gefasst gewesen, doch mit jedem Satz hatte sie ihre Tat nochmals durchlebt, vielleicht mit einem noch klareren und unerbittlicheren Blick auf das Geschehen als in der Situation selbst. Jetzt war sie so bleich, dass Gryszinski doch nach einem Diener klingelte, um nach einem Glas Wasser für sie zu fragen. Sie stand auf.

»Oh, lassen Sie nur …«, sagte sie noch, dann fiel sie einfach um.

Gryszinski stürzte zu ihr, während er den Gedanken nicht abwehren konnte, dass in dieser Ermittlung wirklich nichts glattlief. Auch der Butler schoss jetzt ins Zimmer. Es entstand ein Tumult, in dem die halb ohnmächtige Frau hochgehoben, herumgeschoben und schließlich auf eine Chaiselongue bugsiert wurde, wo sie auf der Seite lag und sich wimmernd die linke Kopfhälfte hielt. Gryszinski hatte nach der Aufnahme des Tatorts einen Gendarmen vorm Haupttor postiert, dem erteilte er jetzt Order, Dr. Meyering sowie Verstärkung von der nächstgelegenen Polizeiwache so schnell wie möglich herzubringen. Natürlich stürmte nun auch Lemke ins Zimmer, ergriff die Hände seiner stöhnenden Frau, die schwach versuchte, ihm diese wieder zu entziehen, und schrie Gryszinski an. Dem genauen Wortlaut schenkte dieser kaum Beachtung.

Endlich erschien der Gerichtsarzt und brachte etwas Ruhe in die Situation. In Bezug auf Nervenleiden war Meyering Traditionalist. Deshalb ließ er Betti Lemke als Erstes zur Ader und erklärte daraufhin, dass die Dame keinesfalls transportfähig sei. Gryszinski stöhnte leise. Allerdings stellte der Arzt in seinem nächsten Satz fest, dass seine Gegenwart die ganze Nacht über unabdingbar sei, am besten in Gesellschaft eines Gendarms. Daraufhin konnte Gryszinski zumindest die Villa verlassen, ohne fürchten zu müssen, dass ihm schon wieder jemand entwischen würde – die herbeigerufenen Kollegen hatten den Diener Norbert bereits unauffällig in Gewahrsam genommen. Er öffnete den Verschlag der wartenden Kutsche. Drinnen saß Straven, bis zum Zerreißen gespannt vor Neugierde.

Gryszinski zuckte zusammen, er hatte den Preußen ganz vergessen. Seufzend ließ er sich ihm gegenüber auf den Sitz fallen.

»Was ging da vor?«, fragte Straven schrill.

»Betti Lemke. Sie hat den Mord am Bierbeschauer gestanden.«

»Warum haben Sie sie nicht festgenommen?«

»Sie ist zusammengebrochen und nicht transportfähig. Wir werden morgen zurückkommen müssen.«

Über Stravens Gesicht zog sein unerträgliches Lächeln. »Nun, dann bleibt uns etwas Zeit. Wir werden jedenfalls nicht bis morgen früh warten.« Er steckte seinen Kopf aus dem Wageninnern und rief dem Kutscher zu: »In die Türkenstraße!« Dann, auf Gryszinskis fragenden Blick hin: »Das wird der Gesandte wissen wollen.«

Sie schaukelten die Prinzregentenstraße entlang, Hofgarten, Odeonsplatz, Ludwigstraße; ein kleines Defilee der menschenleeren Prachtstraßen. Es ging auf halb elf zu und drohte eine bitterkalte Nacht zu werden. Sie bogen in die Türkenstraße ein und standen kurz darauf vor dem maurisch anmutenden Palais, das festlich erleuchtet war. Irgendwo im Gebäude spielte schmetternd ein Orchester auf.

»Heute Abend findet ein großer Empfang statt«, sagte Straven und sprang aus der Kutsche. Er drehte sich zu Gryszinski um. »Warten Sie hier«, bemerkte er leicht süffisant, wohl eine kleine Genugtuung, nachdem er eben zwei Stunden lang in der kalten Kutsche hatte ausharren müssen. »Wir werden nachsehen, ob der Herr Gesandte uns gleich empfangen kann.«

Er konnte. Keine zehn Minuten später saßen Gryszinski, Straven und Thielmann in einem stillen Bureau zusammen, Letzterer noch behaftet mit der Aura aus Champagner und Musik, aber mit einem noch müderen Blick als je zuvor. Er hörte Gryszinskis Bericht zu dessen Aufklärung des Mordes an Sperber aufmerksam zu. Über die Ereignisse in Berlin hatte Straven ihn bereits unterrichtet. Als Gryszinski fertig war, schwieg Thielmann eine Weile.

»Nun«, machte er schließlich und legte seine Finger zusammen. »Ich gratuliere Ihnen zu Ihrem kriminalistischen Spürsinn, auch wenn dieser leider mit der Angewohnheit gepaart ist, regelmäßig Verdächtige und Zeugen entkommen zu lassen, eine höchst gefährliche Marotte.« Er bedachte Gryszinski mit einem düsteren Blick. Straven konnte derweil sein spöttisches Zitronenlächeln nicht zurückhalten. »Nun«, wiederholte Thielmann und schwieg erneut, um Gryszinski den Raum zu geben, sich doch ein wenig zu sorgen, was denn jetzt kommen werde. Unvermittelt sprach der preußische Gesandte weiter. »So, wie Sie mir Frau Lemke, ihre angebliche Tat, ihren Charakter und ihren Zusammenbruch schildern, würde ich sagen, auch wenn ich kein Nervenarzt bin, dass die Frau im höchsten Maße hysterisch ist. Vermutlich sind es die Schuldgefühle einer Ehebrecherin, die sie dazu bringen, den heimtückischen Mord, den ihr Ehemann verübt hat, auf sich zu nehmen.« Wieder so eine bedeutungsschwere Pause.

»Wie meinen?« war das Einzige, was Gryszinski irritiert herausbrachte.

»So ist es doch gewesen! Eduard Lemke hat diesen armen rechtschaffenen Bierbeschauer niedergeschossen, ermordet, und dann auch noch seine Diener dafür bezahlt, seinen Dreck wegzumachen. Zeugen und Indizien, sie alle sprechen eine klare Sprache: Lemke ist ein Mörder und gehört unters Fallbeil!«

Gryszinski war immer tiefer in seinen Sessel hineingesunken, doch jetzt richtete er sich auf. »Bei allem Respekt, aber das kann nicht Ihr Ernst sein. Betti Lemke ist die Mörderin, *das* sagen die Zeugen, Spuren und auch die Mörderin selbst.«

»Eine verwirrte Frau …«

»So verwirrt ist sie nicht! Und selbst wenn, Sie können doch nicht wirklich verlangen, dass wir diese Geschichte so hinstellen. Dafür müsste ich Indizien verfälschen, Zeugen bestechen …«

Thielmann sah ihn ruhig an. »Ich verlange es aber von Ihnen.«

Gryszinski schnappte nach Luft.

»Und eigentlich«, setzte Thielmann kühl nach, »treiben Sie mich dazu.«

»Wieso …«

»Sie waren es doch, der nicht verhindern konnte, dass unser wichtigster Zeuge in Berlin nicht nur Selbstmord begangen, sondern auch noch das entscheidende Beweismittel vernichtet hat!«, schrie der Gesandte und schlug mit der Faust so plötzlich und wütend auf die Lehne seines Stuhls, dass Straven wieder sein Kreischen ausstieß. Thielmann atmete durch und beruhigte sich etwas. »Gryszinski, verstehen Sie doch. Wir können Lemke nicht wegen seines eigentlichen Verbrechens drankriegen, sosehr ich mir das auch für unser Vaterland wünsche. Er ist ein Verräter und Mörder, er gehört so oder so gehenkt. Hier bietet sich uns nun die letzte Gelegenheit, ihn vor einen Richter zu bringen.«

Gryszinski konnte nicht länger sitzen, er sprang auf. »Aber das ist falsch, es wäre alles gelogen!«, stieß er erregt hervor. »Ein Mensch ist ermordet worden. Die Angehörigen verdienen doch, dass die wahre Mörderin zur Rechenschaft gezogen wird. Außerdem verstößt es gegen jedes Ethos als Ermittler …«

»Hören Sie auf«, fuhr Thielmann schneidend dazwischen. »Ihre Integrität als Ermittler der bayerischen Polizei in allen Ehren, Hauptmann«, seine Worte trieften vor schwarzer Ironie, »aber halten Sie in dieser dunkelsten Stunde zu Ihrem Vaterland oder nicht? Bedeuten Ihnen Ihr Rang, Ihre Herkunft, Ihr Stammbaum denn nichts? Schlimmer noch: Wollen Sie mit alldem brechen?«

Der letzte Satz war eine offene Drohung gewesen. In diesem Moment blieb nichts mehr zu sagen. Gryszinski schüttelte nur stumm den Kopf, ob es als Verneinung oder Ausdruck seiner Ungläubigkeit gemeint war, wusste er selbst nicht so recht. Dann stolperte er aus dem Bureau.

Ohne etwas von seiner Umgebung wahrzunehmen, eilte Gryszinski die Stufen des Treppenhauses hinunter, bis er wieder im Vestibül ankam, das in hell erleuchteter Leere vor ihm lag. Durch eine verschlossene Flügeltür drang Musik, dahinter ging der Empfang noch weiter. Er wandte sich zum Ausgang, als ihm plötzlich jemand von hinten auf die Schulter tippte. Überrascht drehte er sich um und stellte noch überraschter fest, dass sein alter Freund Otto von Grabow vor ihm stand, der wohl als Mitarbeiter der Gesandtschaft ebenfalls ein Gast der Feierlichkeiten war.

»Schlupp!«, rief er aus, und Grabow grinste schräg, als er seinen alten Jugendnamen hörte.

»Baldur! Was schleichen Sie hier so herum?«

»Ach …« Gryszinski machte eine vage Handbewegung. »Wie seltsam, dass wir uns so unvermittelt treffen. Ebenso unvermittelt stand nämlich erst vor wenigen Tagen unser Freund Igor plötzlich vor mir, in Berlin.«

»Sie waren in unserer alten Heimat?« Grabow betrachtete ihn forschend. »Ist etwas vorgefallen, Baldur?«, fragte er dann.

Gryszinski seufzte, dann fasste er sich ein Herz. »Haben Sie Zeit, oder müssen Sie wieder zurück?« Er nickte in Richtung der verschlossenen Tür.

Grabow schüttelte den Kopf. »Zu dieser Stunde fällt niemandem mehr auf, dass ich weg bin. Wollen wir ins Kronprinz Rudolf gehen?«

Kurz darauf saßen sie zwei Ecken weiter in dem holzvertäfelten Kaffeehaus, wo Baldur seinem Freund Schlupp von der ganzen verfahrenen Situation berichtete. Schlupp hörte sich alles bis zum Ende ruhig an, dann schüttelte er nur den Kopf.

»Eine unmögliche Geschichte. Und ein furchtbares Paradoxon. Halten Sie sich an die Wahrheit, richten Sie sich nach den urpreußischen Tugenden: Redlichkeit, Ehrlichkeit, Pflichtbewusstsein, Unbestechlichkeit, Gewissenhaftigkeit. Aber wenn Sie diesen preußischen Tugenden treu bleiben, verraten Sie Preußen. Außerdem ist da noch das Recht Ihres bayerischen Dienstherrn auf Ihre Loyalität.«

Gryszinski nickte. »Offenbar muss ich mich hier ein zweites Mal entscheiden: Bayern oder Preußen.«

»In der Tat. Denn so viel ist klar: Entscheiden Sie sich jetzt dafür, Betti Lemke zu verhaften, dann kriegen Sie in Preußen karrieremäßig und wahrscheinlich auch gesellschaftlich keinen Fuß mehr auf den Boden. Vermutlich würden Sie wirklich in die Kolonien geschickt werden. Das könnten Sie nur noch verhindern, indem Sie Ihren Dienst als Reserveoffizier quittieren würden, und das käme einem endgültigen Bruch gleich.« Grabow klang regelrecht entsetzt. Er lebte zwar gern in München, aber eine solche Abkehr von ihrem gemeinsamen Vaterland ging doch über das für ihn Vorstellbare hinaus. »Und dann ist da ja noch Ihre Berufsehre. Die müssten Sie, sollten Sie sich an Preußen halten, mit Füßen treten. Also ich möchte nicht in Ihrer Haut stecken.«

Gryszinski blickte unglücklich in seinen leeren Bierkrug. »Ich hatte eigentlich gehofft, dass Sie mir doch noch ein Lichtlein aufzeigen könnten, aber jetzt erscheint mir mein Dilemma womöglich noch düsterer.«

Schlupp richtete sich auf. »Nein, mein Freund, natürlich muss sich eine Lösung finden lassen. Und Lemke, der ja ohne Zweifel furchtbare Schuld auf sich geladen hat, ist gar nicht mehr anders beizukommen? Nein, wohl nicht. Offenbar ist er ja ein Meister der Kommunikation, der sich aus allem herausreden kann.«

Sie schwiegen ein wenig und starrten vor sich hin. Schließlich winkte Grabow dem Wirt und bedeutete ihm, zwei volle Bierkrüge zu bringen.

»Trinken wir, Baldur, was bleibt uns anderes übrig.«

»Gut.« Gryszinski nickte. »Außerdem habe ich doch etwas Hunger. Ich werde noch ein Tellerfleisch mit Kren bestellen, wenn Sie nichts einzuwenden haben. Vielleicht kommt die Lösung beim Essen.«

Schlupp betrachtete ihn einen Moment, dann lachte er auf und klopfte Gryszinski freundschaftlich auf den Rücken. »Wissen Sie, Baldur, vielleicht ist das Ganze doch gar nicht so schlimm. Am Ende sind Sie auf jeden Fall der Unpreußischste von uns Preußen. Ein falscher Preuße, wenn man so will. Wenn auch nicht ganz so falsch wie Eduard Lemke.«

12.

»Nur zu oft wird aber durch einen mächtigen Stoß von Protokollen nicht soviel Aufklärung geboten als durch eine einzige Skizze …«

Hans Groß: Handbuch für Untersuchungsrichter, Polizeibeamte, Gendarmen usw., 1. Auflage, 1893

Am nächsten Morgen kroch Gryszinski unter größter menschenmöglicher Anstrengung aus dem Bett, obwohl alles in ihm danach schrie, unter den warmen Decken bleiben zu wollen, an Sophie geschmiegt, mit einem Schleier aus ihren Locken vor seinem Gesicht. Um neun Uhr musste er beim Polizeidirektor vorsprechen, dem die gestrige Tatortaufnahme in Lemkes Villa natürlich bereits zu Ohren gekommen war und der jetzt erwarten würde, dass er, sein hoffnungsvollster Kriminalist, ihm endlich einen Mörder präsentierte. Er raufte sich das Haar. Noch immer hatte er keine Ahnung, welche Version der Geschichte er Welser auftischen sollte.

Um halb neun kam er in der Schrammerstraße an und ging in sein Bureau. Er wollte sich noch ein wenig sammeln und nochmals alles durchdenken, bevor er Welser aufsuchen würde. Voglmaier war schon da, ließ ihn aber in Ruhe, als er seine Stimmung bemerkte. Auf Gryszinskis Schreibtisch lagen einige Papiere, die er zerstreut aufnahm. Es handelte sich um den Bericht zur gestrigen Beschattung Eduard Lemkes, durchgeführt von dem Gendarmen, mit dem er vorher noch gesprochen hatte. Dem kurzen Protokoll war ein loses Zettelchen beigelegt mit einer Skizze drauf. Jetzt fiel Gryszinski wieder ein, dass er den jungen Kollegen gebeten hatte, eine Zeichnung der Vitrine mit dem afrikanischen Schmuck anzufertigen, ähnlich seiner eigenen vom Tag davor. Er setzte sich an seinen Tisch, zog seine Skizze hervor und legte die beiden Blätter nebeneinander. Kein Zweifel. Der Schmuck war anders platziert worden. Jetzt entsann er sich noch eines anderen Auftrags, den er gestern erteilt hatte.

»Voglmaier!«

»Chef?«

»Konnten Sie eigentlich gestern mit Ihrem Spezl sprechen? Sie wissen schon, der sich mit der Ethnographischen Sammlung auskennt?«

»In der Tat.« Voglmaier kam an seinen Tisch. »Aber alles, was ich in Erfahrung bringen konnte, ist, dass es seit einigen Monaten einen neuen Mitarbeiter dort gibt, einen Museumswärter, der sehr verschlossen sein soll. Und der wohl einige Male in aller Herrgottsfrühe erwischt wurde, wie er sich an einer Vitrine zu schaffen machte. Aber er hat nichts geklaut, wie man anfangs dachte, sondern einfach nur ein paar Exponate herumgeschoben.« Das Spatzl zuckte mit den Schultern. »Na ja, keine wirklich bahnbrechende Information.«

Gryszinski spürte seinen letzten Worten nach. Dann zog, als würde die Sonne über den Tälern seines von Sorgen zerfurchten Antlitzes aufgehen, ein strahlendes Lächeln über sein Gesicht. »Im Gegenteil, Voglmaier, im Gegenteil«, sagte er und stand auf.

Er ging zu Welser und berichtete ihm, dass er Betti Lemke des Mordes überführt hätte und jetzt direkt in den Mitterweg fahren und die Verhaftung vornehmen würde. Ein paar Worte der Anerkennung später war er schon auf dem Weg und läutete nach einer zügigen Droschkenfahrt wieder den schrillen Walkürenritt, flankiert von seinen beiden Wachtmeistern.

Betti Lemke war wieder bei Kräften und ließ sich widerstandslos von Eberle und Voglmaier abführen. Wer allerdings außer sich vor Wut war und mit Beschimpfungen um sich warf, war ihr Ehemann.

Dem wandte sich Gryszinski jetzt zu: »Herr Lemke, auf ein Wort. Wie wäre es, wenn wir in Ihr ägyptisches Zimmer gingen?«

Immer noch wutschnaubend, seine gesamte Hülle der Freundlichkeit abstreifend, ging Lemke voran und drehte sich erst zu ihm um, als sie in seiner heimeligen pharaonischen Gruft angelangt waren.

»Also, Gryszinski, was wollen Sie?«, fragte Lemke aggressiv.

Der Gefragte spazierte zunächst provozierend ruhig durch die ägyptische Kammer und blieb schließlich vor dem Teewagen stehen, der einem Skarabäus nachempfunden war. Vorsichtig legte Gryszinski seine Hand auf den Kopf des überdimensionierten Käfers.

»Der Skarabäus oder auch Heiliger Pillendreher. Ein göttliches Motiv der altägyptischen Kunst«, sagte er im Tonfall eines dozierenden Kunsthistorikers. »Dieser Käfer hat es Ihnen angetan, nicht wahr, Sie besitzen nicht nur diesen ungewöhnlichen Teewagen, er ziert auch die Kassette, in der sich Ihre Duellpistolen befinden.«

»Was …«, setzte Lemke verwirrt an, aber Gryszinski wedelte mit der Hand.

»Als ich damals die Kassette sah, durchfuhr mich ein Gedanke, den ich nicht greifen konnte. Etwas war mir aufgefallen … aber es war wohl, wie so vieles in diesem Fall, zu offensichtlich, um gesehen zu werden. Doch jetzt sehe ich klar.« Gryszinski machte eine Kunstpause und freute sich innerlich, dass Lemke an seinen Lippen hing. Dann setzte er zum entscheidenden Schlag an: »Ihr Skarabäus, Lemke, hat, anders als jedes andere Exemplar seiner Spezies, blaue Augen. Funkelnde blaue Augen.«

Lemke wurde bleich. »Und was schließen Sie nun daraus?«, krächzte er.

»Ostafrika. Der blaue Diamant. Sie haben ihn nicht nur

gefunden, sie fördern ihn schon längst. Und konnten es nicht lassen, Ihr schönstes Spielzeug damit zu schmücken.«

Beide Männer betrachteten den Käfer mit seinen diamantenen Augen. Gryszinski hatte es einfach nicht gesehen, so dreist, so unverhohlen sichtbar war es gewesen. Erst die andere entscheidende Beobachtung, die ihm vorhin beim Betrachten der Skizzen zugeflogen war, hatte auch diese Erkenntnis freigesetzt.

Lemke war jetzt so bleich, dass er ohne Weiteres als Mumie durchgegangen wäre – passend, denn er lehnte kraftlos an einem seiner Sarkophage. Aber irgendwie gelang es ihm, wieder etwas Haltung in seinen Körper zu schütteln, seinen Schutzschild jovialer Herzlichkeit hochzuziehen, auch wenn dieser knirschte und quietschte. »Guter Freund, was kann ich dafür, wenn mir ein paar Eingeborene in Afrika einige schöne Steinchen geschenkt haben? Wo sie die herhatten, das weiß ich doch nicht.«

Gryszinski lachte auf. Er dachte an Grabows Worte. »Ein Meister der Kommunikation, so wurden Sie unlängst bezeichnet. Und wirklich, das sind Sie! Aber ausgerechnet Ihre hervorragendste Fähigkeit wird Ihnen jetzt das Genick brechen. Denn Sie sind vielleicht ein Meister darin, Worte und Zeichen richtig einzusetzen, aber ich, mein lieber Lemke, bin ein Meister darin, die Zeichen richtig zu lesen.«

»Ach was«, versuchte Lemke es schwach.

Das Folgende war Spekulation, doch Gryszinski war sich seiner Sache jetzt so sicher, dass er seine Theorie als bewiesene Wahrheit präsentierte; und was in seinem Kopf wie reinster Irrsinn gewirkt hatte, realisierte sich, während er es laut aussprach, als plausible Gewissheit. »Sie haben nicht nur eine heimliche Mine in Ostafrika, wo der blaue Diamant gefördert wird, sie handeln auch bereits mit ihm auf dem Schwarzmarkt. Damit keiner Ihrem Schmugglerring auf die Spur kommt, haben Sie ein ausgeklügeltes Kommunikationssystem entwickelt, das es Ihnen ermöglicht, über Ihre Geschäfte auf dem Laufenden zu bleiben, ohne dass Sie jemals direkt mit einem Ihrer Hintermänner sprechen müssen. Jeden Morgen gehen Sie in die Ethnographische Sammlung. Und erfahren dort alle Neuigkeiten, die Ihren Handel betreffen. Weil kurz vorher Ihr Strohmann im Museum den Ohrschmuck der Massai – welch köstliche Symbolik! – nach einer bestimmten Codierung so platziert, dass Ihnen jedwede Nachricht auf diesem Wege übermittelt wird.« Jetzt trat Gryszinski ganz nah an Lemke heran. Er konnte sehen, dass er ins Schwarze getroffen hatte. »Sagen Sie mir nur eins: Warum haben Sie nicht einfach behauptet, dass Sie den Diamanten nicht gefunden haben, dass er gar nicht existiert? Warum haben Sie die Landkarte verfälscht und damit die dreißig Männer ins Verderben geschickt?«

Auf Lemkes Gesicht drehte sich ein Roulette der Gefühle, das auf Hass stehen blieb. »Arroganz!«, spuckte er Gryszinski vor die Füße. »Arroganz und Standesdünkel. Als ich nach Europa zurückkehrte, da ging ich nach München, ja, aber in Wahrheit wollte ich zurück nach Berlin. Wollte dort jemand sein, wo ich aus der Gosse kam. Ich bin immer wieder nach Berlin gereist, habe alles vorbereitet, die richtigen Kontakte geknüpft, um mich schließlich bei Hof einzuführen. Die Damen, wie immer, mochten mich, aber die Männer! Geschnitten haben sie mich am Kaiserlichen Hof, verachtet, verspottet, diese schmierigen Höflinge mit ihren Stammbäumen und ihren Wappen. Niemals hätten sie mich akzeptiert. Dann hörte ich von dem geplanten Eisenbahnnetz in Ostafrika. Wissen Sie, wie ich an den Auftrag gekommen bin?« Lemke lachte ein hässliches Lachen, in dem all sein unangenehmer Ehrgeiz lag. »Es sind die Frauen mächtiger Männer … selbst so eine moralisch integre, meiner Ansicht nach ja etwas langweilige Frau wie die Kaiserin … nun, sie bemühte sich sehr um mich, gefiel sich darin, mich zu protegieren, und so konnte ich sogar meinen härtesten Konkurrenten ausstechen, einen preußischen Vorzeige-Offizier von Stand und aufgeblasenen Affen. Zum Trost hat der Kaiser ihm später die Leitung der Expedition anvertraut, die aufbrach, um nach meinen Plänen den blauen Diamanten ausfindig zu machen.«

Lemke grinste regelrecht diabolisch, während Gryszinski Entsetzen überkam. Die Abgründe des Industriellen waren noch tiefer als gedacht. Aber er hatte genug gehört. Jetzt hatte er ihn.

»Sie sind verhaftet, Lemke, wegen Landesverrats und Mordes an dreißig Männern.« Gryszinski ging einen Schritt auf Lemke zu. Er hatte wieder einmal nichts dabei. Keine Waffe, keine Handfesseln, keine Wachtmeister. Um der Situation die nötige Bedeutungsschwere zu verleihen, legte Gryszinski dem deutlich kleineren Lemke eine schwere Hand auf die Schulter. »Kommen Sie.«

Lemke schien einen Moment zu überlegen, dann sah er ihn direkt an. »Sicher nicht«, sagte er nur.

Und schneller, als Gryszinski reagieren konnte, hatte Lemke sich seinem Griff entwunden, einen Satz zur Tür gemacht – und rannte einfach los. Es wäre unfreiwillig komisch gewesen, wie in einem schlechten Bühnenstück, wäre Gryszinski nicht schmerzhaft klar gewesen, dass er diesen einen Verdächtigen wirklich auf gar keinen Fall entkommen lassen durfte. Also rannte er ebenfalls.

Einen kurzen Augenblick stand er etwas verloren im Vorraum der Grabkammer, durch den der Paternoster rauschte, und fürchtete, dass Lemke in den Aufzug gesprungen war und jetzt entweder hoch- oder runterfuhr, doch dann hörte er Schritte sowie ein sirrendes Geräusch aus dem nächsten Raum, dem orientalischen Zeltzimmer. Schnell trat er durch die offene Tür und fand sich in dem schmalen Korridor wieder, den die hochfahrende Wand bildete und durch den er auch bei seinem ersten Besuch gelaufen war. Das Geräusch kam von der Wand, die eben komplett ausgefahren war. Gryszinski lief los und schüttelte dabei den Kopf. Das hatte er doch schon alles gesehen. Dachte Lemke wirklich, er könne ihn mit einem etwas zu eng geratenen Gang einschüchtern? In der nächsten Sekunde musste er allerdings leider feststellen, dass die Wand nicht nur in die Höhe fuhr, sondern auch zur Seite, und zwar ungünstigerweise in seine Richtung; unbarmherzig rückte sie immer näher und drohte ihn gleich zu zerquetschen. Gryszinski fluchte und rannte so schnell er konnte, während er gleichzeitig versuchte, mit seinen Armen und Schultern die heranrückende Mauer aufzuhalten und gegen die aufsteigende Panik anzukämpfen. Im letzten Moment sprang er aus dem Spalt und stürzte fast über die Schwelle. Er rappelte sich auf und erkannte das Ende der wackeligen Brücke, die durch den Panoramasaal führte, die Illusion der afrikanischen Savanne direkt unter sich. Ganz am anderen Ende der Hängebrücke sah er den baumelnden Korb des Heißluftballons, und in dem stand Lemke und feixte zu ihm herüber.

Er begriff, dass Lemke ihn dazu bringen wollte, die Brücke zu betreten – und nahm, ohne groß nachzudenken, die Herausforderung an. Nicht seine beste Idee, denn sobald er auf den Brettern stand, begann die ganze Konstruktion wie verrückt zu wackeln, als wäre er Zeuge eines schweren Erdbebens. Gryszinski fluchte und hielt sich an den seitlich gespannten Seilen fest. Offenbar hatte Lemke in seinen phantastischen Kabinetten auch lauter Mechanismen zur Verteidigung einbauen lassen, wie in einer Abenteuergeschichte für Kinder oder den Phantasien eines auf Abwege geratenen Kulissenbauers. Er biss die Zähne zusammen und hangelte sich weiter in Richtung des Ballonkorbs, während Lemke noch einen Moment lang seinen vermutlich lachhaften Anblick genoss und dann verschwand – nicht ohne eine ziemlich gefährlich aussehende Stichflamme zu entzünden, die jetzt, einem echten Heißluftballon nachempfunden, in der Mitte des Korbs brannte, allerdings so tief, dass man wohl darunter durchkriechen musste.

Irgendwie schaffte Gryszinski den Parcours, trotzte Höhenangst, Beben und Feuer. Schweißüberströmt und schwer atmend stand er nun im Unterwasserboot. Das Zimmer schimmerte friedlich im indigoblauen Licht, man hörte und sah nichts von seinem Hausherrn. Schnell lief er los, um weiterzukommen, dabei überlegte er, welch teuflisches Potenzial wohl dieses Interieur haben könnte. Die Antwort kam umgehend, als sich nämlich das überdimensionierte Bullauge mit dem Riesenkalmar, das er für ein Wandgemälde gehalten hatte, wie von Geisterhand öffnete und sich unter gurgelndem Getöse eine Wasserflut ins Zimmer ergoss, die Gryszinski von den Füßen riss. Der Raum füllte sich knöchelhoch mit Wasser. Während er würgte und nach Luft schnappte, traf ihn ein dumpfer Schlag. Etwas hatte die Welle mit sich getragen – den Riesenkalmar, die täuschend echte Attrappe eines Untiers aus den Tiefen der Meere, deren meterlange Fangarme sich nun widerwärtig eng um seine Schultern legten. Panisch schlug Gryszinski um sich, rappelte sich hoch, stolperte über den nächsten Tentakel, um dann endlich völlig durchnässt und demoralisiert an der Tür anzukommen, die in den Zug führte.

Er hatte bereits die Hand an der Tür, als er kurz innehielt und nachdachte. Sollte er ins nächste Wunderkabinett stürzen, um nochmals gedemütigt und fast – oder am Ende tatsächlich – umgebracht zu werden, während Lemke vermutlich in eine bereits auf ihn wartende Droschke sprang? Andererseits: Welche Wahl hatte er? Soweit er es sehen konnte, hatte das Nautilus-Zimmer keinen Seitenausgang. Zurück wollte er auf keinen Fall gehen, blieb also nur der Weg durch Lemkes persönlichen Orient-Express. Grimmig trat Gryszinski gegen die Tür. Abgesehen von allem anderen wollte er Lemke jetzt mehr denn je zur Strecke bringen.

Gryszinski betrat den behaglichen Teesalon mit dem großen Fenster, hinter dem wieder in den abgehackten Bewegungen des *Théâtre Optique* der Grand Canyon entlangratterte. Vorsichtig lief er weiter in den angeschlossenen Speisewagen und ließ seinen Blick über die Tische gleiten, die wie letztes Mal mit schwerem Kristall und Silber gedeckt waren. Er ging zaghaft, Schritt für Schritt, den Kopf eingezogen, für alles gewappnet. Sein nasser Anzug klebte ihm am Körper. Lemke war nirgends zu sehen, alles lag in einer gespenstischen Stille da. Dann die kleine, schwer bewegliche Tür, die in den lang gestreckten Korridor führte, von dem die Abteile abgingen. Vorsichtig klopfte er an die seitlichen Wände und fragte sich, ob diese auch beweglich seien, doch nichts passierte. Die einzige Veränderung war die Tatsache, dass heute die Plissees, die eigentlich die Fenster im Gang verhängten, aufgezogen waren und den Blick in den herbstlichen Garten freigaben. Er hatte keine Zeit, sich darüber Gedanken zu machen, denn im vorletzten Abteil saß Lemke. Seelenruhig hatte er eine Zeitung vor sich aufgeschlagen und zog an einer Zigarre.

»Da sind Sie ja endlich«, sagte er heiter, faltete die Zeitung zusammen und deutete auf den Platz ihm gegenüber. »Bitte setzen Sie sich doch.«

Gryszinski, mittlerweile mehr als misstrauisch, erklärte, dass er lieber stehen bleiben würde.

»Wie Sie meinen.« Lemke lächelte, legte seine Zeitung neben sich und drückte schließlich in quälender Langsamkeit einen großen goldenen Knopf direkt neben seinem Platz in der Wand.

»Schon wieder ein Knopf? Und was macht der jetzt?«, fragte Gryszinski noch spöttisch, doch weiter kam er nicht. Ein schrilles Pfeifen ertönte, das typische Warnsignal einer startenden Lokomotive. Wieder bebte der Boden unter ihm und warf Gryszinski nun doch auf einen der Sitze. Ungläubig begriff er, dass sich der ganze Zug in Bewegung setzte. Hinter den Fensterscheiben des schmalen Ganges zog der Garten an ihnen vorbei, während sie unter lautem Schnauben und Rattern immer schneller und schließlich mitten hinein in den Garten katapultiert wurden. Man sah noch die beiden Porzellanpfauen vorbeirasen, es folgten einen Wimpernschlag später Hecken, Bäume, Beete, und dann krachte der Zug nach etwa dreihundert Metern gegen die massive Steinmauer einer Felsformation; die künstliche Grotte, vermutete Gryszinski. Er keuchte heftig, Lemke dagegen saß ganz entspannt auf seinem Sitz und hielt sich die Ohren zu, wie Gryszinski verwundert registrierte. Er musste an Lemkes Erzählung von den Lokomotiven denken, die man absichtlich irgendwo in einer kalifornischen Geisterstadt kollidieren ließ. Plötzlich wusste er, was gleich geschehen würde: Eine gewaltige Explosion schleuderte sie beide zu Boden, als die Tankkessel des Zugs in die Luft flogen. Die anderen Waggons und Teile der Villa wurden zerfetzt, pulverisiert, während der Rest des Herrenhauses, der danach noch stand wie ein gigantischer hässlicher Stumpf, sofort Feuer fing. Nur der Wagen, in dem sich Lemke und Gryszinski befanden, war noch intakt, fast hätte man sich wieder gemütlich setzen und Zeitung lesen können, während vorm Fenster das Inferno tobte.

»Es funktioniert wirklich!«, rief Lemke mit dem reichlich deplatzierten Stolz eines Jungen, dem sein bester Streich gelungen ist. »Dabei hat der Architekt mich für verrückt gehalten.«

»Gratuliere«, gab Gryszinski zurück. Er hörte ein lautes Schrillen aus dem Innern seiner Ohren, und es kostete ihn sehr viel Kraft, aufrecht zu stehen. »Schön, dass das geklappt hat. Und jetzt gehen wir.«

»Auf die Gefahr hin, mich zu wiederholen: sicher nicht«, sagte Lemke und zog jetzt eine Waffe aus der Innentasche seines Gehrocks. Eine seiner Duellpistolen, bemerkte Gryszinski, der aus lauter Frustration am liebsten laut aufgeschrien hätte. In aller Ruhe erhob Lemke sich, seine Pistole auf Gryszinski gerichtet, und lächelte ihn an.

»Meine Frau ist im Zuchthaus, mein Haus in ein paar Stunden verbrannt. Das naheliegende Ende wäre wohl, mein Ableben zu fingieren, es so aussehen zu lassen, als hätte ich aus lauter Kummer den Feuertod gesucht. Aber ich lasse nicht zu, dass man hierzulande auf meinem leeren Grab tanzt. Ich werde jetzt gehen, verschwinden, wie ich es schon so oft getan habe, und Sie, mein lieber Freund, werden den Behörden und meinetwegen der ganzen Welt erzählen, dass Eduard Lemke seinen gesamten Reichtum verbrannt hat, nur, um es irgendwo anders auf dieser unserer Erde noch einmal bis ganz nach oben zu schaffen.«

So plaudernd, die Waffe in der Hand, nickte er Gryszinski, dem zur Untätigkeit gezwungenen Zeugen seines Abgangs, noch einmal zu. Dann öffnete er die Tür des Waggons, stieg einfach aus und lief los, wie einer, der zügig zum nächsten Bahnsteig will. Nach ein paar Metern hatte der Rauch der lodernden Flammen ihn verschluckt.

EPILOG

Und doch war man sehr zufrieden mit Gryszinski. Zwar wurde die Diamantenmine im Kilimandscharo-Massiv niemals gefunden, dafür entdeckte man den Skarabäus-Teewagen in den Ruinen des völlig heruntergebrannten Hauses. In dessen feuersicherem Bauch ruhte ein so großer Vorrat an blauen Diamanten, dass der preußische Gesandte seinen Kummer ob der dreißig verunglückten Männer doch einigermaßen verwinden konnte und Gryszinski, wenn auch weiterhin nur Reserve-Offizier der preußischen Armee, zum Major befördern ließ.

Eduard Lemke wurde europaweit zur Fahndung ausgeschrieben, und man ging davon aus, dass man ihn bald aufgreifen würde. Allerdings verlor sich seine Spur im darauffolgenden Jahr am Rheinufer in der Nähe des Fischerdörfchens Griethausen, wo auf einem Frachtschiff, das zunächst in die Niederlande und dann nach Amerika übersetzen sollte, tausendvierhundert Kisten Dynamit explodierten und die gesamte begleitende Flotte zerstörten. Zeugen behaupteten hinterher, Lemke auf einem der Schiffe gesehen zu haben. War er an Bord gewesen, um so nach Amerika zu gelangen? Oder hatte er nun doch noch auf recht dramatische Weise seinen Tod vorgetäuscht? Man wusste es nicht. Das Einzige, was Gryszinski wusste, war, dass auch Thielmann im folgenden Jahr München wieder verließ. Er wurde zum Botschafter in Washington D.C. benannt. Ob das nun bedeutete, dass man Lemke, vielleicht unter falscher Identität, doch in Amerika wähnte und Thielmann nun auf der anderen Seite des Ozeans einen neuen unglücklichen Spion rekrutieren würde – Gryszinski hatte keine Ahnung und dachte auch nicht weiter darüber nach. Denn als das alles geschah, war er bereits wieder mit anderen Dingen beschäftigt, in seiner nun unumstrittenen Position als Münchens hoffnungsvollster Kriminalist.

Als Carl-Philipp von Straven am Tag nach dem großen Brand im Mitterweg endlich bei Gryszinskis auszog, tanzten Wilhelm und Sophie den ganzen Abend in ihrem Salon.

HISTORISCHE NOTIZ

Die grüne Fee spricht garantiert nicht aus mir, wenn ich sage, dass alle historischen Fakten, die in diesem Kriminalroman verarbeitet sind, der Wahrheit entsprechen.

Das 19. Jahrhundert ist nicht nur die Wiege der Moderne, sondern auch der Kriminalistik gewesen. Heutige Spurensicherungsteams arbeiten mit dem Vertrauen in die Beweiskraft der Indizien. Geprägt wurde diese Geisteshaltung durch jene Pioniere, die eben auch solch uns heute obskur erscheinenden Ideen diskutierten, wie etwa eine Fußspur im Erdreich mit einem Eisenring zu isolieren und durch die Lande zu transportieren oder keinen Verdächtigen laufen zu lassen, ohne sein rechtes Ohr und seinen linken kleinen Finger zu vermessen.

Die kriminalistischen Details, insbesondere wie sie Gryszinskis angeblicher Mentor Hans Groß entwickelte, sind allesamt authentisch. Nur bei einigen Kleinigkeiten ist die Phantasie, man möge es mir nachsehen, mit mir durchgegangen: So sind die Camera olfactoria und das flügelartige Gerät zur Vermessung des Menschen in Meyerings anthropometrischem Labor (solche gab es wiederum wirklich) reine Erfindung – wobei ich keinesfalls ausschließen möchte, dass es nicht doch Überlegungen in diese Richtung gab. Auch Lemkes futuristischer Helm, der eine Art virtuelle Realität erschafft, ist natürlich ein dreister Vorgriff auf spätere Ideen. Das *Théâtre Optique* allerdings existierte wirklich und war nicht weniger visionär.

Reiner Fiktion, auch wenn sie mir mittlerweile wie echte Menschen ans Herz gewachsen sind, entspringen meine Hauptfiguren: Gryszinski, seine Familie und Freunde sowie seine beiden aufrechten Wachtmeister und sein ungebetener Hausgast Straven. Auch die kleinen und großen Bösewichte wurden erdichtet, allen voran Lemke und dessen prächtige Phantasievilla im heute nicht mehr existenten Bogenhausener Mitterweg. Dagegen sind der Münchner Polizeidirektor Ludwig Freiherr von Welser und Max Freiherr von Thielmann, der tatsächlich nur ein Jahr lang Preußischer Gesandter in München war, bevor er nach Washington versetzt wurde, reale Personen gewesen, denen ich hier allerlei skandalöse Worte in den Mund gelegt habe.

Schließlich ist das hier immer noch, bei aller akribischen Recherche, ein Roman. Und wie Hans Groß einst schrieb: *Man muß also eigentlich bei jeder Zeugenaussage sich von vorneherein die Möglichkeit vor Augen halten, daß diese falsch sei.*

In diesem Sinne: Beobachten und urteilen Sie selbst!